Christine Jaeggi

Die Meisterdiebin

Der Zytglogge Verlag wird vom Bundesamt für Kultur mit einem Strukturbeitrag für die Jahre 2021–2025 unterstützt.

MIX
Papier aus verantwortungsvollen Quellen
FSC® C083411
FSC www.fsc.org

2. Auflage 2025

Lektorat: Thomas Gierl
Korrektorat: Ulrike Ebenritter
Umschlaggestaltung: Weiß-Freiburg GmbH, Freiburg i. Br.
Layout/Satz: 3w+p, Rimpar
Druck: CPI books GmbH, Leck

Herstellerinformation: Zytglogge Verlag, Schwabe Verlagsgruppe AG, Grellingerstrasse 21, CH-4052 Basel, info@zytglogge.ch
Verantwortliche Person gem. Art. 16 GPSR: Schwabe Verlag GmbH, Marienstraße 28, D-10117 Berlin, info@schwabeverlag.de

ISBN: 978-3-7296-5186-9

www.zytglogge.ch

Christine Jaeggi

Die Meisterdiebin

Roman

Mit einem Nachwort von Lena Berger

ZYTGLOGGE

Diese Geschichte beruht auf wahren Begebenheiten.
Figuren, Hotels und Juweliere sind fiktiv.

Prolog

Ein beklemmender Druck legte sich auf sie, als sie mit ihrem Dietrichsatz die 214 entriegelte. Wie immer, wenn sie ein Zimmer betrat, verschaffte sie sich zuerst einen Überblick. Ein schmaler Flur führte direkt in den Schlafraum, sie sah von hier aus das Bettende. Links lag das Bad, in dem sie ihre Suche startete. Ergebnislos. Schleichend näherte sie sich dem Bett, leises Atmen füllte den Raum. Kurz schwenkte sie mit der Taschenlampe über die Nachttische. Nichts. Sie verspürte den Drang, das Licht auf das Bett zu richten, um die Schlafenden zu sehen – doch das Risiko, sie zu wecken, war zu hoch.

Sie entdeckte den Schrank und öffnete ihn, fand auf einem Regalbrett die Wertsachen. Schweizer Franken, eine Brieftasche und eine Breitling-Männeruhr. Mehr nicht? Wo war der restliche Schmuck? Ein Schauer erfasste sie.

Sie zog die andere Schranktür auf. Ein paar Hemden und Hosen hingen ordentlich aufgereiht, am Boden lag ein Koffer. Sie hob den Deckel und ließ die Taschenlampe erneut aufblitzen. Geld! Viel Geld! Aber keine Schweizer Franken, sondern Reichsmark. Die konnten sie getrost behalten. Sie durchwühlte den Koffer und hielt plötzlich inne, als unter den Geldscheinen Goldbarren auftauchten. Unfassbar! Aber wo war der Schmuck? Etwa in der Nachttischschublade? Gerade als sie sich erhob, hörte sie ein Rascheln.

«Was zum ...», ertönte eine Männerstimme aus der Dunkelheit.

Ihr Herz setzte aus, Panik ergriff sie. Reflexartig zog sie die Waffe aus dem Beutel und richtete sie auf das Bett – in dem Moment ging das Licht an.

Zürich, 15.–16. Mai 1945

Ungläubig starrt Elise in die leere Holztruhe und beleuchtet sie mit der Taschenlampe. Wo ist der Schmuck? Das kann nicht sein! Sie hebt die Truhe heraus und wühlt wie eine Wahnsinnige in der kleinen Grube – obwohl es eher unwahrscheinlich ist, dass sie dort etwas findet. Feuchte Erde, Wurzeln, modriges Laub. Weit und breit kein Schmuck. Wie erschlagen setzt sie sich auf den Waldboden. Tannennadeln knirschen unter ihr. Mondlicht dringt durch die Bäume, ein Waldkauz ruft und klingt fast so, als wolle er sie auslachen.

Jemand hat ihre Beute geholt. Nur wer? Zwei Personen wissen zwar von ihrem Versteck, kennen aber den Ort nicht: Harri und ihre Schwester Adele.

Ein Rascheln im Unterholz reißt sie aus ihren Gedanken, sie dreht sich um. Stille.

Während sie die Truhe wieder vergräbt, jagen ihr mehrere Fragen durch den Kopf. Wurde sie beobachtet in jener Nacht vor ein paar Wochen, als sie zuletzt hier war? Sie erinnert sich, dass sie sich verfolgt fühlte wie von einem lauernden Schatten. Oder hat bloß ein Waldtier die Erde aufgescharrt und dadurch einen Jäger, Förster oder Spaziergänger auf die Truhe aufmerksam gemacht? Aber warum wurde sie dann leer wieder eingegraben? Weil die Person sie nicht mitnehmen, aber auch nicht offen herumliegen lassen wollte, antwortet Elises Verstand.

Wie auch immer: Der fehlende Schmuck ist nicht das Problem. Sie braucht ihn nicht. Vielmehr geht es ihr darum, endlich abzuschließen mit diesem Kapitel ihres Lebens; für sich selbst und für Harri.

Eine lähmende Müdigkeit überfällt sie, es ist bereits nach Mitternacht, und die Sehnsucht nach ihrem Bett lässt sie den

Rückweg antreten. Während die Dunkelheit des Waldes Elise einhüllt wie eine schwere Decke, überlegt sie die ganze Zeit, was mit dem Schmuck passiert sein könnte.

Am nächsten Morgen fühlt sie sich, als hätte sie in der Nacht ein Panzer überrollt. Grübelnd hat sie wach gelegen, sich im Bett herumgewälzt; ihre Gedanken kreisten um Harri, aber auch um den fehlenden Schmuck. Obwohl sie sich die ganze Zeit einredete, dass ein Spaziergänger zufällig darauf gestoßen sein musste, bereitet ihr die Ungewissheit Sorgen. War es etwa doch Harri? Nein, unmöglich. Adele? Noch unmöglicher.

Verflucht! Sie kann keinen klaren Gedanken mehr fassen.

Sie bestellt sich beim Zimmerservice einen Kaffee und trinkt ihn auf dem Balkon. Allmählich spürt sie, wie die Müdigkeit aus ihren Gliedern weicht und die Sinne zurückkehren. Vom See her weht ein frischer Wind über die Bäume und erfüllt Zürich mit einem Blütenduft, der an den ofenwarmen Kirschkuchen ihrer Großmutter erinnert. Die Morgendämmerung taucht die Stadt in ein trübes Blau. Amseln trällern sich Botschaften zu, ein Milchmann pfeift unbeschwert vor sich hin wie ein Wanderknabe. Der Friede ist greifbar an diesem Morgen. Kein Wunder, vor einer Woche endete der Krieg mit der bedingungslosen Kapitulation der deutschen Wehrmacht. Elise fallen die Worte ihrer Mutter ein: «Der Hitler ist besiegt, jetzt kann ich nachts wieder schlafen. Endlich kehrt Frieden ein.»

Nur: Sie kann nachts nicht schlafen. Und an Frieden glaubt sie nicht. Seit der Aneignung von Landstücken bekriegt sich die Menschheit, weshalb sollte sich das ändern? Ärger überkommt sie. Nicht auf die Menschheit, sondern auf ihre zermürbenden Gedanken. Sie darf sie nicht zulassen, muss nach vorne schauen und sich auf das Gute konzentrieren; wie das neue Leben mit Harri, das sie erwartet. Ein Leben frei von Vergeltungszwängen. Frei von der Angst, gefasst zu werden. Frei von Verpflichtungen. Harri will sie heiraten. Er wird sie abholen, sie werden zusammen auf sein Gestüt fahren und ...

Eine Straßenbahn rattert vorbei und holt Elise so abrupt aus ihrem Tagtraum, dass ihr beinahe die Tasse aus der Hand fällt. Die Zweifel, die sie die ganze Nacht wach gehalten haben, schießen zurück in ihr Bewusstsein wie energische Pfeile, und eine dunkle Wolke aus Angst legt sich um sie.

Wird Harri wirklich kommen? Oder hat ihn ihre Beichte vor ein paar Tagen so abgeschreckt, dass er nichts mehr mit ihr zu tun haben will? In Anbetracht seiner Reaktion wäre das durchaus zu erwarten. Wie erschlagen verlässt sie den Balkon, stellt die Tasse auf den Schreibtisch, zündet sich eine Zigarette an und geht im Zimmer auf und ab. Rauch breitet sich um sie aus wie ein Nebelschleier.

War es am Ende doch ein Fehler, Harri alles zu erzählen? Nein. Nach dem Vorfall in Davos konnte sie nicht anders. An jenem Tag hatte sie einsehen müssen, dass ihre Rache ein verheerendes Ausmaß angenommen hatte, und deshalb beschlossen, aufzuhören und ein neues Leben zu beginnen. Dazu gehörte, dass Harri die ganze Wahrheit erfahren sollte, auch wenn sie dabei das Risiko einging, ihn zu verlieren oder er sie im schlimmsten Fall sogar der Polizei ausliefern würde.

Sie schließt die Augen und denkt zurück an ihr Gespräch; wie gut und befreiend es sich anfühlte, dem Mann, den sie liebt und dem sie vertraut, alles zu erzählen. Doch ihr Geständnis erschütterte Harri zutiefst. Sie hatte gewiss keinen Beifall erwartet, aber mit mehr Verständnis gerechnet. Nicht nur wegen der Umstände, die sie zu ihren Taten angetrieben hatten, sondern auch, weil er sie liebt. Doch wie sie da vor der Weide standen, um sie herum zwitschernde Vögel und grasende Pferde in einem gelben Meer aus Löwenzahn, wurde ihr bewusst, dass Liebe ihre Grenzen hat. Mit jedem ihrer Worte wurde Harri blasser. Dabei konnte ihn, Dr. Harald Falkenstein, Tierarzt und Pferdezüchter, für gewöhnlich nichts so schnell aus der Fassung bringen. Aber während ihrer Beichte lehnte er sich kraftlos an den Koppelzaun, die vertraute Wärme in seinen Augen verschwand. Als sie ihm von dem Schmuck im Wald erzählte, betrachtete er sie wie eine Fremde. Er wirkte so distanziert, als hätte er eine unsichtbare Mauer um sich herum errichtet.

«Wie konntest du nur, Elise? Wie konntest du nur?»

Sie brachte keine Antwort hervor und ließ seine darauffolgenden Worte wie einen kalten Regenschauer auf sich niederprasseln. In gewisser Weise konnte sie seine Reaktion nachvollziehen, immerhin hatte er erfahren, dass seine Verlobte eine der meistgesuchten Kriminellen der Schweiz war, so was steckt man nicht so leicht weg. Aber als er ihr Habgier als Motiv vorwarf und sie gar eine «diebische Elster» nannte, verspürte sie den Drang, sich zu verteidigen. Sie versuchte ihm klarzumachen, dass sie keineswegs gestohlen hatte, um sich selbst zu bereichern, sondern allein aus Gerechtigkeitssinn gehandelt hatte. Wie daraus eine Sucht geworden war, die sie nicht mehr kontrollieren konnte. Und dass es doch ihr gutes Recht gewesen sei, sich an denen zu rächen, die ihr und so vielen anderen alles weggenommen hatten. Dass sie eine Art Gleichgewicht hatte herstellen wollen.

Trotz ihrer Begründung ließ sich Harri nicht überzeugen: «Aber du hast offenbar nicht nur Nazis bestohlen», entgegnete er.

«Nein, aber reiche Leute, die nicht auf das Geld angewiesen waren. Meine Familie und ich jedoch brauchten es.»

«Na gut, deine ersten Raubzüge kann man ja noch nachvollziehen, immerhin hast du Geld für die Ausreise benötigt und für die Bürgschaft deiner Familie. Aber danach wart ihr in der Schweiz in Sicherheit. Du hättest nicht mehr stehlen müssen.»

«Doch! Ohne genügend Ersparnisse liefen wir Gefahr, ausgewiesen zu werden. Man hätte uns deportiert! Und wir wissen mittlerweile, wohin. In den Tod!»

Harri rieb sich über das Gesicht, das aschfahl geworden war. «Aber du hast anscheinend so viel gestohlen, dass du mit dem Verkauf nicht mehr nachgekommen bist. Warum sonst hast du den Schmuck im Wald vergraben?»

«Als Reserve. Und ich konnte nicht alles verkaufen. Spezialanfertigungen wie Siegelringe mit Familienwappen zum Beispiel, oder Stücke mit Gravuren, die ich nicht wegschleifen konnte.»

«Nicht wegschleifen», murmelte er kopfschüttelnd, und für einen kurzen Moment stahl sich ein Ausdruck von Verachtung in sein Gesicht. Nur sein Anstand hinderte ihn vermutlich daran, sie unverzüglich vom Gestüt zu verbannen.

«Elise, du weißt, wie sehr ich die Nazis verabscheue, aber sie aus Rache zu beklauen?»

«Sie hatten es verdient!»

«Darum geht es doch nicht! Natürlich hatten sie es verdient. Aber es gibt kein Recht auf Rache oder Selbstjustiz. Beides erfolgt aus Hass, und Hass führt zu noch mehr Hass. Für Gerechtigkeit wird irgendwann ein Gericht sorgen, wenn nicht zu Lebzeiten, dann spätestens vor Gott ... ‹Du sollst nicht stehlen› ist im Übrigen eines der Zehn Gebote!» Mit diesen Worten wandte er ihr den Rücken zu und sah seinem Zuchthengst Esprit nach, der über die Weide trabte, die schwarze Mähne wehend im Wind. Elise wollte etwas zu ihrer Verteidigung erwidern. Dass eine solche Aussage nur von jemandem stammen könne, dessen Leben ohne Unglück verlaufen war, ohne Ungerechtigkeit, ihres aber geprägt sei von beidem. Doch sie realisierte, dass Harri sie längst als Verbrecherin abgestempelt hatte und sie in dem Moment nichts mehr geradebiegen konnte. Zudem musste sie ihm widerwillig recht geben: Hass führt in der Tat zu noch mehr Hass, das hatte sie in Davos eingesehen. Auch, dass ihr Gefühl für Gerechtigkeit etwas aus dem Gleichgewicht geraten war. Davos. Bei dem Gedanken daran stieg ihr ins Bewusstsein, dass Harri die ganze Wahrheit noch gar nicht kannte. Doch auch, wenn sie wollte, durfte sie ihm von dem Mord nichts sagen, weil es dabei nicht um sie ging. So erzählte sie ihm – bis auf den Mord – von dem Vorfall in Davos; hoffte auf Nachsicht, schließlich war sie danach aus dem Delirium erwacht und hatte eingesehen, dass sie so nicht weitermachen konnte. Aber Harri blieb unnachgiebig.

«Ich sollte die Polizei rufen», sagte er, und Elise spürte, wie ihr das Blut aus den Wangen wich. Sie war sich dieses Risikos bewusst gewesen, doch sie hatte geglaubt, seine Liebe zu ihr wäre stärker als seine moralische Gesinnung.

«Dann tu, was du tun musst», erwiderte sie und sah ihm in die Augen, versuchte sich ihre Kränkung nicht ansehen zu lassen.

«Nein, ich werde dich nicht verraten. Aber ich weiß nicht, wie oder ob es überhaupt mit uns weitergehen kann.»

«Du ... willst mich verlassen?»

«Ich weiß es nicht, Elise. Ich habe gerade erfahren, dass du nicht nur kriminell bist, sondern mich auch die ganze Zeit belogen hast. Von wegen, du schreibst einen Roman!» In seiner Stimme schwang so viel Enttäuschung mit, dass es ihr das Herz zerriss. Ihre häufige Reisetätigkeit hatte sie damit begründet, dass sie an einem Kriminalroman schreiben würde, der genaue Recherchen erforderte.

«Ich muss jetzt erst mal allein sein», fuhr er fort. «Ich brauche Ruhe und Zeit, um über alles nachzudenken. Und das solltest du auch.» Er forderte sie auf, zurück nach Zürich zu reisen, sagte ihr, er würde sie im Hotel abholen oder sie anrufen, sobald er eine Entscheidung getroffen hätte.

Die folgenden vier Tage hatte sie gewartet und gewartet, wäre dabei fast durchgedreht. Bis sie gestern Abend den Einfall hatte, in der Nacht den restlichen Schmuck zu holen und ihn beim Polizeirevier zu deponieren. Heute hätte sie Harri angerufen und ihm von ihrer nächtlichen Aktion berichtet, in der Hoffnung, ihn milder zu stimmen.

Aber der Schmuck ist weg.

Elise drückt ihre Zigarette aus und setzt sich auf die Chaiselongue. Vermutlich hätte es sowieso nichts gebracht. Harri hatte sich bestimmt längst gegen sie entschieden und wusste nur noch nicht, wie er es ihr beibringen sollte.

Es ist, wie es ist. Wenn er sie verlässt, muss sie es akzeptieren. Sie trägt selbst schuld, hatte ihrer Liebe zu viel aufgelastet. Wie kann sie erwarten, dass ein unbescholtener und stets korrekter Bürger wie Harri, der jeden Sonntag zur Kirche geht, Verständnis hat, Vergeltung zu wählen für erlittenes Unrecht? Elise muss an seine Worte denken, die sich so eingeprägt haben: «Wie konntest du nur, Elise? Wie konntest du nur?»

Verflucht, wie konnte sie nur? Ihre Gedanken entführen sie an einen dunklen Ort voller Zweifel. Dass sie zu weit ging, hat ihr der Vorfall in Davos verdeutlicht, aber davor hatte sie immer gefunden, dass ihre Diebstähle gerechtfertigt waren. Hat sie sich getäuscht? Hätte sie ihr Schicksal akzeptieren sollen, so wie es auch andere getan haben?

Sie massiert sich die Schläfen, doch die Fragen in ihrem Kopf toben unbarmherzig weiter. Wann genau entwich ihr das Moralempfinden? Etwa als die Nazis sie und ihre Familie enteigneten? Als die Sorge um ihre Mutter und Adele sie beinahe verrückt machte? Als Ingrid und Lothar Braun ihr Leben zerstörten? Oder gar noch früher? In Sumatra, als ihr ausgeprägter Gerechtigkeitssinn sie zu ihrem ersten Diebstahl verleitete?

Elise kommt es vor, als trübe ein roter Schleier ihre Klarsicht, und sie verspürt den Drang, ihr Leben zu reflektieren und Antworten auf ihre Fragen zu finden.

Das Buch, schießt es ihr durch den Kopf. Sie braucht das Buch. In den darauffolgenden Minuten durchsucht sie den bereits gepackten Koffer. Kleider und Schuhe landen auf dem Boden, Hüte und Perücken wirbeln durch die Luft. Als sie das braune, schon ziemlich lädierte Buch endlich in den Händen hält, setzt sie sich an den Schreibtisch, überfliegt die erste Seite mit Wolfis Caesar-Chiffre, die er an einem dieser tropisch schwülen Abende auf der Insel Sumatra entwickelt hatte.

Wolfi, ihr geliebter Bruder. Noch heute sieht Elise ihn vor sich: auf dem Bett liegend, den braunen Lockenkopf in das braune Buch vertieft, das eigentlich für Tagebucheinträge gedacht gewesen wäre – damit sich sein Schreibstil verbessere, so Lehrer Schulz. Doch Wolfi hatte anderes im Sinn. Während Elise versuchte, eine Mücke totzuschlagen, die es aus unerklärlichen Gründen durch das Moskitonetz geschafft hatte, erarbeitete er eine Geheimschrift, indem er jedem Buchstaben des Alphabetes mithilfe einer Cäsar-Chiffre einen anderen zuteilte. So wurde aus dem Wort Diebstahl beispielsweise INJGXYFMQ.

«Jetzt können wir alle unsere Geheimnisse aufschreiben, Elise.» Mit leuchtenden Augen erklärte er ihr sein Verfahren, mit dem angeblich bereits der römische Kaiser Julius Cäsar Nachrichten verschlüsselt hatte.

Die Erinnerung daran entlockt Elise ein Lächeln, und sie blättert um zu seinen ersten Einträgen. Stichwortartig hatte er seine kleinen Geheimnisse aufgelistet, notiert, dass er den Schwamm von Lehrer Schulz versteckt oder der Mutter einen Käfer in die Schmucktruhe gelegt hatte.

Schmunzelnd liest sie einen Eintrag nach dem anderen, blättert weiter. Beim Anblick ihrer eigenen Schrift zieht sich ihr Herz zusammen. Weit war Wolfi nicht gekommen, deshalb führte sie das Tagebuch fort. Genau wie er hat sie lediglich Stichwörter zu besonderen Vorkommnissen in ihrem Leben notiert; die Tragödie in Sumatra, die Erlebnisse mit Ingrid, ihrem Großvater, Jonathan, die Übernahme der Nazis, ihre Reise in die Schweiz. Schließlich folgte eine Auflistung ihrer neunzig Raubzüge, angefangen mit ihrem ersten Erfolg 1938 in Wien, bei dem sie der Gattin eines SS-Obersturmbannführers unter anderem eine Diamanthalskette entwendete, bis zu ihrem letzten vor zwei Wochen in Davos.

Elise überfliegt die Seiten. In Wolfis Geheimschrift hat sie sämtliche Details der Diebstähle festgehalten: wann, wo, was, Besonderes.

Sie staunt darüber, wie viel Raubgut sie in den sieben Jahren erbeutete, von Schmuckstücken über Silberfuchspelze bis hin zu Zinscoupons – sie schätzt den Wert insgesamt auf ungefähr eine Million Schweizer Franken.

Bei einigen Einträgen bleibt sie hängen, verliert sich in Erinnerungen.

Als ihr der 12. Juli 1940 ins Auge springt, breitet sich eine Welle von Wärme, aber gleichzeitig auch eine tiefe Traurigkeit in ihr aus. Ihre erste Begegnung mit Harri! Es erscheint ihr wie gestern, als sie ihn zum ersten Mal sah, damals auf dem Schiff, vor ihr das Seehotel Bellevue in Vitznau.

12. Juli 1940, Seehotel Bellevue, Vitznau:
Silberne Manschettenknöpfe, Siegelring, Rolex Oyster, 1500 Schweizer Franken, Diamanthandspiegel, Smaragdohrringe,

Diamantuhr, Vacheron Constantin Herrenuhr, Goldene Brosche mit Juwelen, verschiedene Ringe.
Besonderes: Gewitter. Seeungeheuer. Begegnung Dr. Harald Falkenstein.

Das Seeungeheuer! Elise lacht, obwohl die ganze Situation an jenem Abend alles andere als lustig war und in einer Tragödie hätte enden können.

Hastig blättert sie weiter, und als sie auf das Grand Hotel Savoy im Mai 1941 stößt, überkommt sie ein Wechselbad der Gefühle. Manchmal liegen Freud und Leid so nah beieinander, aber sie würde jederzeit das Glück opfern, wenn dafür der Kummer vermieden werden könnte.

4. Mai 1941, Grand Hotel Savoy, Glion/Montreux:
Diamantcollier im Wert von ungefähr 80 000 Schweizer Franken, Perlenhalskette mit Saphir, Platinbrosche mit drei Brillanten, Brillantarmbanduhr, 16 000 Schweizer Franken, Goldringe, Manschettenknöpfe, Füllfederhalter, Herren-Armbanduhr Piguet, Cartier Reisewecker, Edelsteinpfau.
Besonderes: Wasilina.

Damals im Savoy erfüllte sie Stolz, auch wenn sie beinahe aufgeflogen wäre. Dank der Hilfe von Wasilina gelang es ihr zu entkommen – mit dem wertvollsten Schmuckstück, das sie je stehlen sollte. Zusammen mit Wasilina reiste sie nach Crans-Montana, Leukerbad, Davos, und sie fühlten sich wie die Königinnen der Welt. Aber dann ... Glück streift das Leben nur, verankern tut es sich nie.

Nachdem sich Elise wieder gefasst hat, überfliegt sie ein paar weitere, weniger spektakuläre, aber erfolgreiche Raubzüge. Davos gehörte zu ihren liebsten Zielen. Die Aufenthalte in dieser Nazihochburg und im Hitlerbad, wie es auch genannt wurde, kosteten sie zwar jedes Mal sehr viel Kraft, dennoch reiste sie jeden Winter wieder hin. Sie konnte sich die lukrative Ausbeute genauso wenig entgehen lassen wie die Gewissheit, hauptsächlich Nazis zu bestehlen. Außerdem wurde es ihr in Davos immer sehr leicht gemacht durch die Nachlässigkeit ihrer Opfer. Sie gingen in ihrer Überheblichkeit wohl nicht davon aus, selbst beklaut zu werden.

2. Dezember 1942, Hotel Silvretta, Davos:
Nutria-Pelzmantel, Silberfuchscape, 2400 Schweizer Franken, Smaragdbrosche, Goldene Manschettenknöpfe, Juwelenhalskette, Herrenarmbanduhr, Perlenensemble, Rubincollier, Kamera Contax, Pfauenfederstirnband mit Diamanten.
Besonderes: –

Mehrere Einträge im Winter 1942 zeigen auf, in welchem Rausch sie sich damals befand. Welche Ironie des Schicksals, dass es am Ende ausgerechnet Davos war, das sie sozusagen heilte.

Elise blättert weiter, Woche für Woche, Monat für Monat; sie wundert sich, wie sie das alles geschafft hat, ohne gefasst zu werden.

Ein weiterer Eintrag lässt sie aufseufzen. Der Korporal! Er hatte es ihr ganz schön schwer gemacht. Genau wie Harri hatte auch er sie in der Presse als «diebische Elster» bezeichnet.

30. November 1943, Schlosshotel, Zürich:
Zinscoupons, silbernes Zigarettenetui, lange Perlenkette, Perlohrringe, Perlarmband, 700 Schweizer Franken, Kamera Kodak Retina, goldene Halskette, Ring mit Amethyst, Silberfuchsstola.
Besonderes: Korporal Gretler.

Die Vorkommnisse in Zürich, aber auch die Aussicht auf eine ergiebige Wintersaison in den Bergen ließen sie die Stadt danach schnellstmöglich verlassen.

Als Elise auf das Hotel Cresta stößt, erstarrt sie. Die Erinnerung trifft sie wie ein Faustschlag in den Magen:

6. Dezember 1944, Hotel Cresta, Scuols-Tarasp:
200 Schweizer Franken, Silberkette mit Medaillon, Füllfederhalter aus Gold, Zigarettenspitze Silber, Smaragd-Ring, 5000 Schweizer Franken, Perlencollier, Saphirbrosche, Edelsteinarmband, Goldkette mit Blatt-Brillantenanhänger, Bergkristall.
Besonderes: abscheuliches Hotelpersonal, Josel Mandelbaum.

Sie versucht zu verdrängen, aber die Bilder kommen wieder hoch, eines nach dem anderen. Der braune Hut im Schnee. Der offene Koffer. Die Brücke. Das Blut.

Tränen tropfen auf das Papier, und sie wischt sie weg, überfliegt die nächsten Seiten, bis sie zum letzten Eintrag gelangt. Das Hotel Silvretta in Davos. Hier hatte sie nichts mehr gestohlen, dafür gab es einen Mord.

21. April 1945, Hotel Silvretta, Davos:
Ende

Elise lehnt sich zurück und starrt auf das Buch. Das ist es, sagt sie sich. Anhand ihrer Aufzeichnungen wird sie auf ihr Leben zurückschauen und herausfinden, wie alles so weit hatte kommen können, und zwar von Anfang an. Fakt ist, dass es in ihrem Leben einige Wendepunkte gab, die sie zu ihren Taten angetrieben haben und sie zur Elster werden ließen … oder schlichtweg: zu einer Meisterdiebin.

1

Wolfi – mit richtigem Namen Wolfgang – war Elises Zwillingsbruder und gleichzeitig ihr bester Freund. Zwischen ihnen bestand eine Verbindung, wie sie vermutlich nur bei Geschwistern vorkam, die sich neun Monate die Gebärmutter geteilt hatten. Trotzdem fühlte sich Elise in seiner Gegenwart immer wie sein Schatten. Wolfi war der Sohn, den sich ihre Eltern nach der Geburt ihrer älteren Schwester Adele so sehnlichst gewünscht hatten, und machte das Familienglück perfekt. Sie blieb die Unsichtbare. Adele erhielt Beachtung wegen ihrer Schönheit, aber auch ihrer Verletzlichkeit – sie hinkte aufgrund einer angeborenen Hüftgelenksverrenkung –, und Wolfi punktete als Stammhalter. Doch Elise verspürte nie Neid auf ihre Geschwister. Zu groß waren ihr Mitleid mit Adele und ihre Zuneigung zu Wolfi. Aber sie konnte nicht bestreiten, dass sie sich nach mehr Aufmerksamkeit sehnte, besonders von ihrer Mutter. Der Alltag mit der Leitung des Kaufhauses, dem Haushalt, Adeles Arztbesuchen und Wolfis Streichen vereinnahmte diese so sehr, dass für Elise keine Zeit blieb. Ihre Mutter war oft überfordert, und der Umzug auf die indonesische Insel Sumatra half da nicht, im Gegenteil, er sorgte für zusätzlichen Stress. Nur blieb ihr keine andere Wahl, als ihrem Gatten zu folgen. Elises Vater, Peter Graf, war ein Handelsmann und, bevor er Elises Mutter begegnete, schon weit in der Welt herumgekommen. Er belieferte unter anderem Kaufhäuser mit seinen Waren, und so hatte er Selma Perlman kennengelernt, eine dunkelhaarige Schönheit, die tüchtig im Perlman, dem Kaufhaus ihrer Eltern, mithalf. Selma verliebte sich nicht nur in seinen Kaffee aus Java, die Gewürze aus Indien, die Seidenstoffe aus China und das Parfüm aus Frankreich, sondern auch in seine haselnussbraunen Augen und den dunkelblonden Lockenschopf.

Kurz vor Ausbruch des Großen Krieges investierte Elises Vater in eine Kautschukplantage auf Sumatra, um, wie er damals sagte, den Gummihunger Europas mit dem «weißen Gold» zu stillen. Nach dem Krieg übernahm er die Plantage eines verstorbenen holländischen Geschäftspartners, und nachdem er ein Jahr allein dort gelebt hatte, holte er die Familie zu sich. Für Selma eine Tortur. In einem Holzhaus voller Mücken, Käfer, Ameisen und Spinnen lebend, umgeben von Urwäldern mit Tigern und Schlangen, fehlte ihr das zivilisierte Leben in Wien und besonders das Kaufhaus, das sie seit dem Tod ihres Vaters zusammen mit ihrer Mutter geführt hatte. Ihren Unmut ließ sie die Familie jeden Tag spüren. Für Elise und Wolfi hingegen war Sumatra ein Abenteuer. Sie vermissten zwar ihre Freunde und Verwandten aus Wien, am meisten die Großeltern, doch sie fühlten sich auf der Insel bald wie zu Hause. Der größte Spielplatz lag sozusagen direkt vor ihrer Nase. Wenn sie keinen Privatunterricht hatten, tobten sie mit den Kindern der Tagelöhner in den Baracken oder in den Kautschukplantagen umher, spielten Verstecken, Fußball oder mit Würfeln. Wie auch an jenem Tag im Jahre 1920, an dem das Unheil seinen Lauf nahm.

Es begann mit den Koning-Knaben: dem vierzehnjährigen Ruben und seinem drei Jahre jüngeren Bruder Hendrik, den Söhnen von Herrn Koning, einem holländischen Geschäftspartner von Elises Vaters und ebenfalls Plantagenbesitzer. Elise und ihre Geschwister teilten sich mit den Koning-Knaben einen Privatlehrer, Herrn Schulz, einen hageren Mann aus Deutschland, den Selma engagiert hatte und der zusammen mit seiner schönen Tochter Constanze in ihrem Haus lebte. So kam es, dass die Koning-Knaben täglich mehrere Stunden bei ihnen verbrachten und sich schlimmer benahmen als eine

Mückenplage. Ihr wahres Gesicht zeigten Ruben und Hendrik jedoch nur zwei Sorten Menschen: denen, die ihrer Meinung nach nicht zu ihrer Gesellschaftsschicht gehörten, wie den Einheimischen, und denen, die sie durchschaut hatten. Zu letzteren zählten Elise und Wolfi. Alle anderen vermochten sie mit ihrem engelhaften Aussehen zu blenden.

An besagtem Tag spielten Elise und Wolfi nach dem Unterricht draußen mit den einheimischen Kindern Fußball, und Elise sollte das Tor hüten. Betonung auf *sollte.* Ein Ball nach dem anderen rollte ihr zwischen den beiden Holzpfosten hindurch, da sich ihre Augen auf etwas anderes konzentrierten: die Koning-Brüder, die eindeutig etwas im Schilde führten. Hendrik schaute hinter den Bananenbäumen hervor und beobachtete das Geschehen lauernd wie Großmutters Katze die Vögel im Garten, bereit, jederzeit anzugreifen. Noch musste sich Elise keine Sorgen machen, denn Ruben saß auf der Veranda und plauderte mit Constanze, die sich von zwei Mädchen ihr goldbraunes Haar zu Zöpfen flechten ließ. Elise mochte Constanze nicht besonders, auch wenn sie ihr leidtat, weil ihre Mutter vor ein paar Jahren gestorben war und ihr Vater kaum Zeit für sie hatte. Wenn dieser nicht gerade unterrichtete, widmete er sich seinem Fachbuch über die Pflanzenarten Sumatras und wollte nicht gestört werden. Elises Mitleid mit Constanze änderte nichts daran, dass sie sie arrogant fand, und es ärgerte sie, dass ihre Mutter sie schon fast wie ein Familienmitglied behandelte und ihr immer wieder Komplimente für ihr hübsches Aussehen oder ihr Klavierspiel machte. Ruben war ebenfalls angetan von Constanze und wurde in ihrer Gegenwart zum Lämmchen, aber auch Constanze wirkte durch seine Anwesenheit wie ausgewechselt; verwandelte sich von der zickigen Vierzehnjährigen in eine kleine Dame, kokett lächelnd und mit gekonntem Augenaufschlag.

Elise bemerkte Adele, die etwas abseits in einem Korbstuhl saß und ihrer Lieblingspuppe ein neues Kleidchen aus rosarotem Garn strickte. Aufgrund ihrer Hüftgelenksverrenkung musste Adele eine Schiene tragen und war dadurch stark eingeschränkt, konnte oft nicht mitspielen. Sie ließ sich ihren Unmut darüber aber nie anmerken und beschäftigte sich ohnehin lieber allein, las in einem Buch, malte oder strickte ihren Puppen eine komplette Garderobe.

Irgendwann rief Selma nach den Mädchen. Die Schneiderin habe die neuen Röcke fertig, und sie sollten zur Anprobe reinkommen, auch Constanze.

Elise wurde unruhig. Auf keinen Fall konnte sie jetzt weg und ihre Freunde mit den Koning-Knaben allein lassen. Sie beobachtete, wie sich Constanze mit einem Lächeln von Ruben verabschiedete und Richtung Haus schritt. Adele humpelte auf sie zu. «Elise, komm!»

«Nein, ich kann jetzt nicht. Sag Mama, ich komme gleich nach.»

Adele runzelte die Stirn, hob dann die zierlichen Schultern und ging weiter.

Elise wusste, dass ihre Mutter zuerst Adele beachten würde, so blieb ihr noch etwas Zeit, um die Situation im Auge zu behalten. Gefasst schaute sie zu Hendrik, der bereits mit schelmischem Grinsen auf seinen Bruder zulief.

«Tor! Tor!», rief Wolfi, und kurz darauf sprach Ulung genervt auf Malaiisch auf Elise ein, weil sie schon wieder als Torwartin versagt hatte. Sie ignorierte ihn, den Blick nach wie vor fest auf Hendrik geheftet, der Ruben etwas zuflüsterte und ein fieses Lachen erntete. Schon bewegten sie sich auf sie und Wolfi zu wie zwei Füchse.

«Warum spielt ihr eigentlich immer mit diesen dummen Affen?», fragte Hendrik und lachte wie ein gackerndes Huhn.

Wolfi schnaubte. «Das sind keine Affen! Und dumm auch nicht! Wenn hier jemand dumm ist, dann ihr!»

«Wolfi!», zischte Elise warnend, doch er fuhr unbekümmert fort.

«Heute im Unterricht konnte keiner von euch die Algebraaufgabe von Lehrer Schulz lösen. Ich sage nur: dumm!» Er griff nach dem Fußball und warf ihn mit voller Wucht gegen Hendriks Bauch. Dieser wich gekonnt aus, wollte aber sogleich auf Wolfi zustürmen. Ruben packte ihn am Arm.

«Lass es.» Er hob den Kopf, trat auf sie zu und fixierte Elise mit schmalen Augen, die exakt die Farbe des Himmels hatten. Sie fragte sich damals, wie das Böse so schön sein konnte, und lernte, dass man einen Menschen niemals aufgrund seines Aussehens beurteilen durfte.

«Ihr seid Abschaum!», zischte Ruben. «Genau wie das Gesindel hier.» Er stieß Elise zur Seite und stürmte auf Bayu zu, Ulungs kleinen Bruder, der auf dem Boden saß und mit seiner Holzlokomotive spielte, seinem ganzen Stolz und einzigen Spielzeug, das er vor zwei Monaten von Elises Vater zum Geburtstag bekommen hatte. Ruben entriss Bayu die Lokomotive und ließ sie in seiner Hosentasche verschwinden. Bayu schrie, streckte flehend seine Händchen danach aus. Doch Ruben hatte sich bereits erhoben. Düsterer Spott lag in seinen Zügen. «Für einen Affen viel zu schade ... Komm, Hendrik, wir gehen.»

Als die beiden außer Sichtweite waren, versuchten Elise und Wolfi vergeblich, den weinenden Bayu zu trösten. Elise beschloss, ihm ihren Plüschhund Barry zu schenken, und rannte ins Haus in ihr Zimmer, um diesen zu holen. Als sie die Treppe wieder runterpolterte, prallte sie fast mit ihrer Mutter zusammen. «Elise! Wie oft habe ich dir schon gesagt, dass im Haus nicht gerannt wird! Wo willst du eigentlich hin? Komm jetzt sofort zur Anprobe!»

«Ja, ja, gleich, Mama.»

«Nicht gleich! Jetzt! Ach, Kind, warum machst du es mir immer so schwer?»

Elise schwieg, da ihre Mutter bestimmt keine Antwort darauf erwartete. Sie schaute zu, wie sich diese mit einem Taschentuch über die feuchte Stirn wischte. Ihre Mutter hasste das feuchtwarme Klima auf Sumatra. Es sei nicht gut für ihre Haut, da sie andauernd gerötet sei und glänze. Sie seufzte – was sie besonders oft tat. «Was willst du mit dem Plüschhund?»

«Bayu schenken.»

«Warum? Den hast du von der Oma erhalten.»

«Ja. Aber ich habe zu viel Spielzeug.» Das stimmte tatsächlich. Dennoch liebte sie Barry über alles. Ihre Großmutter mütterlicherseits hatte ihn ihr vor drei Jahren aus der Schweiz mitgebracht. Barry war ein Bernhardinerhund mit braun-weißem Fell. An seinem Hals trug er ein rotes Band mit einem Schnapsfässchen, auf dem das Schweizer Wappen abgebildet war. Die Großmutter hatte erzählt, dass es Barry tatsächlich gegeben habe. Er sei anfangs des neunzehnten Jahrhunderts ein Rettungshund auf dem Schweizer Alpenpass des Grossen St. Bernhards gewesen und laut einer Legende habe er vierzig verschüttete Menschen gerettet.

Elise starrte auf den Hund, und ihre Mutter stieß erneut einen Seufzer aus. «Wie du meinst, Elise. Dann bring den Hund eben Bayu. Aber danach kommst du sofort zur Anprobe. Verstanden?»

«Natürlich, Mama.» Sie eilte hinaus und übergab dem noch immer traurigen Bayu ihren Barry. Er blinzelte die letzten Tränen weg, ein Lächeln umspielte seine Lippen.

«Terima kasih, terima kasih!», rief er, was «Danke» bedeutete. In den nächsten Minuten wurde er umzingelt von anderen Kindern, die sein Geschenk bewunderten.

Elises Freude darüber, einen Jungen glücklich gemacht zu haben, war getrübt vom Gedanken an Ruben und Hendrik. «Es ist so ungerecht», sagte sie zu Wolfi. «Immer kommen sie mit allem durch, und wir können nichts tun. Einfach nichts!»

Er schüttelte den Kopf. «Man kann immer etwas tun.»

«Was denn?»

Seine Augen leuchteten, als ob jemand zwei Kerzen darin angezündet hätte. «Ich habe einen Plan.»

Wolfis Plan wollten sie schon am nächsten Tag, einem Samstag, in die Tat umsetzen, bei einem Besuch zum Mittagessen bei den Konings bot sich die perfekte Gelegenheit dazu. Elise verspürte bereits zu Hause Aufregung, als ihr ihre Mutter die Haare kämmte, und rutschte unruhig auf dem Stuhl hin und her. Sie mochte es nicht, gekämmt zu werden, auch wenn sie die Mutter dann ganz für sich allein hatte. Aber in ihren braunen, wirren Locken wimmelte es oft nur so von Knötchen.

«Schlimmer als ein Vogelnest!» Selma rupfte mit dem Kamm durch Elises Haar, versuchte einen hartnäckigen Knoten zu entwirren.

«Au! Das tut weh!»

«Jetzt stell dich nicht so an. Was bist du auch heute so zappelig?» Ihre Blicke trafen sich im Spiegel: die grünblauen Augen der Mutter die haselnussbraunen von Elise, die sie und Wolfi von Vater geerbt hatten.

Ihre Mutter war eine auffallend schöne Frau mit ihrem dunkelbraunen, glänzenden Haar und dem blassen Puppengesicht. Auf früheren Fotos sah sie aus wie Schneewittchen aus dem Märchenbuch. Adele kam ganz nach ihr.

Sie schien Elises Bewunderung zu bemerken und reagierte mit einem Lächeln.

«Tut mir leid, Elise, aber sonst ist dein Haar irgendwann verfilzt und wir müssen es abschneiden. Außerdem möchtest du für heute bestimmt hübsch aussehen, nicht wahr?» Sie strich ihr sanft über die Wange und fuhr im nächsten Moment fort, an deren Haar zu rupfen.

Elise nickte, obwohl es ihr ziemlich gleichgültig war, ob sie hübsch sein würde. Hauptsache, Wolfis Plan funktionierte.

Sie fuhren in dem Ford, den sich der Vater aus Europa hatte importieren lassen. Wolfi durfte vorne neben dem Vater sitzen, die Frauen hinten. Auch Constanze war dabei, damit deren Vater ungestört an seinem Buch weiterschreiben konnte. Für gewöhnlich hätte sich Elise über Constanzes Anwesenheit geärgert, aber an diesem Tag passte sie genau in ihren und Wolfis Plan.

Während sich Selma mit Constanze über deren Leidenschaft, das Klavierspiel, unterhielt, drückte Elise die Nase gegen das Fahrzeugfenster. Dicke Wolkenbänke zogen über den Himmel und warfen Schattenflecke auf die Erde. Am Straßenrand saßen halbnackte Kinder und flochten Körbe, ein alter Mann auf einer Rikscha fuhr vorbei und schenkte Elise ein zahnloses Lächeln. Reisberge voller Insekten türmten sich an einem Marktstand, dahinter auf der Wiese lagen die Trümmer eines Hauses; eines von vielen, das den starken Orkan im Mai nicht überstanden hatte.

Wenig später fuhr ihr Vater einen von Palmen gesäumten Weg entlang bis zum Haus der Konings. Die weiße Villa mit den vier Säulen, die das Vordach stützten, wirkte an jenem Tag besonders einschüchternd auf Elise. Vielleicht, weil gerade eine große Wolke darüber schwebte, die es in Schatten tauchte. Oder weil Frau Koning wie eine Riesin auf der Veranda stand und zwei dünne Bedienstete rügte. Als sie den Wagen bemerkte, erhellte sich ihr empörtes, rotwangiges Gesicht und sie winkte, während die beiden Angestellten sofort auf den Wagen zueilten, um die Türen zu öffnen. Elise begrüßte die beiden überschwänglich, um Frau Konings Verhalten wiedergutzumachen.

Weshalb ließen sich die Einheimischen so herumkommandieren? Es war ihr Land, ihr Boden, waren ihre Bäume, ihre Tiere. Warum akzeptierten sie dieses ungerechte System? Elise suchte oft bei ihrem Vater nach Antworten, der ihr jeweils stolz etwas von Kolonialismus und Zivilisierungsmission erzählte. Als sie einmal erwiderte, wie falsch sie das fände, reagierte er aufgebracht und meinte, sie könne das als Kind sowieso noch nicht begreifen. Danach stellte sie ihm keine Fragen mehr. Ihrem Großvater väterlicherseits – der immer eine Antwort bereit hatte – schrieb sie in einem ihrer zahlreichen Briefe darüber, und er antwortete, dass das Leben leider so sei und Elise diese Ungerechtigkeit nur wiedergutmachen könne, indem sie diesen Menschen mit besonders viel Achtung und Freundlichkeit begegne. Was sie auch tat. Dennoch bekümmerte es Elise, nicht mehr zur Gerechtigkeit beitragen zu können, und aus diesem Grund lag ihr die erfolgreiche Umsetzung von Wolfis Plan besonders am Herzen. Sie würden sich an den Koning-Knaben rächen. Für Bayu.

Nach einem üppigen Mittagessen zogen sich der Vater und Herr Koning in den Wintergarten zurück, wo Zigarren und Whisky auf sie warteten. Die Mutter und Frau Koning sprachen im Salon über Stoffe und Bücher, während Constanze am Piano «Eine kleine Nachtmusik» spielte und von Ruben angehimmelt wurde. Sie sah bezaubernd aus in ihrem kornblumenblauen Kleid und der passenden Schleife im hellbraunen Haar. Der Kronleuchter über ihr ließ einzelne Strähnen leuchten wie Goldfäden. Die arme Constanze, dachte Elise. Sie wusste nicht, dass sie zum wichtigsten Teil ihres Plans gehörte, und spielte dennoch unbewusst perfekt mit, indem sie Ruben in ihren Bann zog.

Adele saß wie immer strickend auf dem Sofa, neben ihr ein gelangweilter Hendrik, der mürrisch vor sich hin starrte. Als Wolfi ihm vorschlug, zusammen zu spielen, musterte er ihn voller Argwohn, und Elise dachte bereits, er würde ihn abweisen. Aber offenbar war die Aussicht, mit seinen Spielsachen anzugeben, aufregender als Constanzes Klavierspiel, denn er erhob sich und wies Wolfi an, mitzukommen. Elise folgte ihnen. Obwohl ihre Familie die Konings schon mehrere Male besucht hatte, waren ihr und Wolfi die auf der ersten Etage gelegenen Zimmer von Ruben und Hendrik bisher immer verwehrt geblieben. Ein heller Raum erwartete sie, mit großem Bett in der Mitte und einem langen Regal voller Spielsachen, alle schön aufgereiht, fast wie in der Spielzeugabteilung des Kaufhauses. Eine Plüschgiraffe in ihrer Größe faszinierte Elise, und sie streichelte ihr über das borstige Fell.

«He! Finger weg!» Hendrik griff nach Elises Hand und funkelte sie erbost an.

«Ist ja gut. Beruhig dich.» Augenrollend wandte sie sich ab und beobachtete Wolfi, der sich den Soldatenfiguren auf dem Regal widmete. «Die sind ja grandios! Spielen wir Krieg?»

Jegliches Misstrauen Hendriks verflog augenblicklich, und er griff nach einem Panzer. «Ja! Holland gegen Österreich. Ich gewinne.»

Wolfi zeigte auf Elise. «Aber sie muss raus. Das ist nichts für Mädchen.»

Hendrik nickte eifrig. «Du hast recht.» Er wies zur Tür. «Raus, Elise!»

«Ihr seid gemein!» Gespielt schmollend verließ sie das Zimmer und schloss mit einem breiten Grinsen die Tür hinter sich. Alles lief nach Plan, doch nun musste sie sich beeilen, ihr blieb nicht viel Zeit. Nachdem sie sich vergewissert hatte, dass sich niemand sonst hier oben aufhielt, öffnete sie die Tür neben Hendriks Zimmer und erblickte einen massiven Schreibtisch aus Holz, auf dem ein Schiffsmodell stand, dahinter zierte eine riesige Weltkarte die Wand. Es müffelte nach einer Mischung aus Eau de Cologne und Zigarren. Offenbar das Büro von Herr Koning. Erst nach zwei weiteren Fehlversuchen landete sie in Rubens Zimmer. Hier gab es kaum Spielzeug, und so sprang ihr der Teddybär auf dem Bett gleich ins Auge. Sieh einer an! Kichernd wandte sich Elise ab und fand endlich, wonach sie suchte. Rubens Lokomotiv-Sammlung. Wie oft schon hatte er davon erzählt und geprahlt, eines Tages selbst eine Lokomotive zu entwerfen.

Sie entdeckte Bayus Holzlokomotive sofort, da sie sich durch ihre Unscheinbarkeit von den anderen Modellen abhob. Ohne zu zögern, steckte sie die Lok in die Tasche ihres Rockes. Wolfi war der Meinung, Ruben würde es nicht auffallen, wenn die Holzlok fehlte, da er genug andere hatte. Sie würden sie Bayu zurückgeben und ihm einschärfen, er solle sicherheitshalber nicht mehr in Rubens und Hendriks Gegenwart damit spielen. Und falls Ruben den Verlust doch bemerken sollte, so würden sie alles abstreiten. Bei den Erwachsenen könnte er sie ja nicht verpetzen, weil er dann zugeben müsste, die Holzlok geklaut zu haben. Der perfekte Plan, dachten sie.

Elise wollte bereits wieder gehen, da streifte ihr Blick eine aufziehbare, rote Dampflok, die wie frisch poliert glänzte. Sie konnte die Augen kaum von ihr abwenden. Bayu würde sich bestimmt darüber freuen, schoss es ihr durch den Kopf, und schon griffen ihre Finger danach, ließen sie in ihrer anderen Rocktasche verschwinden. Jetzt aber raus aus dem Zimmer.

Unten angekommen beschlich sie ein mulmiges Gefühl, und als sie vor dem Salon stand, überlegte sie, die Dampflok wieder zurückzubringen. Ihre Taschen fühlten sich so schwer an, als würde ihr der Rock gleich zu Boden rutschen. Eine Angestellte schritt mit einem Tablett vorbei und schenkte ihr ein Lächeln. Dampf stieg aus der Teekanne. Elise fragte sich, ob man ihr den Diebstahl ansah, sie hatte das Gefühl, er stünde ihr auf die Stirn geschrieben. Flink huschte sie in den Wintergarten, wo sich ihr Vater mit Herr Koning unterhielt und gerade eine Zigarre anzündete. Sie versteckte sich hinter einem großen Palmentopf, um zu lauschen. Die beiden Männer sprachen über zum Bersten gefüllte Kautschuklager, Absatzflaute und Überangebot. Das Gesicht ihres Vaters war gerötet, kleine Schweißperlen glänzten auf seiner Stirn und der Halbglatze, die umringt war von restlichen, blonden Haarlocken. «Die Ruber Growers' Association sah schon vor drei Jahren die Gefahr einer Überproduktion.»

Herr Koning schwenkte sein Whiskyglas. «Der Krieg hätte einfach viel länger dauern müssen.»

Die Aussage bestürzte Elise. Wie konnte man sich einen länger andauernden Krieg wünschen? Von Großvaters Mitarbeiter Herrn Altmayer wusste sie, wie schrecklich der Große Krieg gewesen war. Er hatte sich dabei eine Beinverletzung zugezogen, und seither hinkte er wie Adele. Doch noch schlimmer war, dass er zusehen musste, wie seine Freunde vor seinen Augen «starben wie die Fliegen».

Sie hörte ihren Vater auflachen, was ihre Fassungslosigkeit noch steigerte. Kopfschüttelnd ging sie zurück in den Salon, wo Constanze «Papagenos Lied» von Mozart beendete und Beifall von Adele und Ruben erhielt.

«Spiel noch eines», rief Ruben, aber Constanze erhob sich gähnend.

«Nein, ich bin müde.»

Ruben legte den Kopf leicht schräg wie ein Hündchen lechzend nach einem Häppchen. «Möchtest du mein Zimmer sehen?»

Constanze hob gleichgültig die Schultern. «Warum nicht.»

Elises Puls raste. Ob er Constanze seine Lokomotivsammlung zeigen würde? Bestimmt!

Gerade als sie etwas sagen wollte, um die beiden aufzuhalten, erschien Wolfi und sah sie erwartungsvoll an. Erst als die beiden verschwunden waren, erkundigte er sich leise nach der Lokomotive. Elise spähte zu Adele, die zwar immer noch strickte, ihnen jedoch misstrauische Blicke zuwarf.

«Nicht hier», flüsterte Elise Wolfi zu. «Komm.»

Er folgte ihr in die Eingangshalle. «Was ist? Hast du die Lok nicht gefunden?»

«Doch, aber ...» Sie fühlte eine innere Hitze aufsteigen. «Ich habe noch etwas anderes genommen. Rubens rote Dampflok!» Sie zog sie aus ihrer Rocktasche. Glänzendes Rot blitzte auf, Wolfis Augen wurden riesig.

«Sie ist grandios, nicht? Ich dachte, Bayu hätte Freude daran.» Sie ließ die Lok wieder in die Tasche gleiten.

«Ja, aber Ruben wird es bemerken. Und ihm wird klar sein, dass wir es waren. Du musst sie zurücklegen.»

Sie schluckte. «Das geht nicht. Ruben zeigt Constanze gerade sein Zimmer.»

«Dann verstecken wir sie eben hier irgendwo.» Wolfi schaute sich um, seine Augen blieben an einer Kommode haften. In dem Moment erschien das Dienstmädchen und sah sie fragend an.

«Besser draußen. Komm mit.» Wolfi eilte zur Haustür, Elise folgte ihm. Feuchte Hitze schlug ihnen entgegen, als sie das Haus verließen. Sie hatten soeben den kleinen angrenzenden Park neben dem Gebäude betreten, um dort nach einem

Versteck zu suchen, als sie hörten, wie die Tür geöffnet wurde. Sie erstarrten und drückten sich gegen die Hauswand.

«Verdammte Diebe!», schrie Ruben. «Wo seid ihr?»

«Bist du ganz sicher, dass sie es waren?», fragte Constanze.

«Natürlich», hörte Elise Hendrik sagen. «Elise muss es gewesen sein, als ich mit Wolfi gespielt habe.»

«Sie verstecken sich bestimmt in der Scheune», meinte Ruben. «Kommt.»

Elise beobachtete, wie sie in die entgegengesetzte Richtung rannten, und atmete auf. Doch viel Zeit blieb ihr und Wolfi nicht, um ein Versteck zu suchen.

Plötzlich wurde sie unsicher. «Ich sollte die Lok zurückgeben.»

«Nein!» Wolfi schüttelte energisch den Kopf.

«Du hast doch selbst gesagt, dass ...»

«Schon, ja. Aber eigentlich war es richtig, dass du sie genommen hast. Ruben hat das verdient. Er war gemein und muss bestraft werden.» Er sah sich um und zeigte zur Kautschukplantage gegenüber des Parks. «Wir verstecken uns dort im Wald, und dann vergraben wir die Lok irgendwo.» Seine Augen funkelten vor Entschlossenheit. Angesteckt von seinem Enthusiasmus willigte Elise ein, und so eilten sie zur Plantage. Die Zapfer und Zapferinnen, die Latexmilch ernteten, blickten ihnen nach, wie sie den Weg durch die Plantage rannten, zwischen Bäumen hindurch. Jemand rief etwas, doch sie verstanden kein Wort. Irgendwann, sie hatten eine weite Strecke zurückgelegt, hielten sie keuchend an. Wolfi stützte sich mit einer Hand an einen Baum. Eine kleine Schale war am Stamm befestigt, um die Latexmilch zu sammeln, die aus den Ritzen des Kautschukbaumes drang. Elise kannte das Verfahren von ihrem eigenen Anbau, ihr Vater hatte es ihr oft erklärt. Sie konnte es nicht gutheißen, weil ihr die Bäume leidtaten. Die Menschen ritzten ihre Stämme ein, um ihnen Milch zu entnehmen, nur damit sie Gummi herstellen konnten. Sie stellte sich in ihrer Fantasie manchmal vor, wie die Bäume den Menschen das Gleiche antaten: ihnen die Haut ritzten, um das Blut zu bekommen. Ein abscheulicher Gedanke. Sie schämte sich für die Menschheit.

Wolfi schien ebenso zu empfinden, denn sein Gesicht verzog sich beim Anblick des Baumes, und er streichelte über dessen Rinde, murmelte ein «armer Baum». Dann fing er sich wieder und sah sich um.

«Da, Elise!» Er zeigte zu einem Busch. «Da können wir die Lok vergraben. Komm, gib sie mir.»

Elise nahm sie aus ihrer Rocktasche und überreichte sie ihm. In der anderen Tasche befand sich noch immer Bayus Holzlok, und sie freute sich schon auf sein Gesicht, wenn sie sie ihm später überreichen würde.

«Was sagen wir Ruben und Hendrik?», fragte sie und folgte Wolfi zu dem Busch.

«Wir streiten alles ab.» Er kniete nieder und begann, seitlich des Busches zu graben.

«Aber sie wissen, dass wir es waren. Du hast sie doch vorhin gehört.»

Er erwiderte nichts und grub weiter, innerhalb kürzester Zeit war er voller Dreck. Elise graute bereits davor, ihrer Mutter gegenüberzutreten. Wie würden sie das erklären?

«Ich habe ein schlechtes Gefühl dabei.»

«Musst du nicht.» Er schaute zu ihr hoch, sein Haar klebte bereits an der verschwitzten Stirn. «Elise, es ist doch nur gerecht, dass wir Ruben jetzt auch etwas genommen haben. Vielleicht wird er daraus lernen.»

Das bezweifelte sie, sprach den Gedanken aber nicht aus.

«Keine Angst. Es kommt gut.»

Sie nickte zögernd und beobachtete, wie Wolfi die Lok in die Grube legte und begann, sie mit Erde zuzuschütten. Der rote Lack verschwand nach und nach.

Plötzlich raschelte etwas hinter ihm, und im nächsten Moment sah Elise den hellgelb-grauen Kopf einer Schlange aus dem Busch herausragen, direkt über Wolfis nackten Waden. Ihr stockte der Atem. Sie wusste, dass es sich um eine giftige Kobra handelte. Eine solche hatte vor ein paar Wochen eine der Zapferinnen gebissen, die zwei Tage später verstarb.

«Wolfi!», schrie sie, als sie ihre Stimme wiederfand. «Da ist eine Schlange hinter dir!» In ihrer Hysterie dachte sie leider nicht mehr an die Worte ihres Vaters, wie man sich bei der Begegnung mit einer Schlange verhalten sollte: ruhig bleiben, langsam zurückweichen.

Ihr hysterisches Geschrei übertrug sich auf Wolfi. «Eine Schlange?», schrie auch er und drehte den Kopf um, sprang sofort auf, stolperte über die Grube und fiel um. Die darauffolgenden Sekunden, als die Schlange zubiss, würde Elise ihr Leben lang nicht vergessen.

Noch am selben Abend verstarb Wolfi trotz Behandlung des Arztes.

2

Nach Wolfis Tod war Elises Leben nicht mehr dasselbe. Nebst unsäglicher Trauer über den Verlust ihres Zwillingsbruders – es fühlte sich an, wie wenn ihr jemand ein Körperteil entrissen hätte – begleiteten sie fortan auch starke Schuldgefühle, die untermauert wurden von den stillen Vorwürfen ihrer Mutter. Sie gab sich zwar Mühe, diese zu verstecken, dennoch spürte Elise sie jeden Tag. Wie düstere Wolken schwebten sie über ihr. Sie wusste, dass ihre Mutter ihr die Schuld gab, und sie konnte es ihr nicht verübeln, weil sie tatsächlich die Schuld trug. Nach dem Unglück hatte sie alles gebeichtet: ihren Plan, sich an Ruben zu rächen und Bayus Spielzeug zurückzuholen, und den Diebstahl von Rubens Lokomotive. Sie hatte die ganze Schuld auf sich genommen und verschwiegen, dass Wolfi den Plan geschmiedet hatte – schließlich wäre ja alles gut gegangen, hätte sie die rote Lokomotive nicht an sich genommen. Allein deshalb hatten sie den Wald aufsuchen müssen. Das fand auch Selma. «Ihr seid also nur in den Wald gerannt, um diese Lok zu verstecken, die *du* gestohlen hattest?» Ihre Stimme klang schrill und unbarmherzig.

Elise hatte nur genickt, und bevor die Mutter etwas sagen konnte, wurde sie vom Vater beruhigt und weggeführt.

Am Ende richtete sich Selmas Wut nicht gegen Elise, sondern gegen ihren Mann. Sie machte ihn für alles verantwortlich, weil er die Familie nach Sumatra geholt hatte. Es verging kein Abend, an dem sie ihn nicht in einen Streit verwickelte, einmal hörte Elise, wie sie sagte, dass er allein Wolfis Tod zu verantworten habe. Kurz darauf schlug die Haustür zu, gefolgt von dem Geräusch des aufheulenden Motors.

Ein paar Wochen später verließen sie Sumatra, nur der Vater blieb zurück. Elise sah sich und Adele noch vor sich, weinend an der Reling des Schiffes stehend und dem Vater winkend; so lange, bis seine Gestalt in dem weißen Anzug zusammen mit der Küste verschmolz.

Während sie auf der Anreise keine Probleme gehabt hatte, so erlitt sie auf der Rückfahrt Seekrankheit, und als sie zitternd und schwitzend im Bett lag, nachdem sie sich gerade übergeben hatte, wünschte sie sich nichts sehnlicher, als zu sterben. Ein Leben ohne Wolfi? Unvorstellbar.

Zurück in Wien erholte sie sich zwar körperlich, die seelischen Wunden jedoch blieben. Albträume von Schlangen und Wolfi quälten sie, und sie vermisste Sumatra trotz allem, was es ihr genommen hatte. Ihr fehlte der Vater, die Herzlichkeit der Malaien, die Früchte, ja sogar die Mücken und Spinnen. Ihre Mutter und Adele hingegen gewöhnten sich schnell wieder an Wien und die Vorzüge des Stadtlebens. Besonders die Mutter, die sich, kaum waren sie zurück, in die Arbeit im Kaufhaus stürzte. Elises Großmutter, der es altersbedingt oft an Energie fehlte, um ein Unternehmen zu leiten, schätzte die Unterstützung, und so verließ die Mutter jeden Tag frühmorgens das Haus und kehrte erst spät zurück. Die Haushälterin Danuta, eine fünfzigjährige, schlaksige Polin, kümmerte sich liebevoll um Elise und Adele, doch sie konnte die Mutter nicht ersetzen. Und Elise hätte ihre Mutter gebraucht, denn die ersten Wochen nach ihrer Rückkehr erwiesen sich als Qual. Besonders schwer fiel ihr der Einstieg in die Schule, was jedoch nicht am Schulstoff lag, sondern vielmehr an ihren Mitschülern, die sich mit ihrer kühlen Art komplett von den herzlichen Malaien unterschieden. Außerdem wurde Elise schmerzhaft bewusst, dass sie ohne Wolfi keinen einzigen Freund hatte. Als er noch lebte, hatte sie nie das Bedürfnis verspürt nach weiteren Freundschaften, schließlich teilten sie und Wolfi dieselben Interessen, liebten mehr oder weniger die gleichen Spiele – auch wenn dies bedeutete, dass sie sich ab und zu dem anderen zuliebe mal mit Puppen, mal mit Zinnsoldaten abgeben mussten –, und am wichtigsten: Sie verteidigten sich als eingeschworene Gemeinschaft gegen Kinder, die sie ärgerten. Aber nun gab es keinen Wolfi mehr, der sie beschützte, und so war sie den anderen Kindern schutzlos ausgeliefert, allen voran einem Mädchen namens Ingrid, das Elise seit einem Vorfall während der ersten Schulwoche als Feindin auserkoren hatte.

An jenem dritten Schultag an einer privaten Mädchenschule saß Elise während der großen Pause am Schreibtisch und las in ihrem Lieblingsbuch *Robin Hood*, als Ingrid mit ihrem Gefolge zu ihr stieß. Grüne Augen musterten Elise forschend. «Du bist die Elise Graf, oder?», fragte Ingrid und strich sich eine Strähne ihres strohblonden Bubikopfs aus dem Gesicht.

Elise nickte, daraufhin steckte Ingrid die Hände in die Rocktaschen und wippte leicht hin und her. «Ich habe gehört, eine Schlange soll deinen Bruder gefressen haben, stimmt das?»

Entsetzt riss Elise die Augen auf und erkannte hinter Ingrids Maske des Mitgefühls pure Sensationsgier. Die Mienen von Ingrids beiden Begleiterinnen verrieten, dass sich Ingrid soeben auf verbotenes Terrain vorgewagt hatte, beschämt blickten sie zu Boden.

Elise schloss ihr Buch und schaute Ingrid direkt ins Gesicht. Zahlreiche Sommersprossen zierten deren Stupsnase. «Nein. Er wurde gebissen und starb am Gift.»

Ingrid legte sich theatralisch eine Hand auf die Brust. «Wie entsetzlich! Hast du die Schlange etwa gesehen? War sie sehr groß? Wie sah ihr Kopf aus?»

Eine von Ingrids Freundinnen, Berta, ein dünnes Mädchen mit Brille, fühlte sich sichtlich unwohl. «Ingrid, komm, wir gehen», sagte sie, doch Ingrids Augen waren nach wie vor erwartungsvoll auf Elise gerichtet.

Damals wusste sie nicht, wie sie ihre Empörung und ihre Wut im Zaun halten konnte, und so stand sie auf und gab Ingrid einen heftigen Schups. «Du bist blöd!», rief sie. «Richtig blöd und gemein!» In diesem Moment betrat Lehrer Fink das Zimmer. Sie ahnte, dass dieser sie nicht mochte, obwohl sie sich bereits in den ersten Schultagen als gute und fleißige Schülerin gezeigt hatte. Ingrid jedoch gehörte zu seinen Lieblingsschülerinnen, und so glaubte er Elise kein Wort, als sie erklärte, dass Ingrid den Streit begonnen hatte. Am Ende musste sie sich bei Ingrid entschuldigen und bekam von ihrer Mutter Hausarrest. Sie riet Elise, Ingrid zukünftig zu ignorieren, was sich jedoch als kein leichtes Unterfangen erwies. Längst hatte Ingrid sie als ihr Lieblingsopfer auserkoren und betrachtete es als ihre Lebensaufgabe, sie zu schikanieren. So brachte sie unter anderem abscheuliche Gerüchte über sie in Umlauf, wie, dass sie die Schlange, die Wolfi getötet hatte, danach aufgegessen oder sich auf Sumatra mit einer ansteckenden Krankheit infiziert hätte. Elise beherrschte sich, ging nicht auf ihre Sprüche ein, auch wenn es in ihr brodelte wie in Danutas Suppentopf.

Doch Ingrid wurde immer schlimmer. Eines Tages behauptete sie, dass Wolfi nur von der Schlange gebissen wurde, weil er böse gewesen sei, und dass Gott ihn deshalb in die Hölle zum Teufel geschickt habe. Dort lebe er nun in ewiger Verdammnis. Auch wenn Elises Familie den jüdischen Glauben nur oberflächlich auslebte, so hielten sie sich an ein paar Rituale und vertraten die Eigenheiten ihrer Religion. Dazu gehörte, dass sie weder an eine Hölle noch an einen Teufel glaubten, sondern an den Scheol, den Ort, an den man nach dem Tod gelangt und wo die Seele gereinigt wird. Jeder Mensch musste mit sich ins Reine kommen, bevor er Gott nach dem Tod begegnete, und es wurde vermutet, dass im Scheol viele Fragen zum Leben beantwortet werden müssen.

Ingrid spürte wohl, dass Elise mit dem Begriff Hölle nicht viel anfangen konnte, und so beschrieb sie ihr die Hölle und den Teufel sehr detailliert in den fürchterlichsten Facetten ihrer Vorstellungskraft. Als sich Elise ausmalte, wie Wolfi irgendwo an einem dunklen Ort von einer behaarten Gestalt mit Hufen und Widderhörnern gequält wurde, überkam sie Übelkeit und sie rannte davon. Sie wusste, dass nur einer ihr jetzt helfen konnte: ihr Großvater. Seit ihrer Rückkehr aus Sumatra gab es zwei Lichtblicke in ihrem trostlosen Leben: zum einen die Besuche im Perlman, wo ihre Mutter sie allerdings nicht gerne sah aus Angst, sie könnte etwas beschädigen oder die Kunden vergraulen, zum anderen ihren Großvater väterlicherseits, Karl Graf. Er besaß ein kleines Uhren- und Juweliergeschäft, das Elise schon seit jeher faszinierte. Stundenlang konnte sie ihm dabei zuschauen, wie er im Hinterzimmer des Ladens Uhrwerke reparierte, Goldringe schmiedete, Diamanten schliff. Aber hauptsächlich schätzte sie die Gespräche mit ihm. Er half ihr dabei, sich mit Wolfis Tod auseinanderzusetzen, versicherte ihr, dass sie keine Schuld trage an dem Unfall. Wenn es ihr nicht gut ging, tröstete er sie und erteilte wertvolle Ratschläge. Als sie ihm an jenem Tag erzählte, was Ingrid über die Hölle und den Teufel gesagt hatte, schwieg er für einen Moment. Dann schob er die Brille ins Haar, legte die Lupe zur Seite, durch die er soeben einen Rohdiamanten inspiziert hatte, und fasste sie an den Schultern. Seine braunen Augen in dem von feinen Linien zerfurchten Gesicht mit dem weißen, gestutzten Bart sahen sie ernst an.

«Dieses Mädchen hat dir also gesagt, dass Wolfi in der Hölle ist?»

Sie nickte, und ihr Großvater schloss kurz die Augen.

«Meinst du, sie hat recht?», fragte sie. Wenn einer die Antwort kannte, dann er, davon war sie überzeugt. Er war ein sehr liberaler Mensch, auch hinsichtlich seiner religiösen Einstellung. Obwohl jüdisch auf dem Papier, sagte er immer, er wolle sich vom Gedankengut her keiner bestimmten Religion zuordnen. Er glaube zwar an einen Schöpfer, doch nicht an die Eigenheiten der einzelnen Religionen, sie würden ihn zu sehr einschränken. Niemand könne wissen, wie sie entstanden wären und was einen nach dem Tod erwartete. Das Leben sei ein riesiges Geheimnis, und es zähle allein, dass man das Beste daraus mache und Gutes bewirke. Mit seinen Freunden Elon, einem liberalen Rabbi, und dem Pfarrer Tobias, die ihn oft besuchten, diskutierte er stundenlang über Gott und die Welt, und auch wenn die Gespräche oft recht hitzig ausfielen, so lauschte Elise den dreien gerne, da sie immer freundlich und respektvoll miteinander umgingen und ihre unterschiedlichen Meinungen akzeptierten.

Erwartungsvoll blickte sie zu ihrem Großvater, der sich seine Worte offenbar sorgsam zurechtlegte.

«Elise, erstens, hör nicht auf diese Ingrid, sie will dich bloß provozieren. Das Mädchen ist zudem ohne Zweifel sehr einfältig, du kannst nur Mitleid mit ihr haben. Es wird dir bestimmt schwerfallen, aber du darfst ihr keine Aufmerksamkeit schenken. Genau das wollen solche Menschen erreichen.»

«Das hat Mama auch gesagt. Aber wie kann ich sie ignorieren, wenn sie mir solche Dinge sagt?»

Er tippte ihr mit dem Zeigefinger auf die Stirn. «Weil *du* viel klüger bist und genau weißt, dass Ingrid nur Unsinn erzählt. Und weshalb soll man Menschen beachten, die nur blödes Zeug von sich geben? Das ergibt doch keinen Sinn.»

Sie musste lächeln. «Du hast recht.»

«Und zweitens: Die Hölle und den Teufel haben sich die Menschen nur ausgedacht, um den Leuten Angst einzujagen, damit sie nicht so viel Schreckliches anstellen ... Gebracht hat es leider nichts ... Jedenfalls hatte Gott ganz sicher keine Finger im Spiel, als die Schlange Wolfi biss. Warum sollte er das tun? Sag es mir.»

«Weil ..., weil Wolfi böse war und deshalb bestraft wurde? Das hat Ingrid gesagt. Und wir haben doch Rubens Lokomotive gestohlen. Obwohl, also eigentlich habe *ich* sie gestohlen. Wolfi hatte nur die Idee, Bayus Holzlok zurückzuholen. Und das war ja auch unser gutes Recht ... Aber Rubens Lokomotive hätte ich nicht stehlen dürfen. Eigentlich hätte die Schlange *mich* töten sollen.»

Ihr Großvater schüttelte den Kopf. «Elise, hör zu. Wenn Ingrid tatsächlich recht hätte und Gott wirklich alle Menschen, die einen Fehler machen, bestrafen würde, müssten doch viel mehr Menschen von Schlangen gebissen werden oder sonst ein Unglück erleiden, nicht wahr?»

«Eigentlich schon.»

«Aber das ist nicht so. All die Verbrecher beispielsweise, die im Gefängnis sind. Sie leben noch. Und deine Großmutter, die eine sehr gütige und anständige Person war, die nie an sich selbst dachte und stets den anderen half, starb an den Folgen einer Grippe.»

Sie dachte an ihre Großmutter, die in der Tat einer der liebsten Menschen gewesen war. Und den besten Kirschkuchen auf der Welt gebacken hatte.

«Großmutter war ein sehr guter Mensch», gab sie ihrem Großvater recht. «Gott hätte keinen Grund gehabt, sie mit dem Tod zu bestrafen.»

«Ja. Manche mögen sagen, dass ihre Zeit gekommen war und Gott sie zu sich holte ... Aber ich glaube, Gott kann gar nicht darüber entscheiden. Es passiert einfach, ganz gleich, ob jemand gut oder schlecht war. Ich persönlich denke, er gab uns Willensfreiheit. Das Leben ist nicht vorherbestimmt, weder von ihm noch vom Schicksal. Er kann es auch nicht beeinflussen. Und in die Hölle schickt er niemanden.»

«Das sehe ich ein. Aber ... warum musste Wolfi dann sterben?»

Ihr Großvater starrte auf seine Lupe. «Weil das Leben zwar ein Geschenk ist, aber sehr viele Gefahren und Risiken mit sich bringt. Es hängt an einem seidenen Faden, und leider ist der von Wolfi viel zu früh gerissen. Das hätte niemand verhindern können.»

«Und wo ist Wolfi jetzt? Im Paradies ja nicht, du glaubst nicht an das Paradies, hast du zu Rabbi Elon gesagt.»

«Nur weil ich nicht daran glaube, bedeutet es nicht, dass es kein Paradies gibt. Vielleicht gibt es eines, vielleicht ist aber auch nichts nach dem Tod, wer weiß das schon. Das Leben ist und bleibt ein Rätsel. Aber wenn es dir besser geht, wenn du Wolfi im Paradies siehst, dann glaub daran, Elise. Glaub fest daran. Das ist doch das Wichtigste überhaupt an einem Glauben, nämlich dass er uns Kraft gibt.» Er legte die Hände auf ihre Schultern. «Ich verrate dir ein Geheimnis. Wenn es mir nach dem Tod deiner Großmutter nicht gut ging, dann habe ich sie mir auf einer Wolke vorgestellt.»

«Auf einer Wolke? Wirklich?»

«Ja. Auf einer schönen, schneeweißen und bauschigen Wolke. Dort springt sie herum mit meinen Eltern und weiteren Menschen, die ich geliebt habe.»

Die Vorstellung gefiel ihr. «Dann ist Wolfi jetzt auch auf dieser Wolke», sagte sie im Brustton der Überzeugung. «Und die Wolke sieht aus wie die Zeppelinwolke, die wir einst in Mödling gesehen haben. Die glich wirklich einem Zeppelin!»

Die Zeppelinwolke. Sie entdeckten sie damals bei ihrem sogenannten Wolkenspiel, das Wolfi und sie früher oft mit Adele gespielt hatten. Sie lagen auf der Wiese beim Weiher auf dem Anwesen der Großeltern mütterlicherseits in Mödling, bestaunten die Wolken, und jeder musste sagen, was genau *seine* Wolke darstellte.

Der Großvater lächelte. «Siehst du, dann ist Wolfi auf dieser Zeppelinwolke.»

Seit dem Tag in der Werkstatt ihres Großvaters sah Elise Wolfi auf dieser Wolke, und auch wenn ihr im Laufe der Jahre bewusst wurde, dass es sich nur um eine kindliche Vorstellung handelte, tat sie ihr gut und verlieh ihr Zuversicht und Stärke. Ihr Großvater hatte recht, das Wichtigste an einem Glauben war, dass er den Menschen Kraft gab. Um tapfer zu tragen, was nicht zu ändern war. An eine Hölle jedenfalls glaubte sie nach dem Gespräch nicht mehr – auch wenn sie in den nächsten Jahren so manchen Menschen dorthin wünschte.

Als Ingrid sie das nächste Mal piesacken wollte, sagte Elise ihr, dass sie Mitleid mit ihr habe, weil sie so ein Dummkopf sei, dann drehte sie sich weg und ignorierte sie. Sie rechnete damit, dass Ingrid sich wehren würde, aber sie tat es nicht. Weshalb, das sollte Elise schon eine Woche später erfahren.

Es war an einem Samstag kurz vor Weihnachten. Selma wollte schon früh ins Perlman, und Elise drängte darauf, sie zu begleiten und später noch Großvater zu besuchen. Auf keinen Fall wollte sie zu Hause versauern, da Adele sowieso nicht mit ihr spielen würde. Doch die Mutter verdonnerte sie zu Strickarbeiten, weil sie sonst ohnehin nur im Kaufhaus «herumschleichen» und Dinge demolieren würde. Elise musste zugeben, dass sie bereits für ein kaputtes Teeservice aus Porzellan, ein zerbrochenes Schokoladenhäuschen und einen ausgelaufenen Parfümflakon verantwortlich war. Wenn etwas sie faszinierte, konnte sie nur schwer die Finger davonlassen. Und manchmal fiel es dabei runter.

Leider gelang es ihr nicht, ihre Mutter zu überreden, sie ins Perlman mitzunehmen, nicht mal zu Großvater durfte sie, weil Selma meinte, sie würde ihn nur bei der Arbeit stören, besonders jetzt während des Weihnachtsgeschäfts. So blieb ihr nichts anderes übrig, als zu Hause zu bleiben und zusammen mit Adele zu stricken. Klappernde Nadeln, kratzende Wolle. Elise stellte sich vor, was sie mit Wolfi alles hätte unternehmen können: einen Schneemann bauen zum Beispiel. Tiefe Traurigkeit überkam sie, und sie beschloss, dem Verbot ihrer Mutter zu trotzen und das Perlman aufzusuchen. Weder Danuta, die in der Küche Semmelknödel vorbereitete, noch die eifrig strickende Adele nahmen ihren Weggang wahr.

Eisige Kälte herrschte, kleine Schneeflocken tanzten durch die Luft, als Elise durch die Mariahilfer Straße Richtung Perlman schlenderte. Es wimmelte von Menschen in der Stadt, überall gehetzte Gesichter und volle Tüten. Einkaufswütige strömten in die Geschäfte, Wärmesuchende in die Kaffeehäuser. Elise huschte zwischen einer Gruppe Menschen hindurch ins Kaufhaus und riss ihre Mütze vom Kopf. Weihnachtsmusik drang in ihre Ohren, aus der Teestube roch es nach Zimt und Apfelstrudel. Wie sehr sie das Perlman zu dieser Jahreszeit liebte, besonders den riesigen, geschmückten Weihnachtsbaum im Atrium. Ihre Familie feierte keine Weihnachten, sondern Chanukka, das Lichterfest, welches dieses Jahr wegen Wolfis Tod vermutlich sehr trist ausfallen würde, vermutete sie.

Als sie vor dem Weihnachtsbaum stand und dessen große, funkelnde Kugeln betrachtete, in denen sie sich spiegeln konnte, erfasste sie erneut tiefe Trauer, ihr Herz zog sich zusammen. Wie sehr hätte Wolfi den Baum geliebt. Sie beschloss, sich in der Spielzeugabteilung abzulenken. Auf dem Weg dorthin kam sie schnell auf andere Gedanken. Die dekorierten Schaufenster mit Hüten, Krawatten, Zigarren, Parfüm, Gewürzen und Schokolade hoben ihre Stimmung in Windeseile. In der Spielzeugabteilung bestaunte sie ein dreistöckiges Puppenhaus und dessen Miniaturmöbel wie den Backofen mit seinen goldenen Füßchen und den winzigen Kerzenständer, im Anschluss begutachtete sie die Plüschtiere und hätte sie am liebsten alle mitgenommen. Wenig später zog sie weiter, schwebte durch die Kleiderabteilung und guckte den eleganten Frauen zu, die sich mit Federn geschmückte Hüte aufsetzten, Schuhe probierten und Pelzmäntel überzogen, wie die blonde Frau mit Wasserwellen, die sich gerade einen beigefarbenen Glockenhut aufsetzte. Kleine Röschen zierten die Seiten, und vorne hing ein dünnes Netz über der Stirn.

«Na Kleine, steht mir der Hut?»

«Ja! Sie sehen wunderschön aus.»

Die Frau lachte perlend. «Danke!»

«Elise!»

Elise zuckte zusammen und drehte sich um. Die alte Frau Horvath kam angerauscht wie eine hungrige Hexe. «Wie oft habe ich dir schon gesagt, du sollst die Gäste nicht belästigen! Und jetzt geh, husch husch!»

Sie zögerte kurz, erntete einen mitleidigen Blick der Kundin und einen genervten von Frau Horvath, dann rannte sie davon Richtung Delikatessenabteilung. Geleitet wurde diese von Herrn Unterberger, einem älteren, etwas untersetzten Mann mit Schnurrbart, der ihr immer ein paar Leckereien zusteckte, heute zwei Pralinen, Lebkuchen, Vanillekipferl und eine Mozartkugel. Sie liebte den Geruch hier, eine Mischung aus Schokolade, Kaffee, gebrannten Mandeln, Zimt, Früchten.

Mit gefülltem Bauch fühlte sie sich wenig später bereit für die Haushalts- und Dekorationswarenabteilung. Hier erwarteten sie glänzendes Silberbesteck, Kristallgläser, Vasen und unzählige Porzellanfiguren in Vitrinen. Sie drehte sich um die eigene Achse, damit sie alles anschauen konnte, und entdeckte prompt etwas Neues: eine weiße Porzellankatze mit hellblauer Schleife um den Hals. Sie stand auf einem Glasregal, ihre Augen waren auf Elise gerichtet, als wollte sie ihr zurufen: Komm! Komm, Elise! Komm und streichle mich. Sie war offenbar die letzte, Elise sah nirgends weitere von ihrer Sorte. So eine schöne Porzellanfigur hatte sie noch nie gesehen. Sie wollte gerade nach ihr greifen, da schritt Herr Zechner auf sie zu, die männliche Variante von Frau Horvath, nur viel jünger.

«Oh nein, nein, nein, nein! Hände weg, junges Fräulein! Sofort!»

«Ich möchte sie doch nur ...»

«Nein, nein, nein! Du hast hier ohnehin nichts zu suchen! Weiß deine Mutter, dass du hier bist?»

Sie spürte, wie ihre Wangen erglühten.

«Hab ich's mir doch gedacht!» Er packte sie am Arm und schleppte sie durch das Kaufhaus runter ins Erdgeschoss, wo sich das Büro der Mutter befand. Die Kunden schauten sie an, als wäre sie eine Schwerverbrecherin.

Selma war mitten in einer Besprechung mit der Großmutter, als sie das Büro betraten.

«Elise? Was machst du hier? Du solltest zu Hause sein!»

«Ich habe sie bei den Porzellanfiguren aufgegriffen», berichtete Herr Zechner stolz, als hätte er eine Diebin gefasst.

«Beinahe wäre die Meissener Katze runtergefallen, aber ich kam gerade rechtzeitig.»

Empört starrte Elise ihn an. Beinahe runtergefallen? «Aber», begann sie, doch ihre Mutter unterbrach sie. «Du gehst jetzt sofort nach Hause. Ich werde Danuta heute Abend fragen, und wenn sie mir sagt, dass du nicht da warst, dann bekommst du Hausarrest.»

«Ach Selma», sagte die Großmutter zu ihr. «Jetzt sei doch nicht so streng mit dem armen Kind. Weißt du nicht mehr, wie du damals im Kaufhaus herumgetobt bist? Und ich erinnere mich, dass du ebenfalls eine Vorliebe für Porzellanfiguren hattest.» Sie kicherte und zwinkerte Elise zu. Seit die Großmutter die Leitung im Perlman auf die Mutter übertragen hatte und nicht mehr so oft arbeitete, war sie viel lockerer geworden. Elise stimmte in ihr Kichern mit ein, doch ihre Mutter fand das gar nicht lustig. «Also Mutter, bitte», murmelte sie, dann wandte sie sich an Elise. «Und du, Elise, brauchst gar nicht zu lachen. Du gehst jetzt sofort nach Hause.»

Wieder draußen vor dem Perlman, verärgert darüber, von ihrer Mutter des Hauses verwiesen worden zu sein, beschloss Elise, ihrem Großvater einen kurzen Besuch abzustatten, dessen Geschäft gleich um die Ecke lag. Es hatte inzwischen aufgehört zu schneien, die Sonne drückte sich zwischen den Wolken hindurch, ließ den frischen Schnee auf den Dächern und Bäumen schmelzen, sodass ihr vereinzelt Tropfen ins Gesicht fielen. Eine Gruppe Frauen sang «Stille Nacht, heilige Nacht», und Elises Stimmung hob sich schlagartig.

Beschwingt hüpfte sie die letzten Schritte zu Großvaters Geschäft, ehe sie abrupt stehen blieb. Ingrid. Sie kam ihr direkt entgegen, unübersehbar in ihrem roten Mantel und dem weißen Schal, fast wie ein Rotkehlchen in einer Horde von Krähen. Sie war in Begleitung einer blonden Frau in schwarzem Mantel, vermutlich ihrer Mutter. Die beiden trugen ein paar Einkaufstüten und steuerten das Schuhgeschäft an, das neben Großvaters Geschäft lag. Ingrid hatte sie ebenfalls gesehen und starrte sie mit einer Mischung aus Wut und Neugier an, doch Elise ignorierte sie und betrat hocherhobenen Hauptes den Laden.

Anders als ihre Mutter zuvor freute sich ihr Großvater über ihren Besuch, auch wenn er und sein Mitarbeiter Herr Altmayer in Verkaufsgesprächen mit Kunden steckten. Der Großvater lächelte ihr kurz zu, ehe er sich wieder dem Mann widmete, der die Uhren in einer Vitrine inspizierte. Wie immer, wenn so viel Betrieb herrschte, zog sich Elise in die an den Verkaufsladen angrenzende Werkstatt zurück, das Atelier, wie der Großvater es nannte. Er hatte ihr einen kleinen Arbeitsplatz eingerichtet, an dem sie sich austoben durfte. Nicht mit Gold und Diamanten, dafür mit Materialien wie Kupfer, Bronze, Speckstein oder Kunstperlen. Momentan arbeitete sie an einem Pferdekopfanhänger aus Speckstein, den sie Adele zum Geburtstag schenken wollte. Schon dreimal war er ihr misslungen, doch sie lernte von ihrem Großvater stetig dazu, und dieses Mal entsprach der Pferdekopf ihrer Vorstellung. Mit einer Raspel hatte sie den Stein bereits in Form gebracht und war dabei, ihn mit verschiedenen Papieren zu schleifen und die Kanten abzurunden. Später würde sie ihn nassschleifen, damit die Oberfläche schön glatt wurde.

Kurz nachdem sie begonnen hatte, öffnete ihr Großvater die Tür.

«Elise, du hast Besuch.» Er trat zur Seite, um Ingrid Platz zu machen. Was wollte ausgerechnet die hier?

Ingrid hob stumm eine Hand zum Gruß. Der Großvater verabschiedete sich mit einem «Ich lasse euch mal allein» und zog die Tür zu. Elise begann, an ihrem Pferdekopf weiterzuschleifen. «Was willst du hier?», fragte sie, ohne Ingrid anzusehen.

«Ich habe dich vorhin auf der Straße gesehen und mich gefragt, was du in einem Juweliergeschäft machst. Ich wusste nicht, dass es deinem Großvater gehört.»

«Wo ist deine Mutter?»

«Im Schuhgeschäft nebenan. Sie hat mir erlaubt, dich kurz zu sehen, während sie Schuhe anprobiert. Es ist sehr langweilig dort.»

Stimmt, dachte Elise. Sie mochte es auch nicht, Schuhe zu kaufen. Immerhin durfte Ingrid ihre Mutter zum Einkaufen begleiten, darauf war sie richtig neidisch.

«Was machst du?», fragte Ingrid und trat ein paar Schritte auf sie zu.

Elise verdeckte den Pferdekopf mit den Händen, da sie nicht wollte, dass Ingrid ihn sah. Schon stemmte diese die Hände in die Hüften und zog die Brauen zusammen. «Zeig es mir!»

«Nein! Ich will, dass du jetzt gehst!»

«Du bist eine blöde Ziege!», zischte Ingrid, und gerade, als Elise etwas erwidern wollte, hörten sie die Türklingel, gefolgt von lauten Aufschreien. Elise erstarrte.

«Das ist ein Überfall!», rief eine tiefe, männliche Stimme hektisch. «Alle sofort auf den Boden! Los! Wird's bald!»

Eine Frau begann zu weinen, Herr Altmayer rief verzweifelt «bitte, bitte, tun Sie uns nichts!», dazwischen hörte Elise ihren Großvater, der die Kunden zu beruhigen versuchte, dann wieder die aggressive Stimme des schreienden Eindringlings.

Sie trat vorsichtig zur Tür und konnte durch den Spalt einen Mann mit Pistole erkennen, der eine Art schwarze Strumpfhose über dem Gesicht trug. Eine Welle kalten Entsetzens überkam sie.

«Siehst du was?», flüsterte Ingrid, die dicht hinter ihr stand.

«Er hat eine Pistole!», antwortete sie leise, ohne den Blick abzuwenden. «Oh, und da ist noch jemand!» Sie beobachtete, wie diese zweite, ebenfalls maskierte Person ihrem Großvater eine Waffe auf den Rücken richtete und ihn zu einer Vitrine stieß. «Aufmachen! Sofort!»

Ihre Beine drohten nachzugeben, so zittrig waren sie. «Oh nein, Großvater!»

«Wir müssen weg! Hilfe holen.» Ingrid, fast so bleich wie ihr weißer Schal, schaute sich verzweifelt um. «Gibt es hier keinen Hinterausgang?»

«Nein.»

Sie blickten beide zu dem großen, aber mit Gitterstäben versehenen Fenster. Plötzlich erklang ein klirrendes Geräusch, und Elise spähte wieder durch den Türspalt. Einer der Diebe zerschlug die Vitrinen mit einem Hammer. Glas zersprang in tausende Stücke. Eine Frau schrie hysterisch, und der am Boden liegende Herr Altmayer flehte nach wie vor «bitte tun Sie uns nichts, bitte tun Sie uns nichts» und wurde von dem anderen Dieb in die Hüfte getreten.

«Halt die Fresse, sonst knall ich dich ab!»

Sie hörte, wie Ingrid hinter ihr geräuschvoll ausatmete, und drehte sich zu ihr um.

«Sie werden auch hier reinkommen», sprach Ingrid Elises Gedanken aus und zeigte auf die Arbeitsfläche, auf der eine goldene Uhr lag. In einem Tresor befanden sich noch weitere Schmuckstücke und Rohmaterialien wie Gold und Diamanten. Natürlich würden sie auch hier reinkommen, um sich den Tresor vorzunehmen, davon war Elise überzeugt.

«Bestimmt töten sie uns alle!» Ingrid schluchzte auf.

«Psst! Sei leise! Und nein, sie wollen nur den Schmuck. Dann gehen sie wieder.»

«Wie kannst du da sicher sein?»

Plötzlich erklang ein Schuss, gefolgt von Geschrei, sie zuckten zusammen.

«Du dort! Leg dich wieder hin! Noch eine Bewegung, und ich knall euch alle ab!»

Ingrids Augen weiteten sich vor Schreck. «Si-siehst d-du, w-wir ... we-werden st-sterben!»

«Nein! Komm mit, wir verstecken uns.» Elise griff nach Ingrids Hand, zerrte sie zu den Wandschränken, öffnete die erste Tür. Der Geruch von Seifenlauge schlug ihnen entgegen. Hier bewahrte Großvater Putz- und Poliermittel auf. Sie stiegen in den Schrank und schmiegten sich neben den Eimern, Besen und Putzmittelflaschen dicht aneinander. Elise zog die Tür zu, Dunkelheit und Ingrids bebender Körper umgaben sie.

Ingrid wimmerte. «Ich werde sterben. Ich werde heute sterben!»

Elise suchte nach Ingrids Händen und drückte sie fest. «Nein, niemand wird heute sterben. Hörst du, niemand!»

Ingrid beruhigte sich allmählich, und nach einer Weile sagte sie: «Es tut mir leid, dass ich so gemein zu dir war. Dein Bruder ist nicht in der Hölle. Es war nicht nett von mir, dass ich so was gesagt habe. Ich war ... nur neidisch auf dich.»

«Neidisch? Auf mich? Wieso?»

«Du bist so klug. Schreibst nur gute Noten. Aber ich ... ich bin dumm!»

«Nein, das bist du nicht!»

«Doch, du hast selbst gesagt, dass ich ein Dummkopf bin.»

«Aber das habe ich doch nur so dahergesagt ... Du schreibst doch auch ganz gute Noten.» Erst kürzlich hatte sie geprahlt nach dem Mathematik-Test.

«Ich schummle, schreibe immer bei Berta ab. Bisher hat zum Glück nie ein Lehrer etwas bemerkt. Aber irgendwann wird es auffallen. Dann werden alle wissen, dass ich dumm bin. Mein Vater weiß es schon lange und sagt es mir oft.»

«Das ist gemein von ihm.»

«Er ist Bankdirektor. Und enttäuscht, dass ich kein Junge bin und irgendwann die Bank übernehmen kann. Meine Mutter sagt immer, es ist nicht schlimm, immerhin bin ich ja hübsch und finde einen reichen Mann.»

Elise schwieg, da ihr zu viele andere Gedanken durch den Kopf jagten. Ihr Großvater war in Gefahr, und sie hatte große Angst, musste aber Ingrid beruhigen, die ihr plötzlich so viel erzählte. Von ihrem Neid, der Enttäuschung ihres Vaters. Sie musste an ihre Mutter denken, unter deren stillen Vorwürfen sie seit Wolfis Tod litt. Auch sie war eine Enttäuschung, genau wie Ingrid für ihren Vater. Manchmal wünschte sie sich, ihre Mutter würde aussprechen, dass sie sie für Wolfis Tod verantwortlich machte. Elise fragte sich, ob ihre Mutter sie überhaupt vermissen würde, sollte sie heute sterben. Weiter darüber nachdenken konnte sie nicht, da plötzlich Stimmen und Getrampel im Raum erklangen. Ingrid schluchzte auf. «Die Räuber! Sie sind hier!»

«Psst!» Elise drückte Ingrids Hand fester. Ihr Herz pochte so fest, als wollte es ihr gleich aus der Brust springen.

«Wo ist der Tresor?», rief jemand. Schritte näherten sich. Elise wusste, dass sich der Tresor in einem der Wandschränke befand. Was, wenn man sie finden würde? Würden sie sie töten, weil sie sich versteckt hatten? Oder kämen sie einfach zu den anderen in den Verkaufsbereich und mussten sich auf den Boden legen? Die Zeit im Schrank kam ihr wie eine Ewigkeit vor, später erfuhr sie, dass sich der ganze Überfall nur innerhalb von wenigen Minuten abgespielt hatte.

Dann endlich wurde es ruhiger, und kurz darauf öffnete jemand den Schrank. Erleichtert blickte Elise in das besorgte Gesicht ihres Großvaters und fiel ihm in die Arme.

Die Diebe hatten sämtliche Schmuckstücke und Uhren mitgehen lassen, die in den Verkaufsvitrinen ausgestellt waren, sowie die Tageseinnahmen und den Inhalt des Tresors. Niemand war verletzt worden, auch wenn Herr Altmayer nach dem Überfall in eine Depression verfiel und für ein halbes Jahr nicht mehr arbeiten konnte. Elises Großvater hatte ihr auf ihre Nachfrage, ob er dem Schmuck und den Uhren nachtraure, anvertraut, dass ihm das alles gleichgültig sei und er einfach nur froh sei, dass weder ihr noch sonst jemandem etwas zugestoßen war.

«Aber all die schönen Schmuckstücke! Ringe, Armreife, Uhren ...»

«Elise», unterbrach er sie, «du weißt, ich liebe Gold und Diamanten, aber nicht, weil sie wertvoll sind, sondern weil ich sie gerne mit meinen Händen bearbeite und Schönes kreiere, das den Menschen Freude bereitet. Es sind starke Materialien und sie werden noch hier sein, wenn wir es längst nicht mehr sind ... Aber wir Menschen können sie nicht in den Tod mitnehmen, am Ende sind wir nur noch Asche, und unsere Seele braucht keinen Schmuck. Deshalb dürfen wir uns zwar zu Lebzeiten an schönen Dingen erfreuen, aber nicht an ihnen hängen. Das macht uns nur verletzlich. Verstehst du das?»

«Ich glaube schon.»

Eigentlich verstand sie es damals nicht so richtig, erst Jahre später ergaben seine Worte einen Sinn.

3

Elise und Ingrid wurden nach dem Überfall unzertrennlich. Sie sprachen nie darüber, aber zumindest für Elise fühlte es sich so an, als hätte sie das Erlebnis in gewisser Weise zusammengeschweißt, als wären sie unbesiegbar geworden und könnten alles überstehen. Glücklich darüber, endlich wieder eine Freundin zu haben, nahm sie sogar Ingrids oft sehr anstrengendes Verhalten in Kauf, blendete es aus. Rechthaberisch, selbstverliebt, egoistisch, um nur ein paar Adjektive zu nennen, die Ingrids Charakter widerspiegelten. Elise konzentrierte sich auf ihre positiven Seiten, wie ihr Selbstbewusstsein, das sie so sehr bewunderte, oder ihre Durchsetzungskraft, von der sie auch profitieren konnte. Und genau wie sie liebte Ingrid Tiere, besonders Pferde. Reiten wurde zu ihrer gemeinsamen Leidenschaft, und sie verbrachten den größten Teil ihrer Freizeit auf dem Pferdehof. Nach den stundenlangen Ausritten lagen sie oft auf der Wiese oder dem Heuboden und vertrauten sich ihre Geheimnisse an. So wusste Elise, dass Ingrid unter ihrem Vater litt, dem Bankdirektor und Arbeitswütigen, der nur selten zu Hause war und kaum ein nettes Wort für sie übrig hatte. Im Gegenzug wusste Ingrid, dass Elise ihren Vater vermisste, der noch immer auf Sumatra weilte, und dass das kalte Verhalten ihrer Mutter sie quälte. Dieses gemeinsame Leid schweißte sie noch mehr zusammen. Zudem verdankte Elise Ingrid, dass sich ihre Schuldgefühle wegen Wolfis Tod, die sie an dunklen Tagen nach wie vor plagten, nach und nach minderten. Ihr Großvater hatte zwar auch einen wesentlichen Beitrag dazu geleistet, aber in seiner Gegenwart hatte Elise manchmal das Gefühl, Stärke zeigen zu müssen und die Ratschläge zu beherzigen, die er ihr vermittelt hatte. Doch sie war noch immer ein Kind und schaffte es nicht ständig, stark zu bleiben. Ab und zu verspürte sie das Bedürfnis, ihre Wut und Trauer rauszulassen; zu weinen und zu schreien, etwas zu zerschlagen. Ihr Großvater hätte dafür kein Verständnis, Ingrid jedoch hatte es. Sie weinte mit Elise zusammen im Wald; schrie mit ihr über die weiten Felder und warf mit ihr Heuballen in der Scheune herum. «Du bist nicht schuld an Wolfis Tod!», rief Ingrid dann mit geröteten Wangen. «Nur die Schlange ist schuld! Die verdammte scheiß Schlange!»

Diese gemeinsamen Gefühlsausbrüche erleichterten Elise so sehr, dass ihr immer seltener danach zumute war. Ihre Seele heilte. Dank Ingrid.

Die ersten Probleme zwischen ihnen begannen in den Sommerferien 1925 mit Friedrich Leitner, Sprössling eines Zuckerwarenherstellers, der sie nicht mit Bonbons, sondern mit seinen schokoladenbraunen Augen und einem Lächeln bezirzte, das Elise dahinschmelzen ließ wie Schokolade an der Sonne. Sie und Ingrid kannten Friedrich vom Pferdehof, und eines Tages vertraute Ingrid Elise mit vor Aufregung geröteten Wangen auf dem Heuboden an, dass sie in Friedrich verliebt sei und ihn in diesen Ferien für sich gewinnen wolle. Ihr Ziel: am Sommerfest Ende August mit ihm zu tanzen und ihren ersten Kuss zu bekommen. Dass Ingrid ihr ihre Schwärmerei anvertraute, ehrte Elise, aber gleichzeitig empfand sie Enttäuschung, weil sie den gleichen Traum hatte, diesen aber nun würde begraben müssen. Niemals konnte und wollte sie mit Ingrid konkurrieren.

Dass Friedrich Ingrid weiterhin kaum beachtete, hinderte diese nicht daran, ihr Ziel zu verfolgen, und so hielt sie sich beinahe ununterbrochen in seiner Nähe auf, um ihm schöne Augen zu machen. Es kam ihr ganz gelegen, dass er während der Ferien fast täglich auf dem Hof anzutreffen war, um für ein Dressurturnier zu trainieren.

Dann erwischte Ingrid eine Sommergrippe, und so kam es, dass Elise an jenem Freitag das erste Mal seit Langem ohne sie auf dem Hof war. Hitze staute sich in den Stallungen, legte sich wie eine schwere Decke auf Elises Schultern, sodass sie beschloss, mit ihrer Stute Stella an den nahe gelegenen Fluss zu reiten und zu baden. Während das Wasser an ihr hochspritzte, fühlte sie sich frei und von sämtlichen Sorgen befreit. Amüsiert dachte sie, wie Mutter und Großmutter sie tadeln würden, könnten sie sie jetzt sehen: ohne Sattel und nur im Unterkleid. Normalerweise wäre ihr Schamgefühl größer gewesen als ihre Sehnsucht nach Erfrischung, aber an diese abgelegene Stelle am Fluss verirrte sich niemand. Die Fischer bevorzugten den Ort bei der Brücke in den frühen Morgenstunden und die Badehungrigen den See. Umso mehr erschrak sie, als sie einen anderen Reiter bemerkte, der die Böschung zum Fluss hinunterritt. Friedrich auf seinem Wallach Cäsar. Am Ufer blieb er stehen und betrachtete sie forschend. Augenblicklich stieg tiefe Scham in ihr auf und sie überlegte, sofort wegzureiten oder in den Fluss zu springen, doch dann registrierte sie einen Ausdruck auf seinem Gesicht, den sie zuerst nicht deuten konnte, der aber alles in ihr aufwirbelte. Begierde spiegelte sich unverhüllt in seinen Augen, und Elise erwiderte selbstbewusst seinen Blick. Sie brauchte sich nicht zu schämen. Mit ihren fünfzehn Jahren hatte ihr ehemals schmaler, kindlicher Körper in jenem Sommer endlich die erwünschten Formen an den richtigen Stellen bekommen und ihr Gesicht dafür die Pausbacken verloren. Ihr dunkelbraunes Haar – zwar nach wie vor etwas störrisch – fiel in langen Locken bis zur Hüfte.

Friedrich verharrte einen Moment, dann hob er eine Hand zum Gruß, ehe er Cäsar antrieb und mit ihm am Ufer entlang davontrabte.

Am nächsten Tag, Elise sattelte gerade Stella, kam Friedrich auf sie zu und fragte, ob sie mit ihm ausreiten wolle. Kurz darauf galoppierten sie über weite Felder und durch den Wald, ließen die Pferde um die Wette rennen, wobei Stella Cäsar jedes Mal besiegte. Am Ende machten sie einen Abstecher zum Fluss, genau zu der Stelle, an der sie sich tags zuvor getroffen hatten. Anstatt zu baden, ließen sie nur die Pferde trinken und kühlten die Füße im Wasser, alles andere spielte sich in ihrer Fantasie ab. Irgendwann kam ein warmer Wind auf, Blätter flogen durch die Luft, von Fern grollte der Donner und düstere Wolken schoben sich bedrohlich am Himmel zusammen. Ein Vogelschwarm zog über sie hinweg. Elise strich sich die Haarsträhnen aus dem Gesicht. «Wir müssen zurück. Da kommt ein Gewitter.»

Doch Friedrich machte keine Anstalten zu gehen und starrte sie an. Als sie aufstehen wollte, griff er sanft nach ihrer Hand. «Warte.»

Sie ließ sich von ihm wieder zu Boden ziehen. Ihr Herz verfiel in einen hektischen Rhythmus. «Was ist?», brachte sie heiser hervor.

Sein Gesicht näherte sich ihrem, und ehe sie sich versah, küsste er sie.

Sie schob ihn weg und sprang auf. «Was tust du da?»

«Dich küssen.» Er erhob sich.

«Das geht nicht.» Natürlich hätte sie seinen Kuss allzu gerne erwidert, aber sie musste an Ingrid denken. Und an ihre Mutter. Grundsätzlich genoss sie viele Freiheiten bei ihrer arbeitsamen Mutter. Diese kontrollierte sie nicht so sehr, wie zum Beispiel Ingrids Mutter es tat. Sie hatten sogar Mitschülerinnen an ihrer Privatschule, die ganz altmodisch nur in Begleitung einer Kammerzofe aus dem Haus durften. In dieser Hinsicht schätzte Elise das neuzeitliche Denken ihrer Mutter.

Und dennoch: Wüsste sie, was sie hier tat, würde sie sie garantiert für den Rest ihres Lebens einsperren.

Friedrich schaute sie enttäuscht an. «Magst du mich nicht?»

Ohne zu antworten, ging sie zu Stella, die friedlich neben Cäsar graste. «Wir sollten jetzt wirklich zurückreiten, bevor das Gewitter kommt.» Sie wollte nach Stellas Zügeln greifen, aber Friedrich stellte sich vor sie. «Elise, ich habe mich in dich verliebt. Schon den ganzen Sommer beobachte ich dich heimlich. Ich wollte dich immer ansprechen, aber jedes Mal war Ingrid dabei.»

Ihr schwanden die Sinne. Verliebt! Doch sie fasste sich schnell wieder. «Tut mir leid, ich erwidere deine Gefühle nicht. Ich glaube aber, Ingrid mag dich sehr gerne.»

«Ingrid!», sagte er mit unverhüllter Bitterkeit. «Sie ist wie eine nervige Wespe. Und sie langweilt mich zu Tode wie eine Porzellanpuppe! Du aber ... bist nicht nur hübsch, sondern auch wild und mutig. Wie du gestern durch den Fluss geritten bist, ohne Sattel und nur im Unterkleid!»

Verlegen sah sie zu Boden. «Es war sehr warm. Erzähl das bloß niemandem.»

«Nein, keine Angst, das bleibt unser Geheimnis. Ach, und kürzlich hast du Hannes verteidigt, als die alte Steiner ihn beschimpft hat. Das hat mir imponiert.»

Sie schaute ihn überrascht an. Hannes, ein Stalljunge, war grundlos von Frau Steiner, der Gutsbesitzerin, niedergemacht worden, weil er angeblich eine Pferdebox mangelhaft gereinigt hatte – was nicht stimmte. Elise hatte sich für Hannes eingesetzt und seine gute Arbeit gelobt.

«Jedem anderen wäre Hannes gleichgültig gewesen», fuhr Friedrich fort. «Du aber hattest den Mut, ihm beizustehen.»

Friedrichs Lob schmeichelte ihr viel mehr als sein Kompliment zu ihrem Aussehen, und sie spürte, wie sich ein Kribbeln in ihrem Bauch ausbreitete. Aber sie durfte nicht nachgeben, das konnte sie Ingrid nicht antun.

«Wie auch immer», sagte sie, «ich habe kein Interesse an dir.» Sie schob ihn zur Seite und schwang sich auf Stella. «Reiten wir zurück.»

Das Gewitter kam schneller als erwartet, und bereits nach fünf Minuten regnete es in Strömen, ein stürmischer Wind zerrte an den Ästen der Bäume. Sie galoppierten durch den Wald, als ein Donnerknall erschallte, woraufhin Cäsar sich wiehernd aufbäumte und Friedrich abwarf. Cäsar raste davon, buchstäblich schneller als der Blitz. Elise sprang von Stella. «Friedrich! Hast du dich verletzt?»

Er blickte Cäsar nach, dann versuchte er aufzustehen und knickte gleich wieder um. «Au! Verflucht! Mein Knöchel muss verstaucht sein.»

Sie überlegte, ob sie zusammen auf Stella zurückreiten könnten, doch obwohl es bis zum Gestüt nicht mehr allzu weit war, befanden sie sich mitten im Wald und waren den Gefahren von umstürzenden Bäumen und herumwirbelnden Ästen ausgesetzt. Plötzlich fiel ihr die Jagdhütte ein, die ganz in der Nähe lag, und sie erzählte Friedrich davon.

«Die Hütte ist bestimmt verschlossen», erwiderte er.

«Ja, aber wir können auf der überdachten Veranda warten, da sind wir geschützt.»

Sie half ihm aufzustehen, er legte einen Arm um sie. Stella trottete hinter ihnen her. Als sie die Jagdhütte erreichten, versuchte Elise, die Tür zu öffnen – man wusste ja nie –, doch sie war verschlossen. Sie setzten sich auf die Bank auf der Veranda, als ein weiterer Donnerknall sie zusammenzucken ließ.

Friedrich streckte sein Bein aus und strich ihr über den Rücken. «Als würde die Welt gleich untergehen.»

Sie nickte schweigend, Friedrich lächelte. «Mit keiner Person würde ich den Weltuntergang lieber erleben wollen als mit dir.»

Nun war sie es, die ihn küsste.

Tags darauf ging Elise gut gelaunt auf den Hof. Sie hatte am Morgen Friedrich besucht, dessen Fuß zum Glück nur leicht verstaucht und nicht gebrochen war. Er wollte sie zum Hof begleiten, doch seine Mutter hatte es verboten und Elise dabei einen bösen Blick zugeworfen. Als Elise auf dem Hof eintraf, entdeckte sie Ingrid, die ihren Wallach Vivaldi striegelte. Diese sprach sie sofort auf Friedrich an, da sie bereits von dem gestrigen Vorfall erfahren hatte. «Und du bist wirklich dabei gewesen?», fragte sie, als könnte es sich nur um ein dummes Gerücht handeln. Elise berichtete ihr daraufhin von ihrem Ausritt, dem Gewitter und Friedrichs Sturz.

«Und ihr habt einfach vor der Jagdhütte gewartet?» Sie wirkte misstrauisch, als verschwiege Elise ihr etwas Wesentliches – was ja auch stimmte.

«Ja, das Gewitter hat irgendwann aufgehört.» Elise dachte glücklich zurück, wie Friedrich und sie danach zusammen durch den Wald geschlendert waren, Friedrich auf Stella. Tropfen fielen von den Bäumen, gelegentlich knackte ein Zweig unter den Pferdehufen. Es roch nach feuchter Erde und Tannennadeln. Sie kam sich vor, als wäre sie in einem Märchen gelandet, nur war sie die Heldin, die den Prinzen gerettet hatte.

«Wir ... wir haben uns geküsst», sprudelte es plötzlich aus ihr heraus.

«Was?» Ingrid starrte sie an, als hätte sie einen dummen Scherz gemacht, Vivaldi scharrte mit den Hufen. «Aber du weißt doch, dass *ich* in Friedrich verliebt bin!»

Er mag dich aber nicht, hätte Elise ihr beinahe gesagt. «Es ist einfach so passiert.»

«Du bist meine Freundin! Wie kannst du mir das nur antun!» Sie warf den Striegel in die Kiste mit dem Putzzeug.

«Ich ... es tut mir leid.» Warum entschuldigte sie sich überhaupt? Es war doch ihr Recht, einen Jungen zu küssen. Und es drehte sich nicht immer alles um Ingrid.

«Seine Eltern mögen keine Juden», sagte Ingrid mit einer Schärfe, die Elise erstarren ließ. Wieso kam sie jetzt damit?

«Das weiß ich von meinem Vater», fügte Ingrid hinzu, ihre Augen ganz schmal. «Friedrichs Eltern sind Kunden bei unserer Bank.» Sie griff nach einer Bürste und machte sich an Vivaldis heller Mähne zu schaffen. «Ihr habt also keine Zukunft. Das ist dir schon bewusst?»

Die Situation überforderte Elise. Bis vor Kurzem hatte sie nicht mal in Erwägung gezogen, dass Friedrich und sie überhaupt eine Zukunft haben *könnten*. Sie war erst fünfzehn und hatte ihn doch erst einmal geküsst! Aber noch mehr verwirrte sie Ingrids Bemerkung bezüglich ihrer Religion. Obwohl, *erschütterte* traf es besser. «Ich ...»

Ehe sie etwas sagen konnte, heulte Ingrid auf und schlug sich die Hände vor das Gesicht.

«Was ist los?»

«Ach Elise, ich wollte dir nicht zu nahetreten. Doch es ist die Wahrheit, verstehst du? Aber ich muss auch gestehen, dass ich es nur gesagt habe, weil ich wütend auf dich bin ... Friedrich bedeutet mir viel. Und ich bin momentan so durcheinander, weil mein Vater mich heute Morgen wieder mal beschimpft hat. Als Taugenichts!» Ingrid schluchzte auf, und während Elise ihr über den Rücken strich und sie zu trösten versuchte, verspürte sie Mitleid. Ingrid war ihre einzige Freundin, und sie wollte sie glücklich sehen. So fasste sie einen Entschluss.

«Ich werde mich zukünftig von Friedrich fernhalten.»

Ingrid wischte sich eine Träne von der Wange. «Das würdest du wirklich tun?»

«Ja. Ich werde später zu ihm gehen und ihm sagen, dass der Kuss nichts zu bedeuten hatte.»

Und das tat sie. Den Grund nannte sie dem überraschten Friedrich nicht, stattdessen behauptete sie, dass er für sie nur ein Freund und der Kuss ein Fehler gewesen sei. Er wirkte verletzt, und dann eingeschnappt. Schließlich meinte er, es sei besser, wenn sie jetzt gehe. Elise verließ den Salon und wurde im Entree von seiner Mutter erwartet, die neben dem Hausmädchen stand und sie skeptisch taxierte. Bei ihrer Ankunft war sie ihr nicht begegnet, da sie das Hausmädchen gleich in den Salon zu Friedrich geführt hatte.

Sie musste an Ingrids Worte denken, dass die Leitners angeblich keine Juden mochten. Ein Schauer durchfuhr sie, als Frau Leitner das Hausmädchen mit einem wortlosen Wink wegschickte und auf Elise zutrat. Ihr strenger Blick aus den braunen Augen schien ihr durch Kopf und Herz dringen zu wollen.

«Elise, du bist ja schon wieder hier.» Ihre Lippen verzogen sich zu einem schmalen Lächeln, das keinerlei Freundlichkeit ausstrahlte.

«Ich wollte mich versichern, dass Friedrich wohlauf ist.»

«Er wird hier gewiss bestens versorgt, sei dir dessen versichert. Du musst den Weg somit nicht mehr auf dich nehmen, verstanden?»

Ein Schwall Bitterkeit stieg in Elise hoch. Sie hätte ihr auch genauso gut sagen können, dass sie sich gefälligst von ihrem Sohn fernhalten solle. Sie wollte etwas erwidern, aber ihr fehlten die Worte. So nickte sie nur, murmelte ein «Ja, natürlich, Frau Leitner» und verließ das Haus.

Draußen schwang sie sich auf ihr Fahrrad und fuhr so schnell die Auffahrt herunter, als würde Frau Leitner sie verfolgen. Sie fragte sich, ob Ingrid recht hatte und Frau Leitner sie wegen ihres Glaubens nicht mochte oder es einen anderen Grund für ihre Feindseligkeit gab. Wie auch immer, es brauchte sie nicht mehr zu kümmern. Friedrich gehörte jetzt Ingrid.

Seit diesem Tag behandelte er Elise nur noch wie Luft und begann stattdessen, Ingrid zu umgarnen. Nach kurzer Zeit wurden die beiden ein Paar. Anfangs brach es Elise fast das Herz, sie zusammen zu sehen, aber weil sie wusste, dass Ingrid glücklich war, sah sie darüber hinweg. Außerdem hätten Friedrichs Eltern sie ohnehin nicht toleriert.

Sie sprach mit ihrem Großvater darüber, und er bestätigte Ingrids Äußerung. Die Leitners seien bekannt für ihre antisemitische Haltung.

«Aber ich verstehe das nicht, was haben sie gegen Juden? Wie kann man Menschen nur wegen ihrer Religion nicht mögen?»

«Schwierig. Aus Angst vor der Andersartigkeit? Aus Neid? Wegen Schuldzuweisungen? Oft wird die Religion auch nur als Vorwand benutzt, und in Wirklichkeit geht es um Macht und den Zugang zu gewissen Ressourcen wie Geld, Land, Wasser. Aber schlussendlich gibt es keine rechtfertigende Antwort darauf.»

4

Nach der Sache mit Friedrich gab es lange keine Zwischenfälle mehr, die Elises und Ingrids Freundschaft gefährdeten. Bis zum Börsenkrach 1929, an dem Ingrids Vater sein ganzes Vermögen verlor. Günther Ganglmair gehörte leider zu denen, die mit dem Bankrott nicht umgehen konnten und nur noch einen Ausweg sah: Er sprang aus dem fünften Stock seines Bankhauses in den Tod. Ingrids Mutter erlitt daraufhin einen Nervenzusammenbruch und musste in eine Heilanstalt eingeliefert werden. Weil Ingrid von einem Tag auf den anderen alles verlor, nahm Elises Familie sie bei sich auf. Das Einzige, das Ingrid in dieser schweren Zeit Kraft gab, war die bevorstehende Hochzeit mit Friedrich, die in zwei Monaten stattfinden sollte. Nur sollte alles anders kommen.

Es war ein langer Tag gewesen an jenem Novembertag, und Elises Kopf dröhnte, als sie zusammen mit ihrer Mutter spätabends im Wagen saß. Während Selma mit Walter, dem Chauffeur, über das Wetter sprach, dachte Elise an die Sitzung im Kaufhaus zurück, bei der sie das Weihnachtsprogramm besprochen hatten.

Allmählich begannen die Angestellten sie zu akzeptieren und schätzten ihre Ideen und ihre Bemühungen. Seit ihrem Schulabschluss arbeitete sie im Perlman in der Verwaltung. Eigentlich hatte sie eine Lehre bei ihrem Großvater als Goldschmiedin absolvieren wollen, doch ihre Mutter machte ihr einen Strich durch die Rechnung und verlangte, dass sie sie im Perlman unterstützte. Da Elise das Kaufhaus fast genauso liebte wie das Juweliergeschäft, konnte sie sich gut mit dieser Option anfreunden. Ihren Großvater besuchte sie trotzdem regelmäßig in ihrer Freizeit und ließ sich von ihm alles beibringen, was man für die Herstellung von Schmuckstücken wissen musste. So kam es, dass sie am Ende gleich an zwei Orten arbeitete, wobei sie die Tätigkeit als Juwelierin vielmehr als Leidenschaft betrachtete. Ingrid konnte ihren Arbeitseifer nicht nachvollziehen. Für sie gab es seit Jahren nur ein Ziel: Friedrich zu heiraten und Kinder zu bekommen. Auch Selma lag Elise gelegentlich in den Ohren, dass sie endlich einen Ehemann suchen müsse, sie könne nach der Hochzeit trotzdem berufstätig bleiben, so wie sie. Glücklicherweise war sie viel zu sehr damit beschäftigt, zuerst Adele unter die Haube zu bringen – wegen deren Behinderung nicht ganz einfach. Für Adele jedoch ein Segen, weil sie gar nicht heiraten wollte. Sie liebte das Stricken, und inzwischen verkauften sie ihre Kollektionen erfolgreich im Perlman. Ihre Pullover aus hellrosa Wolle gehörten zu den Kassenschlagern.

«Elise!», rief Selma. «Schläfst du etwa schon? Wir sind zu Hause!»

Als sie kurz darauf die Eingangshalle betraten, sahen sie sofort, dass etwas nicht stimmte. Ingrids Mantel, ihr Hut und ihr Schal lagen achtlos auf dem Boden, und Selma stolperte beinahe über Ingrids Schuhe. Die rote Handtasche lag umgekippt vor der Treppe, wie ein Blutfleck auf dem hellen Marmorboden. Lippenstift, Puderdose, Hustenbonbons und ein Taschentuch darum herum.

Danuta, die einen freien Abend genoss, hätte eine solche Unordnung nie geduldet.

«Unfassbar!» Selma hob den dunkelgrünen Mantel auf, betrachtete ihn angewidert. «So eine schlampige junge Frau! Wird Zeit, dass sie unter die Haube kommt.»

«Ach Mutter, lass mal.» Dabei hatte sie recht, musste Elise zugeben, Ordnung war für Ingrid ein Fremdwort. Doch dieses Chaos war selbst für sie ungewöhnlich. Nichts Gutes ahnend eilte sie hinauf in Ingrids Zimmer, traf sie weinend auf dem Bett an. Als Ingrid sie erblickte, sprang sie auf und fiel Elise in die Arme. In den nächsten Minuten erfuhr sie, dass Friedrich auf Druck seiner Eltern die Verlobung aufgelöst hatte. Er könne sie unter den gegebenen Umständen nicht mehr heiraten: die Mutter eine Irre, der Vater ein Selbstmörder, keine Mitgift. Elise unterdrückte den Impuls, sofort die Leitners aufzusuchen und ihnen Schimpf und Schande zu sagen; sie ahnte, dass sie damit nichts erreichen würde.

In den darauffolgenden Wochen schränkte Elise ihre Arbeit im Perlman und bei ihrem Großvater ein, damit sie Ingrid Trost spenden konnte. Wenn sie dringend wegmusste, bat sie Adele, auf Ingrid aufzupassen. Ingrid wirkte äußerst labil, und Elise befürchtete, sie könnte sich wie ihr Vater etwas antun. Zu oft hatte sie angedeutet, dass ein Leben ohne Friedrich keinen Sinn mehr ergebe. Nach etwa drei Wochen des Liebeskummers – Elise war gerade außer Haus und erfuhr später von Adele alles – nahm sich Selma Ingrid vor. Sie solle sich gefälligst zusammenreißen und endlich wieder am Leben teilnehmen, ansonsten könne sie nicht mehr länger hier wohnen. Selmas schonungslose Worte zeigten Wirkung. Ingrid begann wieder, sich um ihr Aussehen zu kümmern und richtig zu essen, begleitete Elise sogar in die Oper. Elise bezahlte ihr einen Friseurbesuch und eine neue Garderobe, danach wirkte sie wie ausgewechselt und wollte jeden Abend ausgehen. Bald kannten sie sämtliche Nachtlokale Wiens, und während Elise nach kurzer Zeit des Champagners überdrüssig geworden war, sah Ingrid darin ihr neues Lebenselixier, schöpfte neue Kraft. Selma gefiel das nicht, und eines Abends, Elise machte sich gerade bereit für das Nachtleben und legte Lippenstift auf, kam sie in ihr Zimmer. Sie stellte sich neben Elise und betrachtete sie im Spiegel. In den letzten Jahren hatte sie etwas an Gewicht zugelegt, und auch wenn sie noch immer attraktiv war und fast kein graues Haar ihre dunklen Locken zierte, so wirkte ihr Gesicht leicht aufgedunsen, und um ihren Mund hatte sich ein mürrischer Zug eingegraben.

«Geht ihr schon wieder aus?» Argwöhnisch starrte sie auf den dunkelroten Lippenstift, den Elise zudrehte.

«Ja.»

«Es passt mir nicht, dass du dich in diesen zwielichtigen Lokalen herumtreibst.»

«Ich mache das für Ingrid. Sie braucht das. Außerdem wolltest *du* doch, dass sie wieder am Leben teilnimmt.»

«Aber doch nicht gleich auf diese Weise!»

Elise hob die Schultern und griff nach dem Rougepinsel, betonte die Wangenknochen. «Wer weiß, vielleicht finde ich dadurch einen Mann. Das willst du doch.» Sie zwinkerte ihr zu, wobei sie sich mit dem Thema Ehemann auf riskantes Terrain begab.

Selma lachte schrill. «Na, als ob du an diesen Orten einen anständigen Mann finden würdest! Nur Kriminelle, Opiumsüchtige und Zuhälter treiben sich da herum. Nebenbei bemerkt, es würde mich ja nicht wundern, wenn Ingrid Kontakte zu Letzteren pflegt. Sie zieht sich wie eine Dirne an!»

«Mutter, bitte!»

Sie verwarf die Hände. «Na es ist doch wahr! Ich sage dir eines, Elise, wenn sich das Mädchen nicht bald besser benimmt, werfe ich sie aus dem Haus. Die Stelle als Verkäuferin im Perlman, die ich ihr anbot, hat sie auch ausgeschlagen. Fühlt sich zu gut dafür! Es kann nicht sein, dass wir ihr alles bezahlen und sie unseren guten Ruf gefährdet.»

Ein Räuspern erklang. Ingrid stand im Türrahmen, ihr weiß-goldenes Fransenkleid und ihr blondes Haar schimmerten im Licht. «So siehst du das also, Selma? Dass ich eurem guten Ruf schade? Weißt du was, du brauchst mich nicht rauszuwerfen, ich gehe selbst.» Sie drehte sich um und rannte davon.

Elise warf ihrer Mutter einen verärgerten Blick zu. «War das wirklich nötig?» Dann folgte sie Ingrid in ihr Zimmer. Sie zog bereits ihren Koffer aus dem Schrank.

«Sie hat es nicht so gemeint», sagte Elise, aber Ingrid und sie wussten beide, dass jedes Wort genau so gemeint war. Schnaubend nahm Ingrid ein paar Kleider von den Bügeln und warf sie in den Koffer. «Selma mochte mich noch nie. Und ich will euch gewiss nicht zur Last fallen.»

«Das tust du nicht.»

«Schon gut. Es ist sowieso Zeit, dass ich wieder auf eigenen Beinen stehe.»

«Wo willst du hin?»

«Ich suche mir vorerst ein Hotelzimmer, dann eine Arbeit.» Sie verzog die Brauen zu einem mehr als zweifelnden Blick. Sie wussten beide, dass die derzeitige Wirtschaftskrise es den Arbeitssuchenden nicht leicht machte.

«Du könntest im Perlman arbeiten», schlug Elise ihr vor. «Ich werde Mutter davon überzeugen, dir nochmals eine Stelle anzubieten.»

Ingrid rümpfte die Nase. «Ich will keine Verkäuferin sein. Ich möchte Schauspielerin werden. Vielleicht erhalte ich eine Rolle, ich hatte ein Vorsprechen heute Nachmittag, und es lief ganz gut.»

«Oh Ingrid, das freut mich.» Es erstaunte Elise zwar, da sie gehört hatte, dass auch unter Künstlern Arbeitsnot herrschte, aber Ingrid besaß Talent. Schon in Schultheateraufführungen hatte sie alle in ihren Bann gezogen.

«Ich wünsche dir viel Glück», sagte sie. «Und bis du Geld mit der Schauspielerei verdienst, werde ich dich unterstützen. Ich bezahle dir das Hotel und alles, was du sonst so brauchst.»

Ingrid zögerte, dann griff sie nach Elises Händen. «Ich danke dir, Elise. Du bist eine wahre Freundin.»

Ingrid erhielt die Rolle nicht, doch Elise ermutigte sie weiterzumachen, unterstützte sie fortan mit Geld für ihren Lebensunterhalt. Eines Tages berichtete Ingrid voller Stolz, eine Anstellung gefunden zu haben, doch auf Elises Nachfrage legte sich ein beschämter Ausdruck auf ihr Gesicht und sie antwortete zögernd, als Varieté-Tänzerin im Ronacher aufzutreten. Elise musste wohl einen entsetzten Anblick geboten haben, da Ingrid rasch hinzufügte, dass sie das gerne mache und ihr die spärliche Bekleidung keine Probleme bereite.

Schon wenige Wochen später lud Ingrid sie und Adele auf eine Veranstaltung ein, worüber sich besonders Adele freute. Wegen ihrer Behinderung hatte sie selbst nie tanzen können, deshalb besuchte sie oft Ballett- und seit Neuestem Varieté-Aufführungen. Der Abend wurde amüsant, und auch wenn Elise es anfangs als befremdlich empfand, Ingrid so leichtbekleidet auf der Bühne zu sehen, so gewöhnte sie sich daran und bewunderte ihr Talent. Ihre Bewegungen harmonierten mit der Musik, und sie lächelte so breit, als bereitete ihr jeder einzelne Schritt Vergnügen.

In den darauffolgenden Wochen hatte Elise das Gefühl, dass Ingrid aufblühte, bis sie sich plötzlich veränderte und kaum noch etwas unternehmen wollte. Sie schob es auf die harten Proben, meinte, wenn sie eines Tages so gut sein wolle wie ihr Vorbild Josephine Baker, müsse sie viel üben. Da Elise mit dem Perlman und dem Juweliergeschäft ausgelastet war, zogen die Monate dahin, ohne dass sie groß Kontakt zueinander hatten. Ab und zu trafen sie sich auf einen Kaffee, und Ingrid wirkte oft müde und traurig. Große Augen in einem hohlwangigen, blassen Gesicht. Elise fragte sich, ob sie überhaupt noch in der Lage war zu tanzen und dabei noch immer lächelte wie zu Beginn. Auf Elises Nachfragen zu ihrem Wohlbefinden antwortete Ingrid aber stets, dass sie momentan ihren Traum lebe und sie dafür Opfer bringen müsse. Erst später wurde Elise bewusst, dass Ingrid nicht nur auf der Bühne eine Vorführung geboten hatte, sondern auch in der Realität. Dahinter kam sie an einem Abend im Herbst 1930.

Elise und Adele hatten sich im Ronacher eine Aufführung mit Ingrid angesehen und diese nach der Vorstellung in der Garderobe besucht. Ingrid erfüllte damit Adeles Wunsch, einmal einen Blick hinter die Kulissen zu werfen, und so erlebten sie die andere, chaotischere Seite der strukturierten Bühnenaufführung. In einem engen Raum wuselten Mädchen umher wie Elfen. Federn und Perlenketten schmückten Spiegel, vor denen sich ein Durcheinander aus Haarbürsten, Puderdosen, Schminktöpfchen und Lippenstiften in allerlei Farben bot. Hie und da ein paar künstliche Wimpern wie tote Spinnen. Jazz erklang aus einem Grammophon.

Eine große, üppige Frau brachte mehrere Flaschen Champagner in einem Behälter mit Eis und verteilte Gläser an die Mädchen, schenkte ordentlich ein, auch Elise und Adele. Adele nippte an ihrem Getränk und sah sich fasziniert um, ehe sie auf Ingrid zuhinkte.

«Ingrid, du warst fantastisch! Eines Tages wirst du so berühmt sein wie Josephine Baker. Denkst du, sie wird doch noch im Ronacher auftreten dürfen?»

Ingrid setzte sich, zog sich die hochhackigen Schuhe aus und massierte sich die Füße. Sie trug noch immer ihre Bühnenkleidung: einen kurzen Tüllrock, ein perlenbesticktes Bustier und Kopfschmuck mit langen Federn. Trotz ihren künstlichen Wimpern, die ihre Augen riesig erscheinen ließen, war ihr Gesicht von Müdigkeit gezeichnet. «Ich weiß nicht. Vielleicht in ein paar Jahren, wenn die Stadt nicht mehr so konservativ ist.»

Josephine Bakers letzter geplanter Auftritt 1928 war aufgrund des öffentlichen Drucks durch Kirche und Arbeiterpartei nicht bewilligt worden. Nachdem sich Adele weitere Fragen von Ingrid hatte beantworten lassen, durfte sie mit der Kostümbildnerin zusammen die Kleider anschauen.

Elise nutzte die Gelegenheit und fragte Ingrid nach ihrem Wohlbefinden.

«Ganz gut. Ich bin einfach etwas erschöpft.»

«Du solltest vielleicht kürzertreten, wenn das alles zu viel für dich ist.»

Ingrid betrachtete sich nachdenklich im Spiegel und begann, die falschen Wimpern zu entfernen. «Nein. Jetzt wird alles gut.» Sie nahm einen Schluck Champagner. Ihre Aussage verwirrte Elise, erst ein paar Stunden später würde sie sie begreifen.

«Weißt du was, wir gehen jetzt so richtig feiern. Was meinst du?»

Elise leerte ihr Glas. «Sicher!»

Sie starteten mit dem Besuch in einer gediegenen Hotelbar, weil Elise sich für Adele verantwortlich fühlte und sie nicht dem wilden Gerangel eines anrüchigen Lokals aussetzen wollte. Adele wurde ohnehin schnell müde, und nachdem sie sie zu einem Taxi begleitet hatten, zogen Elise und Ingrid weiter ins wilde Nachtleben Wiens. Sie wollten tanzen, Champagner trinken, tanzen, Champagner trinken. In einem verrauchten Lokal, der Jazz dröhnte in voller Lautstärke, gesellten sich schon bald zwei Männer zu ihnen, kein Wunder, sie verströmten pure Lebensfreude und sahen hinreißend aus. Besonders Ingrid in ihrem rosafarbenen, tief ausgeschnittenen Glitzerkleid. Sie selbst trug ein etwas schlichteres, schwarzes Fransenkleid, dazu ihre lange Perlenkette. Das Haar hatte sie wie Ingrid in Wasserwellen gelegt, wobei das bei Ingrid mit ihrem blonden Bubikopf besser aussah als bei Elises langen

Locken. Einer der Männer, ein dünner Blonder, hatte aber nur Augen für Elise, und auch wenn sie durch den vielen Champagner ziemlich angetrunken war, ging er ihr allmählich auf die Nerven mit seinen dummen Sprüchen wie «Süße, du bist schöner als ein Kronleuchter» oder, als Elise eine Zigarette anzündete, «Ich würde alles geben, wäre ich jetzt diese Zigarette». Auf sämtliche ihrer trockenen Kommentare reagierte er mit einem schrillen Lacher und der Bemerkung: «Köstlich!»

Als sie sah, dass auch Ingrid von ihrem Burschen, einem dicklichen Dunkelhaarigen mit Backenbart, genervt zu sein schien, fand sie es an der Zeit, diese Männer so schnell wie möglich loszuwerden, und erhob sich, griff nach Ingrids Hand. «Komm, Ingrid, lass uns tanzen.»

Ingrid sprang regelrecht auf, geriet leicht ins Schwanken, und etwas Champagner schwappte aus ihrem Glas. «Gute Idee!»

«Wir begleiten euch!» Ihre Verehrer schossen gleichzeitig von ihren Stühlen hoch, woraufhin Ingrid grinsend einen Arm um Elise legte und murmelte: «Du meine Güte, wie werden wir Dick und Doof nur los?»

In dem Moment schritt ein großer Mann in dunklem Anzug auf Ingrid zu, und ihr Lächeln erlosch. Elise spürte, wie Ingrid sich versteifte, ehe sie ruckartig von ihr abließ. Der Neuankömmling sah auf eine verwegene Art gut aus und kam Elise bekannt vor. Sie schätzte ihn auf Anfang vierzig. Sein dunkles, pomadisiertes Haar betonte seine Geheimratsecken, seine Augen wirkten im Dämmerlicht wie zwei Kohlestücke. Er strahlte Gefahr aus, das spürte Elise sofort. Plötzlich griff er auch schon nach Ingrids Unterarm und zog sie an sich, flüsterte ihr etwas ins Ohr. Ihre Miene versteinerte. Sie wandte sich an Elise. «Entschuldige mich bitte, ich bin gleich zurück.» Und schon war sie weg, ließ sich von dem Mann mitziehen. Verdutzt blickte Elise den beiden nach, bis Ingrids Glitzerkleid in der Menschenmenge verschwand. Sie wollte ihr folgen, doch der dünne Blonde hielt sie zurück. «Besser du bleibst hier.» Er nahm die Flasche Champagner aus dem Eisbehälter und füllte ihr Glas, reichte es ihr.

«Kennt ihr der Mann?», fragte Elise.

«Jemand, mit dem man sich besser keinen Ärger einfängt», antwortete Ingrids Verehrer und strich sich über seinen Backenbart.

«Wieso?»

Er starrte sie an, als hätte sie bis eben hinter dem Mond gelebt. «Das ist Franz Jäckle!»

«Ach.» Sie kam sich dumm vor. Franz Jäckle. Jetzt wusste sie, weshalb er ihr bekannt vorgekommen war. Sein Foto hatte sie schon in der Zeitung gesehen. Er besaß zahlreiche Lokale in Wien wie dieses hier, aber auch Hotels, Spielsalons und mehrere Liegenschaften. Sie erinnerte sich, dass er vor ein paar Jahren in einen Skandal verwickelt gewesen war. Seine Frau, Sophia Jäckle, geborene Traunsteiner, eine Hotelerbin aus Linz, war während der Flitterwochen in Südfrankreich von einer Klippe ins Meer hinuntergestürzt. Manch einer verdächtigte Franz Jäckle – an jenem Tag der einzige Zeuge des Unfalls –, bei dem Sturz nachgeholfen zu haben. Offenbar hatte Sophia nach dem Tod ihres Vaters, die Mutter war bereits bei ihrer Geburt gestorben, das gesamte Vermögen geerbt. Weil es ihr an jeglichen Schönheitsattributen fehlte, sagte man dem aus ärmlichen Verhältnissen stammenden Franz Jäckle nach, dass er Sophia nur des Geldes wegen geheiratet hatte.

Elise gefiel es nicht, dass sich Ingrid anscheinend Schwierigkeiten mit diesem Mann eingefangen hatte, und sie bat die anderen, ihr zu helfen und nach Ingrid zu suchen.

«Auf keinen Fall!», entgegnete daraufhin der Dünne und hob abwehrend die Hände. «Mit Jäckle lege ich mich nicht an. Bin doch nicht lebensmüde. Der soll seine Frau getötet haben. Und Mieter, die nicht bezahlen, lässt er ohne Erbarmen aus den Wohnungen werfen, kürzlich sogar eine hochschwangere Frau!»

Der Backenbärtige stimmte nickend zu. «Ein ganz schlimmer Finger. Ich will auch nichts mit dem zu tun haben, auch wenn mir Ingrid leidtut. Du solltest dich da besser nicht einmischen, Süße, der springt nicht gerade zimperlich mit Weibern um.»

Sie strafte die Feiglinge mit einem vernichtenden Blick, stellte ihr Glas auf den Tisch und eilte in die Richtung, in die Ingrid und Jäckle verschwunden waren. Nur mit Mühe und Beharrlichkeit gelang es ihr, sich zwischen den Menschen durchzuschlängeln. In der Nähe der Bar zog sie ein Betrunkener zu sich und lallte etwas vor sich hin, von wegen, ob sie ihm ein Küsschen geben würde. Er streckte ihr sein Gesicht hin, und sie starrte auf seine ausgeprägten Tränensäcke, die aussahen, als wären zwei fette Nacktschnecken darin vergraben.

«Lass mich los!» Sie verpasste ihm einen Stoß, da packte er sie an den Schultern und drückte sie gegen die Wand. «Du dumme Gans!»

«He du Flegel, Pfoten weg!» Hinter dem Schneckenmann tauchte eine große Frau auf, die ihn um etwa einen halben Kopf überragte. Tizianrotes, krauses Haar umgab ihr Gesicht wie eine Wolke.

Der Angreifer ließ von Elise ab und drehte sich um. «Was mischst du dich da ein, du ...» Er verstummte, denn die Frau hatte ihm, ohne zu zögern, einen Fußtritt direkt in die Intimzone verpasst. Er sackte sogleich zusammen, das Gesicht vor Schmerzen verzerrt. «Au! Du verdammtes Miststück!»

Ehe sich Elise versah, nahm die Rothaarige sie am Arm und zog sie durch die Menge. Der Widerling fluchte «Euch krieg ich schon!» hinter ihnen her.

Ihn ignorierend ließ Elise sich mitziehen bis in den Eingangsbereich. Dort blieb sie stehen. «Warte», bat sie die Rothaarige und blinzelte. Im Gegensatz zu dem schummrigen Licht zuvor war es hier schon fast überbeleuchtet und es herrschte ein Kommen und Gehen. Ein paar junge Leute torkelten lachend herein und warfen ihre Mäntel auf die Theke der Garderobe.

Die Rothaarige wandte sich an Elise. «Du solltest besser gehen. Der hat es auf dich abgesehen.» Stirnrunzelnd blickte sie zur Tür, die den Eingangsbereich von der Bar trennte, als könnte der Besagte jederzeit hereinstürmen.

«Ich kann noch nicht gehen, ich suche meine Freundin. Franz Jäckle hat sie einfach mitgenommen. Ich befürchte, sie hat sich Ärger mit ihm eingebrockt. Ich muss ihr helfen.» Elise schaute sich verzweifelt um. «Wenn ich nur wüsste, wo er sie hingebracht hat.»

«Franz Jäckle hat sie *mitgenommen?*» Sie beäugte Elise, als wäre sie eine Irre. Elise fiel auf, dass sie ein markantes Gesicht mit hohen Wangenknochen hatte. Auf ihrer blassen Haut stachen ihre großen meerblauen Augen hervor wie zwei Bergseen. Sie trug einen schwarzen Smoking, dazu eine goldfarbene Fliege.

Gerade als Elise antworten wollte, flog die Tür auf und ein Mann kam aufgeregt auf sie zu. Nicht der Betrunkene von vorhin, sondern ein Attraktiver mit dunkelblondem, gewelltem Haar. «Hannelore! Hier bist du! Du warst plötzlich verschwunden.»

Die Rothaarige, Hannelore, blieb gelassen und zeigte auf Elise. «Sie sucht ihre Freundin. Franz Jäckle hat sie offenbar irgendwohin *mitgenommen.*»

Irritiert schaute er Elise an. Für einen kurzen Moment hatte sie das Gefühl, ihr Herz stolperte aus seinem Rhythmus und die Zeit bliebe stehen. Seine Augen, mehr grau als blau, ruhten fragend auf ihr. Er hielt sie offenbar, genau wie Hannelore, für verrückt, aber das war ihr gleichgültig. «Ich glaube, sie ist in Gefahr! Wo ist er nur mit ihr hin?»

Der Mann wandte sich an Hannelore: «Wir hatten hier vor zwei Jahren doch einen Auftritt, und die Gage wurde uns in Jäckles Büro ausbezahlt.» Er zeigte zu einer Treppe, die zu einer Galerie hochführte. «War das nicht irgendwo dort oben?»

Hannelore folgte seinem Blick. «Hm, könnte sein.»

«Lasst uns nachschauen. Kommt!» Er lief zur Treppe, Hannelore folgte ihm. Ganz überwältigt von so viel Hilfsbereitschaft schaute Elise ihnen verdutzt nach, bis sie ihnen nacheilte. Weit kamen sie nicht; ein Angestellter versperrte ihnen auf der Treppe den Durchgang und fragte in ruppigem Ton, was sie oben zu suchen hätten. «Gäste haben da nichts verloren.»

Hannelore lächelte charmant. Sie überragte auch diesen Mann um einen halben Kopf. «Wir sind keine Gäste, sondern Musiker. Jonathan und Hannelore Rosenberg. Franz Jäckle erwartet uns. Wo finden wir sein Büro?»

Er wirkte unentschlossen, taxierte sie misstrauisch. «Er ist nicht da. Komme gerade von dort.»

«Wo könnte er sein?», fragte nun der schöne Mann, offenbar Jonathan, hartnäckig nach.

«Woher soll ich das wissen?», erwiderte der Angestellte schroff. «Das hier ist nicht sein einziges Lokal. Und jetzt verschwindet.» Er wies mit dem Kopf nach unten, und sie folgten seiner Aufforderung, gingen zurück zur Garderobe. Als der Angestellte gehetzt im Barbereich verschwand, wandte Elise sich an Hannelore und Jonathan. «Ich werde jetzt die

Polizei rufen. Ihr könnt aber ruhig gehen.» Die beiden waren offenbar ein verheiratetes Musikerpaar und hatten bestimmt Besseres zu tun, als hier zu warten.

Hannelore verschränkte die Arme. «Ich bezweifle, dass die Polizei weiterhelfen kann. Was denkst du denn, was sie machen werden? Das ganze Lokal durchsuchen, nur weil deine Freundin mit Jäckle verschwunden ist? Ist bestimmt nicht das erste Mal, dass sich Jäckle in Begleitung einer Frau aus dem Staub gemacht hat.» Ihre Stimme triefte nur so vor Sarkasmus.

«Hannelore!» Jonathan warf ihr einen warnenden Blick zu.

Wut wallte in Elise auf. «Ingrid hat ihn nicht freiwillig begleitet! Es blieb ihr gar keine andere Wahl. Und sie ist in Gefahr, das spüre ich.»

Jonathan trat auf sie zu. «Keine Sorge, wir finden sie.» Er wandte sich an die Garderobendame und fragte nach Jäckle. Sie hängte gerade einen Pelzmantel auf und reichte einer Frau das Nummernschildchen.

«Kann ich euch nicht sagen.»

Elise stellte sich dicht an den Tresen und stützte die Hände darauf. «Bitte! Ich muss wissen, wo er hin ist!»

Sie schaute ihr direkt ins Gesicht, und Elise konnte jede ihrer großen Poren und Falten sehen, in denen sich Schminke abgesetzt hatte. «Auch wenn ich es wüsste, Herzchen, würde ich es dir nicht sagen.»

Jonathan zog ein paar Scheine hervor und schob sie über den Tresen, doch die Garderobendame blieb hart, und als neue Gäste eintrafen, behandelte sie Elise und Jonathan wie Luft. Ratlos blickte Elise zu Jonathan, als Hannelore, die vor einer geöffneten Tür stand, sie zu sich herüberwinkte. Sie eilten zu ihr hin.

«Während ihr mit der Garderobendame geplaudert habt, habe ich beobachtet, wie eben ein bulliger Typ durch diese Tür verschwand. Sie führt runter in den Keller.» Sie schob Elise und Jonathan vor sich her. «Ich könnte schwören, Jäckle und deine Freundin sind hier unten.»

Der Keller glich einem Labyrinth, das sie immer wieder in Sackgassen und zu verschlossenen Türen führte. Dämmerlicht aus flackernden Glühbirnen erschwerte die Orientierung, ein unangenehmer Geruch nach abgestandenem Zigarettenrauch und irgendwas Verfaultem lag in den schmalen Gängen. Endlich hörten sie Stimmen hinter einer Tür, Jonathan öffnete. Elise hielt die Luft an, als sie Ingrid auf einem Stuhl entdeckte, das Gesicht voller Tränen und verschmierter Schminke. Ein bulliger Mann stand dicht hinter ihr, während Jäckle ihr gegenüber auf einem Stuhl saß.

«Was soll das?», rief Hannelore und schritt in langen Schritten auf Jäckle zu, er sprang auf. «Was zum Teufel habt ihr hier verloren?»

«Lassen Sie das Mädchen sofort gehen.»

Jäckle lachte bitter. «Die? Nein, garantiert nicht! Mit der bin ich noch nicht fertig. Nicht wahr?» Er packte grob nach Ingrids Kinn und zwang sie, ihn anzusehen.

Elise trat auf ihn zu. «Hören Sie auf! Was hat sie Ihnen getan?»

Er musterte sie von oben bis unten. «Das geht dich zwar einen Dreck an, Püppchen, aber wenn du es unbedingt wissen willst: Diese Göre hat Schulden bei mir. Gütig, wie ich bin, ließ ich sie sie abarbeiten in meinem Haus als Dienstmädchen. Doch dann hat sie mir eine Uhr gestohlen. Eine Patek Philippe! Sie war so dumm und dachte, ich würde es nicht bemerken, weil ich so viele Uhren besitze. Aber der Verlust einer Patek Philippe fällt immer auf!»

Fassungslos blickte Elise zu Ingrid, die beschämt auf den Boden starrte. Diebstahl! Sie wandte sich wieder an Jäckle, der erklärte, dass Ingrid vorhin gestanden hatte, die Uhr bereits weiterverkauft zu haben, und er die Polizei einschalten werde.

«Nein!» Elise trat auf ihn zu. «Ich komme für die Uhr auf!»

Düsterer Spott lag in seinen Zügen. «Weißt du eigentlich, wie viel so eine Uhr wert ist?»

«Mein Großvater ist Juwelier und Uhrmacher, ich kann Ihnen also ...»

Sie spürte eine Hand auf ihrer Schulter, sie gehörte Jonathan. «Sie will damit nur sagen, dass wir bereit sind, die Uhr zu bezahlen.»

«Das reicht nicht! Hinter Gitter gehört dieses Weibsstück und ...» Er legte plötzlich den Kopf leicht schräg und beäugte Jonathan. «Ich kenne Sie! Sie sind der Pianist. Jonathan Rosenberg. Sie haben vor ein paar Jahren hier gespielt.»

«Ja, richtig. Zusammen mit meiner Cellistin, Hannelore Rosenberg.» Er wies zu Hannelore, die mit grimmiger Miene dastand.

Jäckle grinste aufgesetzt. «Natürlich! Das Duo Rosenberg! Eure Konzerte waren stets ausgebucht.»

«Aha?» Hannelore wirkte gespielt erstaunt. «Merkwürdig, dass Sie uns trotzdem nicht mehr auftreten ließen ... Ah, ich vergaß, Sie wollten keine *jüdischen* Künstler mehr in Ihren Lokalen.»

Jäckle kniff die Augen zusammen, als machte er Hannelore wortlos eine Kriegserklärung. Elise hatte das Gefühl, ein böser Kommentar würde ihm auf der Zunge liegen, aber er schwieg und wandte sich an Jonathan. Seine Mimik erweichte. «Meine liebe Mutter bewundert Ihre Musik. Sie besucht jedes Ihrer Konzerte.»

«Das freut mich», antwortete Jonathan. «Wie heißt denn Ihre liebe Mutter?»

«Marie Jäckle.» Er strahlte. «Sie hat bald Geburtstag, die Gute. Wird sechzig! Wissen Sie, worüber sie sich sehr freuen würde? Über ein privates Konzert! Ich will euch beide engagieren.»

«Vergessen Sie's!», spuckte Hannelore aus, da sagte Jonathan schnell: «Sie meint damit nur, dass wir in nächster Zeit ausgebucht sind. Aber dass wir vielleicht noch was einschieben könnten. Nicht wahr, Hannelore?» Er zwinkerte ihr zu und deutete mit dem Kopf ganz leicht in Ingrids Richtung, die kraftlos auf dem Stuhl saß. Elise wusste sofort, was Jonathan bezwecken wollte, aber Hannelore verschränkte demonstrativ die Arme. Jäckle hatte Jonathans Absicht ebenfalls erkannt.

«Ich würde in diesem Fall von der Anzeige absehen.»

«Was meinst du, Hannelore?», hakte Jonathan nach. «Können wir das Geburtstagskonzert für Jäckles Mutter noch irgendwann unterbringen?»

Jäckle stand da mit offenem Mund, blickte zwischen Jonathan und Hannelore hin und her, sah dabei aus wie ein Kind, das nicht wusste, ob es von den Eltern nun Schokolade bekäme oder nicht.

Schließlich antwortete Hannelore mürrisch: «Ja, das sollte möglich sein. Aber wir haben eine weitere Bedingung.» Sie trat noch einen Schritt auf Jäckle zu. «Sie haben vorhin gesagt, das Mädchen habe Schulden bei Ihnen und dass sie die bei Ihnen abarbeiten müsse?»

«Ja. Als Dienstmädchen.»

Ingrid schnaubte. «Als Dienstmädchen!», murmelte sie, «dass ich nicht lache.»

«Sei nicht frech, du Luder!» Jäckle wollte mit der Hand ausholen, doch Hannelore stellte sich dazwischen.

«Jetzt hören Sie sich unsere Bedingung an! Sie sehen von einer Anzeige ab, lassen das Mädchen sofort gehen und erlassen ihre ganzen Schulden. Ansonsten können Sie sich das Konzert abschminken, so leid mir das für Ihre Mutter auch tut.»

Jäckle schaute Hannelore und Jonathan an, als stünden zwei Goldbarren vor ihm, an denen er sich aber die Finger verbrennen könnte. «Sie erpressen mich?»

«*So* würde ich das nicht bezeichnen.» Sie lächelte süffisant.

Jäckle schnaubte. «Das geht zu weit. Ich verzichte auf eine Anzeige, aber die Schulden muss Ingrid bezahlen oder abarbeiten.»

Elise schauderte. Wenn sie sich vorstellte, dass Ingrid weiterhin für diesen schmierigen Widerling in dessen Haus arbeiten musste, dann blieb ihr nur eine Möglichkeit. «Ich bezahle die Schulden», sagte sie und erntete erstaunte Blicke von allen Anwesenden.

Jäckle unterzog sie erneut einer Musterung, dann grinste er. «Gut, Püppchen. Dann haben wir eine Abmachung.» Er wandte sich an Jonathan und Hannelore: «Und wir auch. Ein Privatkonzert für meine Mutter.»

Nachdem sie noch ein paar Dinge geregelt hatten, verließen sie das Lokal. Draußen bedankte sich Ingrid überschwänglich bei Jonathan – sie ignorierte Hannelore – und bestand darauf, ihn demnächst auf einen Kaffee einzuladen. Hannelore zündete sich eine Zigarette an, während Elise die Gelegenheit nutzte und sich bei ihr bedankte.

«Schon gut.» Sie nahm einen langen Zug. «Aber achte bitte zukünftig auf deine Freundin. Die zieht Ärger an, das spüre ich.»

Elise spähte zu Ingrid, die mit Jonathan sprach und dabei mit den Wimpern klimperte.

«Stört es dich nicht, dass sie ihn so umgarnt?», fragte sie überrascht.

Hannelore lachte auf. «Wir sind nicht verheiratet, falls du das denkst. Jonathan ist mein Cousin. Trotzdem muss ich gelegentlich auf ihn aufpassen. Wegen Frauen wie Ingrid.»

Ingrid traf sich bereits zwei Tage später mit Jonathan Rosenberg und berichtete Elise danach ausführlich von dem Treffen. Dazu suchte sie sie im Perlman auf, als Elise in der Lebensmittelabteilung die neu eingetroffene Marmelade auf einem Tisch aufstellte. Die Präsentation von neuer Ware war ihr wichtig, deshalb kümmerte sie sich gerne selbst darum.

Ingrid sah hübsch aus in ihrem dunkelgrünen Kostüm mit passendem Glockenhut, der ihre strahlenden Augen zur Geltung brachte.

«Oh Elise, Jonathan ist so attraktiv! Und begabt, klug und charmant.» Sie griff nach einem Glas Marillenmarmelade, betrachtete es kurz, ehe sie es wieder hinstellte. «Vermögend ist er übrigens auch. Seinem Onkel gehört eine Linoleum-Fabrik. Doch Jonathan selbst hat am Neuen Wiener Konservatorium Musik studiert.»

Elise dachte an Jonathans graue Augen, die ihr in Erinnerung geblieben waren.

«Vor ein paar Jahren haben er und seine Cousine Hannelore sich entschlossen, zusammen aufzutreten», fuhr Ingrid fort. «Die beiden sind sehr erfolgreich.» Sie rümpfte die Nase. «Obwohl ich nicht verstehen kann, dass er sich mit Hannelore zusammengetan hat. Ich glaube, als Solokünstler wäre er noch viel erfolgreicher.»

«Warum denkst du das?»

«Diese Hannelore ist sehr speziell, du hast sie doch auch gesehen. Sie kleidet sich wie ein Mann!»

«Ich mochte sie.»

Ingrid hob die Schultern. «Für Jonathan ist sie wohl wie eine Schwester. Seine Mutter ist kurz nach seiner Geburt gestorben, und der Vater später bei einem Jagdunfall. So kam er im Alter von vier Jahren zu Hannelores Eltern.»

Elise verspürte Mitleid für Jonathan, der so früh seine Eltern verloren hatte.

Nachdem sie Ingrid noch etwas weiter über Jonathan hatte schwärmen lassen, wechselte sie irgendwann das Thema.

«Sag mal, Ingrid, weshalb hast du mir nichts von deinen Geldproblemen und Jäckle erzählt? Ich hätte dir geholfen.»

«Ich weiß, aber ich habe auch meinen Stolz. Du hast mir schon so viel gegeben. Und ich wollte unbedingt, dass du denkst, ich hätte alles im Griff.»

«Wie kam es zu deinen Schulden?»

«Durch meine Mutter. Sie ist noch immer in dieser privaten Nervenheilanstalt. Doch die kostet ein Vermögen. Aber es geht ihr gut dort, sie ist auf dem Weg der Besserung und führt ein recht gutes Leben. Die haben ein Heilbad, einen schönen Park, gute Ärzte. Wenn ich ihr das wegnehmen müsste und sie in eine staatliche Klinik käme, würde sie komplett durchdrehen. Aus diesem Grund habe ich mir von Franz Geld geliehen. Ich habe ihn vor einiger Zeit im Ronacher kennengelernt, wir trafen uns gelegentlich. Er hat mich fasziniert, weil er etwas Durchtriebenes ausstrahlt. Das kannst *du* natürlich nicht verstehen.» Sie beäugte Elise fast schon mitleidig.

«Aber dieses *Durchtriebene* wurde dir nun zum Verhängnis», konterte Elise.

Ingrid nickte. «Ja. Ich ... ich habe vor ein paar Wochen beobachtet, wie er einen Mann fast zu Tode prügeln ließ. Das machte mir Angst, deshalb wollte ich ihn verlassen. Doch er wurde wütend und verlangte, dass ich die Schulden zurückzahle, was ich nicht konnte. Er hatte einen Schuldschein und drohte mir mit einer Anzeige, wenn ich die Schulden nicht abarbeite. Ich hatte keine andere Wahl ... Das war eine schlimme Zeit, kannst du mir glauben.»

Das tat Elise und dachte an ihre eigene Erfahrung mit Jäckle vor einem Tag während der Geldübergabe, bei der sie Ingrids Schulden bezahlt hatte. Sie hatten sich bei ihrem Notar getroffen, und so war zumindest alles professionell über die Bühne gegangen. Doch Jäckle hatte sie die ganze Zeit voller Verachtung gemustert und im Anschluss gar als jüdisches Flittchen beschimpft. Mit zu Fäusten geballten Händen war Elise in ein Taxi gestiegen, hoffend, ihn nie wieder sehen zu müssen.

«Es tut mir unglaublich leid, dass du das durchmachen musstest.» Elise strich Ingrid über den Rücken. «Du hättest mich um Hilfe bitten können. Dazu sind Freunde doch da.»

Ingrid setzte ein Lächeln auf. «Wie auch immer, du hast mir ja jetzt geholfen, indem du bezahlt hast.» Ihrer Stimme war anzuhören, dass ihr das nicht gefiel. «Aber reden wir nicht mehr darüber. Etwas Positives hatte die ganze Geschichte ja, ich habe Jonathan kennengelernt.» Sie hielt inne. «Er hat sich übrigens nach dir erkundigt.»

«Nach mir?» Elise spürte, wie ihr das Blut in die Wangen stieg.

«Ja. Er hat uns zu seinem nächsten Konzert eingeladen. Am Wochenende. Kommst du auch?»

«Vielleicht.»

Natürlich ging sie mit. Und ließ sich verzaubern. Während des Konzerts konnte sie nachvollziehen, warum Jäckles Mutter so angetan war von diesem Künstlerduo Rosenberg. Hannelore und Jonathan gelang es mit ihren Kompositionen, eine andere Welt zu erschaffen. Gänsehaut überkam Elise, während sie dasaß und den beiden zuhörte. Der warme, dunkle

Klang von Hannelores Cello gab sich melancholisch und träumerisch, bot die perfekte Ergänzung zu den klaren Tönen von Jonathans Pianospiel. Ihre Stücke verbanden klassische Formen, geprägt von Rachmaninov, Debussy und Chopin, beeinflusst durch ihren eigenen Stil, der Minimalismus und Ruhe ausstrahlte. Ein Klaviersolo von Jonathan hatte es ihr besonders angetan, die Takte fuhren ihr regelrecht in die Glieder.

Wie gelang es ihm, so viele verschiedene Gefühle innerhalb von fünf Minuten wiederzugeben, fragte sie sich. Liebe, Trauer, Fröhlichkeit, Hoffnung … Am Schluss hätte sie die Komposition am liebsten nochmals gehört, aber dann folgte bereits das nächste Stück, dieses Mal wieder mit Hannelore am Cello, welches Elise wortwörtlich unter die Haut ging. Als würden die Musiktöne durch ihren Körper fließen, so kam es ihr vor.

Nach der Vorstellung gab es einen Aperitif. Elise hätte Jonathan gerne begrüßt, aber er wurde umringt von Leuten, unter ihnen Ingrid, dicht an seiner Seite stehend. Hannelore stieß zu ihr. Sie trug erneut einen Smoking, dieses Mal in weiß, wodurch ihr rotes Haar besonders hervorstach. Mit einem knappen Nicken grüßte sie Elise wortlos und nippte an ihrem Champagner. Noch nie zuvor war Elise einer Frau begegnet, die eine solch selbstbewusste und gelassene Ausstrahlung besaß, auch wenn sie durch ihre Größe, das markante Gesicht und ihren Kleidungsstil nicht dem Schönheitsideal entsprach. Sie bewunderte sie. Menschen wie Hannelore brauchten keine Bestätigung von anderen. Angestrengt überlegte sie, was sie ihr sagen könnte. Irgendetwas Kluges, aber ihr fiel nichts ein, deshalb fragte sie, wie lange sie schon Cello spiele. Anstatt zu antworten, meinte Hannelore: «Sie verhält sich bereits so, als wären sie ein Paar.»

Elise folgte ihrem Blick zu Ingrid, die eine Hand auf Jonathans Unterarm legte und über eine Bemerkung von ihm lachte. Dabei warf sie den Kopf zurück, ihre weißen Zähne blitzten. Elise verspürte einen leichten Stich, lächelte aber. « Ich glaube, er mag sie auch ganz gern ?»

«Nein. Mein Cousin ist nur viel zu höflich und kann nicht Nein sagen. Ingrid entspricht nicht seinem Frauenideal. Zu vulgär. Zu laut. Trotzdem ist er auch nur ein Mann und ihren Reizen offensichtlich nicht abgeneigt. Aber ich glaube nicht, dass daraus etwas Ernstes wird.» Sie besah Elise eindringlich. « *Du* hingegen würdest zu ihm passen.»

« Was, ich ? Nein, nein. Du täuschst dich.»

Noch immer ruhten ihre Augen fest auf ihr. «Ich kenne Jonathan etwas länger als du ... Sag, bist du vergeben ?»

Wie direkt sie war! «Nein, das nicht.» Elise nahm einen großen Schluck Champagner.

«Jonathan hat jedenfalls gehofft, dass du heute auch hier bist. Du gefällst ihm, er hat Andeutungen gemacht.»

Elise schwieg. Sie glaubte dieser eigenartigen Hannelore, denn sie war mehrmals am Abend Jonathans Blicken begegnet. Außerdem: Weshalb sollte sie so etwas behaupten ?

Doch was brachte ihr die Gewissheit, dass sie Jonathan gefiel ? Ingrid hatte ihn längst an sich gerissen.

Hannelore reichte ihr ein neues Glas Champagner und stieß schweigend mit ihr an. Sie gehörte zu den Menschen, die man auch ohne Worte und nur durch ihre Mimik verstand. Plötzlich bemerkte Elise einen eigentümlichen Ausdruck in ihren Augen, sie presste angespannt die Lippen aufeinander. Etwas schien ihre Aufmerksamkeit erregt zu haben, und sie folgte ihrem Blick zu einem Paar: der Mann schon etwas älter, mit grau melierten Schläfen und groben Gesichtszügen, die Frau noch recht jung und hochschwanger. Sie war klein und hübsch, trug das schwarze Haar zu einem Bubikopf. Sie hatte Hannelore ebenfalls bemerkt, wirkte kurz wie versteinert, bis sich ein sehnsuchtsvoller Ausdruck auf ihr Gesicht stahl. Ihre dunklen Augen spiegelten Verlangen, sodass Elise überrascht zu Hannelore sah, die den Blick der Schwangeren verträumt erwiderte. Dann legte der Mann, der sich mit einem Paar unterhielt, der Frau besitzergreifend eine Hand auf den Rücken, und das magische Band, das Elise zwischen Hannelore und ihr gespürt hatte, zerriss. Hannelore leerte ihr Glas in einem Zug und eilte davon. Elise versuchte ihre Gedanken zu sortieren. Hannelore und diese Frau also. Sie hatte schon von Menschen, die gleichgeschlechtliche Beziehungen führten, gehört, jedoch noch nie jemanden kennengelernt.

«Genießen Sie den Abend?»

Erschrocken schnellte sie herum. Jäckle! Verkrampft hielt sie ihr Champagnerglas fest, hätte ihm den Inhalt am liebsten ins Gesicht geschüttet. Sie holte tief Luft. Ganz ruhig bleiben. «Ja, es war ein wunderbares Konzert.»

«Das Konzert war furchtbar!», erwiderte Jäckle. «Ich bevorzuge Jazz. Ich bin nur wegen meiner Mutter hier. Sie freut sich ja schon sehr auf die Privatvorstellung in einem Monat.»

«Wie schön.»

«Ja, *wie schön.*» Seine Stimme strotzte vor Sarkasmus. «Meine Mutter hat das verdient. Jahrelang hat sie hart geschuftet und mich allein großgezogen, nachdem mein Vater gestorben war. Und jetzt kann ich mich revanchieren. Auch wenn das bedeutet, dass ich mir Konzerte von verdammten Saujuden anhören muss.» Seine Stimme klang eiskalt und troff vor Verachtung. Elise fragte sich, was für eine Mutter einen solchen Sohn großgezogen hatte. Alles in ihr schrie, sich sofort von ihm zu entfernen, aber sie blieb wie festgewurzelt stehen, ungläubig vor so viel Hass, den er ausstrahlte. Sie hatte ihm nichts getan. Er hasste sie nur wegen ihres Glaubens. Und er war noch nicht fertig. «Und Sie gehören auch dazu, Elise Graf. Sie halten sich für etwas Besseres, weil Sie reich sind und in einer Gesellschaft verkehren, von der ich trotz meines Geldes nie akzeptiert werde. Sie ...»

«Hören Sie auf!», zischte sie, als sie ihre Stimme wiedergefunden hatte. «Wissen Sie, weshalb Sie in der Gesellschaft nie akzeptiert werden? Nicht wegen Ihres neuen Reichtums, den Sie sich im Übrigen nur durch Ihre Heirat erschlichen haben, sondern weil Sie ein gemeiner, widerlicher Mensch sind! Menschen wie Sie werden trotz Geld immer arm bleiben, da es Ihnen an Charakter fehlt. Etwas, das man mit Geld nicht kaufen kann. Ich bemitleide Sie, Herr Jäckle, oh ja, das tue ich!»

Er stand still vor ihr, die Augen von einem bösen Glimmen erfüllt. Elise zitterte vor Aufregung. Beinahe sah sie sie nicht kommen, die zierliche Dame in dem violetten Kleid mit dem strahlenden Gesicht.

«Franzl, mein Lieber, hier bist du ja. Möchtest du mir das hübsche Mädchen nicht vorstellen?» Sie besah Elise aus warmen hellblauen Augen, ihre Bäcklein glänzten wie zwei rote Äpfel.

«Mama!» Franz Jäckle legte ihr eine Hand auf den Rücken. «Amüsierst du dich?»

«Jaja», sagte sie, ohne den Blick von Elise abzuwenden.

Elise musterte Jäckle, der seine Mutter anhimmelte, und sie erkannte bedingungslose Liebe in seinen Augen. Er ließ zu, dass sie ihm einen imaginären Fusel vom Jackett strich, und wirkte wie ein Kleinkind. Die Verletzlichkeit, die er ausstrahlte, verblüffte sie so sehr, dass sie schweigend weglief. Sie brauchte frische Luft und begab sich nach draußen. Ein leiser, tröstlicher Wind fächelte ihr die Stirn. Die Dämmerung bedeckte den Himmel mit zartrosa Schleierwolken, und Elise fühlte sich bereits besser. Sie lief zum angrenzenden Park hinter dem Gebäude und bemerkte Hannelore auf einer kleinen

Steinbrücke. Diese hatte die Hände gefaltet und auf die Brüstung gestützt. Elise gesellte sich zu ihr, Hannelore grüßte mit einem knappen Nicken. Eine Weile standen sie einfach da und lauschten dem zarten Plätschern des Bächleins. Die Luft war erfüllt von dem Duft nach knospendem Grün, das den Frühling ankündigte.

«Ich verstehe das Leben manchmal nicht», sagte Elise in die Stille hinein.

«Wer tut das schon.» Hannelore beäugte sie fragend, und Elise versuchte in Worte zu fassen, was sie bewegte.

«Dieser Unterschied zwischen Liebe und Hass ... Liebe ist verständlich, sie ist greifbar. Aber Hass? Er ergibt keinen Sinn. Wenn es wirklich einen Schöpfer gibt, warum hat er ihn erschaffen? Und sag jetzt nichts von Luzifer oder dem Teufel, daran glaube ich nämlich nicht.»

Hannelore blickte auf das Bächlein und beobachtete eine Bachstelze auf einem Stein. Sie antwortete erst nach längerem Schweigen. «Hass ist der Gegenspieler von Liebe. Und damit uns überhaupt bewusst sein kann, was Liebe ist, muss es folglich auch den Hass geben.»

«Hm.»

«Oder ...» Sie hielt inne. «Es ging etwas schief.»

«Schief?»

«Ja. Diese Theorie setzt voraus, dass du an einen Gott glaubst. Ich tue es, Jonathan und viele meiner Freunde hingegen nicht. Sie glauben fest an Darwins Evolutionstheorie.»

Elise dachte an die zahlreichen Gespräche, die sie mit ihrem Großvater zu diesem Thema geführt hatte. Nach wie vor glaubte sie an einen Gott, jedoch nicht an die Eigenheiten der verschiedenen Religionen. Für sie gab es einen Schöpfer, doch die Religionen hatten die Menschen selbst entwickelt, um dem Phänomen des Lebens einen Sinn zu geben, es zu begreifen.

«Erzähl», forderte sie Hannelore auf, und mit einem Funkeln in den Augen fuhr diese fort: «Was, wenn die Schöpfung schieflief?»

Elise musterte sie, unsicher, ob sie es ernst meinte oder nur Spaß machte.

«Stell dir vor, du willst etwas erschaffen. Einen Kuchen, ein Bild, ein Kleid ... Was auch immer ... Jedenfalls gelingt es doch kaum auf Anhieb, oder?»

Elise nickte und dachte an die vielen Versuche in Großvaters Atelier, als sie Schmuckstücke anfertigen wollte. Sie hatte immer eine Vorstellung im Kopf, aber bis sie sie genauso umsetzen konnte, brauchte es zahlreiche Versuche. «Du meinst, wir sind Gott einfach nicht gelungen?»

«Genau.»

Elise schmunzelte. «Und beim nächsten Mal dann schon?»

«Wer weiß.» Hannelore zeigte zum blassen Sichelmond, der soeben zwischen dahinziehenden rosa Wölkchen erschien. «Vielleicht existiert irgendwo da draußen bereits eine perfekte Version unserer Welt. Ohne das Böse.»

«Wenn es so wäre, warum hat Gott uns dann nicht gleich zerstört? Spätestens als Kain Abel erschlug, hätte ihm bewusst sein müssen, dass das Ganze zu nichts Gutem führen wird.»

«Entweder konnte er nicht, oder er wollte nicht. Ich beispielsweise habe Kompositionen, mit denen ich nicht zufrieden war, nie vernichtet. Sie liegen in einer Schublade. Ab und zu nehme ich sie heraus, nur um mich zu vergewissern, dass ich inzwischen viel besser geworden bin.» Hannelore sah Elise ernst an, bis ein Hauch eines Lächelns ihre Mundwinkel umspielten. Mit einem Augenzwinkern wandte sie sich ab und schaute zum Mond, der gerade von einer etwas größeren Wolke verschluckt wurde. Die Vorstellung, dass sie ein Fehlversuch Gottes waren, fand Elise zwar absurd und nicht realistisch, aber wie ihr Großvater einst gesagt hatte: Das Leben ist und bleibt ein Rätsel. Mit vielen Gefahren, wie diesem Jäckle. Sie gehörten dazu, genau wie die Schlangen Sumatras, und sie mussten irgendwie versuchen, mit ihnen zu leben. Manchmal gelang es, manchmal nicht. Plötzlich geisterte ihr ein Gedanke durch den Kopf.

«In einer perfekten Welt wären deine und Jonathans Kompositionen langweilig», sagte sie und erntete einen undefinierbaren Blick von Hannelore. «Eure Musik zeigt nicht nur Liebe und Freude auf, sondern auch Trauer, Melancholie, Verlust. Sie lebt von dieser Mischung und wird erst dadurch einzigartig.»

Hannelore wirkte zufrieden. «Siehst du, und nun hast du die Antwort. Liebe und Hass, du erinnerst dich?»

Für einen Augenblick starrte Elise sie verdutzt an, dann musste sie lachen. «War die Theorie mit dem *Fehlversuch* etwa nur ein Scherz?»

Hannelore hob die Schultern und zwinkerte.

«Und angenommen, es wäre wirklich so, der wievielte Versuch wären wir wohl, was denkst du?»

5

Mit Hannelore hatte Elise innerhalb kurzer Zeit eine tiefe Freundschaft geschlossen, die sich von der zurzeit eher oberflächlichen mit Ingrid unterschied. Hannelore besaß einen trockenen, teilweise sehr schrägen Humor, war sarkastisch und immer gnadenlos ehrlich. Elise schätzte ihre tiefgründigen Gespräche, und schon bald vertrauten sie einander alles an. So erfuhr sie unter anderem, dass Hannelore vor ein paar Monaten eine Affäre mit einer verheirateten Frau gehabt hatte, Sidonie Reisinger, Gattin des Fabrikanten Winfried Reisinger. Hannelore lernte Sidonie, eine hochbegabte Geigenspielerin, am Konservatorium kennen und lieben. Obwohl Sidonie eine glanzvolle Zukunft bevorstand, arrangierten ihre Eltern die Ehe mit Winfried. Nach der Heirat hatten sich Hannelore und Sidonie noch einige Male getroffen, bis Sidonie schwanger wurde von Winfried und die Affäre mit Hannelore beendete. Hannelore liebte Sidonie noch immer, auch wenn ihr bewusst war, dass eine gemeinsame Zukunft nur ein Traum bliebe.

Dass Hannelore so offen über die Liebe zu einer Frau sprach, war anfangs zwar gewöhnungsbedürftig, störte Elise aber nicht im Geringsten. Weshalb auch? Jeder durfte lieben, wen er wollte. Und wer sagte schon, was normal war und was nicht. Hannelore gehörte damals, neben ihrem Großvater, zu den wichtigsten Menschen in ihrem Leben, eine weitere Seelenverwandte.

Ingrid hingegen traf sie kaum noch, da sie viele Auftritte im Ronacher hatte und die wenige Freizeit mit Jonathan verbrachte. Die beiden waren inzwischen ein Paar.

Dann starb Elises Großvater, und sie erlebte an Hannelore eine weitere wertvolle Seite ihrer Freundschaft. Sie stand ihr bei, als Elise eine der schwersten Zeiten ihres Lebens seit Wolfis Tod durchmachte. Im Nachhinein betrachtet kam der Tod ihres Großvaters nicht unerwartet. Elise hatte bereits gespürt, dass etwas nicht stimmte, als er sie einen Monat vor ihrem zwanzigsten Geburtstag zu sich einlud, und sie glaubte, auch er ahnte, dass er nicht mehr lange zu leben hatte.

An diesem warmen Junitag 1930 saßen sie im Garten. Vögel erfüllten die Luft mit ihren hellen Stimmen. Es blies ein angenehmer Wind, Rosenblätter wirbelten über ihre Köpfe hinweg, das blau-weiß karierte Tischtuch flatterte, sodass ihr Großvater es mit Steinen auf den Seiten beschweren musste. Elise hatte eine Sachertorte mitgebracht, und nachdem sie bereits ein Stück genossen hatten, ging ihr Großvater kurz ins Haus und kam mit einem Geschenk wieder zurück, legte es vor sie hin. Das dunkelblaue Glanzpapier strahlte im Sonnenlicht. «Für mich?»

Er lächelte schalkhaft. «Ein vorzeitiges Geburtstagsgeschenk. Ich hatte es bereits fertig und wollte deshalb nicht mehr warten.» Ein dunkler Schleier legte sich über sein Gesicht, und Elise rückte ein Stück näher zu ihm. «Alles in Ordnung?»

«Ja.» Er schob ihr das Geschenk zu. «Los, mach es auf!»

Sie öffnete die Schleife, entfernte das Papier und sah sich einer länglichen, dunkelblauen Schmuckschatulle gegenüber. «Oh Großvater!» Behutsam öffnete sie die Schatulle und riss die Augen auf beim Anblick der funkelnden Diamantuhr. «Sie ist wunderschön!» Elise nahm sie heraus und legte sie sich um ihr linkes Handgelenk. Sie passte wie angegossen. Ihr Großvater schien erfreut zu sein und erklärte stolz, dass insgesamt vierundsechzig lupenreine Edelsteine im Brillantschliff das Gehäuse und das Schmuckband zierten. Sechzehn Karat total. Und es gebe eine Gravur, wenn auch nur ganz klein: «Für Elise, in Liebe Großvater.»

Er sah sie ernst an. «Immer die Zeit zu wissen ist wichtig für eine kluge Dame von Welt. Doch, und das darfst du nie vergessen, muss es an jedem Tag stets einen Moment geben, der so schön ist, dass man sich wünscht, die Zeit bliebe stehen. Erst dann *lebst* du wirklich. Vergiss das nie.»

Sie nickte, und ihr stiegen Tränen in die Augen. «Vielen Dank, Großvater.» Sie fiel ihm in die Arme. «Für alles.» Und genau in diesem Moment musste ihr tief in ihrem Innern klar gewesen sein, dass er bald sterben würde, sie wollte es nur noch nicht wahrhaben.

Seine Worte zu der Uhr brannten sich in ihre Seele ein, und sie versuchte seither jedem Tag einen solchen Augenblick abzugewinnen, leider würde es nicht immer gelingen.

Die Uhr, das letzte Geschenk ihres Großvaters, bedeutete ihr fortan alles. Nicht aufgrund ihrer Schönheit und ihres Wertes, sondern weil sie sie an einen wunderbaren Nachmittag voller Glück mit ihrem Großvater erinnerte. Nur ein paar Tage später erlitt er einen tödlichen Herzinfarkt. Laut Herrn Altmayer war er gerade dabei gewesen, einen Diamanten zu schleifen, als er zusammenbrach.

Außer für die Beerdigung verließ Elise die darauffolgende Woche nicht mehr das Haus. Hannelore kam täglich vorbei und spendete ihr Trost und Zuversicht. Besonders, nachdem Elises Vater, der aus Sumatra angereist war, ihr mitgeteilt hatte, dass er das Juweliergeschäft verkaufen werde. Elise versuchte ihn davon abzuhalten, doch er blieb unnachgiebig. Von ihrer Mutter erfuhr Elise, dass er das Geld dringend brauche, weil er sich mit seinen Geschäften übernommen und 1929 wie so viele einen Großteil seines Vermögens verloren hatte. Die Kautschukplantage sei mit Anleihen belastet, zudem habe er in den vergangenen Jahren immer nur auf Kautschuk gesetzt, statt auch in Tabak, Kaffee und Tee zu investieren.

Hannelore überzeugte Elise davon, dass das Juweliergeschäft beim neuen Inhaber Herrn Altmayer, Großvaters langjährigem Mitarbeiter, in guten Händen sein würde, und schließlich beruhigte sie sich und verzieh ihrem Vater, dass er nicht ihr das Geschäft übertragen hatte. Ihr Vater entschied sich, ein paar Monate in Wien zu bleiben, lebte in dieser Zeit aber nicht bei ihnen, sondern in einem Hotel. Er und ihre Mutter hatten sich kaum mehr etwas zu sagen, obwohl Adele versucht hatte, die beiden wieder zusammenzubringen, indem sie ein romantisches Essen organisiert hatte. Es endete in einem furchtbaren Streit.

Nur an Elises Geburtstag rauften sich die beiden zusammen und organisierten eine Feier für sie auf dem Landsitz ihrer Großmutter in Mödling. Zuerst wollte Elise nicht, da ihr nach Großvaters Tod nicht nach Feiern zumute war, doch Hannelore überzeugte sie davon, dass es ihn freuen würde, wenn er sehen könnte, dass sie das Leben genieße. So ließ sie sich darauf ein.

Wie ein Film lief dieser Tag an ihr vorüber: die Köstlichkeiten, wie die meterlange Geburtstagstorte mit den zwanzig Marzipanrosen, die exotischen Früchte, der Champagner … Freunde, Familie und Bekannte, die in Nobelkarossen vorfuhren und sie mit Geschenken überhäuften. Und sie selbst: das zwanzigjährige Mädchen, das nicht recht wusste, ob es endlich glücklich sein durfte an einem Geburtstag, der auch der des verstorbenen Bruders war. Glücklich sah sie zumindest aus, das fiel ihr in dem Traumkleid aus hellblauer Taftseide – extra für sie maßgeschneidert in Paris – auch nicht sonderlich schwer. Nur das protzige Diamantencollier, das ihr die

Mutter schenkte, minderte ihre Freude. Weil es nicht von Herzen kam, so wie Großvaters Uhr.

Nachdem Selma es ihr um den Hals gelegt hatte, betrachtete sie sie kühl im Spiegel.

«Das Collier unterstreicht deine Schönheit.»

Elise schwieg und fand, sie würde eher aussehen wie ein Weihnachtsbaum.

«Ich will, dass du dich heute ganz auf Josef Schober konzentrierst.» Ihre Mutter zupfte ihr eine widerspenstige Locke zurück, die sich aus der Hochsteckfrisur gelöst hatte.

«Josef?» Elise drehte sich um. «Du hast ihn eingeladen?»

«Natürlich. Ihr seid ja beinahe verlobt.»

«Sind wir nicht!» Was für ein Schwachsinn!

Selma hatte ihr Josef Schober noch vor Großvaters Tod vorgestellt. Den Schobers gehörte eine Porzellan-Manufaktur, und ihre Mutter kannte Magdalena Schober seit einer Ewigkeit. Eigentlich hatte sie Josef für Adele im Visier gehabt, aber Magdalena hatte ihr gesagt, dass Josef keine Frau mit Behinderung heiraten wolle, auch wenn sie noch so hübsch sei und aus gutem Hause stamme. Anstatt Magdalena und Josef alle Schande zu sagen, wie Elise es getan hätte, präsentierte Selma einfach sie als heiratsfähige Tochter. Und leider gefiel sie Josef, obwohl sie ihm bei Kaffee und Kuchen bereits unmissverständlich klargemacht hatte, dass sie seine Äußerung über Adele verabscheue. Er meinte nur, dass es ihm gleichgültig sei, was seine zukünftige Ehefrau für eine Meinung habe. Daraufhin bat Elise ihn, das Haus zu verlassen, was er nach anfänglichem Zögern tat. Nach Großvaters Tod hatte er ihr eine Trauerkarte und Blumen geschickt, wofür sie sich höflich bedankte, seither hatte sie glücklicherweise nichts mehr von ihm gehört.

«Josef freut sich sehr, dich zu sehen», fuhr Selma fort. «Er hat dir nach dem Tod deines Großvaters Zeit gegeben, um zu trauern, doch nun musst du dich allmählich wieder um ihn kümmern. Sonst vergraulst du ihn noch. Er hat dir sogar verziehen, dass du ihn damals einfach des Hauses verwiesen hast.»

«Ich habe dir bereits gesagt, wieso. Er hat Adele beleidigt.»

«Ach, das hat er doch nicht so gemeint. Er will nun mal eine perfekte Ehefrau. Adele wollte ihn sowieso nicht heiraten.»

«Ja, weil sie ein gutes Herz hat und gleich gespürt hat, dass Josef ein fieser und arroganter Mensch ist. Deshalb werde auch ich ihn nicht heiraten.»

«Du bist undankbar und ...»

Es gelang ihr nicht mehr, auszureden, da in dem Moment Elises Vater im Zimmer erschien, um zu gratulieren. Selma wurde wütend, weil er einfach so auftauchte, und in den nächsten Minuten wurde Elise Zeugin eines Streites zwischen ihren Eltern. Ihre Mutter regte sich darüber auf, dass sie die ganze Feier bezahlen müsse, und sogar das Hotel, in dem er vor zwei Tagen mit einer anderen Frau beim Abendessen gesehen worden war. Sie hatte es von einer Bekannten erfahren. Da Elise sich ihren Streit nicht anhören wollte, flüchtete sie nach draußen und verbrachte den Rest des Tages bei einem Ausritt.

Als am späteren Nachmittag die Gäste eintrafen, stellte sie fest, dass ihre Eltern fast ganz Wien eingeladen hatten und sie viele Leute zum ersten Mal sah. Leider konnte Hannelore nicht kommen, weil sie schon vor längerer Zeit für einen Soloauftritt in Zürich engagiert worden war. Umso mehr freute sich Elise, als sie Ingrid erblickte, wenn auch mit Jonathan als Begleitung. Ihn wiederzusehen, brachte sie kurz aus der Fassung, und Neid auf Ingrid ergriff sie. Auch wenn sie ihr diesen Mann gönnte, versetzte ihr der Anblick der beiden einen Stich. Sie hegte Gefühle für Jonathan, was sie ärgerte, weil sie ihn doch kaum kannte. Warum reagierten ihr Herz, ihr Bauch, ja ihr ganzer Körper so sehr auf diesen Mann?

Um ihre Trübsal zu vergessen, trank sie reichlich Champagner und schwebte zu ihren Lieblingswalzern «An der schönen blauen Donau» und dem «Kaiserwalzer» in den Armen von Gabriel Mandl, dem derzeit größten Herzensbrecher Wiens, über das Parkett. Selma stand mürrisch am Rande, neben ihr Josef Schober und dessen Mutter Magdalena mit ebenso finsteren Gesichtern. Dank der Musik gelang es Elise, ihren Kummer beiseitezuschieben und die Feier zu genießen. Sie war glücklich, fühlte sich schön und begehrt, was nicht nur der Wirkung des Champagners zuzuschreiben war, sondern auch Gabriel Mandls Charme.

Als sie sich nach dem Tanz nach draußen in den angrenzenden Park begab, bemerkte sie ihre Mutter, die mit dem Rücken zu ihr vor dem Springbrunnen stand. Elise beschloss, den Streit von heute Morgen zu vergessen, und setzte sich neben sie.

«Was für ein schönes Fest», sagte sie und nippte am Champagner, beobachtete, wie die Bläschen nach oben jagten. «So viele Leute, die ich zum Teil gar nicht kenne. Und sogar Gabriel Mandl ist gekommen.»

«Dein Vater hat die Mandls eingeladen.» Ihre Mutter sah sie nicht an und starrte auf den Brunnen. «Aber deswegen hättest du nicht mit Gabriel tanzen müssen, er ist ein Schwerenöter. Und dann noch vor den Augen Josefs! Er war sehr aufgebracht, Magdalena auch.» Nun drehte sie sich ruckartig zu Elise. «Warum kannst du nicht endlich etwas richtig machen, Elise? Ich finde, du bist es mir schuldig, dass du diese Verbindung mit Josef Schober eingehst.»

«Schuldig? Ich bin dir gar nichts schuldig.»

«Doch! Du hast mir meinen Wolfgang genommen!», schrie sie mit bebender Stimme.

Elise schluckte hart vor Erschütterung, aber ihre Mutter fuhr bereits fort: «Er wäre heute zwanzig geworden. Zwanzig! Mein kleiner Junge.» Sie schluchzte laut auf, fing sich aber wieder. «Hättest du ihn damals nicht zu diesem dummen Streich animiert und Ruben Koning nicht bestohlen, wäre er noch am Leben.»

Zum ersten Mal hatte sie diese Worte ausgesprochen, und Elise spürte, dass sie ihr schon so lange auf der Zunge gelegen hatten. Das hatte nichts mehr mit Josef Schober zu tun. Jetzt ging es um das Wesentliche.

«Wie kannst du nur so etwas sagen?»

«Weil es wahr ist!»

«Aber ich war ein Kind! Und es war ein Unfall.»

Ihre Mutter schwieg, und es kam Elise vor, als stünde eine Wand vor ihr, die sie nie im Leben würde durchdringen können, um zu ihr zu gelangen.

«Wolfgang hätte eine glänzende Zukunft gehabt. Er war ein so kluger Junge.»

«Ja. Das war er.» Sie sah ihrer Mutter direkt ins Gesicht, auch wenn sie ihren Blick nicht erwiderte. «Du wünschst dir, dass die Schlange mich anstelle von Wolfgang gebissen hätte.»

Jetzt schaute ihre Mutter sie entsetzt an. «Nein!»

«Bist du sicher? Sei ehrlich! Wenn du die Wahl gehabt hättest, dann ...»

«Hör auf! Ich wünschte mir, dass *gar* keines meiner Kinder von einer Schlange gebissen worden wäre! Weder du, Adele noch Wolfgang. Immer wieder habe ich euch vor dem Urwald und den Plantagen gewarnt. Doch ihr seid einfach trotzdem dort gewesen, und ich konnte euch nicht beschützen.» Sie hielt inne. «*Du* aber hättest es gar nicht erst so weit kommen lassen dürfen.» Ihre Worte stachen wie Dolche auf Elise ein. Sie warf das Champagnerglas zu Boden, wo es klirrend zerbrach, und rannte davon.

«Elise! So warte doch!», rief ihre Mutter ihr nach, doch sie rannte weiter. Tränen vernebelten ihr die Sicht, aber das spielte keine Rolle. Die Julisonne brannte herab, der Schweiß drang ihr aus sämtlichen Poren. Ihr Haar löste sich aus der kunstvoll hochgesteckten Frisur, der Saum ihres Kleides riss auf, weil sie sich in einem Dornbusch verfing. Als sie beim Weiher anlangte, beugte sie sich und keuchte sich die Seele aus dem Leib. Dann setzte sie sich ins Gras und blickte auf das trübe, von Schilf umgebene Gewässer. Kröten quakten, gelegentlich erklangen die hohen Schreilaute eines Mäusebussardes, der mit wachsamem Blick über das nahe gelegene Feld kreiste. Wolken schoben sich über die Sonne, was ihr aber ganz gelegen kam, da sie entsetzlich schwitzte. Als sich ihr Puls allmählich beruhigte, spürte sie, wie ihr stattdessen der Zorn heiß die Brust hochstieg. Ihre Mutter hatte ihr ihren Geburtstag zerstört! Sie schluchzte auf und zerrte an ihrem Diamantencollier. Nachdem sich der Verschluss endlich geöffnet hatte und sie das Collier in den Händen hielt, starrte sie angewidert darauf, dann auf den Weiher.

«An deiner Stelle würde ich es nicht tun. Du könntest es später bereuen.»

Sie schreckte herum. Jonathan.

«Ich will die Kette nicht.»

Er kniete nieder und nahm die Kette in Augenschein. «Warum nicht? Gewiss, sie ist ein wenig pompös, aber so schlimm auch wieder nicht. Doch ich bezweifle, dass die Fische und Frösche Gefallen daran finden werden.»

Sie hielt seinem Blick stand. Seine zuckenden Mundwinkel deuteten ein Lächeln an. Machte er sich über sie lustig?

«Es ist mir gleichgültig, was die Fische und Frösche davon halten werden. Ich will die Kette nicht. Oder würdest du etwas haben wollen, das von einem Menschen stammt, der dich eigentlich hasst?»

«Nein. Aber auf dem Grund des Weihers bringt das Schmuckstück niemandem etwas. Im Gegenteil, es verletzt vielleicht einen Fisch ... Und die Person, die dich hasst, wird dich deswegen auch nicht plötzlich lieben.» Jonathan griff nach einem Stein und drückte ihn ihr in die Hände. Seine Augen, grau wie dichter Novembernebel, besahen sie dabei eindringlich. «Wirf den in den Teich und stell dir dabei vor, es würde sich um deinen ganzen Zorn handeln. Danach gehst du zurück und feierst. Man wird schließlich nur einmal zwanzig.»

Elise starrte auf den Stein. «Und wenn ich dadurch einen Fisch verletze? Oder einen Frosch treffe?» Sie machte sich nicht die Mühe, den Sarkasmus in ihrer Stimme zu verbergen, was ihr bereits leidtat, kurz nachdem sie die Worte ausgesprochen hatte. Jonathan verdiente es nicht, so trotzig behandelt zu werden. Er blieb jedoch gelassen.

«Der Stein ist zu klein und leicht, da kannst du nichts anrichten. Na los, mach schon.»

Dieses Mal zögerte sie nicht und stand auf. Sie stellte sich vor, dass sich in dem Stein ihr ganzer Zorn, ihre Enttäuschung, ihre Trauer befand, und warf ihn ins Wasser. Mit einem leisen Plumps versank er. Befriedigt setzte sie sich wieder neben Jonathan, der die Stelle im Weiher noch immer fixierte. Sie betrachtete ihn verstohlen von der Seite, und ihr fiel auf, dass seine Nase einen kleinen Höcker hatte. Das Merkmal tat seiner Attraktivität aber keinen Abbruch, im Gegenteil, es unterstrich seine Persönlichkeit.

Die Wolkendecke öffnete sich und ließ ein paar Sonnenstrahlen hindurch, die durch das Wasser in tanzende Sterne verwandelt wurden.

«Was machst du eigentlich hier?», fragte sie. «Bist du mir gefolgt?»

«Nein, ich bin schon eine ganze Weile hier. Saß dort drüben unter der Birke, als du herkamst ... Ich brauchte frische Luft. Und Abstand.»

«Das kann ich verstehen. All die vielen Leute. Ich kenne auch nur knapp die Hälfte von ihnen.»

«Es liegt nicht an deinen Gästen.» Seine Augen schimmerten traurig. Ihn bedrückte etwas, das ahnte sie. Und weil er ihr geholfen hatte, wollte sie sich revanchieren. «Woran dann?», hakte sie nach.

Er schien mit sich zu ringen, dann schaute er sie an. «Ingrid. Sie ist wie eine Klette, und ich halte das kaum mehr aus. Niemals hätte ich mich auf sie einlassen sollen, aber sie warf sich mir regelrecht an den Hals, und ich konnte einfach nicht Nein sagen. Zugegeben, ihre Schönheit hat mir anfangs den Kopf verdreht ... Aber sie ist nicht die Richtige für mich, wir sind zu unterschiedlich.» Er brach ab und schloss die Augen. «Ich sollte nicht mit dir darüber sprechen, du bist ihre beste Freundin.»

«Ja ... Jonathan, du musst ihr die Wahrheit sagen. Je länger du wartest, umso schwieriger wird es.»

«Ich weiß.»

«Aber bitte sei schonend. Sie hat viel durchgemacht und ist labil.»

«Ja, deshalb schiebe ich das Ganze auch ständig hinaus.»

Sie blieben noch eine Weile stumm sitzen und sahen auf den Weiher, jeder in seine Gedanken versunken, jeder mit seinen Problemen beschäftigt. Und doch fühlte sich dieses Zusammensein richtig an, als bestünde eine Verbindung zwischen ihnen, die ihnen gegenseitig Kraft verlieh. Jonathan musste es ähnlich ergehen, er griff wortlos nach ihrer Hand, den Blick nach wie vor auf den Weiher gerichtet. So saßen sie da.

Das war ein solcher Moment, dachte sie und schaute ganz kurz auf Großvaters Diamantuhr. Ein Moment, um die Zeit stillstehen zu lassen.

Eine Woche später tauchte Ingrid überraschend im Perlman auf, und Elise wusste beim Anblick ihrer geröteten und verquollenen Augen sofort, was passiert war. Bei einem Kaffee bestätigte sich ihre Vermutung, dass Jonathan die Beziehung beendet hatte. Sie versuchte, Ingrid zu trösten, doch diese war viel zu aufgelöst. Tränen rannen über ihre Wangen, und sie wischte sie mit einem Taschentuch weg. «Wie kann er mir das nur antun?», fragte sie mit erstickter Stimme und drückte ihre Zigarette aus, nur um sich gleich eine nächste anzuzünden.

Elise suchte nach den richtigen Worten, obwohl sie wusste, dass es keine gab. «Ihr wart noch nicht so lange ein Paar», sagte sie vorsichtig. «Ihm wurde womöglich bewusst, dass ihr nicht zusammenpasst. Besser jetzt als später.»

Ingrids Augen wurden schmal. «Er hat mich nur benutzt. Und jetzt einfach weggeworfen.» Sie pochte auf den Tisch, sodass die Tassen schepperten, und heulte auf. «Oh, ich hasse ihn! Und ich hasse mein Leben!»

«Das darfst du nicht sagen!» Elise griff nach ihrer Hand, aber Ingrid entriss sie ihr.

«Sieh mich doch an! Ich habe alles verloren! Mein Vater ist tot, meine Mutter in der Irrenanstalt, Friedrich hat mich verlassen, ich habe kein Geld mehr, und jetzt ist auch Jonathan weg.»

«Alles wird wieder gut.» Elise verabscheute sich für diese Phrase!

Ingrid schwieg und beäugte die Kaffeetasse derart hasserfüllt, als wäre sie für alles Übel verantwortlich.

Die darauffolgenden Wochen war Elise für sie da und lenkte sie ab, indem sie sie unter anderem als Mannequin für eine Modeschau im Perlman engagierte, was Ingrid etwas aufmunterte.

Eines Tages, Elise begutachtete in der Haushaltsabteilung gerade eine neue Lieferung an Geschirr, erschien ihre Sekretärin Hilde und teilte aufgeregt mit, dass ein junger Mann für sie da sei. Als Elise Jonathan nach diesen Wochen wiedersah, spürte sie sofort wieder dieses Kribbeln in der Magengegend, welches aber auch ein schlechtes Gewissen verursachte. Sie hätte Jonathan sagen sollen, dass sie keine Zeit habe, doch ihr Herz siegte über ihren Verstand, und so ließ sie sich von ihm zum Mittagessen ausführen. Angeregt unterhielten sie sich über allerlei; Politik, Wirtschaft, Musik, das Perlman, und plötzlich waren fast drei Stunden vergangen und sie die letzten Gäste im Restaurant. Der Kellner trat genervt mit der Rechnung an ihren Tisch, obwohl sie sie noch nicht mal verlangt hatten. Draußen kicherten sie wie kleine Schulmädchen. «Der lässt uns hier nie wieder rein!»

Jonathan nickte, wurde plötzlich ernst. «Elise, ich würde dich gerne wiedersehen.»

Sie zögerte, dachte an Ingrid. «Es tut mir leid, aber ich halte das für keine gute Idee. Noch nicht.»

«Wegen Ingrid.»

«Sie würde mir das nie verzeihen.»

«Verstehe.»

Danach sah Elise ihn monatelang nicht mehr, und auch wenn Hannelore sie bei jedem Treffen davon zu überzeugen versuchte, dass Ingrid alt genug sei, um das zu verkraften, wollte sie nichts überstürzen. Ingrid hatte sich in letzter Zeit verändert, ein verbissener Zug umgab ihren Mund, ihre Augen wirkten oft hart. Sie traf viele Männer, wie sie ihr berichtete, aber meistens nur für eine Nacht. Der viele Alkohol und das wilde Nachtleben hinterließen allmählich Spuren auf ihrem Gesicht. Ingrid wirkte älter, als sie war, verbraucht, aber das konnte Elise ihr nicht sagen. Genauso wenig wie sie ihr hätte sagen können, dass sie sich mit Jonathan treffen möchte.

«Du brauchst ihre Erlaubnis nicht!», sagte Hannelore ihr an einem kalten Januartag, als sie beim Schneider die Maße für einen neuen Anzug nehmen ließ. Hannelore hatte sich für einen karierten Stoff aus verschiedenen Brauntönen entschieden. «Es ist inzwischen über ein halbes Jahr vergangen. Ingrid sollte allmählich darüber hinweg sein. Also triff ihn einfach. Er würde dich gerne sehen, aber er meinte, er warte, bis du bereit wärst.» Sie verdrehte die Augen. «Typisch Jonathan. Elise, du musst den nächsten Schritt machen. Und zu lange warten solltest du nicht. Er ist begehrt. Weißt du eigentlich, wie viele Briefe er ständig erhält? Manchmal sogar direkt nach Auftritten. Da sind oft eindeutige Angebote dabei.» Sie zwinkerte. Der Schneider legte das Maßband über Hannelores rechten Arm und notierte sich etwas auf einen Zettel. Elise ließ ihre Hände über einen Stoffballen aus dunkelgrüner Seide gleiten, aus der sich Hannelore einen Schal anfertigen lassen wollte. «Es ist zu früh, Ingrid ist noch nicht darüber hinweg. Ich muss den richtigen Zeitpunkt abwarten, bis ich Jonathan treffen kann. Bis es ihr wieder ganz gut geht und sie vielleicht sogar jemand Neues hat.»

Hannelore stemmte die Hände in die Hüften, woraufhin der Schneider genervt den Kopf schüttelte. «Ich sage nur nochmals: Warte nicht zu lange.»

Es sollte tatsächlich nicht mehr lange dauern. Drei Tage später besuchte Elise mit Adele eine Ballettaufführung von « Giselle ». Als sie nach der Vorstellung die Treppe hinunterschritten und Adele von der Primaballerina schwärmte, die wie ein Schmetterling über die Bühne geschwebt war, blieb Elise plötzlich stehen.

Jonathan stand vor der Garderobe in Begleitung eines älteren Ehepaars und half der Frau in den Mantel. Ihre Blicke verhakten sich, und ihr schwanden die Sinne. Schmetterlinge tanzten jetzt nicht mehr auf der Bühne, sondern in ihrem Bauch.

« Wer ist das ? », fragte Adele neugierig.

« Das ist mein zukünftiger Ehemann », erklärte Elise der erstaunten Adele und ging auf Jonathan zu.

Von diesem Abend an begannen sie sich zu treffen, und ziemlich bald nahm Elise all ihren Mut zusammen und sagte Ingrid im Kaffeehaus Sperl die Wahrheit.

« Du und Jonathan also. » Ingrid hielt sich mit beiden Händen an ihrer Tasse fest wie an einem Rettungsring.

« Ich habe versucht, dagegen anzukämpfen, wirklich. Aber ich habe Gefühle für ihn. Und er für mich. »

Ingrids Augen verengten sich. « Vermutlich hat er mich wegen dir verlassen. Er hat damals oft nach dir gefragt. »

« Ich ... »

« Das werde ich dir nie verzeihen ! » Sie stand abrupt auf und griff nach ihrem Mantel und Hut. « Niemals ! Du wirst es noch bereuen. » Sie warf Elise einen vernichtenden Blick zu, ehe sie das Lokal verließ.

6

Der Verlust über die langjährige Freundschaft mit Ingrid machte Elise anfangs sehr zu schaffen, und sie versuchte nach ein paar Tagen, nochmals mit ihr zu sprechen, vergeblich: Sie schlug ihr die Tür vor der Nase zu.

Hannelore war der Ansicht, Ingrid verhielte sich nur so, um jemandem die Schuld an ihrem verkorksten Leben zu geben, und das war in dem Moment nun mal Elise. Obwohl Elise ihr nachtrauerte, genoss sie auch ihr neu gewonnenes Glück mit Jonathan. Dass sie perfekt zueinanderpassten, bestätigte sich bereits in den ersten Wochen ihrer Beziehung. Es fühlte sich an, als hätte sie einen fehlenden Teil von sich endlich gefunden. Nach ein paar Monaten hielt Jonathan um ihre Hand an, und ein gutes Jahr später, im August 1932, heirateten sie. Elise hätte glücklicher nicht sein können, sogar Selma zeigte an dem Tag ihre Gefühle und weinte vor Freude.

«Du hast endlich einen guten Mann gefunden, mein Kind.» Sie wirkte, als wäre ihr eine Last von den Schultern genommen worden. Die schlimmen Worte, die sie Elise an ihrem zwanzigsten Geburtstag an den Kopf geworfen hatte, konnte Elise ihr noch nicht verzeihen, und sie hatten auch nicht mehr darüber gesprochen. Jonathan meinte, dass ihre Mutter sie genauso lieben würde wie Wolfi, doch da sie ihn verloren habe, wiege die Trauer über den Verlust schwerer als die Liebe zu den Zurückgebliebenen, was jedoch keine böse Absicht sei. Umgekehrt wäre es genauso gewesen. Elise war sich dessen nicht sicher, doch sie nahm sich fest vor, das Ganze endlich hinter sich zu lassen.

Jonathan und sie verbrachten die Hochzeitsreise in Frankreich, unter anderem bei seinem alten Internatskameraden

Clément auf dessen Chateau Moreau in der Champagne. Im Nachhinein konnte Elise mit Gewissheit sagen, dass diese drei Wochen im August 1932 zu den schönsten ihres Lebens zählten. Sie tranken – welch Wunder! – viel Champagner, ließen sich von Clément Köchin verköstigen, ritten stundenlang durch die weitläufigen Rebberge, schlenderten durch verträumte Dörfchen und aßen *pain au chocolat* und frisches Baguette aus einer kleinen Boulangerie oder fuhren mit den Fahrrädern über die Feldwege, vorbei an Sonnenblumenfeldern und Blumenwiesen. Anschließend reisten sie für ein paar Tage nach Paris und danach weiter nach Châtelaillon-Plage an den Atlantik. Der Moment, als sie zum ersten Mal zusammen in die Wellen sprangen, gehörte wieder zu diesen besonderen Augenblicken, an denen die Zeit stehen bleiben sollte; wie so oft auf dieser Reise. Genauso müsste es immer sein, dachte Elise. Das ist das Leben.

Es gab nur einen kleinen Vorfall, der Elise beunruhigte, und sie sollte sich Jahre später fragen, warum sie damals nicht auf das jüdische Ehepaar aus München gehört hatte. Albert und Mathilde waren Freunde von Clément, hatten zwei Knaben im Alter von fünf und sieben. Albert arbeitete als Anwalt, Mathilde war Lehrerin. Sie erlebten damals den frühen Aufstieg der NSDAP mit.

An jenem Abend saßen sie auf der Terrasse vor dem Chateau, tranken Champagner des Hauses Moreau, einen trockenen Tropfen, der kräftig perlte und nach weißen Blüten und Obst schmeckte. Alle waren in Weiß gekleidet, weil Cléments Frau Emanuelle darauf bestanden hatte. Die Kinder rannten im Garten umher, es dämmerte allmählich, doch niemand wollte die Stimmung verderben und sie schon ins Bett schicken. Denn bei Cléments und Emanuelles Töchterchen Chantal kam es jedes Mal zu einem kleinen Bett-Drama, und so genoss man noch die Ruhe vor dem Sturm. Auch Albert sprach von einem Sturm.

«Da kommt was auf uns zu mit der NSDAP und diesem Hitler, das sage ich euch. Und ich weiß nicht, ob wir da heil herauskommen werden.»

«Ach, du übertreibst», meinte Clément, der soeben mit einer weiteren Flasche Champagner erschien und den Korken knallen ließ. «Man wird die Partei früher oder später wieder verbieten.»

«Das denke ich nicht.» Mathildes Stimme bebte. «Ihre Mitgliederzahl ist stark gestiegen in den vergangenen Jahren. Und sie ist seit den Wahlen Ende Juli die stärkste Partei im Reichstag. Das macht mir wirklich Angst. Große Angst.»

Alle Anwesenden, Elise eingeschlossen, belächelten die beiden, sagten ihnen, sie würden übertreiben, und bald wären die «Ratten wieder in ihren Löchern verschwunden». Dennoch geisterte ein Gedanke vage in Elises Kopf herum: Was, wenn die Angst der beiden doch begründet war? Man durfte nicht ignorieren, dass es auch der Wiener NSDAP-Hitlerbewegung gelungen war, Stimmen an sich zu binden. Vor einem Jahr hatten sie gar ein neues Hauptquartier ankaufen können in der Hirschengasse, das sogenannte Adolf-Hitler-Haus.

Zurück in Wien verfolgte Elise die Nachrichten zu diesem Thema sehr genau, und als sie im November vernahm, dass es bei der Reichstagswahl in Deutschland am 6. November einen deutlichen Rückgang der Stimmen gegeben hatte und es auch in Wien ruhiger um sie geworden war, atmete sie erleichtert auf. Es hatte ein Ende, dessen war sie sich sicher. Wie sehr sie sich täuschen sollte, erfuhr sie bereits im darauffolgenden Monat.

An jenem 18. Dezember 1932 fand der Goldene Sonntag statt, ein vorweihnachtlicher Einkaufssonntag, der sich bei den Wienern großer Beliebtheit erfreute – und bei den Geschäftsinhabern natürlich auch, denn an diesem Tag erzielten sie teilweise Einnahmen, die die eines ganzen Sommermonats überstiegen. Elise und Adele begleiteten Selma deshalb schon in der Früh ins Perlman und unterstützten das Verkaufspersonal bei allem Möglichen wie Regale einräumen, Kundenberatung, Geschenke einpacken. Sogar Selma fühlte sich am Goldenen Sonntag für nichts zu schade und suchte den Keller auf, um eigenhändig Vorräte zu holen.

Als der Anschlag mitten in der vorweihnachtlichen Hektik um etwa sechzehn Uhr verübt wurde, war das Kaufhaus rappelvoll, und Elise und Adele befanden sich zusammen mit Anna, einer Helferin, in der Spielzeugabteilung und packten am Verkaufstresen Geschenke ein. Adele machte die hübschesten Päckchen mit aufwendigen Schleifen, musste sich aber gelegentlich hinsetzen, um ihr Bein zu entlasten.

Elise band gerade eine rosafarbene Schleife um eine weiße Schachtel mit einer Puppe, als sie die Schreie hörte. Ihr Kopf schoss hoch. Dunkel gekleidete, vermummte Männer stürmten herein und warfen etwas um sich, sogleich stieg starker Rauch auf. Die Leute schrien.

«Runter!», rief Elise, und sie, Adele und Anna ließen sich auf den Boden hinter dem Tresen fallen. Elise versuchte, Adele zu decken, indem sie sie eng an sich drückte und ihre Arme schützend um ihren Kopf legte. Adele weinte, als sich der Rauch über ihnen ausbreitete. Tränengas, dachte Elise, als ihre Augen zu brennen begannen. «Halt den Kopf unten und schließ die Augen ganz fest», sagte sie zu Adele und tat dasselbe. Nun hüllte sie auch noch ein bestialischer Geruch ein, nach verfaulten Eiern. Leute schrien und husteten, Kinder weinten und riefen nach ihren Eltern. Elise beschloss zu helfen.

«Bleib hier, Adele. Beweg dich nicht.»

Benommen stand sie auf, doch der Rauch vernebelte ihr die Sicht. Sie erkannte lediglich Silhouetten, die herumsprangen. Jemand zog an ihrer Bluse und schrie «Hilfe! Hilfe!». Panik kroch ihr den Nacken hoch, und sie riss sich los, taumelte ein paar Schritte, bis sie gegen etwas stieß. Lautes Scheppern in dem Geschrei. Brennende Augen. Sie ließ sich wieder auf den Boden fallen, legte schützend die Hände vor das Gesicht. Das war es, dachte sie. Ihr Leben würde an diesem Tag enden. Sie stellte sich vor, Wolfi und ihre Großeltern wiederzusehen, mit ihnen auf der Zeppelinwolke herumzuspringen. Alles weiß und weich, Düfte um sie herum wie auf der Kirmes, nach Zuckerwatte und Karamell. Musik. Jonathans Klavierspiel. Jonathan. Elise erstarrte. Sie durfte nicht sterben! Mit Überwindung rappelte sie sich auf, die Sicht war inzwischen besser, doch die Panik hatte zugenommen. Sie rannte zu Adele, die noch immer wimmernd auf dem Boden saß, half ihr hoch. «Komm, wir müssen hier weg.» Sie legte einen Arm um sie, ging mit ihr Richtung Ausgang. «Mama!», hörte sie jemanden schreien. «Mama!» Sie entdeckte einen kleinen, heulenden Jungen vor dem Regal mit den Spielzeugautos und griff reflexartig mit ihrer freien Hand nach seiner, bahnte sich einen Weg durch die Menschenmenge nach draußen. Im Atrium lief dasselbe ab, und sie ließ sich mit dem Strom Richtung Ausgang ziehen. Gasmasken tragende Polizisten und Feuerwehrmänner stürmten an ihnen vorbei, einer blieb stehen, nahm ihr den Jungen ab und trug ihn nach draußen. Erschöpft schleppte Elise sich und Adele auf die Straße, wo bereits unzählige Kunden und Mitarbeiter standen, die meisten zitternd vor Schock, einige wild durcheinanderredend. Plötzlich rannte jemand auf sie zu. Ihre Mutter. «Meine Mädchen! Hier seid ihr ja!» Sie nahm sie weinend in die Arme. Nachdem sie sich beruhigt hatte, starrte sie auf das

Perlman. Tränen schimmerten in ihren Augen. «Wer hat uns das nur angetan? Wer?»

Es war die NSDAP-Hitlerbewegung unter der Planung von SS-Mitglied Max Grillmayr und unter der Durchführung von SS-Sturmbannführer Franz Mazanek gewesen, die den Anschlag auf das Perlman verübt hatte, der zahlreiche Verletzte forderte. Sie hatten Tränengas in kleine Flaschen umgefüllt, an SS-Männer verteilt und dann zusammen mit Stinkbomben im Kaufhaus um sich geworfen. Zuvor hatten sie Flugzettel mit antisemitischem Inhalt verteilt, um die Leute davon abzuhalten, bei Juden einzukaufen. Außer vom «Kleinen Blatt» wurde der Vorfall von der Presse niedergespielt und als übertrieben dargestellt, worüber Elise, ihre Mutter und Adele sich sehr aufregten. Aber was konnten sie schon tun?

Nach dem Anschlag kam es zu Ermittlungen, die aber sehr schleppend verliefen, weil sie auch von nationalsozialistischen Polizisten durchgeführt wurden. Es gab zwar Hausdurchsuchungen im Adolf-Hitler-Haus, bei der SS-Mitglieder verhaftet wurden, jedoch ließ man sie später wieder frei aus Mangel an Beweisen. Erst im März 1933 kam es zu einem Prozess gegen sechsundzwanzig Angeklagte, darunter auch Franz Mazanek und Max Grillmayr, von denen jedoch nur fünf zu einer Haftstrafe von maximal zweieinhalb Monaten verurteilt wurden.

Immerhin beruhigte sich die Lage in den darauffolgenden Jahren, nach dem Verbot der NSDAP, wieder.

7

Es folgten Jahre voller Glück für Elise und Jonathan. Sie lebten in einer Villa an der Angermayergasse, die sie sich nach der Hochzeit gekauft hatten, und gingen ihren Berufen nach – Elise im Perlman, Jonathan als Pianist und ab 1936 als Musiklehrer am Neuen Wiener Konservatorium. Sie feierten mit ihren Freunden zahlreiche Feste, nahmen aktiv am kulturellen Leben Wiens teil, und sie entdeckten die Welt. Jonathan und Hannelore hatten oft Auftritte im Ausland, und so bereisten Elise und Jonathan unzählige europäische Länder wie Frankreich, England, die Schweiz, Italien oder Holland, aber auch ferne Kontinente wie Nord- und Südamerika, Afrika und Australien. Sogar Elises Vater besuchten sie zusammen mit Adele 1935 auf Sumatra. Zurück in dem Land zu sein, das Elise ihren geliebten Wolfi genommen hatte, war anfangs sehr schwer, doch Jonathan gab ihr Kraft, und nach zwei Wochen fühlte sie sich sogar dazu in der Lage, die Unglücksstelle auf der Plantage zu besuchen, an der ihr Vater eine Gedenkstätte mit einem Kreuz errichtet hatte, das er jede Woche mit frischen Blumen schmückte. Es fühlte sich eigenartig an, und es kam Elise vor, als wäre Wolfi anwesend. Sie konnte ihn spüren – vermutlich lag es aber nur an dem warmen Wind, der sie streifte und ihr ein paar Blüten entgegenwirbelte.

Die Kautschukplantage und das Haus sahen heruntergekommen aus, und ihr Vater beichtete, dass er nach wie vor unter großen finanziellen Problemen litt. Elise führte lange Gespräche mit ihm. Er hatte sich seit ihrem letzten Wiedersehen an ihrem zwanzigsten Geburtstag in Wien verändert, war nachdenklicher geworden. Er entschuldigte sich sogar bei ihr und Adele dafür, dass er nach Wolfis Tod nicht mit ihnen nach Wien zurückgekehrt sei, um ihnen beizustehen. Aber er habe – im Gegensatz zu Selma – Sumatra während seiner Trauer gebraucht und wäre in Wien vermutlich zerbrochen. Im Nachhinein bereue er es, da er sie über alles liebe und ihr Wohl über seines hätte stellen sollen.

Beim Abschied umarmten sie sich lange, und ihr Vater strich ihr liebevoll eine Haarsträhne aus dem Gesicht. «Versprich mir, dass du auf deine Mutter und Adele aufpassen wirst, ja?»

Sie starrte ihn verwirrt an, ehe sie schweigend nickte.

Er lächelte traurig. «Du bist mein starkes Mädchen, Elise. Ich bin stolz auf dich.»

Kurz darauf stand sie mit Jonathan und Adele an der Reling und winkte, wie damals 1920 – doch dieses Mal sollte es ein Abschied für immer sein.

Während ihrer Reisen bewohnten Elise und Jonathan stets die schönsten Hotels, und von allen Ländern gefielen ihr die Grandhotels in der Schweiz am besten. Sie bestachen nicht nur durch ihre Lage an Seen und in Bergregionen, sondern auch durch ihren hohen Standard an Ausbau, Qualität und Service. Schon als Kind hatte Elise diese Hotels bewundert, sich wie eine Prinzessin gefühlt, wenn sie durch die mit flauschigen Teppichen belegten Flure sprang, in goldumrandeten Spiegeln Grimmassen schnitt, über sich funkelnde Kronleuchter. Als Erwachsene schätzte sie vielmehr die Begegnungen mit anderen Gästen beim Frühstück, Nachmittagstee oder Abendessen. Jonathan und sie lernten echte Prinzen und Prinzessinnen kennen, Politiker, Künstler, Lebemänner wie auch Lebefrauen, die sich, wie sie, dahintreiben ließen vom Leben.

Da Elise so oft weg war, ernannten sie und ihre Mutter den langjährigen Mitarbeiter Dittmar Hofer zum Geschäftsführer des Perlman. Es erforderte einiges an Überzeugungskraft, ihre Mutter zu diesem Schritt zu überreden, und schlussendlich stimmte sie nur zu, weil sie dachte, Elise würde bald Kinder bekommen. Dieser Wunsch jedoch sollte sich für sie und Jonathan nicht erfüllen. Da sie ihre Ehe, die Arbeit, die Reisen und ihre Leidenschaft – die Herstellung von Schmuckstücken – aber derart befriedigten, konzentrierte sie sich auf diese Dinge, und nach Jahren des Versuchens und einer Fehlgeburt beschlossen Jonathan und sie, sich mit dem zufriedenzugeben, was sie hatten, und die Vorzüge eines kinderlosen Lebens voll auszukosten. Diese Einstellung war gewiss ein Prozess, wobei ihr wie so oft die tief verankerten Weisheiten ihres Großvaters auch in dieser Lebenslage halfen. Eine davon – sie würde sie schon fast als Moralpredigt bezeichnen – hatte sie im Alter von zwölf Jahren, nachdem sie ihrem Umfeld wochenlang mit ihrer schlechten Laune auf die Nerven gegangen war, weil sie bei einem Springturnier nur den zweiten Platz erreicht hatte und ihr dadurch der schöne Pokal entgangen war. Jedes Mal, wenn sie ihren Großvater im Atelier aufsuchte, schimpfte sie darüber, wie ungerecht es sei, dass die pummelige Erika, die kaum trainiert hatte, mit ihrem alten Pferd das Turnier gewonnen hatte. Nachdem sich ihr Großvater ihr Gejammer unzählige Male geduldig angehört hatte, hielt er es irgendwann nicht mehr aus, legte wütend eine Feile weg und klopfte auf die Arbeitsfläche. «Jetzt hör endlich auf, Elise! Ich kann es nicht mehr hören. Erika ist anscheinend einfach talentierter oder hatte mehr Glück.» Er brach ab. «Aber es ist, wie es ist. Das Leben ist ein Geschenk, also vergeude nie die Zeit mit Jammern über etwas, das du sowieso nicht ändern kannst. Jammern ist nur etwas für Schwache. Starke Menschen hingegen lassen sich durch Niederlagen nicht unterkriegen und schauen immer vorwärts. Sie konzentrieren sich auf das Gute, verstanden?»

Elise nickte langsam, doch er war noch nicht fertig.

«Du hast den zweiten Platz gemacht, darauf kannst du sehr stolz sein. Ich zumindest bin stolz auf dich. So, und jetzt lass uns weiterarbeiten.» Er drückte ihr einen Speckstein in die Hände und griff wieder nach seiner Feile, um einen Diamanten zu schleifen.

Seit diesem Tag beklagte sie sich nie mehr. «Starke Menschen lassen sich durch Niederlagen nicht unterkriegen und schauen immer vorwärts, konzentrieren sich auf das Gute.»

Dass Jonathan ihre Lebenseinstellung teilte und sich ebenfalls nicht am Kinderwunsch festklammerte, untermauerte, wie sehr sie füreinander geschaffen waren.

Grund zur Besorgnis gaben ihnen die politischen Entwicklungen in Deutschland, die sich seit 1933 zunehmend verschärft hatten. Hitler und die NSDAP konnten längst nicht mehr als Eintagsfliegen bezeichnet werden, stattdessen hatten sie erreicht, was man sich niemals vorzustellen gewagt hätte: ein rücksichtsloses und brutales Regime, welches Menschen, die dem Rassenideal nicht entsprachen, verfolgte, entrechtete und vertrieb.

In Österreich hatten sie sich zwar noch recht sicher gefühlt, doch dann begannen die Nationalsozialisten, das Land zu terrorisieren, um den Kanzler Engelbert Dollfuß zu stürzen. Sie sprengten Bahnlinien, Kraftwerke und Regierungsgebäude, und im Sommer 1934 drangen sie ins Bundeskanzleramt ein; auf Dollfuß wurde geschossen. Obwohl dieser seinen Verletzungen erlag, scheiterte der Putschversuch, und die neue Regierung bekam die Lage wieder in den Griff. Das Attentat hatte Elise aufgezeigt, zu was die Nazis in der Lage waren, zurück blieb ein ungutes Gefühl. Es sollten jedoch über vier Jahre vergehen, bis sich ihr Leben veränderte. Der 16. Februar 1938 blieb fest in ihrem Gedächtnis haften.

Sie hatte Jonathan selten so aufbrausend erlebt wie an diesem Tag. Nach sechs Ehejahren wusste sie ja, dass er sich trotz seiner Gelassenheit bei politischen Themen nicht zurückhalten konnte und seine Leidenschaft zum Vorschein kam, doch diesmal war er nicht zu bremsen. Kathrin, dem Dienstmädchen, hatte Elise vorhin mit einem Wink zu verstehen gegeben, dass sie den Raum verlassen solle.

Sie betrachtete ihre Rosenthal-Teetasse. Wie friedlich die hübschen blauen Blumenmalereien darauf wirkten. Ob das Porzellan durch Jonathans Gebrüll zerbrechen könnte? Elise schalt sich für solche belustigenden Gedanken, die an diesem Morgen nicht angebracht waren. Als Jonathan das Morgenblatt mit der neuen Ministerliste gegen die Wand warf, zuckte sie zusammen. «Arthur Seyß-Inquart!», rief er erneut und raufte sich das Haar. Er schritt im Raum hin und her wie Amadeus, ihr Araberhengst, den Jonathan ihr zur Hochzeit geschenkt hatte, wenn er rauswollte aus dem Stall.

«Minister für Inneres und Sicherheitswesen! Dass ich nicht lache!»

«Er ist kein Nazi, Jonathan. Nicht mal Parteimitglied der NSDAP.»

«Natürlich ist er ein Nazi! Er gibt nur vor, keiner zu sein.» Er seufzte. «Wenn du mich fragst, ist das sozusagen die Geburt der österreichischen Gestapo! Und das ist noch nicht alles: Neuer Generalstabschef wird Franz Böhme und löst somit Jansa ab. Jansa! Der, der Hitlers Regime klar ablehnt. Seine Abberufung ist kein Wunder. Und dann sind da noch Glaise-Horstenau und Fischböck als Heeresminister und Finanzminister. Aber am gefährlichsten ist eindeutig die Wahl Seyß-Inquarts.» Er stöhnte. «Elise, diese Strategie haben die Nazis schon in den Tagen ihrer Machtergreifung 1933 in Deutschland angewandt. Und wie wir wissen, hat sie sich bewährt.» Seine Augen waren inzwischen fast so dunkelgrau wie die Regenwolken draußen.

«Warum hat Schuschnigg diesem Abkommen zugestimmt?», fragte sie und schenkte Tee nach. Sie bemühte sich, so interessiert wie möglich zu klingen, denn in Wirklichkeit war sie genervt darüber, dass die lästigen Nationalsozialisten schon wieder Hauptthema waren.

«Vermutlich hat Hitler ihn unter Druck gesetzt», antwortete er. «Ihm gedroht, Österreich einzunehmen? Ich habe immer gesagt, dass Schuschnigg Hitler nicht gewachsen sei, und das hat sich nun mit dem Berchtesgadener Abkommen bestätigt. Die Deutschen haben uns an die Kandare genommen. Elise, das ist der Verlust unserer Souveränität!» Er schnaubte und verwarf die Hände. «Ich bin überzeugt davon, dass Österreich politisch und wirtschaftlich schon bald mit dem Deutschen Reich vereinigt wird.»

Sie erhob sich und trat auf ihn zu, legte die Hände auf seine Schultern. «Bitte beruhige dich wieder, mein Liebster. So weit wird es nicht kommen. Und wenn doch, dann müssen wir keine Angst haben. Das Interesse der Deutschen an einer Angliederung ist doch hauptsächlich wirtschaftlicher Natur. Österreich besitzt nun mal viele Rohstoffe wie Eisenerz und Erdöl, und Deutschland hat momentan Stahlmangel, deshalb braucht es uns.» Sie verstummte, als sie Jonathans Gesichtsausdruck wahrnahm.

«Elise! Den Nazis geht es doch nicht nur um die Wirtschaft, sondern auch um ihre Ideologie, begreifst du das denn nicht? Denk an Albert und Mathilde!»

Albert und Mathilde. Das Paar, das sie auf ihrer Hochzeitsreise in der Champagne kennengelernt hatten und das zu ihren Freunden wurde, war vor zwei Jahren nach Amerika ausgewandert, nachdem man Albert die Zulassung als Anwalt entzogen und Mathilde ihre Stelle am Gymnasium verloren hatte.

«Ich weiß, aber das ist in Deutschland! In Österreich haben die Nazis nichts zu sagen.»

«Noch nicht.» Jonathan hob die Zeitung vom Boden auf, legte sie auf den Tisch und setzte sich. «Meine Güte, du hast die Gewaltbereitschaft der Nazis doch selbst erlebt. Erinnerst du dich nicht mehr?»

«Doch, natürlich.» Die schreckliche Erinnerung an den Anschlag vom 18. Dezember 1932 war tief in ihr verankert, und es gab immer noch Nächte, da wurde sie davon in ihren Träumen heimgesucht.

«Seither hat sich vieles geändert», entgegnete sie. «Die Regierung wird nicht zulassen, dass ...»

«Doch, Elise! Das wird sie! Alle Anzeichen sprechen dafür. Und glaub mir: Sollten sie an die Macht kommen, werden sie noch viel härter durchgreifen.»

Sie funkelte ihn an. Allmählich verließ sie ihr Verständnis. «Sag, warum willst du unbedingt, dass ich Angst bekomme?»

Sein Gesichtsausdruck wurde milder, er fuhr ihr zärtlich über die Wange. «Ich will dir keine Angst machen, Liebling, ich will nur, dass du die Gefahr erkennst. Die Nazis werden immer stärker. Sie kommen mir vor wie Stechmücken, die man in der Nacht immer wieder verscheucht, weil man ihr Surren hört. Und dann, wenn man schläft, schlagen sie zu. Ich befürchte, dass dies auch bei den Nazis so sein wird. Ich will aber nicht, dass sie mich in der Nacht überraschen. Dann, wenn es zu spät ist. Deshalb müssen wir jetzt handeln und uns über eine Auswanderung Gedanken machen.»

Sie wich zurück. «Du willst auswandern? Und hier alles zurücklassen? Aber wir können uns doch nicht einfach vertreiben lassen! Das ist unser Land! Und wo sollen wir überhaupt hin?»

Nachdem er überlegt hatte, antwortete er: «Amerika. Wie Albert und Mathilde. Das ist weit weg, dort wären wir sicher vor den Nazis. Und dir hat es doch damals in New York so gut gefallen.»

«New York», sagte sie leise und versuchte sich ein Leben dort vorzustellen. Ja, es hatte ihr gut gefallen in diesem pulsierenden New York mit den hohen Gebäuden, die bis in den Himmel reichten, Wolkenkratzer, wie sie genannt wurden. Die Stadt schien nie zu schlafen, das hatte ihr genauso imponiert wie der Central Park, der Kontrast bot zu dem hektischen und lauten Treiben in der Stadt, und das kulturelle Angebot wie die Theater und Galerien, dann die Restaurants, Bars und Geschäfte. Aber dort zu leben? Sie rieb sich die Schläfen, und Jonathan fuhr bereits fort. «Visa für Amerika zu erhalten ist allerdings schwierig und kann Wochen dauern, habe ich von vielen gehört. Wir könnten es auch mit einem Land in Südamerika versuchen. Oder Australien.»

Elises Kopf schwirrte. Sie konnte sich nicht mit dem Gedanken anfreunden, Österreich *überhaupt* zu verlassen.

«Wovon sollen wir in Amerika oder Australien leben?»

«Als Musiker kann ich überall arbeiten. Und du kannst dir deinen Traum erfüllen und ein eigenes Schmuckgeschäft eröffnen. Wir können nochmals neu beginnen. Amerika ist das Land der unbegrenzten Möglichkeiten. Albert ist inzwischen bereits Partner in einer Anwaltskanzlei, und Mathilde unterrichtet an einer Privatschule.»

Elise sah ihn an. Die Zuversicht leuchtete ihm förmlich aus den Augen, nur betrachtete sie das Ganze realistischer.

«Die beiden sind vor zwei Jahren ausgewandert und hatten Glück. Inzwischen ist es vermutlich nicht mehr so einfach, eine Stelle zu finden, weil immer mehr Menschen nach

Amerika wollen. Amerika wurde zudem ebenfalls schwer von der Wirtschaftskrise getroffen, habe ich gelesen.» Sie seufzte. «Du stellst dir das viel zu einfach vor. Niemand wartet auf uns. Und was ist mit deiner Familie? Deine Tante ist nicht bei bester Gesundheit. Dann Adele, sie ist behindert, ich kann sie nicht im Stich lassen. Und meine Mutter, sie ...» Sie brach ab. Würde ihre Mutter sie überhaupt von einer Auswanderung abhalten? Sie brauchte sie zwar im Perlman, aber Elise war nicht unersetzlich, schließlich hatten sie Herrn Hofer. Und ihre Beziehung war noch immer angespannt. Vermutlich wäre sie sogar froh, würde sie auswandern. Jonathan schien ihre Gedanken lesen zu können und fuhr ihr schweigend über die Hand.

«Ich will ja auch nicht auswandern», sagte er nach einer Weile. «Aber wenn wir hier nicht mehr sicher sind, bleibt uns keine andere Wahl. Lass uns die Idee im Hinterkopf behalten und die Entwicklung der nächsten Zeit beobachten. Wer weiß, vielleicht beruhigt sich die Lage wieder.»

Die Lage beruhigte sich nicht, im Gegenteil, sie wurde die darauffolgenden Tage immer prekärer. So prekär, dass der jüdische Kaffeehausliterat Anton Kuh in seiner letzten Stegreifrede in Wien Ende Februar 1938 die rhetorische Frage stellte: «Sind die Juden intelligent?» Er antwortete gleich selbst: «Wenn ja, rettet euch. Es ist höchste Zeit.» Er emigrierte noch im gleichen Jahr nach Amerika.

Seine Worte lösten Wut in Elise aus, auch wenn ihr bewusst war, dass man sie nicht wortwörtlich nehmen konnte. Aber es hatte nichts mit mangelnder Intelligenz zu tun, wenn man sich aus seiner Heimat nicht vertreiben lassen wollte. Und wie hätte ein gutgläubiger Mensch auch ahnen können, dass sich alles so entwickeln würde?

Jedenfalls war Wien in diesen Tagen gespenstisch geworden, so empfand sie es. Jüdische Freunde traf sie in der Stadt kaum noch an: weder in Restaurants noch in Theatern, Bridgeclubs oder Kaffeehäusern. Sogar im Perlman herrschte eine eigentümliche Stille. Es erschienen weniger Kunden als sonst, und jenen, die kamen, stand die Besorgnis ins Gesicht geschrieben. Es gab aber auch Ausnahmen. Leute wie Elise, die nicht das Schlimmste befürchteten und voller guter Hoffnung waren.

Und dann, am 20. Februar, nach einer Rede Hitlers, die zum ersten Mal und in voller Länge im österreichischen Rundfunk übertragen worden war, traten die Nationalsozialisten öffentlich in Erscheinung und ließen sich durch niemanden davon abhalten. Schon kurz nach Hitlers Rede bildeten sich in Wien lange Kolonnen, die aus allen Richtungen zur Ringstraße zogen. «Heil Hitler!», riefen sie im Wechsel mit «Heil Schuschnigg!».

Elise redete sich ein, dass keine Gefahr bestand, und führte ihr Leben wie gewohnt fort. Die Frage eines Papierlieferanten bei einer Bestellung, ob sie sicher sei, noch so viel Papier zu benötigen, empfand sie als unangebracht, beunruhigte sie aber nicht.

Als sie zwei Tage nach Hitlers Rede im Büro saß und sich über die Zusammenarbeit mit einem neuen Schokoladenhersteller Gedanken machte, meldete Hilde den Besuch von Meret Zweig an, einer Angestellten, die seit fünf Jahren die Konfektionsabteilung leitete und deren Fleiß und Kreativität sie sehr schätzte. Als die schmale Frau vor ihr stand, bemerkte Elise gleich ihre tiefen Augenringe und die kleinen Schweißperlen auf ihrer Stirn. Normalerweise trug Meret Zweig ihr hellbraunes Haar zu einer eleganten Hochsteckfrisur, aber heute hatte sie es nur zu einem schlichten Zopf gebunden, aus dem sich eine Strähne gelöst hatte.

Mit erstickter Stimme erklärte sie Elise, dass sie leider kündigen müsse, weil sie mit ihrer Familie Österreich verlassen werde und nach England gehe, um dort vorübergehend bei einem Onkel zu wohnen.

Sie faltete die Hände im Schoß. «Es mag sein, dass wir überstürzt handeln. Viele unserer Freunde halten uns für Narren, immerhin geben wir alles hier auf. Trotzdem sind wir fest davon überzeugt, dass es die richtige Entscheidung ist. Die Nazis sind unberechenbar.» Merets Stimme wurde immer schriller, und sie zeigte zum Fenster. «Haben Sie vorhin rausgeschaut? Die sind verrückt geworden! Obwohl die Regierung alle öffentlichen Veranstaltungen verboten hat, halten sie sich nicht daran. Sie haben im Namen der Vaterländischen Front zu nationalsozialistischen Kundgebungen aufgerufen. Richtig hinterlistig!»

«Ja, ich weiß. Aber Schuschnigg wird als Antwort auf Hitlers Rede ebenfalls sprechen. Morgen Abend.»

«An unserem Entschluss ändert das nichts. Wissen Sie, ich befürchte, dass es irgendwann plötzlich zu spät sein könnte für eine Flucht. Und es ist ja nicht so, dass wir die Einzigen sind. Die Botschaften werden seit dem Erscheinen dieser Ministerliste überrannt! Und wir haben Angst, dass England auch bald die Visumpflicht einführen könnte. Dann wird eine Auswanderung für uns unmöglich sein. Visa sind teuer und schwierig zu bekommen.» Sie stieß einen tiefen Seufzer aus.

Elise nickte. «Ehrlich gesagt, mein Mann hat auch schon über eine Auswanderung nachgedacht. Er will nach Amerika.»

«Und Sie nicht?»

«Ich ... will hier nicht weg. Ich bin durch und durch Wienerin und liebe diese Stadt. Ich liebe Österreich, mein Land. Das hier ist mein Leben! Das Perlman ist das Erbe meiner

Familie. Ich will und kann mich nicht von hier vertreiben lassen.» Sie blickte zu dem Foto ihres Großvaters mütterlicherseits an der Wand, Kilian Perlman, und spürte beim Anblick seiner klugen Augen und dem gezwirbelten Schnurrbart einen Stich im Herzen. Im Gegensatz zu ihrem anderen Großvater hatte sie keine enge Bindung zu ihm gehabt, da er fast nur gearbeitet hatte und sie noch klein gewesen war, als er starb. Aber sie erinnerte sich vage, dass er sich stets sehr gefreut hatte, wenn sie und ihre Geschwister ihn im Perlman besucht hatten, und sie in der Spielzeugabteilung immer etwas aussuchen hatte lassen.

Ein Schauer lief ihr den Rücken hinunter, und sie sah Meret in die Augen. « Ich wünsche Ihnen und Ihrer Familie alles Gute!»

Elise begleitete sie hinaus, und nachdem sie sich von ihr verabschiedet hatte, fuhr sie mit dem Aufzug in den obersten Stock. Zeit für ihren Rundgang im Perlman. Wie immer würde sie oben beginnen. Heute nahm sie sich besonders viel Zeit für jedes einzelne Geschäft, sprach mit den Mitarbeitern, betrachtete die Produkte, beobachtete die wenigen Kunden, wobei ihr nur die glücklich aussehenden auffielen – vermutlich deshalb, weil sie unter den zahlreichen besorgten Gesichtern eher hervorstachen. Wie die junge Frau mit dem roten Glockenhut beispielsweise, die sich etwas Parfüm auf das Handgelenk träufelte, oder das kleine Mädchen, das mit einem Plüschhasen zur Kasse hüpfte. Der Herr im Anzug, der die Zigarren inspizierte, die alte Frau, welche die Preise der Handtaschen verglich. Elise spürte einen Anflug von Kraft und Mut. Vor dem Café blieb sie stehen und lauschte dem Duett der zwei polnischen Künstler, die sie engagiert hatte und die eine von Jonathans und Hannelores Kompositionen spielten, Piano begleitet von Cello. Sie schloss die Augen, atmete den Duft des frisch gemahlenen Kaffees ein und ließ die

Kraft der Musik auf sich wirken. Sie schaute auf die Uhr, dachte an die Worte ihres Großvaters: «Es muss jeden Tag einen Moment geben, der so schön ist, dass man sich wünscht, die Zeit würde stillstehen.»

Lachend drehte sie eine Pirouette. Der Moment des heutigen Tages. Das Perlman in seiner ganzen Schönheit erleben zu dürfen, ihr Kaufhaus! Sie würde es nie verlassen! Sollten die Nazis doch kommen und ...

«Elise! Was treibst du hier für einen Unsinn? Herrschaftszeiten, was sollen die Kunden denken?»

Sie fühlte sich plötzlich wieder wie zehn. «Mutter! Ich ...»

«Du solltest besser schauen, dass die Kunden kommen, anstatt hier zu tanzen. Das Kaufhaus ist fast leer!»

«Gegen die politische Situation bin ich machtlos, Mutter. Die Leute haben derzeit Angst, auf die Straße zu gehen oder in jüdischen Geschäften einzukaufen. Und die Juden sparen für ihre Flucht ins Ausland.»

«Flucht?», fragte sie, als hörte sie das Wort zum ersten Mal.

«Ja, Flucht.» Elise erzählte ihr von Meret und musste sich daraufhin einen Vortrag anhören, von wegen, wie feige sich die Menschen wegen des *kleinen* Aufstands verhielten. Dabei unterstrich sie das Gesagte mit ihren fuchtelnden Händen und verlieh ihren Worten dadurch Dramatik.

«Die Angst ist doch völlig unbegründet!», rief sie, und Elise war froh, dass sich niemand der vorbeilaufenden Kundschaft für ihre Mutter interessierte. «Schuschnigg wird nie zulassen, dass die Nazis an die Macht kommen.»

«In Deutschland haben sie es auch geschafft», erwiderte Elise. Jetzt klang sie bereits wie Jonathan.

«Aber Österreich ist nicht Deutschland.» Ihre Mutter hob stolz den Kopf. Die silbernen Strähnen in ihrem dunklen

Haar leuchteten im Schein des Schaufensterlichts. «Schau, dass du das Kaufhaus wieder in den Griff bekommst.»

«Ich gebe mein Bestes. Herr Hofer und ich treffen uns gleich mit einem neuen Schokoladenhersteller. Möchtest du uns begleiten?»

«Ja, freilich.»

Elise lächelte. Wenigstens etwas hatten sie und die Mutter gemeinsam: die Liebe zum Perlman. Diese Liebe hielt sie zusammen, doch gäbe es das Perlman nicht, hätte sich ihre Mutter vermutlich längst von ihr abgewandt. Dennoch verlor sie die Hoffnung nicht, dass sie eines Tages mehr verbände. Vielleicht, wenn sie ihr nicht mehr die Schuld an Wolfis Tod geben würde. Und Elise ihr verzieh, dass sie dies all die Jahre getan hatte.

«Wir können nach dem Treffen etwas zusammen essen?», schlug sie vor.

«Nein, das geht nicht. Ich muss nach Adele schauen.»

Adele. Natürlich. Sie verließ das Haus kaum noch, aus Angst, auf der Straße von Nazis wegen ihres Beins angepöbelt zu werden, was jüngst vorgekommen war. Elise nahm sich vor, Adele demnächst zu besuchen, um sie aufzumuntern.

Darum bemüht, ihren ganzen Frust zu vergessen, kehrte sie zurück in ihr Büro und öffnete das Fenster. Heil-Geschrei und Sprechchöre schlugen ihr entgegen. Eine lange Kolonne zog durch die Mariahilfer Straße. Mädchen mit langen Zöpfen und Knaben in Lederhosen schrien «Heil Hitler!». Gelegentlich war auch ein «Heil Schuschnigg!» zu hören. Eine Gruppe trug ein Spruchband mit der Aufschrift: «Österreich erwacht».

Sie schlug das Fenster zu. Jetzt, in der Stille, vernahm sie nichts mehr als ihren eigenen, raschen Herzschlag.

Am 11. März spitzte sich die Lage dramatisch zu. Der Morgen begann unspektakulär wie immer, auch wenn Elise schon seit Tagen unter Übelkeit und Schwindel litt, sich deshalb kaum auf die Arbeit konzentrieren konnte. Zumindest kannte sie den Grund. Seit fast zwei Wochen war sie überfällig. Zu Beginn ihrer ersten Schwangerschaft hatte es sich genauso angefühlt. Dazu schmerzende Brüste, Müdigkeit und Schwindel. Der Arzt hatte damals gesagt, das sei normal; und doch war *es* in der vierzehnten Woche abgegangen. Elises Freude hielt sich deshalb in Grenzen, wurde überschattet von der Angst eines erneuten Verlustes. Sie wusste, dass sie wieder zum Arzt sollte, um die Schwangerschaft bestätigen zu lassen, aber sie zögerte. Nicht mal Jonathan hatte sie es gesagt. Noch war es nicht real, nach dem Arztbesuch jedoch wäre es das. Aber warum jetzt? Jonathan und sie hatten diesen Traum nach Jahren begraben, damit abgeschlossen. Sie waren glücklich und liebten ihr Leben, schätzten die Vorzüge der Kinderlosigkeit. Wieder schwanger zu sein, bedeutete, zurück auf das Karussell der Hoffnung geworfen zu werden, von dem man so schnell wieder brutal heruntergeschleudert werden konnte. Die körperlichen, aber hauptsächlich seelischen Qualen einer Fehlgeburt wollte sie nicht nochmals durchmachen.

Da sie nicht in der Lage war zu arbeiten, entschloss sie sich, nach Hause zu gehen und später mit Jonathan zu reden. Er musste es wissen.

Ein kühler Wind schlug ihr beim Verlassen des Kaufhauses entgegen. Die Mariahilfer Straße bot das gleiche Bild wie in den letzten Tagen: Trauben von schreienden Demonstranten. Die in zwei Tagen stattfindende Volksabstimmung hatte noch mehr Menschen aus den Häusern gelockt, jetzt auch die Schuschnigg-Anhänger, gut erkennbar an ihren rot-weiß-roten Bändchen der Vaterländischen Front. Sie schwangen Flaggen und Wimpel hoch, riefen Parolen wie « Österreich bleibt frei» oder «Wir brauchen keine braune Pest». Die Vaterländische Front kämpfte mit allen Mitteln der Propaganda: Der Rundfunk gab alle fünfzehn Minuten Wahlparolen durch, Flugzeuge streuten Millionen von Flugblättern über das Land. Die Nazis reagierten darauf, indem sie die Schuschnigg-Anhänger angriffen, und so kam es immer wieder zu heftigen Zusammenstößen.

Eine unerträgliche Spannung lag über der Stadt, stellte Elise besorgt fest und vergaß für einen Augenblick ihr Unwohlsein. Wie konnte sie ein Kind in diese Welt setzen? Das war doch Irrsinn! Absoluter Irrsinn!

Sie beschleunigte den Schritt, bis sie plötzlich Schwindel überkam. Mit der linken Hand stützte sie sich an einer Litfaßsäule ab. Das Porträt von Schuschnigg starrte ihr entgegen, Windböen wirbelten herumliegende Streuzettel mit der Ja-Parole auf.

«Heil Schuschnigg!»

«Du dummer Hund! Dir werden wir's zeigen!»

Sie drehte den Kopf, bemerkte, wie nur zwei Meter vor ihr entfernt ein Schuschnigg-Anhänger von zwei Nationalsozialisten angegriffen wurde. Der Mann wankte auf sie zu, und ehe sie ihm ausweichen konnte, prallte er mit ihr zusammen. Sie verlor das Gleichgewicht, fiel zu Boden.

«Weg mit Schuschnigg!»

Als sie den Kopf zur Seite drehte, bemerkte sie das Drei-Pfeile-Abzeichen. Langsam richtete sie sich auf. Der Schuschnigg-Anhänger lag stöhnend neben ihr und wischte sich mit dem Ärmel über die blutende Nase.

Elise legte sich wieder hin und starrte in den von Wolken verhangenen Himmel. «Heil ...» Die Schreie um sie herum verhallten, ihr fielen die Augen zu und sie sah Wolfi und Großvater vor sich.

«... brauchen keine braune Pest!»

«Ein Volk, ein Reich, ein Führer!»

Plötzlich spürte sie Hände an ihren Schultern und unter dem Rücken. Jemand hob sie hoch und rannte mit ihr davon, aber sie fühlte sich zu kraftlos, um zu schreien.

Dann wurde sie auf den Boden gelegt. Als sie die Augen öffnete, erkannte sie Eugen Lennhoff, Zeitungsherausgeber des «Telegrafs» und ein Bekannter von Jonathan, der schon öfters bei ihnen Gast gewesen war.

«Eugen.»

«Elise! Ist alles in Ordnung?»

«Ja, danke.» Sie setzte sich mit Eugens Hilfe auf, lehnte gegen die Hausmauer und schaute sich um. Eugen hatte sie in eine Gasse geschleppt.

«Ich war nur kurz weggetreten. Wie geht es dem Mann?»

«Welchem Mann?»

«Dem Schuschnigg-Anhänger, der neben mir lag. Nazis haben ihn verprügelt, seine Nase ...»

«Elise, wissen Sie eigentlich, wie viele verprügelte Männer da draußen herumliegen?»

«Ich kann es mir vorstellen.» Sie erhob sich vorsichtig und spähte aus der Gasse. Eine Horde Nazis schritt vorbei.

«Wir stimmen nicht ab!»

«Weg mit Schuschnigg!»

Ein schmächtiger Bursche mit pickeligem Gesicht sprang auf die Ladefläche eines Lasters und schrie: «Wir wollen Schuschniggs Österreich nicht! Wir wollen das Dritte Reich! Die Volksabstimmung ist ein Schwindel!»

«Ein Volk, ein Reich, ein Führer!»

Sie schüttelte den Kopf. «Die sind irrsinnig! Aber bald wird der ganze Spuk vorbei sein. In zwei Tagen ist die Volksabstimmung.»

Eugen schien zu zögern, dann nahm er sie vorsichtig am Arm und trat weiter in die Dunkelheit der Gasse hinein.

«Hören Sie gut zu, Elise, ich habe vorhin einen anonymen Anruf mit folgender Botschaft erhalten: ‹Ultimatum aus Berlin›. Die Vaterländische Front hat mir das Ultimatum bestätigt, jedoch indirekt. Man solle die Angelegenheit nicht überbewerten. Elise, das ist schon das dritte Mal heute, dass ich Meldungen über deutsche Truppenkonzentrationen entlang der Grenze bekomme. Und nun nehme ich sie ernst, auch wenn keiner meiner Kollegen an einen deutschen Angriff glauben will und das Ultimatum angeblich von Schuschnigg zurückgewiesen worden ist.»

Wie eine Faust umschloss die Angst ihr Herz. «Sie denken, Hitler wird Österreich angreifen?»

Er atmete tief durch. «Ich bin hierhergekommen, um die Lage zu erkunden.» Er zeigte zum hellen Licht, das durch die Gasse drang und woher weitere Parolen erklangen. «Ich habe kein gutes Gefühl. Es wird nicht mehr lange dauern, bis Schuschnigg zurücktritt, das spüre ich. Elise, Sie und Jonathan sollten Wien schnellstmöglich verlassen!»

8

Lennhoff sollte recht behalten. Schuschnigg trat zurück, und als sich der Bundespräsident Miklas weigerte, Seyß-Inquart zum österreichischen Bundeskanzler zu ernennen, hielt Hitler nichts mehr zurück. Er marschierte ein. Wien war im Besitz der Nazis.

Und sie waren trotz Eugens Warnung nicht geflüchtet. Warum nicht? Genau diese Frage sollte Elise später noch nächtelang quälen. Weshalb hatten sie nicht einfach das Nötigste gepackt und waren in die Schweiz oder nach Frankreich gereist? Dort hätten sie die Visa für Übersee beantragen können, alles wäre gut geworden.

Nur brachte es im Leben nichts, zurückzuschauen und verpassten Gelegenheiten nachzutrauern. Es ist, wie es ist. Trotzdem gab es schwache Momente, in denen Elise alles hinterfragte, doch sie hatte immer mit Sicherheit sagen können, dass eine Flucht zu dem Zeitpunkt unmöglich gewesen war. Sie konnten nicht weg. Jonathans Tante Minna, die wie eine Mutter für ihn war, litt an einer Lungenentzündung, sie konnten sie nicht im Stich lassen. Und dann waren da noch Adele, die Großmutter, die Mutter, das Perlman. Es ging einfach nicht. Seit drei Tagen wusste sie zudem mit Sicherheit, dass sie schwanger war. Nachdem sie Jonathan eingeweiht hatte, gingen sie zum Arzt, der ihre Ahnung bestätigte. Die frohe Nachricht hätte sie glücklich machen müssen, tat es aber nicht. Sie wollte sich nicht freuen, Verlustängste plagten sie, auch wenn Jonathan ihr gut zuredete und ihr ihre Furcht zu nehmen versuchte.

«Dieses Mal wird es gut gehen, du wirst sehen. Nochmals werden wir das nicht durchmachen müssen.»

«Wie kannst du das wissen? Außerdem bin ich die, die es *durchmachen muss!* Du hast ja keine Ahnung, wie es ist, wenn dein Körper es einfach abstößt und du nichts, gar nichts machen kannst, um es aufzuhalten!» Sie schluchzte auf, und Jonathan nahm sie in die Arme. Er schwieg, bis er sich nach einer Weile löste und sagte: «Du hast recht. Ich weiß nicht, wie es sich körperlich anfühlt. Aber seelisch schon. Elise, auch für mich war es ein Verlust ... Aber jetzt bist du wieder schwanger, und wir müssen zuversichtlich sein.»

Sie nickte. Er hatte recht, doch es war leichter gesagt als getan. Und auch wenn dieses Mal alles gut gehen würde, wie konnte man voller guter Hoffnung in die Zukunft blicken bei dem aktuellen Geschehen?

Die Machtübernahme der Nazis erlebten sie als sehr dramatisch. Nachdem die Abstimmung abgesagt worden war, waren die Straßen plötzlich wie leergefegt. Es dauerte einige Zeit, bis die Nazis wiederkamen. Diesmal in Stiefeln, Braunhemden, und Hakenkreuzarmbinden, ausgerüstet mit Waffen. Die Leute jubelten. Als Hitler am 14. März in Wien einfuhr, empfingen sie ihn, als handelte es sich um Gott.

Trotz Jonathans Anordnung, sich zu schonen und das Haus nicht zu verlassen, wollte Elise diesen Hitler, der für das ganze Debakel verantwortlich war, unbedingt sehen, um sich von dessen tatsächlicher Existenz zu überzeugen. Nachdem Jonathan das Haus verlassen hatte – er wollte am Konservatorium nach dem Rechten schauen –, ging sie ebenfalls, um mit Hunderttausenden am Kärntner Ring und am nahen Schwarzenbergplatz zu verfolgen, wie eine Kolonne bestehend aus mehreren Motorrädern und Autos das Hotel Imperial erreichte. Die Menschen um sie herum kletterten auf Dächer und Kühlerhauben von Autos, stiegen gar auf Leitern und

Stühle, um Hitler besser sehen zu können. Immer wieder schrien sie wie besessen:

«Wir wollen unseren Führer sehen!»

«Heil! Heil! Heil!»

Als Hitler den Balkon betrat, schrien die Menschen um Elise herum wie Wahnsinnige, rissen ihre Arme ausgestreckt zum Hitlergruß hoch. Hitler antwortete mit der gleichen Geste.

Elise wurde übel, sie verließ den Schauplatz und verkroch sich zu Hause im Bett.

Die Machtübernahme der «braunen Pest», wie sie die Nazis nannte, setzte schlagartig ein. Es wurde diesen verfluchten Ratten auch einfach gemacht, weil sie keine kommunistischen oder sozialdemokratischen Gegner ausschalten mussten, so wie damals in Deutschland. Die Juden, aber auch Kommunisten und andere, die nicht in ihr Gesellschaftsbild passten, waren ihnen komplett ausgeliefert, und es folgten nicht nur Demütigungen auf offener Straße, sondern auch Beschlagnahmungen und Enteignungen von Geschäften, Unternehmen, Häusern und Wohnungen. Diese wilden Raubzüge sollten erst im Mai aufhören, aber auch nur, weil die NS-Stellen sie dann legalisierten und Gesetze erließen, die den bereits durchgeführten Beraubungen nachträglich einen scheinlegalen Anstrich gaben. Doch in jenen ersten Tagen und Wochen ging es barbarisch zu, eine Welle des Terrors fegte über die Stadt hinweg. Elise vermutete, dass die Nazis besonders grausam und sadistisch auftraten, weil sie all die Jahre immer wieder gebremst worden waren von der Regierung. Ihre Brutalität hatte sich über Jahre hinweg angestaut, und sie verfügten über viel Erfahrung mit der Entrechtung der Juden in Deutschland.

Sie selbst traf es am Donnerstag, 17. März 1938.

Ohne Vorankündigung erschienen die Nazis im Perlman. Junge Burschen mit Hakenkreuzbinden, angeführt von SA-Männern, deren Ziel darin bestand, sämtliche Lebensmittel und Produkte des Perlman zu beschlagnahmen. So räumten sie Läden und Lager leer und trugen alles aus dem Kaufhaus: Säcke voller Mehl, Zucker, Reis, Kaffee. Ballen von Seiden- und Baumwollstoffen. Bettwäsche, Schokolade, Anzüge, Hüte, Parfüm, Champagner, Kaviar, Schreibpapier, Tintenfässer, nicht mal vor den Spielsachen machten sie halt.

Hilflos musste Elise zusammen mit den übrig gebliebenen Angestellten dabei zusehen, wie sich das Perlman allmählich leerte und wie die Nazis ihre Beute in Lastkraftwagen und Fahrzeuge luden. Sie war verzweifelt, und nachdem sich ihre Mutter im Büro verbarrikadiert hatte, fühlte sie sich allein und machtlos. Anfangs hatte sie versucht, die Männer davon abzubringen, doch sie musste schnell einsehen, dass es nichts brachte. Sie konnte nichts tun, und die Polizei versagte jeden Schutz. Aber als einer der Braunhemden die hübsche Kosmetikverkäuferin Veronika bedrängte, griff Elise nach einer Flasche Wein, die sie auf einem Wagen entdeckte, und raste auf den SA-Mann zu. «Lass sie sofort in Ruhe, sonst schlage ich dir die über den Kopf!»

Zuerst sah er sie fassungslos an, dann begann er zu lachen. «Das wagst du nicht!»

«Willst du es darauf ankommen lassen?», fauchte sie.

Ihr Anblick musste einen furchteinflößenden Anblick bieten, denn der Jüngling trat einen Schritt zurück. «Ist ja gut», sagte er und fing an, Lippenstifte und Puderdosen einzusammeln. Ihr lag eine Bemerkung auf der Zunge, doch in diesem Moment stieg ihr eine Wolke Zigarettenrauch in die Nase. Jemand stand dicht hinter ihr; warmer Atem kroch ihr über den Nacken.

«Darf ich Ihnen einen Rat geben, *gnädiges Fräulein?*», hauchte ihr eine Stimme ins Ohr. «Halten Sie sich gefälligst zurück, ansonsten sind wir gezwungen, Sie mitzunehmen.»

Sie drehte sich um, schaute in ein sommersprossiges Gesicht mit blauen Augen.

«Dann nehmen Sie mich eben mit!», schrie sie den Mann an. «Sie nehmen ja ohnehin schon alles mit!»

Seine Mimik blieb ausdruckslos. «Beruhigen Sie sich. Sie haben Glück, dass ich den Einsatz hier leite. Glauben Sie mir, andere meiner Kollegen wären weniger zimperlich und würden Sie sofort verhaften.» Er warf die Zigarette auf den Boden, drückte sie mit einem Fuß aus und ging davon.

«Und jetzt?», rief sie ihm nach. «Soll ich mich etwa bei Ihnen bedanken?»

«Gehen Sie nach Hause.» Er entfernte sich, sprach zwei seiner Leute an, die gerade Kisten mit Kirschlikör hinaustrugen.

Elise schluckte ihren Zorn und die Verzweiflung hinunter. Was blieb, war das erschütternde Gefühl der Machtlosigkeit.

«Frau Rosenberg!» Hilde raste auf sie zu. «Seien Sie bloß vernünftig! Mit diesen Leuten ist nicht zu scherzen!»

Elise fixierte den Zigarettenstummel am Boden. «Denken Sie, ich weiß das nicht? Die haben mir soeben meine Existenz geraubt.»

Nach der Plünderung der Nazis hätte sich Elise am liebsten wie ihre Mutter im Büro eingesperrt. Als die wenigen, übrig gebliebenen Mitarbeiter ihr versicherten, sie würden ihnen in dieser schweren Zeit beistehen, gab sie ihnen für den Rest des Tages frei. Sie klopfte an die Tür von Selmas Büro, und als diese endlich öffnete, nachdem Elise ihr gedroht hatte, dass sie sonst gleich die Tür einschlagen würde, erschrak Elise. So hatte sie sie nur einmal gesehen, und zwar, als Wolfi gestorben war. Seelenlos kam sie Elise vor, als wäre das Leben aus ihr gewichen und hätte eine leere Hülle zurückgelassen.

«Sie sind weg», sagte Elise, woraufhin ihre Mutter ganz leicht nickte, ehe sie sich auf den Boden sinken ließ vor einem Regal mit Aktenordnern. Elise kniete zu ihr nieder, legte die Hände auf ihre Schultern. «Wir müssen jetzt stark sein, Mama. Ja? Ich helfe dir.»

Wieder ein leichtes Nicken. Elise umarmte sie. «Komm, lass uns nach Hause gehen.»

Ihre Mutter löste sich aus der Umarmung. «Ich möchte noch hierbleiben. Allein.»

«Aber ...»

«Elise! Bitte!» Ihre kraftlose Stimme flößte Elise Angst ein. Sie würde sich doch nichts antun?

«Ich bringe mich schon nicht um», sagte Selma, als könnte sie ihre Gedanken lesen.

Kurz überlegte Elise, ihr von der Schwangerschaft zu erzählen, in der Hoffnung, es würde sie aufmuntern. Aber irgendwie kam es ihr unpassend vor.

«Na gut. Ich lasse dich allein.»

Mit den Tränen kämpfend verließ sie das Perlman. Draußen begriff sie, dass ihr Kaufhaus nicht das einzige Opfer der Nazis war, denn sämtliche jüdischen Geschäfte der Mariahilfer Straße waren heimgesucht worden. Das Teppichhaus Schein, das Herrenbekleidungsgeschäft Katz, auch ihr Konkurrent, das Warenhaus Schiffman, hatte das gleiche Schicksal wie das Perlman erlitten. Plötzlich versteifte sich ihr Körper. Das Juweliergeschäft! Warum hatte sie nicht daran gedacht? Zugegeben, seit Großvaters Tod hielt sie sich nicht mehr oft dort auf, da sie sich zu Hause ein eigenes kleines Atelier eingerichtet hatte. Und dennoch hatte sie Herrn Altmayer ab und zu besucht. Plötzlich wurde ihr bewusst, dass er kein Jude war, und ihr fiel ein Stein vom Herzen. Trotzdem musste sie sich vergewissern, dass alles in Ordnung war.

Kurz darauf traf sie im Geschäft ein, sah Herrn Altmayer, der ängstlich durch die Glastür spähte. Als er sie bemerkte, weiteten sich seine Augen. Er öffnete die Tür, zog sie in den Laden und schloss schnell wieder. Das Geschäft war leer, und so hängte er das Geschlossen-Schild an die Tür, und sie gingen ins Atelier, das noch immer so aussah wie damals zu Großvaters Zeiten. Nachdem sie berichtet hatte, was im Perlman geschehen war, seufzte er tief und ließ sich kraftlos auf den Stuhl sinken. «Ach Fräulein Elise, das ist alles so furchtbar schlimm. Und ich fühle mich so hilflos.» Tränen schimmerten in seinen Augen. «Wenn ich nur was tun könnte.»

«Wir müssen jetzt einfach hoffen, dass der Schrecken bald ein Ende hat.» Nur glaubte sie nicht mehr daran.

Herr Altmayer wohl auch nicht, denn er sah beschämt weg. «Ich bin einfach froh, dass Karl, ihr Großvater, das nicht mehr erleben muss.»

«Ich auch, oh ja, ich auch.»

«Fräulein Elise», er schaute sie ernst an, «versprechen Sie mir bitte, dass Sie Wien so schnell wie möglich verlassen? Ich will nicht, dass Ihnen etwas passiert.»

Sie schluckte hart und dachte an das Leben, das gerade in ihr heranwuchs. Warum hatte es sich diese Zeit ausgesucht? Die Umstände waren ohnehin nicht leicht, und zu allem Elend drehte auch noch die Welt durch. Sie verabschiedete sich von Herrn Altmayer, der sie vor lauter Sorge beinahe begleitet hätte, und trieb verängstigt und fassungslos durch die Straßen Wiens.

Nicht nur Geschäfte wurden geplündert oder verwüstet an diesem Tag, es herrschte allgemein offener Straßenterror. Rufe wie «Juda verrecke!» oder «Juden raus!» hallten durch die Gassen, und die Nazis schikanierten hilflose Menschen auf grauenvolle Art und Weise. Mit Schrubbern, Bürsten und teilweise sogar Zahnbürsten zwangen sie die Juden dazu, antinazistische Parolen vom Gehsteig zu entfernen. Einerseits wollte Elise so schnell wie möglich nach Hause in Sicherheit, andererseits kam sie nicht umhin, gelegentlich stehen zu bleiben, weil sie der Anblick so erschütterte. Als sie unter einer Gruppe Gehsteig schrubbender Juden das Gesicht des Kabarettisten Armin Berg erkannte, erschauderte sie. So oft hatte sie über seine Witze gelacht! Wie gerne hätte sie ihm geholfen, aber Schaulustige umlagerten ihn und die anderen Gedemütigten. Einige rissen die Arme zum Hitlergruß empor, unter ihnen erkannte Elise auch ihren ehemaligen Lehrer Fink. Jetzt wusste sie, weshalb er sie damals nicht gemocht hatte.

Verstört ging sie weiter, nur um an einer weiteren Meute Menschen vorbeizukommen. Da entdeckte sie einen älteren Herrn mit schneeweißem Haar, der kniend dabei war, den Gehsteig vor einem Schuhmachergeschäft zu säubern. Unmittelbar neben ihm stand breitbeinig ein Nazi mit schwarzem Ledermantel, ein gemeines Lächeln in den Mundwinkeln. Die anderen Zuschauer sprachen kein Wort. Keiner lachte oder spottete, vielmehr starrten sie wie gelähmt, und zwar auf die roten Hände des alten Mannes, von denen sich Hautfetzen lösten.

Elise presste die Zähne zusammen, um ihr Grauen nicht hinauszuschreien. Offenbar hatte der Nazi das Putzwasser mit Säure versehen. Sie rang nach Luft. Sie durfte nicht zulassen, dass diesem armen Mann solch Unheil widerfuhr! Diesmal musste sie etwas tun. Gerade als sie sich einen Schritt vorwagte, griff sie jemand am Arm und zog sie zurück. Erschrocken blickte sie in das Gesicht einer älteren Frau. Es handelte sich um Madame de Cologne, eine in Wien lebende Französin, Künstlerin und Stammkundin im Perlman. Beinahe hätte sie

sie nicht erkannt, da sie heute ungeschminkt war und das sonst frisierte Haar zu einem schlichten Zopf geflochten trug.

«Es wird niemandem helfen. Weder ihm und Ihnen schon gar nicht, Frau Rosenberg», sagte sie leise. «Gehen Sie nach Hause und kümmern Sie sich um Ihre Flucht. In diesem Land gibt es keine Hoffnung mehr.»

Elise zögerte. Madame de Cologne hatte recht, doch erneut wallte Wut in ihr auf, und sie riss sich von ihr los, bahnte sich einen Weg durch die Menschenmenge, bis sie vor dem Nazi im Ledermantel stand. Verwundert blickte er sie an, doch ehe er etwas sagen konnte, bäumte sie sich vor ihm auf. «Was fällt Ihnen eigentlich ein, diesen armen Mann so zu quälen? Haben Sie denn gar kein Herz?»

Für einen Moment lang lag Stille in der Luft, so fragil wie dünnes Eis. Doch dann packte sie jemand von hinten und griff nach ihren Armen. Elise wand sich, aber da trat der Nazi im Ledermantel auch schon auf sie zu. Seine Lippen verzogen sich zu einem dreckigen Lächeln.

«Ich habe sogar ein sehr großes Herz. Aus diesem Grund lasse ich Sie dem Mann gerne helfen.» Er zeigte auf den Eimer und wandte sich an seinen Kollegen. «Gieß noch mehr Säure rein für die vorlaute Dame hier.»

Sie hob den Kopf, ihr ganzer Körper bebte vor Zorn und Angst, als sie zusah, wie zusätzliche Säure in das Wasser gegossen wurde.

«Was zum Teufel ist hier los?» Harte Schritte auf dem Kopfsteinpflaster. Elise drehte den Kopf zur Seite und bemerkte einen Mann in SS-Uniform.

«Heil Hitler!», sagte der Ledermantel-Nazi und streckte den rechten Arm aus. «Hier werden Reinigungsarbeiten durchgeführt, Herr Sturmbannführer Braun. Aber dann kam diese Frau», er zeigte auf Elise, «und hat sich eingemischt!»

«Hm.» Der Sturmbannführer versuchte sich ein Bild von der ganzen Situation zu machen, indem er Elise, den alten Mann und den Eimer abwechselnd fixierte.

«Sie haben den Eimer mit Säure gefüllt!», rief Elise, und der Sturmbannführer schaute ihr direkt ins Gesicht. Seine braunen, gutmütigen Augen erinnerten sie an die eines Hundes.

«Das geht zu weit!», zischte er und trat auf den Mann im Ledermantel zu. «Diese Aktion wird sofort abgebrochen! Die Frau und der alte Mann können gehen. Helfen Sie ihm auf die Beine.»

«Aber ...»

«Das ist ein Befehl!»

Der Hals des Manns schwoll an, als würde sich darin seine ganze Empörung stauen. Er nickte, setzte wieder zum Hitlergruß an. «Jawohl, Herr Sturmbannführer. Heil Hitler!»

Der andere Mann, der Elise eben noch festgehalten hatte, ließ sie los und half dem Ledermantel-Nazi dabei, den alten Mann auf die Beine zu bringen.

Der Uniformierte wandte sich ihr zu: «Ich weiß ja nicht, was in Sie gefahren ist, aber diese Aktion war ziemlich dumm.»

«Aber es ist nicht richtig, was man uns antut! Reichen die Plünderungen denn nicht? Muss man uns auch noch die Würde nehmen? Uns brutal verletzen?»

Sein linkes Augenlid zuckte. «Ich halte die Quälereien auch nicht für angemessen, deshalb bin ich ja eingeschritten. Aber ich kann sie auch nicht immer verhindern. Also hören Sie auf mich und halten Sie sich zukünftig zurück, wenn Ihnen Ihr Leben lieb ist.» Mit diesen Worten wandte er sich ab und ging davon. Widerwillig musste Elise sich eingestehen, dass er recht hatte, genau wie der SA-Mann heute im Perlman. Sie durfte sich nicht mehr einmischen, das nächste Mal würde sie kein Glück mehr haben.

Jonathan hatte einen ähnlich schlimmen Morgen erlebt. Sein Onkel Erich hatte ihn um Hilfe gerufen, weil die Nazis ihn dazu zwingen wollten, das Linoleum-Unternehmen zu einem Spottpreis zu verkaufen. Am Ende war ihnen nichts anderes übriggeblieben, als auf den demütigenden Handel einzugehen.

Nun saß er mit eingesunkenen Schultern auf dem Sofa im Salon, die Augen fest auf das kleine Kristallglas Marillenbrand gerichtet, das Elise ihm gebracht hatte. Sie selbst hätte ebenfalls gerne einen getrunken, was wegen der Schwangerschaft nicht möglich war. So begnügte sie sich mit Honigtee und stellte sich vor, es wäre Schnaps, der wie flüssiges, süßliches Feuer ihre Kehle hinabrann und ihren Körper mit neuer Kraft ausfüllte, während sie Jonathans zermürbender Schilderung zuhörte.

«Onkel Erich weigerte sich zuerst, doch sie argumentierten, dass sie ihn und mich sonst gleich verhaften würden. Wir waren vollkommen machtlos! Aber es ging nicht nur uns so. Ich weiß, dass sie auch der Glühbirnenfabrik von Johann Kremenetzky und Albert Pregan und der Anker-Brotfabrik einen Besuch abgestattet haben. Sie führen nach Lust und Laune Enteignungen, Hausdurchsuchungen und Plünderungsaktionen durch. Auf dem Heimweg bin ich Gideon Stern begegnet. Sie räumten gerade sein Haus aus!» Er schnaubte. «Trugen Teppiche, Gemälde, Möbel raus! Und er konnte nichts tun. ‹Kommisarische Verwalter› nennen sie sich. Sie sind Angehörige der NSDAP und der SA sowie irgendwelche Mitläufer. Gideon sagte mir, da sei ein Mann dabei gewesen, so dumm wie Stroh, aber trägt jetzt eine Uniform. Auch wenn sie durch diese ‹wilden Arisierungen› illegal handeln, werden sie von den Behörden gedeckt. Gideon holte die Polizei, aber die schauten nur zu!»

«Ich weiß, Jonathan, ich weiß», stimmte Elise ihm zu. «Ich habe es ja auch erlebt. Im Perlman.»

Er erschrak. «Du warst im Perlman? Ich habe dir doch gesagt, dass du zu Hause bleiben sollst! Denk an das Kind!»

«Aber ich hielt es hier nicht aus! Ich wollte das Perlman beschützen, doch ... ich war vollkommen machtlos.» Sie erzählte ihm, was sie erlebt hatte, und er fuhr ihr über den Rücken.

«Es tut mir leid. Ich weiß, wie viel dir das Perlman bedeutet.»

«Noch ist es in unserem Besitz.»

«Vermutlich nicht mehr lange. Ihr solltet es besser verkaufen. Vielleicht bekommt ihr mehr, wenn ihr es von euch aus macht.»

Sie starrte ihn an. Das Perlman verkaufen? Sie wollte etwas erwidern, doch ihr Kopf begann zu schwirren. Das war alles zu viel für sie, und sie bemühte sich um Fassung. Ihr geliebtes Kaufhaus! Aber eine andere Wahl hatten sie in Anbetracht der aktuellen Lage nicht.

«Ich brauche Mutters Einverständnis. Das wird nicht einfach. Sie hängt am Perlman. Noch mehr als ich.»

«Selbst sie wird einsehen, dass es nicht anders geht.» Er atmete tief durch. «Da ist noch was.»

Sie wusste, was jetzt kommen würde. «Wir müssen weg aus Wien», kam sie ihm zuvor. Sie hatten das Thema Auswanderung oft besprochen in den letzten Wochen, doch sie war nie bereit dazu gewesen, diesen Schritt zu gehen. Der heutige Tag hatte ihr aufgezeigt, dass es in diesem Land keine Zukunft mehr für sie geben würde.

In der darauffolgenden Stunde diskutierten sie ihr weiteres Vorgehen. Sie waren sich einig, dass sie nicht mehr lange warten durften und dass sie ihre Familien nicht in Wien zurücklassen wollten, auch wenn es schwierig sein würde, aufgrund des großen Andrangs gleich für alle Übersee-Visa nach Amerika zu bekommen. Sie zogen weitere Länder in Erwägung wie Argentinien, Brasilien und Australien. Jonathan schlug sogar Sumatra vor, wegen der Beziehungen von Elises Vater. Doch auch wenn Elise Wolfis Tod bei ihrem letzten Besuch verarbeitet hatte, wusste sie, dass sie auf dieser Insel nicht glücklich werden konnte. Nur: Durften sie überhaupt noch Glück erwarten? Sicherheit stand inzwischen an erster Stelle. Am Ende beschlossen sie, sich vorerst auf Amerika zu konzentrieren.

Um keine Zeit zu verlieren, besuchten sie bereits am Nachmittag Jonathans Onkel und Tante, Erich und Minna, und erzählten ihnen von ihren Plänen. Auch wenn bei Erich die Wut über die Arisierung seiner Firma groß war, so war er fest davon überzeugt, dass früher oder später alles wieder in Ordnung käme, wenn sie sich an das Gesetz hielten. Recht und Ordnung würden die Oberhand gewinnen, daran glaubte er fest. Deshalb wollten sie Wien nicht verlassen. Erichs Buchhalter Samson war ebenfalls anwesend, und sie erfuhren, dass er gerade seine Auswanderung plante und sich bereits mit den Antragsbestimmungen der verschiedenen Länder auseinandergesetzt hatte. Sein Bericht über den enormen Andrang, die langen Schlangen vor den Konsulaten – es kam ihm vor, als würde fast ganz Wien auswandern wollen – sorgte für Ernüchterung. Amerika, Brasilien, Argentinien, Australien, Kanada, wo man auch hinwollte, es würde lange Wartezeiten bedeuten gepaart mit der Unsicherheit, ob man tatsächlich ein Visum erhielte. Zuerst musste man sich registrieren und würde auf eine bereits ellenlange Warteliste gesetzt werden. Die Beschaffung aller erforderlichen Dokumente sei ein zermürbend langer Prozess, so Samson. Eine schwindelerregende Papierflut käme auf sie zu, und es würde Wochen dauern, um sämtliche Formulare auszufüllen und die notwendigen Dokumente und Belege zu beschaffen. Außerdem musste man einen gültigen Fahrschein für die Schiffsüberfahrt vorweisen, bevor das Visum endgültig erteilt wurde.

Aufgrund Samsons Schilderung waren Elise und Jonathan sich einig, die Übersee-Visa erst in einem Transitland zu beantragen. Sie befürchteten, dass ihnen sonst das Geld ausginge, wenn sie zu lange in Wien blieben. Die Einführung der Reichsfluchtsteuer wie in Deutschland war nur eine Frage der Zeit, und sie erinnerten sich, dass Albert und Mathilde damals etwa ein Viertel ihres Vermögens hatten abgeben müssen.

So entschieden sie sich für die Schweiz als Übergangsland. Dort könnten sie in Ruhe auf die Visa warten und später weiterreisen nach Frankreich oder England für die Überfahrt nach Amerika oder wohin auch immer. Jonathan meinte zudem, dass seine Tante Hertha – die Schwester seiner verstorbenen Mutter –, die in der Stadt Luzern einen Zeitungs- und Tabakladen besaß, notfalls für sie bürgen könnte, falls die Aufenthaltsanforderungen in der Schweiz plötzlich verschärft werden sollten.

Obwohl es in Elises Kopf vor lauter Informationen im Sekundentakt pochte und die ganze Situation alles andere als lustig war, musste sie innerlich lachen. Tante Hertha für sie bürgen? Jonathan und sie hatten Hertha schon mehrmals besucht während ihrer Schweiz-Reisen, Elise war jedoch nie mit ihr warm geworden. Hertha gehörte zu den Menschen, die immer an allem etwas auszusetzen hatten – als wäre ihr das Nörgeln schon in die Wiege gelegt worden. Schlimmer als bei Elises Mutter. Elise fand Hertha zudem verbittert, geizig und humorlos und konnte sich nicht vorstellen, dass sie für sie bürgen würde. Nichtsdestotrotz blieb die Schweiz ihr Ziel.

Die Reaktion von Elises Mutter und Großmutter auf ihr Vorhaben glich der von Minna und Erich. Auch sie waren der festen Überzeugung, dass alles wieder in Ordnung käme und die anderen Westmächte Hitlers Tun nicht länger dulden würden. Es sei deshalb töricht, hier alles den Nazis zu überlassen.

Adele hatte einerseits Angst zu bleiben, andererseits auch großen Respekt vor einer Auswanderung wegen ihrer Gehbehinderung. Und ohne die Mutter wollte sie sowieso nicht weg. Wie Jonathan musste Elise einsehen, dass sie ihre Familie nicht würde umstimmen können. Den Verkauf des Perlman besprach sie noch nicht mit der Mutter, weil sie sich ihre Reaktion ausmalen konnte. Sie wollte zuerst nach einem Interessenten suchen. In den darauffolgenden Tagen musste sie aber schnell einsehen, dass es nicht einfach war, einen Käufer zu finden, der einen akzeptablen Kaufpreis bezahlen würde. Stattdessen wurde ihre Situation schamlos ausgenutzt, und sie erhielten geradezu lächerliche Angebote, auch von ihren Freunden. Viele von ihnen, mit denen sie Silvester noch zusammen gefeiert hatten, wandten sich von ihnen ab, waren plötzlich Anhänger des neuen Regimes, obwohl sie vor der Machtübernahme noch darüber gelästert hatten. Von solchen Verrätern umgeben zu sein, machte Elise sehr zu schaffen. Sie sprach mit Hannelore darüber, die von ähnlichen Erfahrungen berichtete. Man behandle sie wie eine Aussätzige, und fast alle ihre Auftritte in Österreich seien abgesagt worden. Als Elise sie fragte, ob sie ebenfalls eine Auswanderung in Betracht ziehe, starrte Hannelore nachdenklich auf ihren Apfelkuchen, dessen Sahnehäubchen noch unversehrt war.

«Nein», sagte sie nach einer Weile. «Natürlich würde ich mir wünschen, dass meine Eltern Wien verlassen, aber ich kann sie leider nicht umstimmen. Deshalb bleibe ich bei ihnen. Außerdem ...» Sie zögerte kurz. «Jemand muss etwas gegen das ganze Desaster unternehmen, deshalb können nicht alle weg. Unser Ziel muss sein, wieder ein freies und demokratisches Österreich herzustellen.»

«Und wie? Du siehst ja, was mit den Widerständlern passiert. Sie werden verhaftet und in irgendwelche Lager gebracht.»

Hannelore schob den Teller weg. «Aber ich werde mich nicht verhaften lassen, weil ich geschickter vorgehen werde. Ich habe ein paar Kontakte und wir ...» Sie brach ab, setzte wieder ihren üblichen kühlen Blick auf. «Du darfst nichts darüber wissen, zu deiner eigenen Sicherheit. Vergiss, was ich gesagt habe.»

Elise war sich sicher, dass sich Hannelore einer Widerstandsgruppe angeschlossen hatte. Sie konnte ihre Haltung verstehen, und sie wünschte sich, sie besäße auch diesen Mut und Kampfgeist.

Es schmerzte sie, wie nach und nach ihre Freunde ihre wahren Gesichter zeigten. So wie Amelie und Valentin, ein Paar, welches Jonathan und sie seit Jahren kannten und zu ihren engsten Freunden gezählt hatten. Diese machten ihnen ein Angebot für das Perlman, jedoch nutzten sie ihre Notlage aus und drückten den Kaufpreis ins Lächerliche. Ahnend, dass ein besseres Angebot nicht mehr kommen würde und sie rasch handeln musste, wenn sie das Perlman nicht plötzlich in den Händen der Nazis sehen wollte, besprach Elise den Verkauf mit ihrer Mutter, die wie erwartet entsetzt reagierte.

«Nein! Das Perlman wird nicht verkauft!», rief sie aufgebracht. Sie erhob sich aus ihrem Lieblingssessel, dessen beigefarbenes Samtpolster schon ganz durchgedrückt war. Adele, die in einer Zeitung blätterte, schaute besorgt auf.

«Was ist nur mit dir los, Elise?», fragte Selma empört und fuchtelte mit den Armen herum. «Erst vor ein paar Tagen versuchst du, mich und Adele zu überreden, in irgendein fremdes Land zu emigrieren, und jetzt soll ich das Perlman verkaufen?» Ihre Stimme war so schrill und laut geworden, dass Elise beinahe die Ohren schmerzten.

«Was los ist? Ja siehst du das denn nicht? Die Nazis übernehmen gerade unsere Stadt! Wir sind hier nicht mehr sicher! Aber das Thema hatten wir schon, und ich akzeptiere deine Meinung. Nun aber zum Perlman: Es ist praktisch leer geräumt und bringt uns nichts mehr. Auch wenn wir es wieder füllen, die Kunden bleiben aus, weil sie nicht mehr in jüdischen Geschäften einkaufen.»

Selma starrte stur auf den Kamin. «Das Perlman ist das Erbe meiner Familie. Eher sterbe ich, als dass ich es diesem grässlichen Valentin zu einem Spottpreis überlasse. Neulich hat mich seine Frau auf der Straße nicht mal mehr gegrüßt.»

«Ich weiß, ich bin darüber ja auch enttäuscht ... Aber jetzt erhalten wir wenigstens noch etwas. Glaub mir, es wird nicht mehr lange dauern, bis die Nazis es uns einfach wegnehmen, es *arisieren.* So wie sie es mit dem Unternehmen von Jonathans Onkel getan haben.» Arisieren. Was für ein widerliches Wort, dachte Elise. «Dann bekommen wir womöglich gar nichts mehr dafür.»

«Ach was! Das dürfen sie doch gar nicht!»

Elise musste sich beherrschen und atmete tief durch. Woher kam diese Naivität? «Kaufhäuser ausräumen, Leute schikanieren und berauben dürfen sie auch nicht, aber sie haben es trotzdem getan!»

Adele meldete sich nun auch zu Wort und faltete die Zeitung zusammen. «Elise hat recht, Mama. Wir sollten verkaufen. Und zwar jetzt.»

Selma zögerte kurz, dann verschränkte sie schnaubend die Arme vor der Brust.

«Nein, niemals!»

9

Wien hatte sich in den wenigen Tagen vollkommen verändert; wie die Atlantikküste der Bretagne kam Elise die Stadt vor, eben noch wunderschön und berauschend, im nächsten Moment von stürmischen Wellen heimgesucht. Sie erfuhren von Selbstmorden, die Bahnhöfe waren voller Flüchtlinge, es gab immer mehr Arisierungen. So kam es, dass Valentin plötzlich einen noch niedrigeren Preis bot. Es spielte keine Rolle, da ihre Mutter sowieso nicht verkaufen wollte. Elise musste es akzeptieren. Zudem hatte sie ohnehin keine Zeit mehr, sich darum zu kümmern, da sie die Ausreise planen mussten. Sie hatten erfahren, dass die Schweiz ab dem 1. April die Visumpflicht für Leute mit österreichischen Pässen einführen würde, deshalb beschlossen sie, Wien noch vorher zu verlassen, und besorgten Fahrkarten nach Luzern für den 25. März. Sie packten alles Wichtige zusammen und beauftragten ihren Treuhänder, sich um den Verkauf der Liegenschaften sowie der Möbel und Gemälde zu kümmern. Da allerdings viele Juden ihre Besitztümer veräußerten und man deshalb nur einen Bruchteil des Wertes erhielt, beschlossen sie, ein paar Bilder zu behalten und sie sich durch Erich und Minna nachschicken zu lassen, sobald sie eine feste Wohnadresse hätten. Sie hatten das Glück, über genügend Vermögen zu verfügen, das sie eine Weile über Wasser halten würde. Elise konnte sogar ihren Schmuck behalten, während viele ihren veräußern mussten, um sich die Auswanderung leisten zu können. Das hatte ihr Herr Altmayer anvertraut, der regelrecht von Angeboten überschwemmt wurde.

Jüdische Freunde, die nicht denselben Plan wie sie hegten, hielten sie für verrückt. Genau wie Elises und Jonathans Familie warteten auch sie nur darauf, dass wieder Normalität einkehrte. Elise konnte ihre Haltung nachvollziehen, denn in manchen Momenten, als sie ihre Koffer packte, dachte sie «Was machst du hier bloß?» und geriet in Panik. Sie wanderten aus! Ließen alles zurück, was sie sich aufgebaut hatten. Und sie würde ihr Kind in einem fremden Land zur Welt bringen. Aber sie konnte froh sein, wenn es *überhaupt* zur Welt kommen würde. Noch immer war der Gedanke, dass es ihr wieder genommen werden könnte, allgegenwärtig und unerträglich. Zum Glück gelang es Jonathan stets, sie zu beruhigen und davon zu überzeugen, dass sie wieder auf das Leben vertrauen musste. Und dass sie mit der Auswanderung das Richtige taten.

Am Abend vor ihrer Abreise feierten sie Jonathans Geburtstag bei ihnen zu Hause zusammen mit seiner Familie, Elises Mutter, Adele und Hannelore. Es war zugleich ein kleines Abschiedsfest. Von der Großmutter hatten Jonathan und sie sich bereits am Nachmittag verabschiedet, da sie einen Stadtbesuch derzeit fürchtete. Es war eigenartig gewesen, das geliebte Anwesen bei Mödling vielleicht das letzte Mal gesehen zu haben. Elise hoffte inständig, dass man es ihrer Großmutter nicht wegnehmen würde. Als sie ihre Bedenken äußerte, meinte die Großmutter, sie würde das Haus mit aller Kraft verteidigen und notfalls auf die Nazis schießen. Bei der Vorstellung hatten sie gelacht.

Bevor die Gäste kamen, ging Elise durch das Haus, das nach wie vor komplett eingerichtet war. Nur die vielen Koffer in der Eingangshalle zeugten von ihrer bevorstehenden Ausreise. Sie betrachtete das Gemälde des Apfelbaums von Gustav Klimt im Esszimmer, das früher im Salon in Mödling gehangen hatte. Ihre Großmutter hatte es ihr zur Hochzeit geschenkt, da es bereits als Kind ihr Lieblingsbild gewesen war. Ihr Treuhänder würde es zusammen mit anderen Kunstwerken und Dingen, die sie nicht mitnehmen konnten, verwahren und später an ihre neue Adresse schicken.

Trotz der widrigen Umstände freute sie sich, Jonathans Geburtstag und ihre bevorstehende Auswanderung zu feiern. Nach wie vor konnte Selma ihr Vorhaben noch immer nicht gutheißen und blieb auch weiterhin bei ihrem Entschluss, in Wien zu bleiben und das Perlman nicht zu verkaufen. Wenigstens sprach sie während des Essens nicht mehr über das Thema. Elise und Jonathan hatten sich entschlossen, von der Schwangerschaft zu erzählen, weil sie es persönlich machen wollten und nicht wussten, wann sie die Anwesenden wiedersehen würden. Die Freude war bei allen sehr groß, auch wenn sich Selma beklagte, dass sie ihr Enkelkind nicht würde sehen können im fernen Amerika oder wo auch immer es Elise und Jonathan hin verschlagen würde. Doch ihre Freude überwog, und allmählich gelang es sogar Elise, ihre düsteren Gedanken zu verdrängen, und sie sah sich und Jonathan bereits mit einem Kinderwagen durch den Central Park schlendern.

Aber das Schicksal kann es sich so schnell anders überlegen und einem alles wieder nehmen. Glück hängt an einem seidenen Faden.

Sie saßen im Salon und genossen die Nachspeise, als der unerwartete Besuch kam. Dass sie ausgerechnet den Tag ausgesucht hatten, war kein Zufall, sondern beabsichtigt – und zwar von Ingrid.

Sechs Jahre hatte Elise sie nicht mehr gesehen, zuletzt 1932 im Ronacher zusammen mit Adele, als Josephine Baker endlich auftreten durfte. Ingrid war als Zuschauerin anwesend gewesen mit zwei anderen jungen Frauen, hatte Elise und Adele jedoch ignoriert. Danach erfuhr Elise von Hannelore, die den Besitzer des Ronacher gut kannte, dass Ingrid nach Berlin gegangen war.

Und jetzt stand Ingrid vor ihr. Ihr Gesicht war etwas rundlicher und weicher als früher, aber ihre grünen Augen betrachteten sie kalt. Das hellblonde Haar trug sie zu einer schulterlangen Wellenfrisur wie Marlene Dietrich. Sie öffnete die Knöpfe ihres Pelzmantels und entblößte einen kugelförmigen Bauch. Ingrid war nicht allein, sondern in Begleitung von zwei Polizeibeamten und zwei SS-Männern. Einen davon, einen hochgewachsenen Dunkelhaarigen mit Dackelblick, erkannte sie wieder: Sturmbannführer Braun, der sie aus einer prekären Lage gerettet hatte.

Die Stimmung im Salon war angespannt, weder Jonathan noch Erich und Minna, Selma und Adele sagten etwas. Das hatten sie zuvor beschlossen, als sie die Gruppe beim Blick aus dem Fenster draußen hatten vorfahren sehen. Jedes falsche Wort könne schlimme Konsequenzen haben, hatte Erich gewarnt. Als Selma Ingrid gesehen hatte, atmete sie erleichtert auf und meinte, vor ihr bräuchten sie keine Angst zu haben. Elise hatte besorgte Blicke mit Jonathan und Hannelore getauscht. Sie ahnten, dass Ingrids Besuch nichts Gutes zu bedeuten hatte, doch die Anwesenheit von Sturmbannführer Braun, den Elise als gerechten Menschen in Erinnerung hatte, beruhigte sie ein wenig.

«Alles Gute zum Geburtstag, Jonathan», brach Ingrid das Schweigen und küsste Jonathan auf die Wange, als wäre nie etwas gewesen. Anschließend begrüßte sie sämtliche Anwesende, zuletzt Elise, beäugte sie von oben bis unten.

«Gut siehst du aus, Elise.»

«Danke, du auch.»

«Ach was, ich bin dick wie ein Nilpferd.» Sie lachte und fuhr sich über ihren Bauch.

Kurz hatte Elise das Bedürfnis, ihr zu sagen, dass sie ebenfalls schwanger war, aber sie hielt sich zurück.

«Oh, das hier ist übrigens mein Mann, Lothar Braun.»

Elise erschrak. Ihr Mann! «Ich hatte bereits das Vergnügen», sagte sie.

Ingrid machte ein Gesicht wie eine staunende Puppe. «So?» Sie wandte sich an Lothar Braun. «Wann denn?»

Er wich ihrem Blick aus, sah Elise ernst an. «Unwichtig.»

«Hm.» Ingrid formte mit ihrem kleinen, dunkelrot geschminkten Mund eine Schnute, ehe die Missbilligung aus ihrem Gesicht wich. «Ach, wollt ihr eigentlich verreisen? Ich habe ganz viele Koffer gesehen.»

«Ja», antwortete Jonathan knapp. «Also, Ingrid, jetzt sag schon, weshalb seid ihr hier?» In seiner Stimme lag so viel Schärfe, dass Ingrid zusammenzuckte. Dann verzog sich ihr Gesicht zu einer kalten Maske. Ohne zu antworten, schritt sie im Salon umher. Klackende Absätze auf dem Parkett.

«Lothar und ich sind erst seit Kurzem aus Berlin angereist, wegen seiner Abkommandierung nach Wien. Zurzeit wohnen wir im Hotel Sacher, aber das ist auf Dauer kein Zustand. Obwohl das Hotel wirklich schön ist. Und die Sachertorte schmeckt köstlich! Glaubt mir, ich könnte momentan die ganze Stadt aufessen.» Sie brach in schallendes Gelächter aus, das abrupt aufhörte. «Sei's drum. Wir können nicht im Hotel bleiben, schließlich kommt das Kind bald. Es braucht ein richtiges Zuhause.» Sie fuhr wieder über den Bauch, schritt weiter durch den Raum. «So eines wie das hier.» Sie hob den Kopf zu der mit Stuck verzierten Decke und dem funkelnden Kronleuchter. Dann wandte sie sich an Braun. «Was denkt du, Liebster, wäre das Haus geeignet für uns?»

Dieser stand – etwas verträumt, wie Elise schien – vor einem Gemälde, einem Stillleben von Cézanne. «Mhm», antwortete er, ohne den Blick von dem Bild abzuwenden.

Ingrid klatschte und lachte. «Wunderbar, dann haben wir ja unser neues Zuhause gefunden. Und gepackt habt ihr ja ohnehin bereits, das trifft sich hervorragend.»

«Das ist jetzt ein Witz!», rief Jonathan, gefolgt von Hannelore: «Ihr habt kein Recht dazu!»

Ingrid lächelte. «Nein, das ist kein Witz. Und doch, wir haben das Recht, nicht wahr, Lothar?»

Er reichte Jonathan ein Schreiben, räusperte sich. «Dieses Haus und dessen gesamtes Inventar ist ab sofort nicht mehr in Ihrem Eigentum.»

Jonathan überflog zusammen mit Erich das Schreiben. «Wir sind enteignet? Das können Sie nicht machen!« Er wandte sich an die Polizisten: «Ich will sofort mit Ihrem Vorgesetzten sprechen!»

«Jonathan«, sagte Erich mahnend und nahm ihn zur Seite. «Du weißt doch, dass sie das derzeit überall tun und damit durchkommen. Und wenn man sich wehrt, wird man verhaftet!»

«Aber ich lasse mir doch nicht einfach mein Haus wegnehmen!»

Er trat wieder zu Braun und dem anderen SS-Mann, begann mit ihnen zu diskutieren. Elise ließ sich kraftlos auf einen Stuhl nieder und hörte zu, wie sie hitzig durcheinandersprachen. Plötzlich stürzte Jonathan auf Braun zu. In diesem Moment kamen die Polizisten zum Einsatz und packten ihn, einer von ihnen schlug ihm in den Bauch.

Elise sprang schreiend auf. «Hört sofort auf! Lasst ihn los!» Sie wandte sich an Ingrid. «Warum macht ihr das? Oh, Ingrid, wir waren doch mal Freundinnen! Und hast du etwa vergessen, dass wir», sie zeigte zu ihrer Mutter und Adele, «dir nach dem Tod deines Vaters geholfen haben?»

Ingrid trat einen Schritt auf sie zu und schaute ihr direkt ins Gesicht. «Ich habe dir damals gesagt, dass du es bereuen wirst», sagte sie leise, und ihre Augen waren von einem bösen Glimmen erfüllt.

«Nur weil Jonathan und ich …», begann Elise, doch Braun unterbrach sie mit einem Räuspern.

«Wir geben Ihnen jetzt Zeit, das Nötigste zu packen, und damit meine ich wirklich nur das Nötigste. Die ganzen Koffer in der Eingangshalle werdet ihr wieder öffnen, damit wir kontrollieren können, was für uns noch von Nutzen ist, insbesondere Schmuck, Geld, Wertpapiere, Gemälde.» Er hob eine Hand, als Hannelore etwas einwenden wollte. «Und wir dulden keine Widerrede mehr, sonst sehen wir uns gezwungen, Sie alle festzunehmen.»

Seine Worte zeigten diesmal Wirkung, weder Jonathan noch sein Onkel sagten etwas.

Mit der Hilfe von Erich, Minna, Hannelore, Adele und der Mutter packten Elise und Jonathan unter Aufsicht von Lothar Braun, Ingrid und ihrem Anhang die Koffer wieder aus und mussten die wenigen Dinge, die sie behalten durften, in einen einzigen Koffer umpacken. Da Minna plötzlich schwindlig wurde, führten Erich und Hannelore sie in den angrenzenden Salon. Die Truppe verfolgte jede ihrer Bewegungen, und wenn Selma versuchte, etwas Wertvolles wie einen Leuchter oder Silberbesteck einzupacken, wurde sie grob daran gehindert. Immer wieder rief sie, wie demütigend es sei, doch Elise blieb stumm und dachte an die Menschen auf der Straße, denen man ihre Würde genommen hatte.

Als Ingrid eine ihrer Schmuckschatullen öffnete und eine Diamantkette bewunderte, schrie Selma auf. «So lass ihr doch den Schmuck!»

Doch Ingrid nahm den ganzen Schmuck und verlangte sogar die Perlenohrringe, die Elise trug. Sie entfernte sie kommentarlos und gab sie Ingrid, dachte an die Worte ihres Großvaters. Es ist nur Materielles. Sie brauchte es nicht. Es machte nur verletzlich. Aber dann wies Ingrid auf ihr linkes Handgelenk. «Jetzt noch die Uhr.»

Elise legte schützend die Hand darüber. «Bitte nicht die Uhr!», flehte sie leise. «Sie ist von Großvater!»

«Jetzt siehst du, wie es sich anfühlt, wenn dir jemand etwas wegnimmt!»

«Dein Verhalten ist absolut kindisch!», erwiderte Jonathan. Seine Stimme war eiskalt und schroff vor Verachtung. «Reicht es dir nicht, dass du uns sonst schon alles genommen hast?»

Röte breitete sich auf ihren Wangen aus. «Nein, es reicht mir nicht!»

Braun wandte sich ebenfalls an seine Frau. «Du hast doch jetzt genug!», zischte er. «Lass ihr die gottverdammte Uhr!»

Überraschung spiegelte sich auf Ingrids Gesicht. «Ich will sie aber!»

Er schloss kurz die Augen, dann trat er auf Elise zu. «Also, geben Sie sie her.»

«Nein!»

Plötzlich griff er nach ihrem Handgelenk und machte sich am Verschluss der Uhr zu schaffen. Elise wehrte sich, doch der andere SS-Mann hielt sie fest.

«Lassen Sie sofort meine Frau los!», schrie Jonathan und griff Braun an, packte ihn an den Schultern. Jetzt ging alles sehr schnell. Einer der Polizeibeamten boxte Jonathan erneut in den Bauch. Braun, der ihr die Uhr inzwischen entrissen hatte und sie Ingrid übergab, trat auf Jonathan zu und verpasste ihm eine Faust ins Gesicht. Dabei taumelte Jonathan nach hinten, ein weiterer Schlag von Braun folgte. Jonathan stolperte, fiel um und prallte mit dem Kopf gegen die Treppenkante. Elise, Selma und Adele schrien.

«Jonathan!» Elise kniete nieder und beugte sich über seinen Körper, strich über seinen Kopf. Er hatte eine blutende Wunde am Hinterkopf. «Jonathan!»

Selma reichte ihr einen Schal, und sie drückte ihn auf die Wunde. «Oh Jonathan, so sag doch etwas!» Sie blickte zu den anderen, die wie festgewurzelt dastanden. «Wir brauchen einen Arzt! Schnell!»

Nun erschienen auch Erich, Minna und Hannelore. Minnas Aufschrei drang wie ein Dolch in Elises Herz.

«Was ist nur passiert?» Minna und Erich beugten sich hinab zu ihrem Neffen. Minna stieß Elise zur Seite und schüttelte Jonathan, rief schluchzend: «Jonathan! Oh Jonathan!»

«Was ist passiert?», fragte Erich erneut.

Elise gelang es nicht, zu antworten. Jonathan war tot.

Sie schaute hoch zu Braun, der sie anstarrte. Er war leichenblass. «Sie Monster! Sie haben ihn getötet!» Sie wollte aufstehen und auf ihn losgehen, aber ihr fehlte die Kraft.

Eine eisige Kälte griff nach ihrem Herzen und zermalmte es unerbittlich. Nicht nur Jonathan starb an diesem Tag, auch ein Teil von ihr ging mit ihm verloren.

10

Nach Jonathans Tod zerbrach Elises Welt erneut, genau wie damals bei Wolfi. Sie wäre am liebsten mit ihr zerbrochen, doch sie befand sich wie in einer Art Starre, konnte nicht weinen, schon gar nicht zerbrechen. Sie hatte das Gefühl, dass ihr Herz die Trauer nicht fassen konnte. Vermutlich lag es an Minna und Erich, die sie trösten musste und für die sie alles Organisatorische wie die Planung der Beerdigung übernahm. Hannelore verschwand unmittelbar nach Jonathans Tod, doch Elise hatte gar keine Zeit, nach ihr zu suchen. Sie verspürte nur den heftigen Drang, Wien so schnell wie möglich zu verlassen. Alles, was jetzt zählte, war die Sicherheit ihres ungeborenen Kindes. Es war alles, was ihr von Jonathan geblieben war, und sie musste dafür sorgen, dass es ihm gut gehen würde. Die geplante Reise am 25. März konnte sie nicht antreten, aber sie wusste, dass sie vor dem 1. April in der Schweiz sein musste, da sie danach ohne Visum nicht mehr so leicht reinkäme. In ein anderes Land wie Frankreich oder England konnte sie nicht. Sie hatte kaum noch Geld, Ingrid und ihr Mann hatten ihnen fast alles genommen, deshalb war sie darauf angewiesen, bei Jonathans Tante Hertha in Luzern unterzukommen. Nachdem sie Hertha per Telegramm über Jonathans Tod in Kenntnis gesetzt hatte, erhielt sie ebenfalls eines von ihr, in dem sie Elise ihr Beileid bekundete und ihr zusicherte, sie bei sich aufzunehmen.

Elise setzte die Beerdigung deshalb auf Montag, den 27. März an.

Mitten in der Planung, einen Tag nach Jonathans Tod, überschlugen sich die Ereignisse. Zuerst erhielten sie die Nachricht, dass sich die Großmutter umgebracht hatte. Sie erfuhren es von deren Dienstboten Georg, der sie noch am gleichen Tag informierte. Offenbar hatte die Großmutter am Fenster im zweiten Stock gestanden und mit dem Jagdgewehr des Großvaters auf die Nazis geschossen, die vorgefahren waren. Dabei hatte sie einen tödlich getroffen und einen weiteren schwer verletzt. Bevor man sie festnehmen konnte, hatte sie eine Zyankalikapsel genommen – Georg wusste nicht, woher sie die hatte – und war auf der Stelle gestorben.

So musste Elise einen weiteren schweren Verlust ertragen und gleichzeitig stark sein für ihre Mutter und Adele. Diese Last drückte wie ein schwerer Stein auf ihre Schultern. Aber wieder blieb keine Zeit für die Trauer, da die Nazis schon am Nachmittag bei ihrer Mutter aufkreuzten und ihr Haus beschlagnahmten. Elise half ihrer Mutter und Adele beim Packen, und sie suchten Minna und Erich auf, die ebenfalls aus ihrer Villa vertrieben worden waren. Während Minna und Erich bei Freunden unterkamen, zog Elise mit ihrer Mutter und Adele in eine preiswerte und schäbige Herberge, da das Geld immer knapper wurde. Immerhin besaß das Zimmer eine kleine Kochnische, sodass sie ihr Essen selbst zubereiten konnten. Sie mussten dringend sparen. Man hatte ihnen fast alles geraubt, bis auf etwas Geld, das sie laut Braun für eine Auswanderung zu verwenden hatten. Die Nazis wollten sie schließlich aus dem Land vertreiben, und ganz ohne Geld ging das nun mal nicht. Nur: Für Amerika würde es nicht mehr reichen. Aber Elise war nach wie vor die Einzige, die auswandern wollte, und sie machte sich Sorgen, wie ihre Mutter und Adele durchkommen würden. Sie hatte ihrem Vater ein Telegramm nach Sumatra schicken lassen, ihn um eine Geldüberweisung gebeten, aber er hatte noch nicht reagiert. Sie zweifelte, dass er in seiner finanziellen Situation helfen konnte, aber sie musste es versuchen.

Einen Tag nach Jonathans Beerdigung und am Tag von Großmutters Begräbnis wurde zu allem Elend auch noch das Perlman arisiert und geriet in die Hände von Hans Jäckle. Bei der Unterzeichnung des lächerlichen Kaufvertrages – Selma verweigerte ihre Anwesenheit und gab Elise eine Vollmacht – musste sie diesen Mann wiedersehen, und er ließ es sich nicht nehmen, sie danach noch zu verhöhnen. Er hatte absichtlich gewartet, bis sie wieder draußen waren, und folgte ihr auf der Straße.

«Ich würde dich ja in der Kosmetik- oder Konfektionsabteilung einstellen, Püppchen, wenn du keine Judenschlampe wärst. Aber ... du könntest in meinem Haus putzen. Du bist hübsch, deshalb würde ich darüber hinwegsehen, dass du eine verfluchte Jüdin bist.»

Sie blieb stehen, hob den Kopf und schaute ihn kalt an. «Für einen Fiesling wie Sie würde ich niemals arbeiten wollen.»

«Das werden wir ja sehen. Du hast keinen Mann mehr, kein Geld, nichts! Wie willst du deine Familie durchbringen? Deine Mutter? Deine behinderte Schwester?»

Er hatte einen wunden Punkt getroffen, und sie schritt rasch weiter. Er folgte ihr lachend und packte ihren Arm, zwang sie, stehen zu bleiben. «Ich kann dir und deiner Familie helfen. Euch Schutz vor den Nazis gewähren. Natürlich müsstest du dich erkenntlich zeigen.» Er fuhr sich mit der Zunge über die Oberlippe. «Aber einer Schlampe wie dir dürfte das ja bestimmt nicht schwerfallen.»

Ihr wurde übel. «Sie sind ein Ekel! Ein abscheuliches Ekel! Und ich würde lieber sterben, als mich auf Sie einzulassen!» Mit ihrer ganzen Kraft riss sie sich los und rannte weg, ignorierte, was er ihr nachrief.

Zurück in der Herberge kümmerte sie sich um ihre Mutter und Adele, stand die Beerdigung ihrer Großmutter durch und war am Abend so erschöpft, dass sie am nächsten Tag bis um neun Uhr morgens schlief. Selma, die mit ihr und Adele im gleichen Zimmer untergebracht war, weckte sie, indem sie sie schüttelte.

«Elise! Wach endlich auf! Es ist fast neun!»

Blinzelnd richtete sie sich auf. Sie wollte weiterschlafen, nur schlafen. Mutters Haar sah ungewohnt zerzaust aus.

«Was ist denn? Warum weckst du mich?» Sie bemerkte Adele, die mit schuldbewusster Miene auf einem Stuhl saß.

«Elise, du reist bald ab in die Schweiz. Und ich weiß nicht, wie Adele und ich hier durchkommen werden ohne Geld. Ich habe gerade unser restliches Erspartes gezählt.» Sie zeigte auf den Schreibtisch. Kleine Stapel von Münzen und Scheinen waren angehäuft. «Ich bin zwar nach wie vor überzeugt, dass dieser Wahnsinn ein Ende nehmen wird und wir Hilfe bekommen, aber ...» Sie schloss kurz die Augen, sah aus, als kosteten sie die folgenden Worte große Überwindung. «Wer weiß, wann das sein wird. Und ewig wird das Geld nicht reichen, nicht mal in diesem schäbigen Hotel!»

Elise rieb sich ihre müden Augen. Natürlich würde das Geld nicht mehr lange reichen. Die beiden Beerdigungen hatten einiges gekostet, doch es war ihnen wichtig gewesen, für Jonathan und die Großmutter ein ordentliches Begräbnis durchzuführen.

«Und euer Vater hat sich ja auch noch nicht gemeldet», fuhr Selma fort. «Lässt uns schon wieder im Stich!»

«Rede nicht so über Papa!»

«Ts! Vermutlich kann er sowieso nicht helfen, er hat einen Berg an Schulden ... Und was tun wir jetzt?»

«Es gibt nur einen Ausweg», sagte Elise. «Ihr kommt mit mir in die Schweiz. Vielleicht gelingt es uns ja doch, irgendwie an Amerika-Visa zu kommen. Dann können wir uns dort ein neues Leben aufbauen.»

Selmas Gesicht hatte sich zu einer Fratze verzogen. «Zum letzten Mal: Adele und ich werden nicht auswandern.»

Elise versuchte, ruhig zu bleiben. «Und wovon wollt ihr hier dann leben? Du hast gerade selbst eingesehen, dass es nicht mehr lange reichen wird.»

«Dann bitte ich eben Freunde um ein Darlehen.» Trotz lag in ihrer Stimme, und Elise wusste, dass ihr das nicht leichtfallen würde. «Irgendjemand wird mir bestimmt was leihen. Und sobald dann alles wieder gut ist, zahle ich es zurück.»

«Alles wieder gut?» Elise lachte bitter, und Selma schaute sie wütend an.

«Das wird es! Frankreich, England ... Sie werden uns helfen!»

«Helfen? Mama, wann siehst du es endlich ein! Niemand schert sich einen Dreck um uns! In Deutschland haben sie all die Jahre auch nichts unternommen, weshalb sollten sie es also jetzt tun? Es wird nicht mehr gut, wir sind verloren! Alles ist weg! Jonathan, Großmutter ... Das Perlman, unsere Häuser! Alles! Unsere einzige Hoffnung ist die Schweiz.»

«Aber ich verlasse Wien nicht!»

«Jetzt streitet nicht schon wieder!» Adele erhob sich und blickte Elise an. «Wie stellst du dir das eigentlich vor in der Schweiz? Auch wenn wir das Geld für Amerika-Visa auftreiben sollten, was ich stark bezweifle, so kann es Monate dauern, bis wir die Visa bekommen. Aber wir müssen ja irgendwo wohnen. Ein Hotel ist zu teuer, und wir können doch nicht alle bei Jonathans Tante unterkommen. Und du erwartest ein Kind.»

Elise wurde flau im Magen. Adele hatte recht. Sie konnten unmöglich alle in Herthas winziger Zweizimmerwohnung wohnen. Der ursprüngliche Plan wäre gewesen, in einem Hotel abzusteigen, bis sie die Visa für Übersee hatten, aber das

Geld würde niemals reichen. Und wenn dann erst das Kind da wäre ... Sie geriet ins Schwitzen, stand auf und riss das Fenster auf, sah sich direkt einer Hausmauer gegenüber. Marschmusik und Gejubel dröhnten von der Straße her. Schon wieder ein verdammter Naziumzug! Sie schloss das Fenster, setzte sich wieder auf das Bett und rieb sich die Schläfen. Ihre Welt war ein einziges Chaos geworden, und das Schlimmste: Sie hatte keinen Plan, da wieder rauszukommen. Adele setzte sich neben sie und strich ihr über den Rücken. «Schon gut, Elise. Mutter und ich wollen sowieso nicht weg von hier ... Wir schaffen es schon irgendwie.»

«Ich finde eine Lösung, versprochen.»

Als am Nachmittag ein Telegramm von ihrem Vater eintraf mit der Nachricht, dass er sie leider nicht unterstützen könne, da er nach wie vor hochverschuldet sei, musste Elise dringend aktiv werden. Wenn ihre Mutter und Adele unbedingt hierbleiben wollten, gab es nur eine Möglichkeit. Sie brauchten Unterstützung. Ein Darlehen, wie die Mutter selbst es vorgeschlagen hatte. Damit diese sich nicht erniedrigen musste, suchte sie selbst ihre nichtjüdischen Freunde auf und bat diese um Hilfe, verdrängte ihre negativen Erfahrungen, die sie während der Suche nach einem Käufer für das Perlman gemacht hatte. Sie sagte sich, dass es dieses Mal nur um etwas Geld ginge, nicht gleich um ein Kaufhaus, und ihre verbliebenen Freunde bestimmt helfen würden. Sie hatte sich getäuscht. Die Reaktion war immer die gleiche: Entweder wurde sie gar nicht erst empfangen, oder man suchte nach Ausreden, von wegen, man mache sich strafbar, wenn man Juden unterstütze, und so weiter. Dann kontaktierte sie Freunde von Jonathan, mit denen sie früher oft etwas unternommen hatten. Maximilian und Hedwig. Sie wusste, dass Jonathan Maximilian vor ein paar Jahren Geld geliehen hatte, damit er sein Geschäft für Musikinstrumente, Noten und Schallplatten eröffnen konnte, das inzwischen recht gut lief. Sie verabredete sich mit den beiden im Hotel Mozarthof am Schubertring zum Frühstück, zog ihr schönstes Kleid an, das ihr noch geblieben war, ein dunkelblaues mit schwarzem Gurt, sowie einen dazu passenden Hut.

Als sie die beiden sah, wusste sie gleich, dass sie ihr nicht helfen würden. Sie begrüßten sie mit äußerster Zurückhaltung, fast so, als hätte sie eine ansteckende Krankheit. Besonders Maximilian schien peinlich berührt, auch wenn sie sich an einem Tisch in hinterster Ecke unterhielten.

«Elise, wir verstehen deine Lage, aber wir können dir auch nicht helfen. Unser ganzes Geld steckt im Geschäft.» Er sprach sehr leise, damit ihn auch ja niemand hörte.

Hedwig nickte, ihre Diamantohrhänger wippten. «Maximilian hat recht. Es geht wirklich nicht.»

«Ich werde es zurückgeben, sobald ich kann. Versprochen!»

Sie lächelten bemüht. «Das wissen wir», sagte Maximilian. «Aber es geht einfach nicht.»

Sie versuchte, sich zu beherrschen, doch sie konnte folgenden Satz nicht unterdrücken: «Jonathan gab euch ein *Darlehen.*»

Sein falsches Lächeln verschwand. «Es gab nie einen Vertrag dazu. Und wie erwähnt, das Geld steckt im Geschäft.» Er sah auf die Uhr, die Erleichterung stand ihm regelrecht ins Gesicht geschrieben. «Wir müssen jetzt los. Der Laden öffnet gleich.» Sie erhoben sich, wollten so schnell wie möglich weg von hier. Maximilian legte einen Schein auf den Tisch. «Ich übernehme das ... Alles Gute, Elise.»

Sie eilten davon, ließen sie sitzen. Sie starrte auf das Brötchen auf ihrem Teller, ihr war der Appetit vergangen, und trank ihren Kaffee aus. Eine ungeheure Wut packte sie. Nicht auf Maximilian oder Hedwig, sondern auf Wien. Wie hatte ihre geliebte Stadt das zulassen können? Sie sah sich um, und plötzlich wurde ihr bewusst, wie viele Nazis hier im Saal saßen, unverkennbar in ihren Uniformen. Sie frühstückten, lachten, redeten.

Zorn stieg in ihr auf, und dann sah sie sie. Diese blonde Frau in dem grellroten Kleid, schwer behangen mit Schmuck, als wollte sie gleich zu einer Abendgala. Das Gesicht viel zu stark geschminkt für einen Morgen. Sie erinnerte sie an Ingrid. Offenbar hatte sie keine Ahnung, wie man sich in einem solchen Hotel verhielt. Sie trank Champagner, als wäre er Wasser, lachte zu laut. Ihr Begleiter musste – dem Abzeichen auf seiner Uniform zu entnehmen – ein hoher Nazi sein. Er hatte die spärlichen Haare zurückgekämmt und rauchte. An seinem Handgelenk prangte eine Jaeger-LeCoultre. Raubgut?

Elise verabscheute diese beiden Menschen zutiefst. Sie symbolisierten alles Schreckliche, das derzeit in Österreich und Deutschland passierte. In ihrem Magen breitete sich ein sonderbares Gefühl aus, als steckte eine Granate darin.

«Wünschen Sie noch etwas, Fräulein?»

Sie schrak auf, der Kellner sah sie erwartungsvoll an. «Ich ...»

Die Nazibegleitung lachte erneut. Elises Granate wuchs und wuchs.

Mit einem aufgesetzten Lächeln wandte sie sich an den Kellner, der geduldig wartete. «Ich hätte gerne noch einen Kaffee. Und die Zeitung, bitte.»

Während sie in der Ecke saß, beobachtete sie das Paar verstohlen hinter der Zeitung und dachte nach. Sie wollte ihnen schaden. Nein, sie *musste* ihnen schaden! Nur wie? Sollte sie die beiden umbringen? So schnell, wie der Gedanke gekommen war, verwarf sie ihn auch wieder. Sie war keine Mörderin.

Dann – sie fasste es als unmissverständliches Zeichen auf – bemerkte sie, wie die Frau stolz ihr Rubinarmband am Handgelenk bewunderte, und sie wusste, was sie zu tun hatte.

Sie musste ihnen wegnehmen, was sie *ihnen* genommen hatten.

Ihr Körper prickelte, als wäre er gefüllt mit Champagner. Entschlossen stand sie auf, ging am Tisch des Paares vorbei und spähte auf den Zimmerschlüssel, der glücklicherweise auf der Seite neben dem Brotkörbchen lag. Nummer 301.

Mit der Zeitung setzte sie sich in die Hotelhalle und wartete.

Als sie nach einer Weile beobachtete, wie das Paar das Hotel verließ, legte sie die Zeitung weg und begab sich zur Treppe, hoch in den dritten Stock.

11

Als sie auf der dritten Etage im Aufzugsfoyer ankam – sie hatte extra die Treppe genommen, um eine Begegnung mit dem Fahrstuhlführer zu vermeiden –, fühlte sie sich wie in einem Rausch, angetrieben von Verzweiflung, Wut und Rachegelüsten. Von ihren früheren Hotelaufenthalten wusste sie, dass die Zimmermädchen am Morgen die Reinigungen durchführten, sodass sie eine Möglichkeit sah, in das Zimmer des Nazipaares zu gelangen. Sie schaute sich um. Gegenüber dem Treppengeländer lag der Fahrstuhl, der soeben hochratterte. In einer Ecke stand ein Sessel neben einer Topfpflanze. Daneben ein großer und ein kleiner Koffer, beide in verschiedenen Brauntönen, brav auf ihren Besitzer oder den Hotelpagen wartend.

Ihr Herz hämmerte, als sie sich aus dem Vorraum herauswagte und den langen Flur sichtete, um sich einen Überblick zu verschaffen. Gemälde mit Stillleben zierten die Wand, wurden von Leuchtern erhellt, fast wie in einem Museum. Laut Aufschrift an der Wand befanden sich zu ihrer Linken die Zimmer 308 bis 315 und zu ihrer Rechten die 300 bis 307 – ihre Richtung. Es gab auf jeder Seite acht Zimmer, die sich jeweils gegenüberlagen. Auf der rechten Seite bemerkte sie ein Zimmermädchen, das einen Putzwagen bis zur letzten Tür des Flures vor sich herschob. Gefaltete Handtücher und Bettwäsche in Weiß befanden sich auf dem Wagen, dazwischen eine Vase mit roten Rosen und Flaschen mit Putzmitteln. Das Mädchen hielt vor der Tür, pochte und sprach etwas, das sich von Weitem anhörte wie «Zimmerservice». Während die Frau kurz wartete, rückte sie ihre Haube auf dem schwarzen Haar zurecht, öffnete schließlich das Zimmer mit einem Schlüssel. Elise versuchte genau hinzusehen. Offenbar hing dieser an einem Bund, der an ihrer Schürze befestigt war. Das Mädchen verschwand im Zimmer, der Wagen blieb davor.

Sie schaute zum anderen Ende des Flures: ebenfalls ein Putzwagen vor dem letzten Zimmer, davor ein weißes zusammengeknotetes Bündel, vermutlich alte Bettwäsche. Sonst niemand in Sicht.

Und jetzt? Ihr Herz schlug immer schneller, und sie atmete tief durch. Zuerst musste sie überprüfen, wo genau sich Zimmer 301 befand. Von ihrem Standort aus konnte sie nur die ihr gegenüberliegenden Zimmertüren sehen, das waren die 307 und 306 zu ihrer Rechten, und die 308 und 309 zu ihrer Linken. Auf der gegenüberliegenden Seite mussten demnach rechts die 300 und die 301 liegen, alles andere würde keinen Sinn ergeben. Sie wollte gerade losgehen, da wurde die Tür der 306 geöffnet. Elise wich zurück, schob sich den Hut tiefer in die Stirn.

Ein Mann und ein kleines Mädchen traten heraus. «Hast du jetzt alles?», fragte der Mann genervt.

«Ja, Papa.» Das Mädchen drückte sich den Teddybären fest an die Brust und folgte dem Vater. Ihnen mussten die beiden Koffer vor dem Aufzug gehören.

«Dann komm und beeil dich, wir müssen den Zug erwischen. Die Mama und der Hannes warten bereits unten.» Er warf einen Blick auf die Uhr und griff nach der Hand des Mädchens.

Elise schritt rasch in die entgegengesetzte Richtung, bis sie das Ende des Flures erreichte. Vor Zimmer 312 mit dem Bettwäschebündel blieb sie stehen. Fröhliches Summen drang durch die leicht geöffnete Tür. Sie schaute über den Flur, der Vater und seine Tochter waren inzwischen weg. Rasch sah sie sich auf dem Putzwagen nach einem Schlüssel um, aber da war nichts. Ihr fiel zwischen Flaschen mit Essig- und Zitronenreinigern eine Liste mit handgeschriebenen Notizen auf, betitelt mit «3. Etage», darunter alle besetzten Zimmer auf dieser Flurseite tabellenartig aufgereiht mit Gästenamen, Ankunfts- und Abreisedaten und Bemerkungen. Bei dem ersten gelisteten Zimmer, der 308, stand: «Professor Konrad Mair, 23. März bis 4. April, Wassernapf für Hund Luzia, mit Herr Professor ansprechen, 2 Seifenstücke, zusätzliche Kleiderbügel.»

Sie wollte weiterlesen, da hörte sie ein Geräusch aus dem Zimmer und eilte in die andere Richtung, beachtete dabei die Zimmernummern, bis sie vor der 301 stand. Ihre Vermutung bestätigte sich, es handelte sich um das Zimmer gegenüber der 306.

Die Tür war zu, doch Elise versuchte sie zu öffnen in der Hoffnung, dass die Gäste nicht abgeschlossen hatten – zu schön, um wahr zu sein.

Wie kam sie rein?

Sie huschte weiter zu Zimmer 304 am Ende des Ganges, wo der Wagen mit den Rosen stand, und überlegte. Bestimmt arbeiteten sich die Mädchen jeweils von hinten nach vorne, denn wäre es andersrum, wären sie um diese Zeit noch nicht hinten angelangt.

Plötzlich hatte sie einen Einfall, doch sie musste noch etwas überprüfen. Sie begab sich in Zimmer 306, aus dem zuvor der Mann und das kleine Mädchen gekommen waren. In der Eile hatte der Mann vergessen zu schließen. Oder es nicht getan, weil er ohnehin abreiste. Sie schloss die Tür hinter sich, und ihre Vermutung bestätigte sich: Das Zimmer hatte eine Verbindungstür, welche zu einem weiteren Zimmer führte, der 307. Sie musste also von hier aus abwarten, bis die 301 geputzt werden würde, und dann irgendwie das Zimmermädchen hierherlocken und sofort durch das angrenzende Zimmer 307 verschwinden direkt in die 301. Aber wie? Hastig sah sie sich im Zimmer um. Zerwühlte Bettlaken, ein paar Krümel auf einem Salontisch. Das Fenster war geöffnet, der Vorhang flatterte leicht im Wind. Und dann entdeckte sie sie: die Stehlampe mit dem Messingständer. Sie lächelte.

Eine ganze Weile wartete sie dicht hinter der Tür, die sie einen Spaltbreit offen gelassen hatte. Sie dachte nach, was sie tun würde, wenn das Mädchen im Anschluss an Zimmer 305 zuerst die 306 putzen würde, was durchaus möglich wäre. In diesem Falle müsste sie rasch verschwinden in die 307. Aber sie hoffte, dass das Mädchen die 301 vorziehen würde, weil die 306 und 307 durch die abgereisten Gäste mehr Aufwand bedeuten würden. Mit ihrer Vermutung sollte sie richtigliegen.

Irgendwann hörte sie ein Geräusch, schaute durch den Spalt und konnte beobachten, dass das Zimmermädchen soeben die 301 betreten hatte. Sie atmete tief durch, ging auf die Stehlampe zu und warf sie so um, dass der Ständer mit voller Wucht auf den Salontisch krachte. Glas zersplitterte in Tausende Stücke. Sofort eilte sie durch die Verbindungstür in das angrenzende Zimmer 307, blickte durch den Spalt hinaus. Das Zimmermädchen kam stirnrunzelnd aus der 301, schaute sich um und starrte auf die Tür der 306, unschlüssig, was es nun machen sollte. Auch das andere Mädchen kam herangeeilt.

«Was war das für ein Lärm, Eva? Hast du was zerbrochen?»

«Nein! Ich glaube, das Geräusch kam aus diesem Zimmer.» Sie wies zur 306. «Die Tür ist offen. Ob da noch Gäste drin sind?»

«Ich dachte, die sind vorhin abgereist.» Die Schwarzhaarige kratzte sich an der Stirn, dann klopfte sie an die geöffnete Tür. «Hallo?»

«Ich glaube, da ist niemand. Die haben einfach vergessen, die Tür zuzumachen.»

«Und das Geräusch?»

«Schauen wir mal nach.» Endlich betraten sie das Zimmer.

Elise verließ die 307 und begab sich in die 301. Jetzt musste es schnell gehen. Hektisch öffnete sie den Schrank, in dem sie für gewöhnlich in einem Hotel etwas Wertvolles aufbewahren würde. Sie sah einen Nerzmantel, zu dick für diese Jahreszeit. Niemals würde sie ihn tragen, weil unschuldige Tiere dafür hatten sterben müssen. Aber sie erhielte bestimmt ein schönes Sümmchen dafür, deshalb nahm sie ihn vom Bügel und zog ihn über. Dann durchsuchte sie die Ablagen und fand schnell, wonach sie suchte: Schmuckschatullen. Einige waren leer, vermutlich die der Stücke, die von der Nazifrau gerade ausgeführt wurden. Sie ergatterte eine Diamanthalskette, dazu passende Ohrstecker, ein Diadem und ein Armband. Schnell verstaute sie alles in den Manteltaschen und schloss den Schrank. Auf dem Schreibtisch entdeckte sie noch ein Bündel Geldscheine und einen goldenen Kugelschreiber, was sie beides ebenfalls einsteckte. Gut, das reichte. Sie öffnete das Zimmer vorsichtig, hörte, wie sich die Zimmermädchen, die noch immer in der 306 waren, unterhielten.

«Wie konnte das denn passieren?» und «Wie kann eine Lampe einfach so umfallen?», «Vermutlich der Wind?» und «Was für ein Desaster!», glaubte Elise zu verstehen. Sie hastete durch den Flur, lief die Treppe nach unten. Als sie mit tief in die Stirn gezogenem Hut durch die volle Hotelhalle schritt, pochte ihr Herz so wild, dass sie das Gefühl hatte, jeder würde es hören. Doch die Leute schenkten ihr keine Beachtung, es herrschte zu viel Betrieb. Abreisende Gäste, Pagen mit Gepäckwagen, Koffer, Hunde, Kinder.

Sie war nur noch einige Schritte vom Ausgang entfernt, als wie aus dem Nichts ein Hund vor ihr auftauchte: ein hellbrauner Pudel, besser frisiert als so mancher Mensch. Er begann sogleich, an ihrem langen Pelzmantel zu schnüffeln. Ein älterer Herr stieß zu ihr. «Bitte entschuldigen Sie, verehrtes Fräulein. Meine Luzia muss Sie wohl für ein anderes Tier halten.» Er lachte über seinen Scherz, sie stieg mit ein, ohne ihn anzuschauen. Das war also Professor Mair.

«Kann man ihr nicht verübeln», murmelte sie und eilte davon, verließ das Hotel.

Draußen ging sie ein paar Schritte in raschem Tempo, und erst einige Straßen weiter blieb sie stehen, stützte sich mit einer Hand an einer Hausmauer ab. Tief durchatmend schien es ihr, als wäre sie stundenlang durch Wien gerannt. Der Mantel brachte sie ins Schwitzen, da sie noch ihren eigenen darunter trug. Sie musste diesen Pelz so schnell wie möglich loswerden. Aber vor allem musste sie von hier weg. Nur war sie in jenem Moment wie von Sinnen, das Gefühl enormer Befriedigung schien ihr jegliche Vernunft zu rauben. Nach dieser unmoralischen Tat hätte sie ein schlechtes Gewissen packen müssen, stattdessen verspürte sie Erleichterung und Freude. Am liebsten hätte sie sich wie ein Kind um die eigene Achse gedreht und laut gejauchzt. Ihr Leben fühlte sich plötzlich wieder gut an, die ganze Leere der letzten Tage wie ausgefüllt. Mit einem Lächeln auf dem Gesicht schritt sie der Straße entlang, wie eine normale junge Frau bei einem Einkaufsbummel. Der Himmel blau, die Taschen gefüllt. Alles war gut. Sie betrachtete die Schaufenster, bis sie der Blick in ein Büchergeschäft dazu zwang stehen zu bleiben. In der Mitte der Fensterauslage thronte wie auf einem Schrein ein gerahmtes Bild von Hitler neben einer Topfpflanze, darum herum Hakenkreuz-Fähnchen in Form von Wimpeln. Der «Führer» blickte ihr geradezu höhnisch entgegen.

«Jetzt können wir wieder stolz sein auf unser Vaterland», sagte jemand neben ihr. Sie schaute entsetzt zu einem Herrn, der seiner eigenen Aussage zunickend ins Schaufenster blickte und dann den rechten Arm zum Hitlergruß hob.

«Der Anschluss ist das Beste, was uns passieren konnte. Wir werden wieder eine Großmacht. Wie zu Kaiserzeiten. Heil Hitler!» Selbstzufrieden blickte er jetzt zu Elise, eine Zustimmung erwartend.

Alles war noch wie zuvor. Sie hatte nichts verändert.

Schweigend wandte sie sich ab und lief davon, stieg in die nächste heranratternde Straßenbahn und setzte sich. Mit zu Fäusten geballten Händen blickte sie aus dem Fenster, ließ Nazi-Wien vorüberziehen. Ihre Euphorie war wie weggeblasen, verdrängt von düsteren Gedanken, der Realität und Angst. Sie hatte Nazis bestohlen. Jetzt brauchte sie einen Plan.

In einem Geschäft am anderen Ende der Stadt verkaufte sie den Pelzmantel. Sie versuchte zu feilschen, musste dabei die bereits eingeführte Reichsmark in Schilling umrechnen. Die Rechnung war einfach, eine Reichsmark betrug 1,5 Schilling. Zwar erhielt sie nur einen Bruchteil des Wertes von dem Pelzmantel, aber es war eine anständige Summe. Anschließend kaufte sie eine Fahrkarte nach Linz. Sie konnte das Risiko nicht eingehen, den Schmuck in Wien zu verkaufen, da viele Juweliere sie kannten. Elise Rosenberg-Graf, Enkelin des Juweliers Karl Graf und Perlman-Erbin. Auch wenn sie bald in der Schweiz wäre, bestünde die Gefahr, dass man ihre Mutter und Adele für ihren Diebstahl belangen würde.

Sie erreichte Linz am Nachmittag und begab sich absichtlich in ein kleineres Geschäft in einer Nebenstraße. Auch hier wurde der Preis stark gedrückt, und der Juwelier tat so, als hätte er kein Interesse an den Schmuckstücken. Doch seine funkelnden Augen, mit denen er das Diamantencollier betrachtete, verrieten seine Gier.

«Viele Juden verkaufen momentan ihren Schmuck», sagte er, ohne den Blick von der Halskette und dem Diadem abzuwenden.

«Aber nicht solchen», entgegnete Elise mit fester Stimme. «Ich kann es auch anderswo versuchen.» Sie wollte den Schmuck wieder einpacken, da seufzte er. «Warten Sie.» Mit einem Brummen öffnete er seine Kasse.

Sie kamen ins Geschäft, und als er Elise das Geld auszahlte, stieg ihre Laune mit jedem Schein, den er auf den Tresen blätterte.

Kurz darauf verließ sie den Laden, und als ihr die Sonne draußen ins Gesicht strahlte, fühlte es sich an, als wollte sie sie beglückwünschen zu ihrem Handel. Sie beschloss, sich im nächsten Kaffeehaus einen Kuchen zu gönnen und danach zurück nach Wien zu fahren, als jemand in sie hineinrannte. Erschrocken blickte sie in die weit aufgerissenen, dunklen Augen eines kleinen Jungen. Sie legte die Hände auf seine Schultern und lächelte. «Du scheinst es aber eilig zu haben.»

Verstört blickte er über die Schulter. «Entschuldigen Sie. Aber ich muss weg. Sie verfolgen mich!»

Sie hielt ihn immer noch fest, und er versuchte, sich loszureißen.

«Wer denn?»

«Lassen Sie mich gehen, bitte!»

Sie ließ ihn los, und ehe sie sich versah, war er in einer Seitengasse verschwunden. Ein paar Sekunden später tauchten hinter dem Gebäude die keuchenden Verfolger auf. Drei Männer in Naziuniformen. Verwirrt blickten sie sich um. «Wo ist der Bengel?», fragte sie einer. Er sah aus wie ein kampfwütiger Hund und sein braunes Hemd spannte sich verdächtig über dem dicken Bauch. Sein Gesicht war gerötet, und in seinen kleinen Augen, die aussahen wie Rosinen in einem Teig, loderte ein Sturm.

«Welcher Bengel?»

«Na ein Junge halt!», fauchte er. «Schwarze Haare. Beige Hose, blaues Hemd. Muss vorhin hier vorbeigerannt sein.»

Sein Kollege wies in die Seitengasse. «Der versteckt sich garantiert hier irgendwo. Kommt!»

«Warten Sie», sagte Elise. «Eben ist tatsächlich ein Junge vorbeigerannt. Aber der ging in diese Richtung. Er war ziemlich schnell. Sie müssen sich beeilen, wenn sie den noch erwischen wollen.»

«Oh, na dann.»

Sie genoss den Anblick der perplexen Nazis.

«Glaubt ihr kein Wort!», hörte sie plötzlich jemanden hinter sich sagen, und sie schnellte herum. Da stand der Juwelier, gerade aus dem Laden gekommen, und er schaute sie hämisch an. «Der Junge ist hier lang», erklärte er den Nazis. «Hab's selbst durchs Fenster beobachtet.» Er zeigte mit dem Finger auf Elise. «Die hat euch einen Bären aufbinden wollen. Ist eine Jüdin. Hat vorhin bei mir ihren Schmuck verkauft. Ihre Tasche ist voll mit Geld.»

Einer der Männer packte sie am Arm. «Ist das wahr? Du wolltest uns veräppeln?»

Sie schwieg und versuchte, sich loszureißen. Sein Kollege, der Dicke, kam grinsend auf sie zu. «Was für ein hübsches Ding!» Er stank fürchterlich aus dem Mund, nach verdorbenem Fleischkäse. Als er ihr über die Wange strich, wandte sie das Gesicht ab, schaute zu seinem Kameraden, der noch immer ihren Arm hielt. «Lassen Sie mich sofort los!»

Sie lachten, dann kam der Dritte auf sie zu, der sich im Innenhof vergeblich nach dem Jungen umgeschaut hatte. «Der Bengel ist verschwunden! Verdammt!»

Er musterte Elise. «Das ist deine Schuld, du Judenhure!» Er verpasste ihr eine Ohrfeige.

« Der dumme Junge, bestimmt ein Jude, hat heute Morgen in der ganzen Stadt Brieftaschen und Uhren gestohlen. Und wegen dir ist er uns entwischt. Dafür wirst du bezahlen.»

« Sie hat viel Geld!», sagte der Juwelier erneut.

« Dann her mit der Tasche!» Der bullige Nazi versuchte, sie Elise zu entreißen, doch sie gab nicht so einfach nach. In dem Moment schepperte es laut vom Innenhof her.

« Der Bengel!» Sie drehten sich um, doch es war lediglich eine struppige Katze, die hinter einer Mülltonne hervorkam. Von dem Jungen weit und breit keine Spur.

Elise nutzte die Unachtsamkeit der Männer und rannte davon Richtung Bahnhof.

Den Kuchen musste sie für heute abschreiben.

12

Im Zug zurück nach Wien zitterte sie noch immer. Was für ein Tag!

Als sie abends in der Herberge eintraf, saßen Selma und Adele am Tisch und löffelten eine Suppe. Erwartungsvoll blickten sie Elise an. Sie wussten, dass sie sich am Morgen mit Maximilian und Hedwig getroffen hatte.

«Wo warst du nur so lange?» Ihre Mutter musterte sie mit zusammengezogenen Augenbrauen. «Wir haben uns Sorgen gemacht.»

«Du hast sicher Hunger.» Adele erhob sich und schöpfte Elise etwas Suppe in einen Teller, schnitt eine Scheibe Brot ab.

Sie setzte sich. «Danke.» Auch wenn die Suppe wässrig aussah und lediglich ein paar traurige Karottenstücke darin herumschwammen, knurrte ihr Magen vor Hunger. Nachdem sie ein paar Löffel in sich hineingeschaufelt hatte, sah sie auf. «Maximilian hat mir Geld gegeben.» Die Lüge kam ihr erstaunlich leicht über die Lippen.

Erleichterung trat auf Adeles Gesicht, Selma nickte zufrieden. «Das ist nur richtig so, immerhin hatte Jonathan ihm Geld geliehen. Und, wie viel ist es?»

«Es reicht für die Amerika-Visa. Und um in die Schweiz zu reisen und dort ein paar Monate zu leben, wenn wir sparsam sind. Bis wir die Visa für Amerika erhalten.» Erneut versuchte sie die beiden dazu zu bewegen, sie zu begleiten.

«Wir kommen nicht mit, das weißt du doch. Weder in die Schweiz noch nach Amerika.» Ihre Mutter tunkte das Brot in die Suppe. So etwas hatte sie früher nie getan und sie als Kinder immer gescholten, wenn sie gegen die Tischmanieren verstießen. Einmal hatte Wolfi eine ganze Semmel in die

Kartoffelsuppe gelegt, und alle hatten gelacht, bis auf ihre Mutter. Die Erinnerung ließ Elise schmunzeln.

«Was ist so lustig?»

«Ach nichts.»

«Jedenfalls werden Adele und ich dich nicht begleiten.»

Elise nickte, sie fühlte sich zu kraftlos, um wieder mit ihr zu streiten. Außerdem wusste sie, dass es nichts bringen würde, stur wie sie war.

«Ich muss morgen abreisen, um noch ohne Visum in die Schweiz zu kommen. Ich lasse euch den Großteil des Geldes von Maximilian da und nehme für mich selbst nur einen kleinen Teil mit, für meine Lebenskosten in der Schweiz und das Amerika-Visum ... Damit kommt ihr für eine ganze Weile über die Runden.»

«Vielen Dank.» Adele strich ihr über die Hand, Selma löffelte weiter ihre Suppe.

Selma, Adele, Erich und Minna begleiteten Elise am nächsten Tag zu einem überfüllten Bahnhof. Es wirkte fast so, als würden sämtliche Einwohner Wiens die Stadt verlassen wollen. Überall Reisende mit ihrem Hab und Gut. Gesichter, in denen Angst und Verzweiflung, aber auch Hoffnung und Zuversicht standen. Ein neues Leben wartete; hier so greifbar wie noch nie.

Zwischen all den Menschen umarmte Elise ihre Liebsten, einen nach dem anderen, zuletzt Adele. «Ich wünschte, du würdest mit mir kommen ... Pass auf dich auf, ja?»

Adele wischte sich ein paar Tränen aus dem Gesicht. «Natürlich.»

Als Elise in ihre schönen, unschuldigen Augen sah, erinnerte sie sich an die Worte ihres Vaters, sie solle auf Adele und die Mutter aufpassen. Plötzlich hatte sie das Gefühl, einen Fehler zu begehen. «Ich ...»

«Psst!» Adele schüttelte lächelnd den Kopf. «Du tust das Richtige, Elise. Du erwartest ein Kind und musst jetzt alles dafür tun, damit es in Sicherheit aufwachsen kann.»

Sie nickte, konnte nicht mehr sprechen, da sich ein dicker Kloß in ihrem Hals gebildet hatte. Sie löste sich von Adele und stieg in den Zug, bahnte sich einen Weg durch die Passagiere, die in den Gängen standen oder auf dem Boden hockten, weil sie keinen Sitzplatz erwischt hatten. Sie war froh, dass sie einen Platz reserviert hatte und bereits zuvor ihr Gepäck in dem Abteil deponiert hatte. Sie öffnete das Fenster. Da stand sie, ihre Familie. Vier Personen. Wie gerne hätte sie Hannelore nochmals gesehen, sie fehlte ihr so sehr. Auch Minna und Erich hatten seit Jonathans Tod nichts mehr von ihr gehört.

Selma schaute zu ihr hoch. «Du wirst bald zurückkommen können. Hier wird alles wie früher, du wirst sehen.»

Der Pfiff zur Abfahrt erklang, die Lokomotive schnaufte, jemand sprang noch auf den Zug, ehe dieser langsam ins Rollen kam. Elise winkte, und als der Zug immer schneller wurde und ihre Liebsten aus ihrem Blickfeld verschwanden, schob sie das Fenster zu und setzte sich.

Sie teilte das Abteil mit einem älteren Ehepaar und einem jungen Mann neben sich, der die ganze Zeit nervös umherblickte, bis er irgendwann einschlief. Im Abteil gegenüber saß eine Familie, die Eltern wirkten übernächtigt, mit dunklen Ringen unter den Augen. Während der kleine Junge einen Apfel aß, fragte seine etwas ältere Schwester die Eltern, wann sie wieder zurückkehren würden nach Wien, da sie so viel Spielzeug hatte zurücklassen müssen. In den Augen der Mutter glitzerten Tränen, sie wandte sich ab, und der Vater drückte die Hände des Mädchens, setzte ein Lächeln auf. «Irgendwann werden wir zurückkommen, Jalda. Irgendwann.»

Elise schaute aus dem Fenster, ließ ihre Heimat vorbeiziehen, die Donau, die Wälder, Felder, Häuser. Sie beobachtete einen Schwarm Zugvögel, der aus dem Süden zurückkehrte. Ihr wurde bewusst, dass das Leben normal weiterlief, auch wenn es sich anfühlte, als würde die Welt untergehen. Der Fluss bewegte sich weiter, die Bäume blühten, Vögel kehrten zurück. Nur für die Menschen in diesem Zug würde alles anders werden.

Unzählige Fragen jagten ihr durch den Kopf. Würde *sie* jemals zurückkehren? Würde sie ihre Mutter und Adele wiedersehen? Erhielte sie das Visum für Amerika? Würde sie es ohne Jonathan schaffen, allein mit dem Kind?

Und dann, als der Zug in Linz einfuhr und sie am Bahnsteig die SS-Männer erblickte, beschäftigte sie nur noch eine Frage: Würde sie überhaupt in der Schweiz ankommen oder würden sie sie vorher festnehmen? Gut möglich, dass man nach ihr suchte. Vielleicht hatte der Juwelier sie gemeldet in der Annahme, dass es sich um gestohlenen Schmuck handelte. Furcht erfasste sie, und sie zog den Hut tiefer in die Stirn. Kurz nachdem der Zug angehalten hatte, bemerkte sie, dass der Schaffner mit zwei SS-Männern sprach. Ganz in der Nähe standen weitere Uniformierte, die einen Mann festhielten, der aussah, als wäre er die ganze Nacht verprügelt worden. Ein eisiger Schauer kroch ihr über den Rücken.

Wenig später stiegen die SS-Männer, die eben noch mit dem Schaffner gesprochen hatten, in den Zug, jedoch nicht in Elises Wagen. Andere Passagiere, die ebenfalls aus dem Fenster geschaut hatten, wurden unruhig. Ein Gemurmel ging durch die Menge.

«Was hat das zu bedeuten?», fragte die ältere Frau ihren Mann.

«Ich vermute, die suchen jemanden.» Er sah misstrauisch zu Elise, als wäre sie diejenige.

Eine Tür ging auf, schwere Schritte erklangen. Elise spürte förmlich, wie ihre Mitreisenden den Atem anhielten. Nun erwachte der Mann neben ihr und blickte sich erschrocken um. «Was ist los?»

Ehe sie ihm antworten konnte, rief einer der SS-Männer, dass sie ihre Papiere zeigen sollten.

«Was ist los?», fragte der Mann neben Elise erneut, als hinge sein Leben von ihrer Antwort ab.

«Ich weiß es nicht», flüsterte sie und zog ihren Pass aus der Tasche. «Aber da draußen steht einer, der offenbar ganz schlimm verprügelt wurde.»

Er blickte aus dem Fenster. «David!», hörte sie ihn leise sagen, und er erblasste. Im nächsten Moment sprang er auf und versuchte zu flüchten, doch einer der SS-Männer packte ihn. Der älteren Frau entwich ein Schrei, das Mädchen im Abteil nebenan begann zu weinen, und die Mutter nahm es in die Arme.

«Lassen Sie mich los!», rief der Mann verzweifelt. «Ich habe nichts getan!»

«Da behauptet Ihr Bruder etwas anderes.» Der SS-Mann hielt ihm plötzlich eine Waffe gegen die Brust. In seinen Augen funkelte pure Mordlust. «Mitkommen!»

Der Mann erstarrte und hob die Hände, dann ließ er sich von der SS nach draußen zerren. Als Elise aus dem Fenster schaute, sah sie nur noch, wie der verprügelte Mann, David, mit tränenüberströmtem Gesicht auf den Boden sank.

Der Zug fuhr los. Die ältere Frau holte sich eine Strickarbeit aus ihrer Tasche, und ihm nächsten Moment begannen die Nadeln geschickt eine Masche nach der anderen zu bilden. Klick-klack. Klick-klack. Elise starrte schweigend auf ihre Hände und beobachtete, wie eine dunkelblaue Socke entstand.

Das Leben lief weiter.

Die restliche Fahrt verlief nicht ohne weitere Zwischenfälle. In Vorarlberg beim Bahnhof Feldkirch mussten sie aussteigen und wurden von SS-Leuten in schwarzen Regenmänteln empfangen, die sie mit «Saujuden» anschrien. Bei Regen und Wind führten sie Kontrollen nach Devisen und Wertgegenständen durch. Da umgerechnet nicht mehr als fünfundzwanzig Schweizer Franken erlaubt waren, machten sie ein riesiges Vermögen mit ihnen, diese Gauner! Auch Elise musste ihr Geld abgeben, das für ihre Lebenskosten in der Schweiz und das Amerika-Visum gedacht gewesen wäre. Schmuck hatte sie außer ihrem Ehering keinen mehr – wie gut, dass sie ihr Diebesgut gänzlich verkauft hatte in Linz –, aber anderen Mitreisenden raubten sie nicht nur Wertpapiere, sondern rissen ihnen sogar die Ringe von den Fingern und Colliers vom Hals. Ihr gelang es zum Glück rechtzeitig, ihren Ehering abzustreifen und in ihrer Manteltasche verschwinden zu lassen; wie durch ein Wunder blieb er unentdeckt.

Einen Mann nahmen sie gleich fest, warfen ihm Devisenvergehen und Kapitalflucht vor. Während Elise zitternd in der Kälte stand, erzählte ihr eine Frau mittleren Alters namens Wally, dass sie ursprünglich nicht in die Schweiz gewollt hatte, sondern nach Ungarn oder die Tschechoslowakei, doch beide Länder verweigerten Inhabern von österreichischen Pässen die Einreise. Sie sei sich ja nicht sicher, ob sie noch in die Schweiz gelangen würden. «Die Visumpflicht ist doch erst ab morgen», erklärte Elise besorgt.

«Das bedeutet gar nichts. Glauben Sie mir, der nächste Zug bringt uns nicht in die Schweiz, sondern direkt in die Hölle.»

Endlich konnten sie in Feldkirch wieder in die Eisenbahn steigen. Sie fühlte während der weiteren Fahrt eine kaum aushaltbare Anspannung in sich. Besonders als sie die Schweizer Grenze erreichten, kam es ihr vor, als wären unzählige pochende Herzen in ihrem ganzen Körper verteilt. Zu ihrer Beruhigung trug lediglich das Telegramm mit der Zusage Herthas bei, sie bei sich aufzunehmen. Und es half ihr tatsächlich, denn sie ließen einige nicht einreisen.

Als sie spätabends erschöpft und hungrig in Luzern ankam, erwartete Hertha sie am Bahnsteig. Herzlichkeit und Wärme suchte man bei ihr vergebens, aber das wusste Elise bereits. Dennoch fiel ihr bei Herthas Anblick ein Stein vom Herzen, und sie beschleunigte ihre Schritte, bis sie endlich vor ihr stand. Zuletzt hatte sie sie vor zwei Jahren gesehen, als Jonathan und sie Hertha im Sommer besucht hatten. Sie war hager und verhärmt wie eh und je, und ihr grauer Pagenkopf hatte fast die Farbe einer Gewitterwolke. Sie stand rauchend da, zusammen mit ihrem Hund, einem braunen, dicken Dackel namens Bruno, den Elise sehr mochte. Jedes Mal nach ihren Besuchen bei Hertha hatte sie versucht, Jonathan zu einem Hund zu überreden, aber er war stets ausgewichen, hatte gemeint, sie hätten keine Zeit für einen Hund. Elise wusste, dass er eigentlich Katzen bevorzugt hatte.

Hertha warf den Zigarettenstummel auf den Boden, reichte ihr die Hand. «Du bist spät. Ich warte hier seit einer Ewigkeit.»

«Tut mir leid. In Linz und Feldkirch kam es zu ... Zwischenfällen.»

Hertha musterte sie mit ihren grauen Augen, die denen von Jonathan so ähnlich waren. «So. Aber dir ist nichts passiert?», fragte sie mit ihrer rauen Stimme.

«Nein. Alles in Ordnung.» Da Elise sich gerade nach Nähe sehnte, kniete sie nieder zu Bruno und umarmte den rundlichen Hund, strich ihm über sein braunes Fell.

«Komm jetzt», sagte Hertha. «Hier wird's mir zu voll.» Sie hustete laut, was bei ihr nach einer starken Erkältung klang, jedoch ein Nebeneffekt des Rauchens war.

Elise erhob sich. Hertha hatte recht. Hier wimmelte es von Menschen. Nicht nur von Flüchtlingen, sondern auch von Touristen, die sich eindeutig unterschieden in ihrer guten Kleidung und den sorgenfreien Gesichtern. Was beneidete Elise sie.

«Hast du nicht mehr Gepäck?» Hertha schaute ungläubig auf ihren Koffer.

«Nein. Das ist alles.» Sie hob ihn hoch, und sie schlängelten sich durch den Bahnhof.

«Ist mir recht. Hatte schon befürchtet, du bringst deinen ganzen Kram mit.»

Elise schluckte. Den Kram gab es nicht mehr. Geraubt von den Nazis.

Plötzlich blieb Hertha stehen und sah sie an, als wüsste sie nicht recht, was sie sagen sollte. «Mein aufrichtiges Beileid übrigens. Eine Schande, was da passiert ist. Ich habe Jonathan sehr geliebt. Er war wie ein Sohn für mich.»

Überwältigt von dieser unerwarteten Äußerung brachte Elise kein Wort heraus, nickte nur. Hertha tätschelte ihr etwas unbeholfen den Rücken. «Komm Mädchen, lass uns gehen. Zu Hause kriegst du eine warme Suppe.»

Sie hätte sich gerne in ein Taxi gesetzt, so wie Jonathan und sie es immer gemacht hatten, wenn sie in Luzern angekommen waren, um ins Hotel Kronenberg zu gelangen. Aber Hertha machte keine Anstalten, ein Taxi anzusteuern, und so gingen sie die gut zwanzig Minuten zu Fuß. Ab und zu blieben sie stehen, weil Bruno pinkeln musste oder schnuppern wollte. Hertha redete über ihr Lieblingsthema, die Preise. Alles sei teurer geworden. Früher hatte Elise ihr Gejammer genervt, aber an diesem Abend wirkte es erstaunlich beruhigend. Ein wenig Normalität und Beständigkeit in diesen wirren Zeiten.

Herthas Wohngebäude lag in der Nähe des Löwendenkmals und mitten im sogenannten Vergnügungsviertel Luzerns. Im Erdgeschoss betrieb sie einen Kiosk für Zeitungen und Tabakwaren, und ihre kleine Zweizimmerwohnung befand sich auf der ersten von insgesamt vier Etagen. Hertha erklärte ihr, dass in den Wohnungen über ihnen eine Familie mit zwei Kindern, ein frisch verheiratetes Ehepaar und ganz oben der Hauseigentümer wohnte. Es seien alles gute und anständige Leute, sagte sie, als sie das Haus erreichten.

«Nur vor einem musst du dich in Acht nehmen.»

«Vor wem?»

Hertha blickte am Gebäude hoch, als könnte sie jemand von dort oben belauschen. «Warte», sagte sie und zog einen Schlüssel aus ihrer Handtasche, öffnete die Haustür. Im Flur empfing sie ein muffiger Geruch nach Kohlsuppe und ranziger Butter. Anstatt die Treppe anzusteuern, öffnete Hertha eine weitere, etwas klapprige Tür, die, wie Elise wusste, in den Kiosk führte. Sogleich wurde sie umhüllt von Papier- und Tabakgeruch. Hertha betätigte den Lichtschalter und griff gierig nach einem Päckchen Gauloises, riss es auf. Bruno trottete zu einem Schafsfell neben einem Bündel alter Zeitungen und legte sich darauf.

«Auf der ersten Etage hat es noch eine weitere Wohnung. Dort lebt seit ein paar Monaten ein Mann. Heinz Egli. Er ist ein Fröntler.»

«Ein was?»

Hertha reichte ihr eine Zigarette, aber Elise lehnte dankend ab. Sie hatte einmal von einem befreundeten Arzt gehört, dass Rauchen dem Fötus schaden könnte. «Sozusagen ein Schweizer Nazi. Gehört der Nationalen Front an. Die verbreiten seit Hitlers Machtübernahme auch hier in der

Stadt antidemokratische Propaganda und ... antisemitische Hetze. Bisher sind sie aber unbedeutend. 1933 hatten sie hier in der Stadt eine Demonstration. An der Frankenstrasse. Aber in Zürich und Bern sind sie aktiver. Doch du brauchst keine Angst zu haben. Seit den Vorkommnissen in Österreich werden die Fröntler von der Polizei verstärkt überwacht.»

Das beruhigte Elise nach ihren Erlebnissen in Wien ganz und gar nicht, was sie Hertha gleich sagte. «Dort ist die Hölle los! Die Polizei hat nichts mehr zu sagen!»

«Beruhige dich! Wir sind hier in der Schweiz, dem sichersten Land überhaupt. Und dennoch, nimm dich in Acht vor Heinz Egli. Wenn du ihn antreffen solltest, sagst du ihm am besten, dass du hier Urlaub machst bei deiner Tante Hertha.»

«In Ordnung. Sag, hast du denn keine Angst vor ihm? Du bist doch Halbjüdin.»

Hertha lachte kehlig. «Ich und Angst? Sicher nicht. Außerdem weiß hier niemand, dass meine Mutter Jüdin war. Ich bin ja sowieso nicht mit den Bräuchen des Judentums vertraut und übe auch keine aus. Und mein Name verrät mich auch nicht.»

Elise nickte. Hertha hatte nie geheiratet und trug den Familiennamen ihres christlichen Vaters, Moser. Sie und ihre Schwester Elsa, Jonathans verstorbene Mutter, waren christlich aufgewachsen. Ihre Mutter, Jonathans Großmutter, war Jüdin gewesen.

«Du brauchst dich wirklich nicht zu fürchten», meinte Hertha. «Wie gesagt, geh Heinz Egli einfach aus dem Weg.»

«Mhm. Ach, ich sehe schon, ich muss möglichst bald mein Visum für Amerika beantragen.»

Erleichterung trat auf Herthas Gesicht. «Ja. Mach das.»

Elise fiel wieder ein, dass sie gar kein Geld mehr dafür hatte, und sie schilderte Hertha den Vorfall in Feldkirch. «Bis auf umgerechnet fünfundzwanzig Franken haben sie mir alles genommen.» Sie rechnete mit Gezeter, von wegen, dass sie Elise unmöglich durchfüttern könne, doch Hertha griff nach ihrer Hand, ihre grauen Augen ruhten voller Anteilnahme auf ihr. «Keine Sorge, ich kümmere mich um dich. Doch jetzt lass uns erst mal nach oben gehen ... Komm, Bruno.»

Elise kannte Herthas Wohnung bereits von früheren Besuchen, nur hatte sie sie nicht mehr ganz so klein in Erinnerung. Sie bestand bloß aus einem Wohn- und Schlafzimmer, einer Kammer und einer Küche, in der sich hinter einem Vorhang eine kleine Badewanne und eine Toilette befanden – Herthas ganzer Stolz. Viele, die sie kannte, besäßen weder eigene Toilette noch Badewanne und müssten diese auf der Etage mit den Nachbarn teilen.

Wäre ja noch besser, dachte Elise grimmig: das Bad mit einem verfluchten Nazi teilen zu müssen!

Hertha öffnete die Tür zu der kleinen Kammer, in der sie ihre Nähmaschine aufbewahrte. «Du kannst in der Kammer schlafen. Ich habe extra ein Klappbett für dich besorgt.»

«Danke.» Sie sah sich um. Das Klappbett nahm fast die ganze Länge des Zimmers in Anspruch, sodass man die Tür nur halb öffnen konnte. Immerhin sah die Bettdecke mit dem Gänseblümchenbezug weich und einladend aus, und bei ihrem Anblick überfiel sie eine tiefe Müdigkeit. Sie unterdrückte ein Gähnen und versuchte Herthas Worten zu folgen, die noch immer über das Klappbett sprach. «Ein Bekannter aus Kriens hat mir einen Spezialpreis gemacht, da es alt ist. Kannst es mir dann zurückzahlen.»

«Sicher.»

«Und den kannst du auch benutzen.» Sie zeigte auf den schmalen Kleiderschrank, der neben dem Fenster stand. «Es sind noch ein paar Stoffe drin, aber du solltest Platz haben.» Sie wandte sich dem dritten und letzten Möbelstück zu, einem kleinen Tisch vor dem Fenster, auf dem ihre Nähmaschine thronte. «Kannst du nähen?»

Elise dachte an ihre kläglichen Versuche in der Schule zurück. Näh- und Strickarbeiten waren nie ihre Stärke gewesen, sie hatte stattdessen festere Materialien wie Holz und Steine bevorzugt, die man schleifen und formen konnte. «Nicht so gut.» Erschöpft setzte sie sich auf das Bett, das sofort ein klappriges Geräusch von sich gab. Hoffentlich würde es nicht zusammenbrechen, schließlich würde sie ja noch schwerer werden in den nächsten Monaten. Sie hielt den Zeitpunkt für richtig, Hertha von ihrer Schwangerschaft zu erzählen.

«Himmel!», rief diese, und Bruno, der um ihre Beine tänzelte, schaute neugierig zu ihr hoch. «Ernsthaft? Mädchen, ich dachte, ihr könnt keine Kinder bekommen?»

«Das dachten wir auch. Aber es hat plötzlich doch geklappt. Natürlich hoffe ich, dass es dich nicht mehr betreffen wird, da ich vorher mein Visum erhalte.»

Hertha setzte sich auf den Stuhl vor dem Nähtisch. «Du wirst eine alleinerziehende Mutter sein. In einem fernen Land wie Amerika. Geflüchtet vor den Nazis. Wird nicht einfach werden.»

Elise hob die Schultern. Sie mochte Ehrlichkeit, aber an jenem Abend hätte sie sich alles andere als die Wahrheit gewünscht.

Als sie am nächsten Morgen erwachte, fiel ihr die Orientierung zuerst schwer, und für den Bruchteil einer Sekunde hatte sie das Gefühl, in ihrem Haus in Wien zu sein, neben sich Jonathan. Dann erblickten ihre müden Augen Herthas Nähmaschine, und alles in ihr zog sich schmerzhaft zusammen. Sie richtete sich auf, schluckte den Kloß im Hals runter und nahm sich einmal mehr vor, keine Schwäche zuzulassen. Für ihr Kind musste sie stark bleiben. Ja, es würde seinen Vater nie kennenlernen, aber eines Tages würde sie ihr oder ihm jedes kleinste Detail von Jonathan erzählen. Während sie sich über den noch immer recht flachen Bauch strich, stellte sie fest, dass ihre Brüste nicht mehr schmerzten wie noch vor Kurzem in Wien. Auch verspürte sie keine morgendliche Übelkeit mehr. Dass sie nicht mehr unter diesen Symptomen zu leiden hatte, deutete sie als gutes Zeichen. Voller Optimismus stand sie auf, zog sich eine Strickjacke über und ging in die Küche.

Hertha, über eine Zeitung gebeugt, schaute auf. «Ah gut, du bist schon wach. Hör zu, ich muss gleich runter in den Kiosk.» Sie zeigte auf Brot, Käse und einen Apfel. «Das ist für dich. Tee kannst du dir selbst machen. Falls du Kaffee willst, den habe ich nicht.»

«Das macht nichts.» Obwohl: Das stimmte nicht, sie sehnte sich regelrecht nach einem Kaffee. Sie griff nach dem Apfel.

«Sieh zu, dass du dich heute bei den Behörden meldest.»

«Ja, sicher.» Hertha hatte ihr bereits am Vorabend erklärt, wie sie zu dem Amt käme, und ihr eine Bürgschaftsbestätigung überreicht. Hertha hatte eine Kaution von fünftausend Franken für sie hinterlegen müssen, was sofort ein schlechtes Gewissen in Elise hervorrief. Sie setzte sich und biss in den Apfel. Bruno, der soeben noch neben Hertha gelegen hatte, stand auf und stellte sich dicht neben sie, in der Hoffnung auf ein Häppchen. Ob er Apfel überhaupt mochte?

«Bruno, pfui!», schimpfte Hertha. «Du weißt doch, dass du nichts vom Tisch kriegst.» Sie wandte sich an Elise. «Ich nehme ihn übrigens mit in den Kiosk. Du musst dich also nicht um ihn kümmern. Ich wäre aber froh, wenn du ab und zu mal eine Runde mit ihm drehen würdest. Er ist etwas dick geworden und braucht mehr Bewegung.»

«Ja natürlich, das mache ich gerne.» Sie streichelte ihn und flüsterte ihm zu: «Du bist nicht dick, mein Kleiner.»

Nach dem Frühstück nahm sie ein Bad. Hertha hatte ihr nahegelegt, nicht zu viel Wasser zu verbrauchen, was sie beherzigte. Trotzdem genoss sie es, in der halbvollen, aber warmen Wanne zu liegen und sich die ganzen Strapazen der Reise von der Haut waschen zu können. Um bei den Behörden einen guten Eindruck zu machen, zog sie ihr dunkelblaues Kleid an, das sie zuletzt bei dem Diebstahl im Mozarthof getragen hatte. Erschrocken stellte sie fest, dass sie das Gefühl herbeisehnte, das sie nach dem Diebstahl empfunden hatte.

«Du Diebin», flüsterte sie ihrem Spiegelbild zu und betrachtete sich. Noch immer sahen ihre Augen so haselnussbraun und unschuldig aus wie früher, keine Spur von Abgebrühtheit entnahm man ihrem schmalen Gesicht, dessen Blässe durch ihre dunklen Brauen und Haare hervorstach. Sie trug etwas Lippenstift auf und steckte das Haar im Nacken zu einem Chignon.

Als sie die Wohnung verließ, trat ein Mann aus der gegenüberliegenden Wohnung. Der Fröntler, schoss es ihr durch den Kopf, und sie musterte ihn genauso wie er sie. Harmlos sah er aus; klein und schmächtig, trug einen schwarzen Hut über einem unauffälligen Gesicht mit dunkelbraunen Augen.

«Guten Tag», sagte sie höflich und wandte sich bereits der Treppe zu, als ein lautes «Halt!» sie abrupt innehalten ließ.

Sie drehte sich um. «Ja?»

«Wohnen Sie etwa bei Frau Moser?»

«Ja. Sie ist meine Tante», log sie.

«Sie sind also auch aus Österreich?»

«Ja. Ich mache Urlaub in der Schweiz.» Sie bemühte sich um ein Lächeln, auch wenn ihr nicht nach Freundlichkeit zumute war. Aber sie musste vorsichtig sein. «Die Schweiz ist so ein schönes Land. Ich bin immer wieder gerne hier.»

Sein Gesicht erhellte sich. «Da haben Sie recht.» Er trat einen Schritt auf sie zu und reichte ihr die Hand. «Ich bin übrigens Heinz.»

Mit ihrem charmantesten Lächeln erwiderte sie seinen Händedruck. «Freut mich, Heinz. Ich bin Elise.»

Er beäugte sie eindringlich, und seine matten Augen leuchteten plötzlich auf. Sie kannte diesen Blick von Männern und ahnte, was jetzt kommen würde. «Wenn Sie mal einen Kaffee trinken möchten, dann ...»

«Vielleicht irgendwann», entgegnete sie rasch. «Bitte entschuldigen Sie, aber ich muss jetzt los.»

Während sie die Treppe hinuntereilte, hoffte sie, dass sie Heinz nicht mehr so schnell begegnen würde.

Der Besuch auf dem Amt verlief zu Beginn recht gut. Obwohl der Beamte, ein Mann um die fünfzig mit schütterem Haar und gelangweilter Miene, sie kühl und nicht gerade freundlich behandelte, nahm er ihr Gesuch um eine vorübergehende Aufenthaltsbewilligung ernst und teilte ihr mit, dass er es in den nächsten Tagen prüfen werde. Ihre Chancen stünden gut, weil sie nicht nur alle verlangten Dokumente und sogar eine Bürgschaft vorweisen könne, sondern auch eine Auswanderung nach Amerika plane. Er setzte sie darüber in Kenntnis, dass sie das Visum aufgrund langer Wartezeiten beim Konsulat in Bern umgehend zu beantragen habe.

«Ja, das werde ich tun. Ich reise gleich morgen nach Bern.» Sie lächelte, doch er erwiderte es nicht und informierte sie stattdessen, dass sie mit dem Emigrantenstatus in der Schweiz nicht arbeiten dürfe. Sollte sie dagegen verstoßen, würde man sie sofort des Landes verweisen.

«Aber wovon soll ich leben, wenn ich nicht arbeiten darf? Ich weiß schließlich nicht, wann ich das Visum erhalte.»

Er legte ihre Akte zur Seite und schaute sie ausdruckslos an. «Deshalb haben Sie ja eine Bürgschaft.»

Sie wollte erwidern, dass sie unmöglich von der Tante ihres verstorbenen Mannes erwarten konnte, sie die nächsten Wochen oder sogar Monate durchzufüttern, aber sie schwieg, da sie ihren Aufenthaltsstatus nicht gefährden wollte.

Mit einem flauen Gefühl im Magen stand sie wenig später auf der Straße. Sie war abhängig von Hertha! Konnte sie noch tiefer sinken? Garantiert, aber daran wollte sie jetzt nicht denken und beschloss, keine Zeit zu verlieren und das Visum für Amerika zu beantragen.

Schon tags darauf reiste sie nach Bern, um beim amerikanischen Konsulat vorzusprechen. Sie wusste vom Konsulat in Wien bereits, dass man persönlich erscheinen musste, um sich auf eine Warteliste setzen zu lassen, und welche Unterlagen erfordert wurden. Jonathan und sie hatten diese fast alle noch in Wien besorgen können.

Wie erwartet war sie nicht die Einzige, die sich eine Zukunft im Land der unbegrenzten Möglichkeiten erhoffte. Unzählige Menschen warteten in einer Schlange, die sich über den ganzen Korridor bis zum Treppenhaus zog. Sie kam ungewollt ins Gespräch mit einer jungen Frau namens Käthe aus Köln, die ihr innerhalb einer Stunde ihre Lebensgeschichte anvertraute. Irgendwann begann Elises Kopf zu pochen, und als sie sich nichts sehnlicher wünschte als Ruhe, bemerkte sie, dass Käthe inzwischen die Erste in der Schlange war. Es konnte also nicht mehr lange dauern. Doch die letzten Minuten fühlten sich an wie eine Ewigkeit, ihr Kopf schmerzte und ihr war etwas schwindlig, was sie dem langen Stehen zuschrieb. Plötzlich spürte sie ein unangenehmes Zwicken im Unterleib und verzog das Gesicht. Käthe schien es nicht aufzufallen und plapperte munter weiter. Während sie von irgendeiner Kerzenmanufaktur erzählte, in der sie gearbeitet hatte, bis die Nazis sie vertrieben, wuchs Elises Sorge um das Kind und sie versuchte sich zu beruhigen. Du wirst es nicht verlieren! Nein!, sagte sie sich.

«Und du?» Käthe sah sie erwartungsvoll an, es war das erste Mal, dass sie eine Frage an Elise richtete.

«Wie bitte?»

«Wo hast du vorher gearbeitet?»

«In einem Kaufhaus.»

Ihre hervorstehenden Augen ruhten auf Elise, wohl in der Hoffnung, sie würde ihr mehr erzählen. In diesem Moment ging die Bürotür auf, und eine blonde Frau in einem beigefarbenen Kostüm begleitete einen Mann hinaus und gab Käthe ein Zeichen.

«Viel Glück», sagte Elise und schaute ihr nach, bis sie in dem Büro verschwand. Erneut bemerkte sie einen leichten Schmerz im Unterleib, und sie überlegte, eine Toilette aufzusuchen. Allerdings müsste sie dann den ersten Platz in der Reihe aufgeben, das ging nicht.

Was war nur los?

Die nächste halbe Stunde verbrachte sie damit, sich einzureden, dass die Schmerzen einen harmlosen Grund hatten, und als sie nichts mehr bemerkte, umhüllte sie Erleichterung wie weiche Seide. Dann endlich war sie an der Reihe.

Die Angestellte empfing sie freundlich, aber Elise spürte, dass diese ihrer Arbeit allmählich überdrüssig war. Kein Wunder, es musste anstrengend sein, durchgehend Visumbewerber vertrösten zu müssen, ihnen mitzuteilen, dass nur begrenzt Flüchtlinge aufgenommen werden konnten und man sich gedulden müsse.

Wenigstens durfte Elise sich registrieren und wurde auf eine Warteliste gesetzt. Allerdings müsse sie noch die eidesstattliche Erklärung nachreichen, welche ihre finanzielle Unabhängigkeit bescheinige, so die Angestellte. Elise hatte keine Ahnung, wie sie die bekommen sollte. Sie erklärte ihre Situation: dass die Nazis ihr alles genommen hatten, sie in der Schweiz nicht arbeiten dürfe und abhängig sei von der Tante ihres verstorbenen Mannes. Doch sie betonte auch ihren Willen, wieder zu arbeiten, sobald sie in Amerika wäre. Vergeblich. Mit einem mitleidigen Blick teilte die Frau ihr mit, dass sie den Antrag ohne die Erklärung leider nicht berücksichtigen könne. Es gebe genug andere, die über die finanziellen Mittel verfügten – und selbst deren Anträge würden vielleicht nicht bewilligt werden können aufgrund der zahlreichen Antragsteller.

Ernüchtert verließ Elise wenig später das Konsulat, nicht mal das schöne Wetter und der Spaziergang im nahe gelegenen Park konnten sie aufheitern. Wenigstens hatte sie keine Unterleibs- und Kopfschmerzen mehr, was sie beruhigte. Dafür wirbelten ihr nun Hunderte von Gedanken durch das Hirn, angetrieben von der Sorge, wie ihre Zukunft aussehen würde, und die ihres Kindes.

Auf der Heimfahrt spürte sie, wie die ganze Situation sie überforderte, und sie hätte sich gewünscht, Jonathan an ihrer Seite zu haben. Was sollte sie tun? Sie war so gut wie mittellos und abhängig von Hertha. Und mit dem wenigen Geld, das sie noch hatte, käme sie niemals nach Amerika. Vermutlich würde es nicht einmal für eine Reise nach Frankreich oder England reichen, wo sie momentan noch ohne Visum reinkäme. Außerdem hätte sie in diesen Ländern niemanden, der für sie bürgte, aber es stellte sich ohnehin die Frage, wie lange Hertha sie überhaupt noch dulden würde.

Zurück in Luzern wollte Elise so schnell wie möglich nach Hause, und als sie über die Seebrücke lief, bemerkte sie wieder die Schmerzen im Unterleib, nur dieses Mal so stark, dass sie kurz stehen bleiben musste und sich krümmte. Eine Frau mit Kleinkind legte ihr eine Hand auf den Rücken. «Brauchen Sie Hilfe?»

«Ich ... nein, danke. Es geht schon.»

Besorgt eilte sie nach Hause und überlegte, ob sie zuerst Hertha im Kiosk aufsuchen sollte. Sie war dort, es brannte noch Licht. Aber was konnte Hertha schon tun? Zudem musste Elise auf die Toilette. Als sie die Haustür aufschloss, tobte in ihrem Unterleib ein gewaltiger Sturm, der sämtliche Organe in Stücke zu reißen schien, und sie spürte etwas Feuchtes zwischen den Beinen. Nein, nein, nein! Bitte nicht!

Als sie die Treppe mit Mühe erklommen hatte und die erste Etage erreichte, kam ihr Heinz Egli entgegen. Ausgerechnet jetzt!

«Ah, das Fräulein Elise.»

«Guten Tag, Heinz», brachte sie hervor.

«Und, wann treffen wir uns auf einen Kaffee?»

«Ich ...» Ihr brach der Schweiß aus, Schwindel überkam sie, sodass sie sich am Treppengeländer festhalten musste und ihr die Tasche aus den Händen fiel. Da sie noch geöffnet war, weil sie ihr zuvor den Hausschlüssel entnommen hatte, fielen ihre Sachen heraus, unter anderem ihr Pass. Sie kniete nieder, genau wie Heinz. Erneuter Schwindel. «Entschuldigen Sie, aber ich fühle mich nicht gut ...» Sie wollte nach dem Hausschlüssel greifen, aber Heinz kam ihr zuvor.

«Warten Sie, ich helfe Ihnen.» Er begann bereits, die Dinge in die Tasche zu räumen, da hielt er plötzlich ein Dokument des amerikanischen Konsulates in den Händen. «Wollen Sie auswandern?» Ohne sie antworten zu lassen, griff er nach ihrem Pass und öffnete ihn. Er erblasste. «Elise *Rosenberg* Graf.» Wut loderte in seinen Augen auf, und er blickte sie an, als wäre sie ein schmutziger Hund. «Sie sind eine Jüdin!» Er ließ den Pass fallen, als hätte er sich daran verbrannt, und stand auf. «Warum haben Sie das nicht gesagt?»

Sie saß noch immer am Boden, unfähig aufzustehen. Ihr Unterleib schmerzte so sehr, und sie spürte nun eindeutig etwas herauslaufen. Blut, es musste Blut sein. «Ich ...»

«Sie können nicht in diesem Haus bleiben! Ich will nicht mit einer Jüdin unter einem Dach wohnen.»

Langsam erhob sie sich mit aller Kraft, die sie noch hatte. «Ich werde die Schweiz bald verlassen, versuche ein Visum für Amerika zu bekommen. Aber solange bin ich hier, ob es Ihnen passt oder nicht.» Ihre Stimme hörte sich zittrig und schwach an, aber Heinz hatte kein Mitleid.

Er fasste sie an den Schultern und begann sie zu schütteln. «Das kann dauern, habe ich gehört. Und wer weiß, ob Sie es bekommen. Euch Juden will niemand! Wir hier in der Schweiz auch nicht!» In seinen Augen lag der Glanz des Jähzorns. «Sie müssen sofort verschwinden!» Er schüttelte sie, bewegte sie auf die Treppe zu, und sie versuchte sich von ihm loszureißen, war aber zu schwach.

«Lassen Sie mich los! Mir geht es nicht gut.»

«Sie sind krank! Bestimmt sind Sie ansteckend.» Er ließ sie derart abrupt los, dass sie ins Wanken geriet und einen Fuß hinter sich setzte. Nur war da kein Boden, sie stand bereits am Rande der Treppe.

Mit einem lauten Poltern stürzte sie runter, blieb liegen, bemerkte gerade noch, wie Heinz Egli an ihr vorbeieilte und die Haustür ins Schloss fiel. Dann versank alles um sie herum in tiefschwarzer Nacht.

13

Elise hatte den Sturz ohne Brüche oder innere Verletzungen überstanden und lediglich ein paar Prellungen davongetragen. Sie verlor das Kind, jedoch nicht wegen des Treppensturzes, wie ihr der Arzt gesagt hatte, nachdem sie ihm später ihre Symptome vor dem Sturz geschildert hatte, sondern weil ein Abort wohl schon davor unmittelbar bevorgestanden hatte.

Eine Woche lag sie im Krankenhaus, hatte starke Blutungen und wünschte sich zu sterben. Alles war weg. Jonathan, das Kind, ihre Heimat. Als Hertha sie abholte, sprach diese zu ihrer Erleichterung kaum ein Wort und trug sogar ihre Tasche. Bruno, den Hertha vor dem Krankenhaus angebunden hatte, tänzelte aufgeregt, als er Elise sah, und sprang sofort bellend an ihr hoch. Er entlockte ihr das erste Lächeln seit Tagen. Ein Mann mit karierter Schiebermütze öffnete ihr die Tür zu einem Taxi, und sie blickte überrascht zu Hertha, die nickte.

«Schon gut, steig ein. Ich habe es bestellt.»

«Was ist mit Heinz Egli?», fragte sie, als sie im Taxi saßen. Sie hatte Hertha vor ein paar Tagen alles erzählt.

«Er wurde verhaftet. Und der Hausbesitzer hat ihm die Wohnung gekündigt.» Hertha drückte ihre Hand. «Du wirst ihn nicht mehr sehen müssen. Hier in der Schweiz bist du sicher.»

In den kommenden Wochen fühlte sich Elise, als läge eine schwere dunkle Decke über ihr, die sie einerseits zu erdrücken schien, andererseits aber auch beschützte vor dem Leben, an dem sie nicht mehr teilnehmen wollte. Sie aß kaum etwas, blieb nur in ihrer Kammer, weinte und sehnte sich nach Jonathan und ihrem ungeborenen Kind.

Doch das Ganze hatte auch etwas Gutes. Da sie sich nicht mehr um jemanden kümmern musste wie noch in Wien und auch für niemanden mehr stark sein musste, konnte sie endlich trauern. Es gelang ihr sogar, Herthas Schallplatten mit Jonathans und Hannelores Aufnahmen anzuhören, dazu hatte sie sich das Grammophon, das Jonathan und sie Hertha vor vier Jahren geschenkt hatten, in die Kammer auf einen Stuhl gestellt. Die Pianoklänge zu hören, wiedergegeben von Jonathans Händen, fühlte sich an, als wäre er bei ihr. Manchmal hörte sie auch andere Musik, wie die von Renate Müller, die zwar mit Liedern wie «An einem Tag im Frühling» oder «Ich bin ja heut so glücklich» von den Texten her nicht zu ihrer Stimmung passten, jedoch Erinnerungen an vergangene Zeiten weckten, die ihre Seele für die Heilung brauchte.

Hertha ließ sie in Ruhe, brachte ihr jedoch täglich Haferbrei, Hühnersuppe mit Gemüse, Brot, einen Apfel und Tee, gelegentlich auch etwas Schokolade. Eines Tages erhielt Elise Post von ihrer Mutter und Adele. Sie hatte sich dazu überwunden, ihnen von dem Verlust des Kindes zu schreiben, und nun teilten sie ihr Beileid mit. Ihre Mutter erwähnte zudem, dass die Situation in Wien immer schlimmer werde und man inzwischen offiziell sein Vermögen anmelden müsse. Immer mehr Juden würden aus ihren Wohnungen vertrieben, verloren ihre Arbeit, ihre Unternehmen, ihre Besitztümer.

Die Sorge um ihre Mutter und Adele verstärkte ihre Depression. Sie fühlte sich hilflos und bereute ihre Flucht. Die Entscheidung, Wien zu verlassen, hatte sie nach Jonathans Tod allein wegen ihres Kindes getroffen, und dieses hatte sie nun nicht mehr. Für eine Rückkehr fehlte ihr allerdings die Kraft. Außerdem wäre sie ihrer Mutter und Adele in ihrem Zustand keine Hilfe, im Gegenteil.

Ein paar Tage später traf ein Brief von Minna ein, die ebenfalls ihr Beileid bekundete. Minnas Worten zufolge lebten sie noch immer bei ihren Freunden und überlegten sich, mit der Hilfe eines ehemaligen Geschäftspartners von Erich nach Schweden auszuwandern. Doch offenbar war Erich noch nicht gänzlich davon überzeugt und hoffte nach wie vor, dass sich die Situation wieder stabilisieren würde. Hannelore gehe es gut, schrieb Minna weiter. Sie habe sich vor Kurzem endlich bei ihnen gemeldet. Nach Jonathans Tod sei sie untergetaucht, habe ihren Weg finden müssen, um das Ganze zu verarbeiten.

Hannelore. Elise ahnte, dass sie auf ihre eigene Art und Weise um Jonathan trauerte. Ihr Ziel war vermutlich, das Regime, das ihn ihr genommen hatte, zu bekämpfen.

Eines Morgens, sie lag noch immer im Bett, starrte an die Decke und hörte «An der Donau, wenn der Wein blüht» von Renate Müller, trat Hertha ins Zimmer, gefolgt von Bruno, riss die Vorhänge und das Fenster auf. «So, jetzt ist genug, Mädchen. Heute ist Sonntag, und wir gehen spazieren. Na los, steh auf. Ich habe dir ein Bad eingelassen. Hier drin müffelt's fürchterlich.»

Elise blinzelte, Staub flirrte im hellen Sonnenlicht, und sie wollte die Decke über den Kopf ziehen, aber Hertha zog sie ihr weg. «Ich weiß, dass du viel durchgemacht hast in den letzten Monaten. Aber Mädchen, du musst jetzt nach vorne schauen.» Bruno, der neben Hertha stand, blickte Elise mit seinen braunen Dackelaugen an, als würde er jedem Wort seines Frauchens zustimmen.

«Jonathan würde nicht wollen, dass du dich hier vergräbst und dich so gehen lässt.»

Sie hatte recht, das sah Elise ein.

Nachdem sie gebadet hatte, aß sie brav den Haferbrei, den ihr Hertha zubereitet hatte, anschließend verließen sie die Wohnung und schlenderten den Vierwaldstättersee entlang.

Blau und glänzend präsentierte er sich unter der Junisonne, Sonnenstrahlen tanzten auf dem Wasser. Eine Allee von Kastanienbäumen säumte das Ufer, grün und buschig die Kronen. Elise fühlte sich noch etwas wackelig auf den Beinen, spürte aber, wie gut ihr die frische Luft tat.

Sie kauften sich ein Eis, und danach unternahmen sie eine Fahrt auf dem Dampfschiff Schiller. Als sie vorne am Bug saßen, mit wehendem Haar und von der Sonne leuchtenden Gesichtern, der schlafende Bruno zu ihren Füßen und die Bergwelt um sie herum – vom Bürgenstock über die Rigi bis zum Kleinen und Großen Mythen –, spürte Elise, wie Wärme und frische Luft sie mit Kraft füllten, sie endlich wieder so etwas wie Freude am Leben verspürte.

Kurz vor Flüelen gerieten sie in einen Föhnsturm. Bänke bewegten sich über das Deck, als würden sie von einer unsichtbaren Kraft angetrieben. Wellen klatschten gegen den Rumpf. Hertha und andere Passagiere eilten ins Innere, Elise jedoch blieb an der Reling stehen und bewunderte die Kraft der Natur. Ausgeliefert waren sie ihr, sie entschied über Leben und Tod. Wenn sie wollte, konnte sie alles zerstören: durch Stürme, Sintfluten, Dürre ... oder durch die Menschen selbst. Elise wurde bewusst, dass nichts für ewig war, auch wenn sich die Menschen das erhofften. Letztlich konnte man nur den Augenblick genießen.

Auf der Rückfahrt von Flüelen nach Luzern lud Hertha sie zu Kaffee und Kuchen im Jugendstilsalon des Schiffes ein. Der Schokoladenkuchen mit Sahne war ein Traum und erinnerte sie an Wien.

Hertha jammerte kurz über die Preise, ehe sie betonte, dass dieses Vergnügen eine Ausnahme sei. «Das Geld fliegt mir schließlich nicht einfach so zu. Ich muss hart dafür arbeiten.»

Ein schlechtes Gewissen überkam Elise, weil sie Hertha seit Wochen auf der Tasche lag, deshalb beschloss sie, sich ab morgen um eine Arbeit zu kümmern, und blendete die Tatsache aus, dass dies ihr als Emigrantin verboten war. Darüber würde sie sich morgen den Kopf zerbrechen.

«Geht es dir wenigstens wieder besser?», erkundigte sich Hertha mit etwas milderer Stimme und stach mit der Gabel von ihrem Kuchen ab.

«Ja. Danke für diesen Ausflug. Mir ist bewusst geworden, dass ich mich nicht gehen lassen darf.»

«Richtig so. Trauern ist zwar gut und wichtig, und ich bin überzeugt, dass du das gebraucht hast, aber irgendwann ist genug.»

«Mhm.»

«Ich habe auch schwere Verluste erlitten», eröffnete Hertha plötzlich, und ein Schatten glitt über ihr Gesicht. «Vor langer Zeit. Ich wollte damals auch nicht mehr leben.»

Ihre Aussage überraschte Elise. Noch nie zuvor hatte Hertha etwas über sich erzählt, auch damals in Anwesenheit Jonathans nicht.

«Meine Mutter starb an einer Lungenentzündung, da war ich neun», fuhr sie fort. «Ich musste mich um meine kleine Schwester Elsa kümmern, Jonathans Mutter. Unser Vater war Kapitän und viel unterwegs, musst du wissen. Schiffe waren seine Leidenschaft.» Sie lächelte versonnen, doch dann verschleierte sich ihr Blick. «Elsa und ich wuchsen bei unserer Tante auf, doch sie ließ uns ständig spüren, dass wir eine Last für sie waren. Als ich sechzehn war und Elsa dreizehn, verstarb unser Vater an den Folgen einer schweren Grippe. Ich sorgte ab dann für Elsa, tat alles, damit es ihr gut ging, stellte meine eigenen Interessen in den Hintergrund. Ich war so glücklich, als sie mit Herbert einen guten Mann fand. Doch dann ...» Sie brach ab und starrte auf die Reste ihres Kuchens. «Elsa starb bei Jonathans Geburt. Danach unterstützte ich Jonathans Vater, denn er war mit der Situation komplett überfordert und vergrub sich in seine Arbeit. Jonathan wurde wie ein Sohn für mich … und Herbert … er bedeutete mir viel. Mit der Zeit begann er wieder am Leben teilzunehmen, und ich spürte, dass er mich ebenfalls sehr mochte. Wir wurden ein Paar.» Ihr Blick schweifte für einen Moment zum Fenster, als müsste sie ihre Gedanken neu ordnen. «Als er vier Jahre nach Elsas Tod bei einem Jagdunfall starb, beschloss ich, für Jonathan da zu sein. Doch ich litt so sehr unter Herberts Tod, dass ich in ein tiefes Loch fiel. Und dann war da Erich, sein Onkel und zugleich Pate, der Bruder von Herbert. Erich war verheiratet, hatte eine Tochter in Jonathans Alter, ein eigenes Unternehmen. Sie wollten Jonathan bei sich aufnehmen, und ich wusste, dass es ihm dort gut gehen würde.» Tränen flimmerten wie feine Regentropfen an ihren Wimpern.

Elise schob ihren leeren Teller weg und griff über den Tisch hinweg nach Herthas Hand, streichelte sie.

«Dann war ich allein. Und ich wollte einfach nur weg aus Wien. Herbert hatte die Schweiz immer geliebt, besonders Luzern. Kurz bevor er starb, waren wir hier, und er hielt um meine Hand an … Niemand wusste davon. Deshalb reiste ich nach seinem Tod nach Luzern. Ich wollte nur ein paar Tage bleiben, aber dann traf ich auf den Vorbesitzer des Kioskes, der einen Nachfolger suchte.» Sie sah Elise an. «Ich habe viele Menschen verloren, die ich liebte, und ich dachte, ich könne nicht ohne sie weiterleben. Aber Elise, wir können es! Diese Welt gehört den Lebenden. Die Verstorbenen sind an einem anderen Ort und kommen dort ohne uns zurecht, da bin ich mir sicher. Und wir müssen hier auch ohne sie zurechtkommen. Aber eine Verbindung zu ihnen werden wir auf ewig haben, und zwar die Liebe.»

Eine Träne lief Elise über die Wange. Hertha hatte recht. Jonathan, Großvater, Wolfi. Ihre Seelen waren an einem für sie unvorstellbaren Ort, sie hatten das irdische Leben mit all seinen Schönheiten und Sorgen hinter sich gelassen und durften ruhen. Sie aber waren noch hier; ihre Zeit war nicht vorbei. Sie mussten dieses Leben – Geschenk wie auch Fluch – irgendwie überstehen und ihre Aufgabe erfüllen.

Sie schaute aus dem Fenster, betrachtete die Wunder der Natur, die sie umgaben. Ihre Aufgabe stand fest. Sie würde leben, einfach nur leben.

Schon am nächsten Tag zermarterte sie sich das Hirn darüber, wie sie Geld beschaffen könnte. Für einen kurzen Augenblick blitzte eine Möglichkeit in ihr auf: Diebstahl. Wie einfach war es gewesen damals im Mozarthof in Wien, und sie könnte es wieder tun. Weitere Nazis bestehlen, die hier in der Schweiz so gerne Urlaub machten. Moralische Bedenken siegten jedoch über ihr Hirngespinst. Nein, sie durfte nicht erneut zur Verbrecherin werden, auch wenn es sich bei der Tat im Mozarthof korrekt gesehen um kein Verbrechen handelte, sondern um einen Akt des Gerechtigkeitsausgleiches. Dennoch, sie durfte nicht wieder stehlen, da nicht nur Unmoral mitschwang, sondern auch das Risiko, ertappt zu werden. Aber wie kam sie zu Geld? Ihr Schweizer Emigrantenstatus ließ keine Tätigkeit zu. Immerhin konnte sie Hertha im Kiosk aushelfen, um sich ihre Lebenskosten sozusagen abzugelten – obwohl Hertha die Arbeit auch allein im Griff hatte. Um sich nützlich zu machen, ging Elise oft mit Bruno spazieren, lernte dadurch Stadt und Umgebung kennen. So blieb sie aktiv, um sich nicht nutzlos zu fühlen.

Amerika hatte sie inzwischen abgeschrieben. Ein Visum zu erhalten, schien ihr wegen ihrer finanziellen Situation vollkommen aussichtslos, zudem empfand sie eine Auswanderung ohne ihr Kind in ein so fernes Land nicht mehr erstrebenswert. England hätte sie sich vorstellen können, aber dort wurde Anfang Mai ebenfalls die Visumpflicht eingeführt. Außerdem hätte ihr auch dazu das Geld gefehlt. Frankreich blieb eine Möglichkeit, nur würde sie dort auch nicht arbeiten können. Sie wäre also genau wie hier von jemandem abhängig, und Clément und Emanuelle, den einzigen Menschen, die sie in Frankreich kannte, konnte sie sich unmöglich aufbürden. Sie entschied deshalb, vorerst in der Schweiz zu bleiben, auch weil sie Hertha inzwischen richtig mochte.

Im Juli erhielt sie einen Brief von ihrer Mutter. Das Leben in Wien sei noch unzumutbarer geworden. Jüdischen Ärzten und Anwälten habe man die Lizenz entzogen, unter anderem auch ihrem langjährigen Hausarzt und dem Notar. Durch eine von Herthas Zeitungen, die Elise momentan alle bis auf das letzte Wort las, erfuhr sie zudem, dass die im Juli abgehaltene Konferenz in Evian keine internationale Lösung der Flüchtlingsfrage gebracht hatte und die Schweiz aus diesem Grund nur noch Emigranten einreisen ließ, die ein Visum zur Weiterreise in ein anderes Land vorweisen konnten.

Von Minna erhielt Elise kurz darauf ebenfalls Post. Erich hatte sich überreden lassen, nach Schweden auszuwandern, und dank der Hilfe eines ehemaligen Geschäftspartners, der in Stockholm lebte und Beziehungen zum Ministerium hatte, würden sie Visa erhalten. Wie froh war sie darüber, dass wenigstens die beiden bald in Sicherheit wären.

Im Oktober händigte sie Hertha ihren letzten verbliebenen Schweizer Franken für die Einkäufe aus. Hertha meinte, sie würde sie schon durchbringen. Der Kiosk laufe momentan besser denn je. Die Menschen seien ganz erpicht darauf, über das Weltgeschehen zu erfahren, und Zigaretten verkauften sich immer gut. Trotzdem belastete Elise die Situation.

Adele schrieb ihr kurz darauf, Anfang November, dass man sämtliche Polen, auch ihre Nachbarn in der Herberge, eine fünfköpfige Familie, ohne Vorwarnung an die polnisch-deutsche Grenze deportiert habe, wo sie weder nach Polen ein- noch in ihre Wohnorte zurückreisen konnten. Als Folge darauf erschoss der in Frankreich lebende Pole Herschel Grynszpan am 7. November den deutschen Legationssekretär Ernst vom Rath in der Botschaft in Paris. Danach brach das Chaos aus. Als Reaktion der Nazis kam es zu Angriffen auf jüdische Geschäfte, Wohnungen und Synagogen. Noch mehr Plünderungen, Zerstörungen, Morde, Verschleppungen.

Elises Sorge um ihre Mutter und Adele wuchs zunehmend, und als ihre Mutter ihr in einem Brief Ende November schilderte, wie schlimm die Situation sei, fühlte Elise einen ohnmächtigen Zorn in sich aufsteigen. Adele sei auf der Straße angegriffen worden von Nazis. Sie habe für die Mutter aus der Apotheke Medizin gegen eine Grippe holen wollen, da wurde sie von einer Horde Nazis in eine Seitengasse geschleppt. Das «furchtbare Gesindel», wie die Mutter schrieb, habe die arme Adele geschlagen. Es hätte wohl ein noch schlimmeres Ende genommen, wäre nicht zur richtigen Zeit ein SS-Offizier aufgetaucht, der die Sache unterband.

Als Elise die Zeilen las, konnte sie es kaum glauben. Ein SS-Offizier hatte Adele gerettet?

Als sie sich mit Hertha darüber unterhielt, meinte sie, es gebe von *denen* auch Gute. Elise dachte ungewollt an Lothar Braun und die Szene mit dem Säureeimer. Sie hatte gespürt, dass die Erniedrigung anderer Menschen ihm keine Freude bereitete, im Gegenteil. Doch es änderte nichts daran, was er getan hatte. Sie erzählte Hertha davon.

«Die Guten haben keine Chance. Früher oder später werden sie von den Bösen zu ihren Taten angestachelt. Und dieser Lothar Braun hat gemäß deiner Schilderung Jonathan nicht absichtlich getötet. Sein Tod war ein tragischer Unfall.»

«Das sehe ich anders. Wäre Braun nicht gewesen, würde Jonathan noch leben. Ich hasse diesen Mann!»

Hertha schwieg. Elise atmete tief durch, kraulte Brunos Nacken. «Ich muss Mutter und Adele hierherholen. Sie sind in Wien nicht mehr sicher.»

«Sie werden keine Einreisegenehmigung erhalten, das könnte nur gelingen, wenn du für sie bürgen würdest, so wie ich für dich. Meine Kaution reicht nicht für drei Personen. Und auch wenn sie reinkämen, wo sollen sie wohnen? Etwa zu dritt in der Kammer?»

Elise fühlte, wie eine Welle von Ärger in ihr hochwallte. Sie hasste diese Abhängigkeit, die sie den Nazis zu verdanken hatte.

Am nächsten Tag erkundigte sie sich bei den Behörden, wie sie ihre Mutter und Schwester in die Schweiz holen könne, und erfuhr, dass sie Visa für die beiden erhielte, wenn sie dafür eine Kaution von 10 000 Schweizer Franken hinterlegte und bestätigte, über genügend finanzielle Mittel für die Unterhaltskosten zu verfügen und nicht armengenössig zu werden.

Ihr Magen schnürte sich zusammen. 10 000 Schweizer Franken! Ein Vermögen!

Niedergeschlagen schritt sie durch die Altstadt. Schaufenster glänzten in der Sonne, glücklich aussehende Menschen strömten aus dem Kaufhaus Nordmann, beladen mit Einkaufstaschen. Elise blieb kurz stehen und schaute hinein. Das Kaufhaus war viel kleiner und längst nicht so luxuriös wie das Perlman, dennoch reichte der Anblick, um von Erinnerungen überrollt zu werden. Rasch ging sie weiter, blieb vor einem Schmuckgeschäft stehen und betrachtete die Auslage im Schaufenster. Ringe, Armbänder und Halsketten funkelten, und sie musste an ihren Großvater denken, verspürte tiefe

Trauer. Was würde sie geben, ihn noch einmal sehen zu können. Ihn, Jonathan, Wolfi. Für eine einzige letzte Minute mit ihnen würde sie einfach alles opfern. Alles.

Bei ein paar Geschäften mit Aushang bewarb sie sich spontan als Verkäuferin, doch niemand wollte jemanden mit Emigrantenstatus einstellen, auch wenn sie anbot, zu einem niedrigeren Lohn zu arbeiten. Auch in dieser Hinsicht waren die Schweizer sehr korrekt.

Am Folgetag beschloss sie, etwas zu unternehmen, und stellte sich mit Bruno auf die Straße in der Nähe des Löwendenkmals, begann zu singen.

Am Mädchengymnasium damals hatte sie Unterricht in Gesang erhalten, und ihre Stimme war von den Lehrern sehr gelobt worden. Man hatte ihr sogar nahegelegt, sich mit ihrem Talent zur Opernsängerin ausbilden zu lassen, doch ihre Mutter hatte davon nichts wissen wollen.

Wenigstens konnte Elise sich ihre Begabung jetzt zunutze machen. Sie profitierte zudem vom milden Novemberwetter, wodurch noch immer zahlreiche Touristen die Stadt bereisten. Gemäß Hertha zwar nicht mehr so rege wie die Jahre zuvor – die aktuelle politische und wirtschaftliche Lage ermunterte nicht gerade zum Reisen –, aber dennoch war Luzern für diese Jahreszeit gut besucht. Das Löwendenkmal ganz in der Nähe von Herthas Kiosk gehörte neben der Kapellbrücke und der Seepromenade zu den beliebtesten Touristenschauplätzen, und somit *mussten* die Leute an Elise vorbei. Viele blieben stehen, da ihnen ihre Stimme offenbar gefiel. Außerdem bemerkte sie, dass die Kinder begeistert waren von Bruno, der mit seinem verträumten Dackelblick neben ihr lag. Ihr Hut, der als Kasse diente, wurde von Stunde zu Stunde voller und voller, und sie sang und sang, am liebsten die Lieder von Renate Müller, die sich durch das viele Hören in letzter Zeit tief in ihrem Gedächtnis verankert hatten. Als sie «Ich bin ja heut so glücklich» vortrug, begannen die Leute sogar zu tanzen und stimmten in den Refrain mit ein. Welch wundervolle Stimmung!

Am Abend kochte sie Hühnchen mit Reis und Gemüse für Hertha, zum Nachtisch hatte sie Schokoladenkuchen gekauft. Zudem überreichte sie ihr fünf Franken. «Ein erster Teil an die Miete und das Klappbett.»

«Woher das Geld?» Hertha runzelte die Stirn, dann schaute sie Elise empört an. «Du hast dich doch nicht etwa prostituiert?»

«Wie bitte? Nein!» Wie konnte sie nur so etwas denken? «Ich habe heute gesungen! In der Nähe des Löwendenkmals. Und morgen gehe ich wieder.»

«Ach Mädchen! Für das brauchst du doch eine Bewilligung. Die du als Emigrantin sowieso nicht erhältst.»

«Ich weiß. Aber solange ich nicht erwischt werde ... Und wenn jemand kommt, sage ich einfach, ich hätte es nicht gewusst.»

«Die Polizei lässt sich nicht für dumm verkaufen. Besonders nicht von jüdischen Emigranten.»

Herthas Warnung hinderte sie nicht daran, am nächsten Tag erneut auf der Straße zu singen. Und wieder hatte sie Glück.

Am vierten Tag erschien die Polizei. Elise sah die beiden Männer schon von Weitem, hörte aber nicht auf zu singen: «An der Donau, wenn der Wein blüht». Dabei dachte sie an Renate Müller, die Jonathan und sie persönlich gekannt hatten und die 1937 in einem Berliner Krankenhaus verstarb, nachdem sie zwei Wochen zuvor aus dem ersten Stock ihrer Villa gestürzt war. Jonathan war immer der Ansicht gewesen, dass die Gestapo ihre Finger im Spiel hatte, weil Renate nicht nach deren Pfeife tanzen wollte.

Als sie das Lied beendet hatte und den Applaus des Publikums genoss, das eifrig Münzen in den Hut warf, traten die Polizisten auf sie zu.

«Dürfen wir Ihre Bewilligung sehen?», fragte einer der Männer, ein etwas älterer mit Schnurrbart.

«Eine Bewilligung?» Sie riss die Augen auf und hielt sich eine Hand vor die Brust. «Du meine Güte, ich wusste nicht, dass man eine braucht.»

«Haben Sie einen Ausweis?», fragte der jüngere Polizist mit harscher Stimme. Er besaß ein ausgesprochen gut geschnittenes Gesicht mit hohen Wangenknochen und grünen Augen, die jedoch keinerlei Wärme ausstrahlten.

Sie holte ihre Papiere hervor und reichte sie dem älteren Mann. Gemurmel aus der Menschenmenge.

Der jüngere Polizist blickte seinem Kollegen über die Schulter. «Aha. Emigrantin und Jüdin. Sie kommen jetzt sofort mit uns aufs Revier.»

«Aber ...»

Er packte sie am Arm. Bruno bellte. Ein kleiner Junge, der in der Menschenmenge stand und zuvor Münzen in den Hut geworfen hatte, begann zu weinen.

«Nichts aber. Mitkommen!»

Wie eine Verbrecherin führten sie Elise ab. Auf dem Revier erklärte man ihr, dass sie gegen die Vorschriften verstoßen habe und es sie ihre Aufenthaltsgenehmigung kosten sowie einen sofortigen Landesverweis nach sich ziehen könne. Doch ausnahmsweise würden sie sich mit einer Buße begnügen, die sie gleich vor Ort bezahlen musste. Fast die ganzen Einnahmen der letzten Tage.

Als Hertha davon erfuhr, musste sich Elise eine Standpauke anhören.

«Find dich mit deinem Schicksal ab!», sagte sie und schritt in der kleinen Küche auf und ab, während Elise am Tisch saß wie ein kleines Kind, das eine Dummheit begangen hatte.

«Aber ich muss meiner Familie helfen!»

«Wir können nichts machen! Nur hoffen, dass der Wahnsinn bald ein Ende hat.»

Doch der Wahnsinn ging weiter. Elises Mutter schrieb, dass der zweite Bezirk Wiens an der Negerlegasse – das am stärksten jüdisch geprägte Viertel mit einer Vielfalt an Synagogen und koscheren Lebensmittelläden – in ein inoffizielles jüdisches Ghetto umgewandelt worden sei. Sie und Adele bewohnten dort nun eine kleine Wohnung, in der sich Adele aus Angst vor weiteren Attacken der Nazis verschanze und zunehmend depressiver werde.

Und Elise konnte nichts tun. Die Zeit vertrieb sie damit, Hertha im Kiosk zu helfen, mit Bruno zu spazieren und die Wohnung so lange zu putzen, bis ihre Hände wund gescheuert waren. Sie aß so wenig wie möglich, um Hertha keine allzu großen Kosten zu verursachen, und tat alles, um sie zu entlasten. Doch all dies änderte nichts daran, die in ihrem Inneren tobende Unruhe zu beruhigen.

Als sie eines Tages, der erste Schnee hatte sich über die Stadt gelegt, mit Bruno am Hotel Kronenberg vorbeischritt und gut gekleidete Gäste in Pelzmänteln erblickte, blieb sie stehen und dachte an den Diebstahl im Mozarthof zurück, spürte ein Kribbeln in den Fingern. Bruno kündigte mit ungeduldigem Ziehen an der Leine an, dass er weiterwollte und es hier für ihn nichts mehr zu schnuppern gab.

Auf dem Heimweg ging Elise der Diebstahl nicht mehr aus dem Kopf.

14

Hertha und Elise feierten gemeinsam Chanukka und Weihnachten. Elise, die noch nie ein Weihnachtsfest erlebt hatte, fand Gefallen an dem geschmückten Bäumchen und der alten Krippe, die Hertha und Elsa einst von ihrem Vater bekommen hatten. Wehmütig dachte sie zurück an den großen Baum im Perlman, in dessen Kugeln sie ihr Spiegelbild betrachtet hatte. Eine andere Zeit, eine andere Welt.

Mit ihrem letzten Geld, das übrig geblieben war von ihren Gesangsauftritten, schenkte sie Hertha einen hellgrauen Wollschal, dessen Farbe perfekt zu ihren Augen passte. Von Hertha erhielt sie schwarze Lederhandschuhe und zehn Franken für Kaffee und Kuchen – sie wusste, wie sehr Elise die Kaffeehäuser in Wien vermisste. Bruno bekam eine Wurst, die er innerhalb von Sekunden verschlang.

Am 27. Dezember hatte Hertha bereits wieder den Kiosk geöffnet, und so spazierte Elise mit Bruno durch die winterliche Stadt bis hoch in den Gütschwald. In der Nacht zuvor hatte es geschneit, und beim Marsch durch den Wald wirbelte feiner, kristallener Schnee auf. Die Stille über der Stadt, die nur gelegentlich durch das Rascheln eines Vogels oder das Rieseln des Schnees unterbrochen wurde, füllte ihren Körper mit einer inneren Ruhe, die sie alle Probleme für einen Moment vergessen ließ. Bruno liebte den Schnee, sprang wie verrückt umher und steckte seine Schnauze immer wieder tief hinein, sodass sein ganzer Kopf wie ein einziger Schneeball aussah. Sie knuddelte ihn lachend, als er ihr auch schon wieder davonsprang.

Hunde, dachte sie. Sie waren immer glücklich, weil sie sich an den ganz einfachen Dingen im Leben erfreuen konnten. Sie stellten nichts infrage, sie lebten einfach. Warum taten die

Menschen das nicht auch? Sie atmete tief durch, dann rannte sie Bruno hinterher durch den Schnee und sang «Ich bin ja heut so glücklich».

Als Bruno und sie müde und etwas durchgefroren aus dem Wald kamen, tauchte vor ihnen das Château Gütsch auf wie ein Märchenschloss. Mit seinen verschneiten Türmchen sah es aus wie das Kunstwerk eines Zuckerbäckers. Sie beschloss, mit Herthas Weihnachtsgeld einen Kaffee zu trinken und sich aufzuwärmen. Den armen Bruno wollte sie nicht draußen lassen, doch als die Kellnerin sie erblickte, schaute sie Elise so entgeistert an, als wäre diese ein lebendiger Schneemann.

«Hunde müssen draußen bleiben!»

«Aber Bruno ist ganz ruhig. Er stört niemanden, versprochen.»

«Nichts da! Das ist ein Café!»

In dem Moment trat ein älterer, beleibter Mann in einem dunkelgrauen Anzug mit goldfarbener Krawatte auf sie zu. Seine Augen strahlten beim Anblick von Bruno. «Was für ein niedliches Hundchen!» Er beugte sich zu Bruno hinab und sah ihn verzückt an. «Bist ein ganz feiner, nicht wahr?» Ohne zu zögern streichelte er ihn, dann wandte er sich an die Kellnerin. «Wir machen eine Ausnahme, Ursula. Ich denke nicht, dass dieses Hundchen jemanden stören wird.»

Er zwinkerte Elise zu, und sie bedankte sich, folgte ihm zu einem Tisch am Fenster mit Blick auf den See, Bruno verkroch sich brav unter den Tisch. Sie bestellte einen Milchkaffee und ein Stück Apfelkuchen mit Schlagsahne. Herrlich! Dazu las sie die «Luzerner Zeitung», legte sie jedoch bald weg, da ihr nur schlechte Neuigkeiten entgegenschlugen. Als sie sich umsah, blieben ihre Augen auf einem Mann haften, sie schätzte ihn Mitte vierzig, der in der Ecke saß und sie anstarrte. Sie widmete sich rasch wieder der Zeitung, spürte aber nach wie vor seinen Blick auf sich ruhen. Kurze Zeit später stand er auf und näherte sich ihrem Tisch. In der Hoffnung, er ginge einfach vorbei, tat sie so, als würde sie einen Artikel lesen, doch dann blieb er stehen und räusperte sich.

«Bitte entschuldigen Sie, wertes Fräulein, aber darf ich Sie auf einen Kaffee einladen?»

Sie wollte entgegnen, dass sie bald gehen müsse, aber der Mann wirkte nett, deshalb nickte sie. «Gerne. Setzen Sie sich doch. Aber Vorsicht, hier ist ein Hund unter dem Tisch.»

«Oh!» Er bückte sich und lachte. «Was für ein drolliger Hund!»

Bei einem Kaffee erfuhr sie, dass der Mann Reinhart hieß, aus München stammte und in Zürich arbeitete. Luzern wollte er sich immer schon mal ansehen, deshalb sei er seit gestern hier, logiere in diesem Hotel. Nachdem er genug erzählt hatte, schaute er sie erwartungsvoll an, doch sie sagte nur, dass sie aus Wien sei und über Weihnachten ihre Tante besuche.

«Und Ihr Mann wartet in Wien auf Sie?», fragte er etwas enttäuscht mit Blick auf ihren Ehering.

«Ich bin Witwe», rutschte es ihr heraus, und sie ärgerte sich im nächsten Moment über ihre Ehrlichkeit. Hätte sie einen Ehemann erwähnt, wäre sie ihn vielleicht losgeworden. Andererseits musste sie gestehen, dass sie die Unterhaltung mit dem sympathisch wirkenden Reinhart genoss. Er war gewiss nicht besonders attraktiv, hatte ein blasses, rundliches Gesicht und hellblondes Haar, das seine Halbglatze umringte, aber seine blauen Augen blickten sie freundlich an.

Er bekundete sein Beileid zum Tod ihres Mannes, aber sie sah ihm an, dass es ihn insgeheim freute.

«Und wie lange halten Sie sich noch in der Schweiz auf?», fragte er.

Ihr gefiel es, für eine gewöhnliche Touristin gehalten zu werden. Einfach mal wieder etwas Normalität zu erleben, empfand sie in diesem Moment als kostbar.

«Vermutlich bis nach Silvester», antwortete sie.

«Haben Sie bereits Pläne für Silvester?»

Sie dachte an Hertha, die kürzlich verkündet hatte, dass ihr Silvester nichts bedeute, nachdem Elise ihr vorgeschlagen hatte, gemeinsam auf das neue Jahr anzustoßen. Eine Nacht wie jede andere, so ihre Aussage. Es störte Elise nicht, da sie wegen der Sorge um ihre Mutter und Adele ohnehin nicht in Feierlaune war.

«Meine Tante feiert Silvester nicht», erklärte sie Reinhart. «Somit werde ich wohl mit einem guten Buch früh zu Bett gehen. Und Sie?»

Er zögerte. «Ich habe eine Einladung nach St. Moritz. Zu einem Ball.»

«Wie aufregend! Ich liebe St. Moritz!»

«Sie waren schon dort?»

«Mein Mann und ich waren früher oft in der Schweiz. Wir liebten die Berge. Sie können sich glücklich schätzen, dort feiern zu dürfen.»

«Ehrlich gesagt, weiß ich noch nicht, ob ich hingehen werde.»

«Warum nicht?»

«Nun, der Gastgeber ist Basil Wild. Vielleicht haben Sie schon von ihm gehört?»

Sie schüttelte den Kopf.

«Ein Industrieller aus Zürich und mein Arbeitgeber. Er führt den Silvesterball jedes Jahr durch. Leider hat er inzwischen einige Nazifreunde. Vielleicht wissen Sie, dass St. Moritz und Davos bei denen momentan sehr beliebt sind als Kurorte.»

Sie nickte und dachte an Jonathans und ihren letzten Aufenthalt in Davos im Winter 1935. Ihnen war bereits damals aufgefallen, dass sich Davos zu einer Hochburg der Nationalsozialisten entwickelt hatte. Landesgruppenleiter der NSDAP-Auslandsorganisation Wilhelm Gustloff hatte im ganzen Ort erfolgreich ein Netzwerk errichtet und dadurch die nationalsozialistische Propaganda verbreiten können. Er war zwar 1936 ermordet worden, aber seine Tätigkeit wurde von anderen Personen und Institutionen weitergeführt. Jonathan und Elise entschieden deshalb, die Winterferien zukünftig an einem anderen Ort zu verbringen.

«Ich kann deren Ideologie nicht nachvollziehen», fuhr Reinhart fort und wurde Elise durch diese Aussage gleich noch sympathischer. «Ich habe viele jüdische Freunde in Deutschland, die unter Hitlers Regime zu leiden haben. Da fällt mir der Umgang mit Nazis nicht leicht, wenn Sie verstehen.»

Und wie sie verstand! «Ja, natürlich.» Sie überlegte, ihm zu sagen, dass sie Jüdin sei, aber er fuhr bereits fort.

«Nur ist Basil Wild grundsätzlich ein guter Mensch. Wir waren zusammen im Krieg, und er hat mir das Leben gerettet bei der Schlacht um Verdun. Ohne ihn ...» Er brach ab und schloss einen Moment lang die Augen. «Jedenfalls kam er nach dem Krieg in die Schweiz, heiratete Alma Amstutz und stieg nach und nach in der Werkzeugmaschinenfabrik seines Schwiegervaters auf. Inzwischen leitet er sie und hat mir eine Anstellung verschafft. Ich bin Ingenieur und seine rechte Hand.»

Während er weitererzählte und versuchte, diesen Basil Wild in ein gutes Licht zu rücken, reifte in ihr eine Idee heran. In St. Moritz hätte sie die Möglichkeit, das Kribbeln ihrer Finger zu stillen. Nazis zu bestehlen, deren Frauen zu Silvester garantiert jede Menge Schmuck ausführen würden. Sie musste dazu einfach eine Einladung von Reinhart erschleichen. Zur erfolgreichen Durchführung ihres Plans würde aber auch gehören, ihren jüdischen Glauben und den wahren

Grund ihres Aufenthaltes in der Schweiz zu verschweigen, sich als jemand anders auszugeben.

«Ich verstehe Ihren Konflikt», begann Elise. «Ich mag die Nazis ebenfalls nicht. Schrecklich, was da passiert in Deutschland und jetzt auch in Österreich. Ich überlege sogar, länger bei meiner Tante zu bleiben, weil Wien zurzeit nicht mehr dieselbe Stadt ist. Die Nazis haben alles Gute daraus verbannt.» Sie hielt inne. «Dieser Basil scheint aber kein Nazi zu sein?»

«Nein. Er verabscheut deren Handlungen auch. Aber als Geschäftsmann kann er sich Gewissensbisse nicht leisten. Und er verlangt, dass ich genauso denke wie er. Er wünscht deshalb, dass ich in St. Moritz dabei bin.» Eine leichte Röte breitete sich auf seinen Wangen aus. Er kam ihr vor wie ein Kind, das gerne mit dem unartigen, aber interessanten Nachbarsjungen gespielt hätte, obwohl es die Eltern verboten hatten.

Sie überlegte eine Weile, bis ihr ein Einfall kam. «Betrachten Sie das Ganze doch einfach als Spiel. Sie können mit diesen Leuten feiern und so tun, als würden Sie sie mögen. Lächeln Sie und denken Sie dabei, was für ein Trottel ihr Gegenüber doch eigentlich ist.»

Er schaute sie skeptisch an. «Dazu muss man sich aber gut verstellen können. Das gehört nicht zu meinen Stärken.»

Sie beugte sich leicht nach vorne und blickte ihn ernst an. «Dann konzentrieren Sie sich einfach auf die schönen Dinge in St. Moritz: die Berge, die Musik, den Champagner ... Eine nette Begleitung.»

Er musterte sie, als wäre sie ein einziges großes Fragezeichen. «Sie haben recht. Nur, eine *nette Begleitung* fehlt mir noch. Aber wie wäre es mit Ihnen?»

«Ich?», gab sie sich überrascht und schüttelte den Kopf. «Das geht nicht. Ich bin erst seit Kurzem Witwe und ...»

«Rein freundschaftlich», sagte er rasch. «Ohne Hintergedanken. Sie haben doch sowieso nichts Besseres vor, als im Bett zu lesen. Ich würde Sie natürlich einladen. Dafür helfen Sie mir im Gegenzug, mit dieser Nazibrut auszukommen.»

Sie wartete kurz mit ihrer Antwort, verhielt sich so, als wäre sie hin- und hergerissen.

«In Ordnung, ich begleite Sie.»

Aufgeregt schritt Elise wenig später die endlos lange Treppe hinunter in die Stadt. Noch immer konnte sie kaum fassen, was sie getan hatte: sich eine Einladung zu einem Silvesterball in St. Moritz verschafft. Sie wusste, dass sie sich auf gefährliches Terrain begeben würde, aber sie hatte vor, dieses Mal alles genau zu planen, um das Risiko, gefasst zu werden, möglichst gering zu halten. Dass ihr Vorhaben moralisch verwerflich war, wusste sie, aber es hinderte sie nicht daran, ihren Plan weiterzuverfolgen. Sie hatte keine andere Wahl. Sie brauchte Geld, um ihre Mutter und Adele in die Schweiz, in die Sicherheit zu holen, und einen anderen Ausweg gab es für sie nicht.

Als sie Hertha abends beim Essen von der Einladung erzählte, wirkte diese überrascht. «Du bist erst seit Kurzem Witwe. Und jetzt gehst du in St. Moritz, ausgerechnet St. Moritz, wo es zurzeit nur so wimmelt von Nazis, auf einen Ball mit einem Mann?»

«Ich brauche einfach mal etwas Ablenkung», flunkerte Elise. «Außerdem werde ich mich nicht auf Reinhart einlassen, und das weiß er auch.» Sie schnitt eine Scheibe Brot ab und bestrich sie mit Butter.

«Ach was, ein Mann, der dich einlädt, hat immer Hintergedanken. Immer!»

Sie hatte natürlich recht, und Elise war durchaus bewusst, dass Reinhart Absichten hatte und versuchen würde, sich ihr anzunähern. Es wäre naiv, seinen Worten «rein freundschaftlich» Glauben zu schenken. Aber vor Hertha wollte sie das nicht eingestehen, schließlich konnte sie ihr den wahren Grund nicht verraten.

«Ich gehe nur auf diesen Ball, um Silvester zu feiern. Und um St. Moritz zu genießen. Mehr nicht.» Und um Nazis zu beklauen. «Hertha, du hast selbst gesagt, die Welt gehört den Lebenden. Und dass ich wieder am Leben teilnehmen muss.»

Hertha rührte in ihrer Suppe. «Ja, das habe ich gesagt. Und ich bin immer noch dieser Meinung. Du bist jung und hübsch, sollst dich vergnügen und nicht hier versauern.» Sie schien zu überlegen. «Hast du überhaupt ein Ballkleid?»

Elise erschrak. Ein Ballkleid! So weit hatte sie noch nicht gedacht.

Hertha verdrehte die Augen. «Natürlich hast du keines. Dann gehen wir morgen gleich in den Stoffladen.»

Sie fanden einen silbergrauen Satinstoff, der herabgesetzt war, weil sich nur noch wenig Stoff auf dem Ballen befand. Doch es würde reichen für ein schlichtes, schmales Kleid, meinte Hertha. An der Kasse bemerkte Elise, wie schwer es Hertha fiel, das Geld aus dem Portemonnaie zu nehmen, und sie versprach ihr, den Stoff zurückzuzahlen, sobald sie konnte. Hertha seufzte tief, ahnend, dass dies so bald nicht der Fall sein würde – wie sehr sie sich täuschte.

Während Elise Hertha später beim Zuschneiden des Kleides half, hörten sie auf dem Grammophon eine Jazz-Schallplatte. Hertha liebte Musik und schwang dazu gerne das Tanzbein, sogar an diesem Abend an der Nähmaschine beobachtete Elise, wie sie mit dem freien Fuß im Takt wippte, während sie konzentriert den silbergrauen Satin durch die Maschine gleiten ließ. Plötzlich erfasste Elise ein Anflug unendlicher Dankbarkeit. Nicht nur dafür, dass Hertha ihr ein Kleid nähte, sondern weil sie sie aufgenommen hatte und sie fast wie eine eigene Tochter behandelte.

Das Ballkleid fiel trotz seines einfachen, geraden Schnittes elegant und wunderschön aus. Elise bewunderte sich in dem kleinen Spiegel, den Hertha abgehängt hatte und so hielt, dass sie sich von allen Seiten anschauen konnte. «Es ist fantastisch!» Hertha hatte ihr dazu eine weiße Baumwollstola ausgeliehen, und sie trug ihre grauen Absatzschuhe; eines der wenigen Paare, das ihr Ingrid nicht gestohlen hatte. Die leichte Abnutzung fiel durch die Länge des Kleides nicht auf.

Hertha hängte den Spiegel wieder an die Wand. «Ich bin froh, dass es dir gefällt.»

Elise fiel ihr in die Arme. «Danke für alles! Einfach alles!»

«Oh ... ja, ja. Schon gut.» Sie klopfte ihr etwas unbeholfen auf den Rücken und löste sich aus der Umarmung. «Ich glaube, es fehlt noch etwas.» Sie verschwand im Schlafzimmer, kam kurz darauf mit einer Schatulle aus dunkelrotem Samt zurück, öffnete sie vor Elises Augen. Ein Perlen-Ensemble bestehend aus Halskette, Ohrsteckern und Armband kam zum Vorschein. «Das ist mein einziger Schmuck. Ich trage ihn fast nie und möchte, dass du ihn auf diesem Ball trägst.»

Vor Überwältigung fehlten Elise die Worte. «Hertha ...», stammelte sie, doch die schüttelte den Kopf. «Schon gut. Sag nichts. Bring ihn mir einfach wieder.»

Tags darauf, während Hertha im Kiosk war, besuchte Elise mit Bruno die Altstadt, besorgte sich mit dem restlichen Weihnachtsgeld im Eisenwarengeschäft einen Schraubenzieher und einen Dietrich-Sperrhaken und im Warenhaus Nordmann eine Taschenlampe. Sie hätte gerne einen ganzen Dietrichsatz gekauft, konnte ihn sich aber nicht leisten. Wieder zu Hause übte sie zwei Stunden lang, sämtliche Türen in der Wohnung mit dem Werkzeug zu öffnen, hörte dazu eine Schallplatte mit Stücken von Beethoven gespielt von Jonathan. Irgendwann, ihre Handgelenke schmerzten bereits und sie wollte aufgeben, erklang «Für Elise», und als wäre es ein Zeichen, gelang es ihr in dem Moment, mit dem Schraubenzieher den Schlüssel aus dem Schloss zu schieben und dieses im Anschluss mit dem Dietrich-Sperrhaken zu öffnen. Vor Freude entwich ihr ein «Hurra!», woraufhin sie Bruno, ihr einziger Zeuge, ansah, als wäre sie völlig durchgedreht. Sie streichelte ihn lachend.

«Ach Bruno, wenn das in St. Moritz so klappt, wie ich es mir vorstelle, kriegst du einen riesigen Knochen, das verspreche ich dir ... Hm, weißt du was, den kriegst du sowieso.» Außer, sie landete im Gefängnis, dachte sie zerknirscht.

Tags darauf, am 30. Dezember, fuhren Reinhart und sie mit der Bahn nach St. Moritz. Wie früher, als sie mit Jonathan durch die Schweiz gereist war, zog sie dieses Land in seinen Bann. Stahlblauer Himmel über schneebedeckten Bergen und Landschaften, Tannenwälder wie mit Puderzucker bestäubt, glitzernd in der Sonne, als wären sie mit Millionen kleiner Diamanten berieselt worden.

Diamanten. Sie würde hoffentlich welche stehlen können, dachte sie, und ein unruhiges Kribbeln breitete sich in ihr aus.

Am Bahnhof in St. Moritz wurden sie von einem Hotelpagen erwartet und zwischen Menschen in dicken Pelzmänteln und Koffern zu einer Kutsche geführt. Die kräftigen Pferde schnaubten und tänzelten abmarschbereit, während der Kutscher das Gepäck hochlud. Es war bereits kurz nach vier Uhr, und die letzten Sonnenstrahlen streiften ihre Gesichter, als sie durch das Dorf fuhren, vorbei am zugefrorenen See, auf dem noch ein paar Eisläufer ihre Runden drehten. Sehnsüchtig schaute sie hoch zum Hotel Palace mit seinen Erkern und Giebeln, in dem sie einst mit Jonathan abgestiegen war. Direkt am Hang und im Zentrum von St. Moritz gelegen bot es Blick auf See und Bergwelt. Reinhart und sie logierten im Grand Hotel Alpina, das etwas außerhalb des Dorfes lag.

Während er von einem arabischen Prinzen erzählte, den er vor einem Jahr im Hotel gesehen hatte, fiel erbarmungslos die Melancholie über Elise her. Jonathan fehlte ihr gerade so sehr. Sie blickte nach draußen und fragte sich, ob sie jemals in ihrem Leben wieder richtig glücklich werden würde. Würde es wieder Momente geben, in denen sie sich wünschte, die Zeit bliebe stehen? Ohne Jonathan fühlte sie sich endlos leer. Wie ihr Großvater ihr einst nach Wolfis Tod gesagt hatte, versuchte sie sich Jonathan auf einer Wolke vorzustellen, doch es gelang ihr nicht. Sie war nun mal kein Kind mehr, und die harte Realität der letzten Monate schien ihre Fantasie ausgelöscht zu haben. Doch dann, als sie den Park des Grand Hotels erreichten, fühlte sie sich von einem Moment auf den anderen wie verzaubert. Schneebedeckte Tannen um sie herum, die Auffahrt gesäumt von Laternen, das Licht flackernd in der Dämmerung. Mit seinen spitzen Türmchen und Zinnen glich das Hotel einem Schloss, und es kam ihr vor, als würden sie sich in eine Traumwelt begeben; eine Welt jenseits der Realität. Genau was sie brauchte, um ihren Kummer zu verdrängen und sich voll und ganz auf ihr Vorhaben zu konzentrieren.

Die Zimmer waren beide auf Reinhart registriert, deshalb musste sie ihren Pass gar nicht erst zeigen. Dies unterstützte ihren Plan, sich während der Zeit in St. Moritz als Elise Graf auszugeben, und nicht als Elise Rosenberg.

Nachdem sie die Zimmer bezogen und sich frisch gemacht hatten, trafen sie sich zum Champagner-Aperitif vor dem Kamin in der Hotelbar. Elise trug ihr dunkelblaues Kleid, freute sich aber bereits auf den Silvesterabend, an dem sie ihr neues Ballkleid anziehen konnte. Ein Prickeln breitete sich auf ihren Armen aus, als sie sich in der Bar umsah. Schon immer hatte sie diese Atmosphäre in schummrigen Bars geliebt. Der

Pianist entlockte seinem Flügel zarte, federnd leichte Klänge, die mit dem knisternden Kaminfeuer harmonisierten. Kerzenlicht tänzelte auf der Tischplatte, Champagner rann ihr perlend die Kehle hinunter, jeder Muskel ihres Körpers entspannte.

Sie lernte Reinharts Vorgesetzten Basil Wild und dessen Geliebte Wasilina Krylowa kennen, eine russische Balletttänzerin, atemberaubend schön, mit schwarzem, in Wasserwellen gelegtem Haar und veilchenblauen Augen. Sie verstanden sich auf Anhieb, unterhielten sich angeregt über Ballett, Musik, aber auch über Luzern. Wasilina erzählte ihr, dass sie und Basil öfters dort verweilten, damit Basil, ein leidenschaftlicher Kunstsammler, eine Luzerner Galerie besuchen konnte.

Basil – überaus attraktiv mit dunkelblondem, streng zurückgekämmtem Haar und kantigen Zügen – war zwar durch und durch ein Geschäftsmann, doch wenn er mit Wasilina sprach, legte sich ein weicher Ausdruck auf sein Gesicht. Die Liebe der beiden wirkte auf Elise regelrecht greifbar.

Als sie in ein Blätterteighäppchen biss, fiel ihr ein Mann mit Gefolge auf, um den der Concierge herumscharwenzelte und dabei den Pagen, die mit Koffern voll beladene Wagen durch die Halle schoben, Anweisungen erteilte.

«Das ist Prinz Habib Lotfallah von Arabien», erklärte ihr Wasilina flüsternd. «Er war schon vor einem Jahr hier. Der ist so reich, das können wir uns gar nicht vorstellen. Gegen ihn ist sogar Basil eine arme Kirchenmaus. Er bewohnt die Königsuite im obersten Stock.»

Elise blickte dem Mann nach, der in seinem hellbraunen Kamelhaarmantel und dem Hut eher unauffällig aussah und nicht so, wie man sich einen arabischen Prinzen vorstellte.

Sie dinierten mit Basil, Wasilina und weiteren Geschäftspartnern von Basil: einem untersetzten Mann namens Helmut Lauer, Vorsteher einer Gesellschaft für Flugzeugzubehör in der Nähe von Berlin – und NSDAP-Anhänger. Seine Frau Margot entsprach mit ihrem hellblonden Haar und den blauen Augen exakt dem Bild einer perfekten Arierin. Doch es war nicht sie, die strahlte, sondern ihr Diamantarmband, mit dem sie jedes Mal vor Verlegenheit zu spielen begann, sobald man sie ansprach: ein auffallend schönes Stück aus einzelnen, mit kleinen Diamanten besetzten Gliedern, die an Schneeflocken erinnerten. Dazwischen größere Diamanten im Emerald-Schliff. Sie waren ein Vermögen wert, das erkannte Elises geschultes Auge auf Anhieb.

Während Margot kaum ein Wort von sich gab, dominierte Helmut das Tischgespräch. Elise hasste diesen Mann sofort. Selbst als er begeistert von seiner Tochter und ihrem Pony erzählte, wurde er ihr nicht sympathischer. Ein Paar mittleren Alters namens Alfons und Mechthild übertraf Helmut jedoch an Widerwärtigkeit. Beide machten keinen Hehl daraus, wie sehr sie Hitler bewunderten und die Juden und Kommunisten verabscheuten. Alfons' Gelächter erinnerte Elise an das Meckern einer Ziege, und sein hageres Gesicht glänzte, wie wenn er zuvor mit dem Kopf in ein Ölfass getaucht wäre. Und Mechthild, nun, jeder Clown würde sie um ihre Schminke beneiden, und jeder Christbaum um ihren Schmuck.

Aber auch wenn sie die Anwesenden nicht mochte, gab sie sich charmant und interessiert, lachte über deren – wenn auch dämlichen – Witze. So selbstverliebt, wie sie waren, interessierten sie sich ohnehin kaum für sie, bis auf Wasilina, die neben ihr saß und mehr über sie wissen wollte. Wie gegenüber Reinhart gab Elise bloß an, eine Touristin zu sein, die ihre Tante in Luzern besuchte.

«Sie stammen dem Dialekt nach aus Österreich, oder?»

«Ja, richtig. Mein Mann ist leider vor Kurzem verstorben, deshalb wollte ich weg. Und die Schweiz habe ich schon immer geliebt.»

«Österreich, aha», meinte Helmut, der ihnen zugehört hatte und sich interessiert zu ihnen drehte. «Sie sind bestimmt auch froh, dass dort endlich für Ordnung gesorgt wird.»

«Wie meinen Sie das?», fragte Elise lächelnd, obwohl sie genau wusste, was er meinte.

«Na, dass dieses Pack von Juden endlich vertrieben wird!»

«Das wurde höchste Zeit!», stimmte Alfons ihm zu und erntete Zustimmung von Mechthild.

«Aber wenn ihr mich fragt», meinte Mechthild schrill, «geht das alles viel zu langsam. Dieser Judenpöbel ist einfach noch immer überall.»

Basil, der sich zurückgelehnt und eine Zigarre angezündet hatte, besah Mechthild spöttisch und mit leicht zusammengezogenen Augen. «Wo sollen sie deiner Meinung nach denn hin? Die armen Seelen können sich ja nicht gut in Luft auflösen. Und kein Land will sie aufnehmen.»

Mechthilds rechtes, überschminktes Augenlid zuckte träge im Sekundenrhythmus. «Dann muss man sich eben was überlegen. Aber bald!»

«So eine Art ... Schlachthof wäre gut», meinte Alfons, die Ziege, lachend.

«Genau! Wie für Kühe!» Helmut grölte, und auch Mechthild stimmte mit ein.

Elise erstarrte und ballte die Hände unter dem Tisch zu Fäusten. Ihre Worte fühlten sich an wie Handgranaten, die sie nach ihr geworfen hatten. Reinhart und Wasilina wirkten ebenfalls wie versteinert, und sogar Margot warf ihrem Mann einen fassungslosen Blick zu. Basil runzelte bloß die Stirn, aber es war ihm eindeutig anzusehen, was er von seinen Geschäftspartnern hielt. Doch er schwieg und betrachtete seine Zigarre, als würde sie ihm gleich eine Lösung für das Problem liefern.

«Das sind Menschen», sagte Elise aus ihrer Erstarrung erwachend und blickte abwechselnd zwischen Helmut und Alfons hin und her, die sie verdutzt anschauten. «Sie haben Familien. Berufe. Träume. Genau wie wir. Nur in ihrem Glauben unterscheiden sie sich von uns. Aber was spielt das für eine Rolle? Sagen Sie es mir.» Herausfordernd schaute sie die beiden an, dachte an ihren Großvater, der ihr, so kam es ihr vor, die Worte in den Mund gelegt hatte.

«Das spielt eine sehr große Rolle!», entgegnete Alfons. «Der jüdische Glaube ist falsch! Und er hat aus ihnen das gemacht, was sie sind: geldgierige und hinterlistige Halunken, kulturlose Parasiten. Untermenschen!»

Sie musste sich zusammenreißen, nicht aufzustehen und ihm eine reinzuhauen. «Warum ist der jüdische Glaube falsch? Und wenn er falsch ist, welcher ist dann richtig?»

Alfons' öliges Gesicht errötete und er knetete die Hände. Ihm fehlten die Worte, doch sein Freund Helmut kam ihm zu Hilfe. «Es ist doch ganz offensichtlich, dass die einzige richtige Religion das Christentum ist.» Seine Augen waren erfüllt von kaltem Glanz, aber Elise ließ sich nicht entmutigen, lehnte sich leicht nach vorne.

«Die Entstehung des Lebens ist und bleibt ein Rätsel. Wer weiß, ob es überhaupt einen Gott gibt? Vielleicht haben wir ihn selbst erfunden, um dem ganzen Irrsinn hier einen Sinn zu geben. Und dann wären auch alle Religionen bloß Fantasiegespinste. Es gibt also keinen richtigen oder falschen Glauben, wenn ihr mich fragt.»

Alle starrten sie an, bis Basil plötzlich klatschte. «Ich mag dieses Mädchen. Sie hat absolut recht. Ein Irrsinn ist das

Ganze wahrhaftig. Aber der Irrsinn hat auch sein Gutes. Wir müssen nicht an morgen denken, sondern nur ans Hier und Jetzt. Also, Freunde, lasst es uns genießen!» Er griff nach seinem Glas und hob es hoch, zwinkerte Elise verschwörerisch zu.

Während die anderen noch zögerten, erhob Reinhart ebenfalls sein Glas, dann taten es ihm alle gleich. Wasilina hingegen sah sie nur an, und es schien Elise, als könnte sie direkt in ihre Seele schauen. Sie weiß es, dachte sie. Sie weiß, dass ich Jüdin bin, aber sie wird das Geheimnis für sich behalten.

Sie ertrug den Abend, einerseits dank der Unterhaltung mit Reinhart und Wasilina, andererseits dank des Champagners, von dem sie mehr als genug trank. Als sie sich nach dem Essen auf der Toilette den Lippenstift nachzog, betrat Mechthild den Raum. Sie stellte sich neben Elise und zog eine goldene Puderdose aus der Handtasche.

«Ich mag Reinhart ja, aber ich verstehe nicht, was er mit einer wie Ihnen will.» Sie begann, sich das Gesicht abzupudern, sodass es stäubte. «Wenn er seine Frau schon betrügt, dann soll er es wenigstens mit einer anständigen Frau tun und nicht mit einer, die das nationalsozialistische Gedankengut nicht zu schätzen weiß und sogar Juden verteidigt!»

Elise konnte ihre Überraschung nicht verbergen. Reinhart war verheiratet!

«Sie wussten es nicht!», stellte Mechthild befriedigt fest, aber Elise hatte sich schnell wieder gefasst.

«Reinhart betrügt seine Frau nicht. Wir sind nur Freunde. Haben sogar getrennte Hotelzimmer.»

Mechthild lachte schrill und ließ die Puderdose wieder in der Handtasche verschwinden, nahm einen Lippenstift heraus. «Sie Dummerchen! Glauben Sie wirklich, dass Reinhart mit einer Frau wie Ihnen nur *befreundet* sein will? Seine

Frau lebt in München, er sieht sie nicht allzu oft. Aber er hat Bedürfnisse, wie jeder Mann.» Sie zog sich die Lippen nach und betrachtete sich zufrieden im Spiegel. «Das werden Sie noch sehen.»

Mechthild sollte recht behalten. Tags darauf, am Silvestertag, unternahmen Elise und Reinhart eine Schlittenfahrt. Warm eingepackt in eine Decke und gezogen von dunkelbraunen Kaltblütern, glitten sie im Schlitten durch Wälder und eine märchenhafte Landschaft, die bis auf das Klirren des Pferdegeschirrs von einer winterlichen Stille geprägt war.

«Alles in Ordnung, Elise? Sie sind so ruhig. Das fiel mir schon gestern Abend auf. Und nach dem Essen waren Sie plötzlich verschwunden. Sie wollten uns doch noch in die Bar begleiten.» Seine warme Atemwolke vertrieb die eisige Bise.

«Ich war sehr müde von der langen Reise.»

«Ja, sicher ... Hören Sie, ich muss mich für gestern Abend entschuldigen. Diese Leute ... sie sind furchtbar. Ich hätte Sie unterstützen sollen, aber ich wusste einfach nicht, was ich sagen soll.»

«Schon gut, Reinhart. Bitte machen Sie sich keine Gedanken.»

«Sie sind sehr mutig. Aber Sie sollten aufpassen. Es macht sich nicht überall gut, wenn man die Juden verteidigt. Sie könnten plötzlich selbst Ärger bekommen.»

Sie lächelte, berührt von seiner Besorgnis. «Ich passe auf ... Oh, schauen Sie! Ein Eichhörnchen!»

Entzückt beobachteten sie, wie das kleine, braune Büschel eine Tanne hinaufkletterte. Dann verharrte es kurz, blickte mit seinen Knopfaugen zu ihnen, bis es blitzartig hinter dem Baumstamm verschwand.

Sie lachten, dann griff Reinhart nach ihrer Hand, schob ihr die Mütze etwas aus der Stirn. «Sie sind eine wunderbare

Frau, Elise.» Er streichelte ihr über die Wange und näherte sich im nächsten Moment ihrem Gesicht. Sie wich aus. «Nein, das geht nicht.»

«Es ist zu früh ... tut mir leid.»

«Ja, viel zu früh. Aber nicht nur deswegen ... Sie sind verheiratet.»

«Oh ... Sie wissen es?»

«Mechthild ist gesprächig.»

«Bitte denken Sie jetzt nicht falsch von mir. Meine Frau und ich ... nun, unsere Ehe besteht eigentlich nur noch auf dem Papier. Sie hat einen Liebhaber, musste ich bei meinem letzten Besuch in München feststellen.»

Ihr fiel die Traurigkeit in seinen Augen auf, und dieses Mal griff sie nach seiner Hand. Sie mochte Reinhart und verzieh ihm, dass er ihr seine Frau verheimlicht hatte, schließlich hatte sie auch ihre Geheimnisse und ihn zudem ausgenutzt.

Eine ganze Weile saßen sie einfach nur in der Kutsche, genossen die Ruhe um sich herum.

15

Wenn sich deine Welt verändert, brauchst du einen Plan. Elise hatte einen und war bereit für die Nacht.

Ihre Opfer wären Alfons und Mechthild sowie Helmut und Margot. Alle Zimmer lagen wie ihres auf der dritten Etage. Nur, wann sollte sie zuschlagen? Bevorzugt hätte sie den Nachmittag oder Abend, weil sich alle tagsüber draußen und später auf dem Ball aufhalten würden, doch Reinhart und vermutlich auch den anderen würde ihre Abwesenheit auffallen. Sie könnte Kopfschmerzen vortäuschen, aber das würde sie höchst verdächtig machen, wenn hinterher bei allen der Schmuck fehlte. Außerdem würden Mechthild und Margot ihren schönsten Schmuck zum Ball tragen, und diese Stücke konnte sie sich nicht entgehen lassen. Somit blieb ihr keine andere Wahl, als in den frühen Morgenstunden aktiv zu werden, wenn hoffentlich alle betrunken und erschöpftt in den Betten lägen. Es würde nicht einfach werden, aber manchmal musste man etwas aufs Spiel setzen, um vom Schicksal sein Recht einzufordern.

Jetzt hieß es nur noch, den restlichen Tag mit der Gruppe durchzustehen und sich zusammenzureißen. Sie durfte ihnen keinen Grund liefern, der sie verdächtig machen könnte. Als sie am Nachmittag auf der sonnigen Terrasse vor dem Bergpanorama Champagner tranken, erzählte sie von ihren Reisen, gab witzige Anekdoten preis und verhielt sich so charmant und lebensfroh wie einst in Wien, als Jonathan und sie noch zur Gesellschaft gehört hatten. Schnell waren ihre Äußerungen von gestern vergessen, und die Stimmung wurde von Glas zu Glas heiterer. Sie trank absichtlich wenig, da sie später auf Verstand und Körper angewiesen sein würde wie nie zuvor – doch es fiel ihr schwer, da sie diese Leute nüchtern kaum ertragen konnte. Bis auf Reinhart und Basil verabscheute sie jeden einzelnen dieser Gruppe. Ihr fehlte zudem Wasilina, die am Morgen abgereist war. Stattdessen erschien zum Abendessen Basils Frau Alma. Reinhart hatte ihr erklärt, dass Basils Affäre kein Geheimnis sei und seine Frau sie unter gewissen Bedingungen toleriere. Jeder wisse, dass Basil Wasilina liebe, sich aber aufgrund der Besitzverhältnisse in der Firma keine Scheidung erlauben könne. Diese gehöre seinem Schwiegervater, der sich zwar zurückgezogen hatte, jedoch noch immer als Hauptaktionär fungiere. Und dann waren da noch die beiden Kinder.

Basils Frau Alma kam optisch nicht an Wasilinas Schönheit heran, bestach aber durch ihre kühle Eleganz und ihre Klugheit. Das honigblonde Haar trug sie zu einem Chignon, und ihre dunkelblauen Augen verrieten Wachsamkeit. Sie begegnete Elise von Anfang an mit einer Skepsis, die zur Vorsicht gemahnte. So wollte sie unter anderem wissen, was ihr verstorbener Mann und ihre Familie beruflich gemacht hatten, und Elise antwortete, dass ihr Mann Anwalt gewesen sei und sie die Erbin eines Textilunternehmens, das ihre Mutter und sie nach dem Tod des Vaters verkauft hätten.

Almas Fragen waren ihr unangenehm, und sie verspürte Erleichterung, als der Kellner erschien, um die leeren Teller abzuräumen. Bis zum Dessert würde es eine lange Pause geben, und sie nutzte die Gelegenheit und begab sich in den angrenzenden Ballsaal, der sich allmählich füllte. Zwischen Glitzerketten und Girlanden, weißen und goldfarbenen Ballonen begannen die Gäste zu Swing zu tanzen. In der Mitte des Saales erhob sich ein gigantischer Champagnerbrunnen, und auf der Bühne bewegten sich junge Frauen in goldfarbenen Fransenkleidchen mit Kopfschmuck aus Straußenfedern. Sie musste an Ingrid denken, und sogleich wallte Zorn in ihr auf. Doch sie konnte nicht zu lange darüber nachsinnen, denn plötzlich erschien eine Frau, die sich in ihrem weiß-gold-farbenen Tüllkleid und der goldenen Maske von den anderen Tänzerinnen unterschied. Sie tanzte, ja schwebte förmlich über die Bühne, nur passte es nicht zum schnellen Takt des Swings. Die anderen Tänzerinnen hatten sich zur Seite begeben, starrten verdutzt zu der maskierten Tänzerin, die gerade eine sagenhafte Pirouette drehte, eine sogenannte Fouetté en tournant, wie Elise sie aus Schwanensee kannte. Wie ein Schmetterling, dachte Elise, und da wusste sie es: Wasilina.

«Was tut sie hier?», fragte Reinhart, der sich mit einem Glas Champagner zu Elise gesellte. «Sie sollte gar nicht hier sein.»

Elise erspähte Basil, der ganz in der Nähe stand und auf den Alma wütend einredete. Sie meinte ein «Was fällt ihr ein?» zu hören. Dann riss Wasilina die Maske vom Gesicht, verließ die Bühne und bahnte sich einen Weg durch die Menge. Die Leute machten ihr augenblicklich Platz und schauten ihr nach. Vor Basil und Alma blieb Wasilina stehen, und ihr Blick schien sich regelrecht an Basil festzusaugen. Aber dann stellte sich ihr Alma in den Weg und küsste Basil. Wasilinas Gesicht erstarrte, sie schüttelte wortlos den Kopf und rannte aus dem Saal. Basil wollte ihr nach, aber Alma hielt ihn zurück, sprach erbost auf ihn ein und verließ anschließend ebenfalls den Saal. Ungewohnt hilflos wirkend blieb Basil zurück, bis er einem Kellner ein Glas Champagner vom Tablett nahm und es in einem Zug leerte. Er rief: «Noch eine Stunde bis zwölf! Lasst uns tanzen!»

Elise entschuldigte sich bei Reinhart und begab sich auf die Suche nach Wasilina, die sie im Wintergarten entdeckte. Sie saß auf einem Sessel und wirkte in ihrem Tüllkleidchen wie ein kleines Mädchen, während Alma herrisch auf sie einsprach. Elise blieb hinter einer Marmorsäule stehen.

«Warum bist du nicht abgereist, so wie es vereinbart war?»

«Ich … konnte nicht. Ich liebe ihn. Und er liebt mich.» Ihre Stimme klang trotzig.

Alma lachte hysterisch. «Aber er wird mich nie verlassen, und das weißt du genau.»

Wasilina schwieg.

«Du bist nur seine kleine Geliebte. Gut genug für das Bett, um ihn bei Laune zu halten. Aber mehr nicht. Oder hast du wirklich gedacht, er würde *mich* für ein Flittchen wie dich verlassen?»

Wasilina wandte den Kopf zur Seite.

«Ich sage dir etwas, Wasilina. Du bist ein Nichts! Zukünftig hältst du dich an die Vereinbarung, ansonsten sorge ich dafür, dass du Basil nie wiedersiehst! Und dass deine Karriere vorbei ist.» Mit diesen Worten beendete sie das Gespräch und stürmte aus dem Wintergarten wie ein Gewitter, schwere Verwüstung hinterlassend. Nachdem sie weg war, eilte Elise zu der weinenden Wasilina, die wie ein Häufchen Elend dasaß.

«Ich liebe ihn! Ich liebe ihn so sehr!», sagte diese verzweifelt und wischte sich die Tränen aus dem Gesicht.

«Ist ja gut … Aber vielleicht solltest du trotzdem in Erwägung ziehen, diese Affäre zu beenden. Sie tut dir offenbar nicht gut.»

«Ich kann nicht. Auch wenn ich weiß, dass Basil mir schadet, so brauche ich ihn. Und die Hoffnung bleibt, dass er Alma irgendwann verlässt.»

Elise wusste insgeheim, dass dies nie passieren würde, doch sie schwieg.

Während sie Wasilina auf ihr Zimmer begleitete, nahm sie sich vor, Alma ebenfalls zu bestehlen. Das Biest hatte es verdient.

Sie blieb bei Wasilina, bis diese einschlief, danach gesellte sie sich auf die Terrasse zu den anderen Gästen, alle wartend auf das neue Jahr und das Feuerwerk. Noch zehn Minuten bis Mitternacht. Sie entdeckte Reinhart neben Basil, beide rauchten schweigend, etwas weiter vorne an der Balustrade standen die anderen. Elise trat neben Basil, flüsterte: «Sie ist in ihrem Zimmer und schläft. Ich dachte, das interessiert dich vielleicht.»

Er sah sie schweigend an, ehe er sich mit einem leisen «Danke» abwandte.

Das Jahr 1939 wurde mit viel Champagner und einem gewaltigen Feuerwerk begrüßt, das den Nachthimmel erhellte. Während um Elise herum die Korken knallten und der Charleston dröhnte, dachte sie an ihr Vorhaben und wurde zunehmend nervöser. Sie müsste sich noch ein paar Stunden gedulden, bis die Gäste betrunken und müde ihre Zimmer aufsuchen würden. Welch Glück, dass alle den Champagner tranken, als wäre er Wasser, sogar die so steife Alma.

Um etwa halb drei begann sich der Saal zu leeren, doch Elises Opfer blieben in Feierlaune und zeigten kaum Müdigkeitserscheinungen. Reinhart verabschiedete sich als Erster, kurz darauf Basil mit Alma, anschließend Helmut und Margot. Nur Alfons und Mechthild tanzten mit etwa zehn verbliebenen Gästen eifrig weiter, als gäbe es kein Morgen. Erst um kurz vor vier Uhr war es so weit. Alfons konnte sich kaum mehr auf den Beinen halten, und auch Mechthild schwankte nur noch. Sie gehörten zu den Letzten, und das Hotelpersonal begann bereits aufzuräumen. Elise half Alfons und Mechthild zu ihrem Zimmer, und als sie ihnen eine gute Nacht wünschte, blickte sie verstohlen auf Mechthilds Diamantcollier, das so stark funkelte, als würde es sie regelrecht darum bitten, bald befreit zu werden.

In ihrem Zimmer wechselte Elise die Kleidung, zog ein schlichtes, dunkelgraues Baumwollkleid an. Dann nahm sie den Stoffbeutel mit dem Werkzeug und setzte sich aufs Bett, wartete. Sie dachte an das Hotelpersonal, das unten im Saal aufräumte und vermutlich noch lange beschäftigt sein würde. Aber darauf konnte sie keine Rücksicht nehmen. Noch konnte sie ihr Vorhaben abbrechen, sagte sie sich, als ihr Herz raste. Nur was dann? Wie würde sie zu Geld kommen, um ihre Mutter und Adele in die Schweiz zu holen? Natürlich könnte sie sich auf Reinhart einlassen, seine Geliebte werden wie Wasilina die von Basil. Sie müsste ihm die Wahrheit über sich sagen, aber so wie sie Reinhart einschätzte, würde er sie auch als jüdische Emigrantin noch nehmen … Sie schüttelte den Kopf, wütend, dass sie überhaupt darüber nachdachte. Nein, diese Diebstähle waren die einzige Lösung.

Nach einer Weile, überzeugt, dass zumindest die Gäste nun schlafen mussten, verließ sie das Zimmer, ausgerüstet mit ihrer Beuteltasche und der Taschenlampe. Der Flur war zwar noch dämmrig beleuchtet, aber in den Zimmern brauchte sie Licht. Stille herrschte, als wäre das ganze Hotel ausgestorben. Auch von den Aufräumarbeiten im Erdgeschoss war nichts zu hören.

Sie beschloss, mit Alma und Basil zu beginnen, und schlich zu deren Zimmer, die Sohlen fast lautlos auf dem flauschigen Teppich. Wie damals im Hotel Mozarthof spürte sie ihren Herzschlag bis in die Ohren. Sie versuchte zuerst, die Zimmertür zu öffnen, in der Hoffnung, sie wäre nicht verschlossen, doch so einfach wurde es ihr nicht gemacht. Wie sie es geübt hatte, begann sie mit dem Schraubenzieher den Schlüssel rauszuschieben. Es ratterte ein wenig, dann merkte sie, wie er auf der anderen Seite zu Boden fiel, sein Aufprall gedämpft vom dicken Teppich. Als sie sich mit dem Dietrich am Türschloss zu schaffen machte, überkam sie eine Welle heißen

Adrenalins. Es pulsierte ihr durch die Adern wie ein reißender Fluss, während sie versuchte, den Bolzen nach hinten zu verschieben. Dann endlich öffnete sich das Schloss. Sie atmete erleichtert auf, verstaute das Werkzeug in ihrem Beutel, griff nach der Taschenlampe und betrat das Zimmer. Zuerst nahm sie sich das Badezimmer vor, da es gleich im Eingangsbereich lag und die Chance groß war, dass sich der Schmuck darin befand. Wie oft hatte sie selbst ihren Schmuck im Badezimmer gelassen, wenn sie spätabends heimgekommen war.

Alma jedoch hatte es nicht getan, dafür fand Elise Basils Uhr und steckte sie ein. Obwohl sie für Basil im Gegensatz zu seinen Geschäftspartnern Sympathie hegte, so verachtete sie ihn dafür, wie er Wasilina behandelte. Außerdem verkehrte er mit Nazis.

Sie verließ das Bad und begab sich in den Salon. Anders als ihre Unterkunft besaß diese zwei Räume. Vorsichtig ließ sie das Licht der Taschenlampe umherwandern, um sich einen Überblick zu verschaffen: ein Sofa, zwei Sessel, ein Salontisch mit einer Blumenvase, vor dem Fenster ein Schreibtisch. Leider befand sich nirgends der Schmuck, den Alma heute Abend getragen hatte: eine mehrteilige Perlenkette, Ohrringe mit Smaragden, eine Diamantuhr. Vor der Tür zum Schlafzimmer blieb sie stehen; diese war einen Spaltbreit geöffnet. Sie rang nach Luft und vernahm nur ihren eigenen, raschen Herzschlag. Dann trat sie ein. Die beiden schliefen tief und fest, lediglich ihr Atem war zu hören.

Sie hoffte, dass die beiden durch das Licht der Taschenlampe nicht erwachen würden, deshalb beleuchtete sie den Raum sehr bedacht und vermied es, den Lichtstrahl direkt aufs Bett zu richten. Sie näherte sich einem der Nachttische. Nur ein Glas Wasser und ein Lämpchen standen darauf. Als sie sich zur Seite wandte, entdeckte sie eine Spiegelkommode und erschrak kurz, als sie ihre eigene Silhouette und den

Schein der Taschenlampe im Spiegel erkannte. Auf der Kommode lagen mehrere Schatullen in verschiedenen Größen und ein Abendtäschchen. Flink entwendete sie den ganzen Schmuck und steckte ihn in ihren Beutel. Gerade als sie die Abendtasche öffnen wollte, hörte sie, wie sich jemand im Bett wälzte. Mit pochendem Herzen erstarrte sie, unfähig, sich zu bewegen. Dann war es auch schon wieder ruhig. Innerlich aufatmend verließ sie das Zimmer. Draußen auf dem Flur holte sie tief Luft, um ihren Puls zu beruhigen.

Wie sollte sie das Ganze noch zweimal überstehen?

Im Zimmer von Alfons und Mechthild lief alles wie am Schnürchen. Die Tür war nicht verschlossen, dafür hörte Elise sogleich ein Schnarchen. Das Zimmer bestand nur aus einem Raum, entsprach vom Schnitt her dem ihren. Wie zuvor nahm sie sich zuerst das Badezimmer vor, und dieses Mal ging ihre Rechnung auf: Das Diamantcollier von Mechthild sowie ihre Ohrhänger, zwei Ringe, ein Armband, eine Brosche und Haarspangen mit Diamantsteinchen lagen achtlos neben dem Waschbecken. Als Krönung noch Alfons' goldene Cartier-Uhr. Elise hätte sich mit diesen Schätzen zufriedengeben können, aber in der Annahme, noch mehr zu finden, suchte sie das Zimmer auf; nicht mal das laute Schnarchen und der Geruch nach abgestandenen Zwiebeln schreckten sie ab. Sie tappte weiter durch das Zimmer und sammelte ein, was sie fand: eine Brieftasche und ein goldenes Zigarettenetui auf dem Nachttisch und ein silberner Handspiegel auf dem Frisiertisch. Im Schrank fand sie tatsächlich noch weitere Schmuckschatullen und leerte sie, zudem entdeckte sie auf einem der Nachttische eine Brieftasche, aus der sie einige Scheine herausnahm.

Träumt schön, dachte sie und machte sich auf und davon.

Das Zimmer von Helmut und Margot war verschlossen, und so musste sie wieder mit ihrem Werkzeug hantieren.

Dieses Mal gelang es ihr erst nach etwa zehn Minuten, das Schloss zu knacken. Ihre Hände waren schon schweißnass, da erklang das befriedigende Klickgeräusch. Sie fand eine Suite vor, gleich geschnitten wie Basils Zimmer. Nachdem sie in dem übelriechenden Bad – vermutlich hatte sich jemand übergeben – nichts gefunden hatte, überraschte sie im Salon ein schlafender Helmut auf dem Sofa. Margots Schneeflocken-Diamantarmband lag auf dem Schreibtisch, zusammen mit ihrem Diamantring. Sie wollte gerade das Schlafzimmer betreten, da hörte sie Margots Stimme, und sie hielt unwillkürlich die Luft an.

«Nein, nein! Bitte nicht, bitte nicht!», gefolgt von einem Schluchzen. Sie träumte. Elise entschied, unter diesen Umständen besser nicht reinzugehen, falls Margot plötzlich aufwachen sollte.

Schnell verließ sie die Suite, und als sie auf dem Flur stand, bemerkte sie, wie schwer ihr Beutel geworden war. Der Gedanke an den Inhalt verursachte ein wohliges Kribbeln, das sich in ihrem ganzen Körper ausbreitete. Sie fühlte sich wie in einem Rausch, von Müdigkeit noch keine Spur. Sie könnte noch mehr stehlen! Nur: Sie wollte auf keinen Fall die falschen Leute berauben, keine anderen jüdischen Emigranten. Zweifelsfrei besaßen die Gäste in diesem Hotel alle viel Geld, und somit konnte sie fast ausschließen, dass sich Emigranten unter ihnen befanden, denn die würden sich vermutlich kein teures Hotel in St. Moritz aussuchen. *Aber* sie wusste es nicht mit Sicherheit. Da fiel ihr der Prinz ein – gemäß Wasilina unvorstellbar reich und in der Königsuite im obersten Stock wohnend. Nachdem sie ihr Raubgut ins Zimmer gebracht hatte, machte sie sich erneut auf Beutejagd, hoch in den fünften Stock des Hotels. Die Königsuite war beschriftet und die Tür viel breiter als die der anderen Zimmer. Elise hatte Mühe mit dem Schloss und hoffte, es säße kein Leibwächter des

Prinzen dahinter. Als sie endlich aufging, öffnete sich ihr das Tor zum Palast. Diverse Schmuckschatullen und einen Umschlag voller Bargeld fand sie in einem separaten, begehbaren Kleiderschrank, sie musste somit nicht mal ins Schlafzimmer des Prinzen.

Als sie zurück in ihrem Zimmer war und ihre gesamte Beute auf dem Bett ausbreitete, fühlte sie sich wie als Kind, wenn sie an ihrem Geburtstag alle ihre Geschenke auf dem Boden ausgebreitet hatte. Dann begann sie, die Stücke zu begutachten, nach Gravuren zu suchen – es gab zum Glück keine –, danach nähte sie sie sorgsam im Futter ihres Mantels ein, auch Herthas Schmuck und das Bargeld. Es dauerte eine gefühlte Ewigkeit, aber sie musste das tun, falls es zu einer Durchsuchung käme. Alfons' Brieftasche hatte 850 Schweizer Franken und Zinscoupons hergegeben, und der Umschlag des Prinzen enthielt sage und schreibe 5000 Franken. Falls sie den gesamten Schmuck erfolgreich verkaufen konnte, hätte sie mehr als genug, um ihre Mutter und Adele in die Schweiz zu holen. *Viel* mehr als genug!

Warum nur hier, raunte plötzlich eine Stimme in ihrem Kopf, und ein Einfall keimte in ihr auf. Was wäre, wenn sie weitere Diebstähle begehen würde? Die Nazis liebten die Schweiz als Ferienort, und in Davos, Gstaad, Montreux und Ascona wimmelte es von ihnen. Aber wie würde sie vorgehen? Hier in St. Moritz hatte sie von Silvester profitieren können, doch die Normalität sah anders aus. Menschen nachts auszurauben wäre mit hohem Risiko verbunden. Besser wäre es, in die Zimmer einzudringen, wenn die Gäste nicht anwesend waren. Ihr Gehirn arbeitete fieberhaft, wild und wirr geisterten Ideen und Gedanken durch ihren Kopf.

Nicht mehr heute, sagte sie sich und legte sich hin, verfiel schon bald in einen unruhigen Schlaf.

Am Morgen erwachte Elise um kurz nach neun Uhr und fühlte sich wie gerädert. Auch wenn sie noch mühelos hätte weiterschlafen können, stand sie auf und duschte. Es folgte der zweite Teil ihres Plans. Aufgelöst suchte sie um zehn Uhr die Rezeption auf. Es waren kaum Gäste in der Halle, viele schliefen vermutlich noch ihren Rausch aus. Reinhart jedoch erwartete sie bereits. Er stand vor dem Speisesaal, aus dem es verführerisch nach gebratenem Speck, Eiern und frischem Brot roch.

«Elise! Was ist passiert? Sie sehen aus, als hätten Sie einen Geist gesehen.»

«Ich wurde bestohlen! Mein Schmuck ist weg!»

«Sind Sie sicher? Vielleicht haben Sie ihn bloß verlegt?»

«Nein, ich habe überall geschaut. Er ist nicht mehr da. Ich muss es gleich melden.»

In dem Moment rauschte eine offensichtlich aufgebrachte Alma die Treppe runter. «Man hat mich ausgeraubt!», rief sie und eilte auf den Concierge zu. Dieser nahm die Angelegenheit nicht besonders ernst und wies sie alle an, nochmals im Zimmer zu kontrollieren, ob man den Schmuck vielleicht aus Versehen an einem anderen Ort abgelegt habe als üblich. Doch als wenig später auch noch Alfons, Mechthild, Helmut und Margot ihre Diebstähle meldeten, bildeten sich rote Flecken auf seinen Wangen und er rief die Polizei und den Hoteldirektor an, der kurz darauf mit noch etwas müdem Gesicht auftauchte und die aufgeregten Gäste zu beruhigen versuchte. Als dann auch noch ein aufgebrachter Prinz mit seinem Gefolge erschien, raufte er sich das pomadisierte graue Haar, sodass es in Büscheln abstand. *So* hatte er sich den Jahresbeginn wohl nicht vorgestellt.

Ziemlich bald nach ihrer Ankunft begann die Polizei, die Mitarbeiterunterkünfte zu durchsuchen, anschließend die Hotelzimmer – jedoch unter großem Aufstand der Gäste.

Besonders Mechthild geriet außer sich. «Als wäre *ich* zu einem Diebstahl fähig! Ich sag euch was, da steckt bestimmt ein Jude dahinter!»

Wie recht sie hatte, dachte Elise amüsiert.

Als einer der Polizeibeamten in ihrem Zimmer erschien, gab sie sich freundlich und hilfsbereit, obwohl sie innerlich beinahe explodierte. Er entschuldigte sich bei ihr für die Umstände, aber es wäre seine Pflicht.

«Das kann ich verstehen. Ich hoffe wirklich, dass Sie den Dieb finden. Ich hänge sehr an dem Schmuck.» Elise strich sich eine lange Locke aus dem Gesicht. Sie hatte ihr Haar wohlweislich offen gelassen, da die Locken ihrem Aussehen etwas Kindliches und Unschuldiges verliehen.

Nachdem der Beamte das Bad und die Nachttische durchsucht hatte, öffnete er ihren Schrank, wo sogleich ihr weißes Seidenneglígé mit der Spitze zum Vorschein kam. Ihre Nacht- und Unterwäsche war von Ingrids Gier damals verschont geblieben, sogar die teuren Seidenstücke. Vermutlich hatte sie sich davor geekelt. Nun erfüllte das Neglígé in seiner ganzen aufreizenden Unschuld genau den Zweck, den Elise beabsichtigt hatte, als sie es gut sichtbar direkt vor ihrem Mantel aufgehängt hatte. Der Beamte errötete und begann nur zögernd, ihre Sachen zu durchsuchen, öffnete den leeren Koffer und tastete ihn nach einem Geheimversteck ab. Das Neglígé schob er behutsam zur Seite, dann griff er in die Manteltaschen. Sie presste angespannt die Lippen aufeinander, und erst als er ihren Mantel in Ruhe ließ, atmete sie auf.

Im Laufe des Tages bekam sie mit, dass sich das Hotelpersonal gegenseitig beschuldigte. Polizisten schwärmten umher, sogar einen Schäferhund hatte man im Personalgebäude eingesetzt, da man den Dieb dort vermutete.

Tags darauf reisten Elise und Reinhart ab; Elise mit einem Mantel voller Diebesgut und dem Wissen, dass dies erst der Anfang war.

16

Auf der Rückreise nach Luzern überlegte Elise, wie sie zukünftig auf ihren Diebestouren vorgehen könnte. Aufgrund des hohen Risikos wäre es wohl besser, nicht mehr nachts zu stehlen. Silvester war ein Ausnahmezustand gewesen, und für gewöhnlich würden ihr keine betrunkenen und übermüdeten Gäste die Arbeit erleichtern. Sie musste an Nachmittagen oder Abenden zuschlagen, wenn die meisten Gäste außer Haus waren und die Zimmermädchen Pause hatten. Zudem sollte sie besser nicht mehr in dem Hotel absteigen, in dem sie stehlen würde. So geriete sie nicht in den Kreis der Verdächtigen, wenn die Polizei bereits morgens im Hotel auftauchte, und sie würde auf keinen Gästelisten auffallen. Unter falschem Namen konnte sie sich nicht einbuchen, da sie bei der Anreise ihren Pass zeigen musste. Sie entschied zudem, nur in den teuersten und edelsten Hotels auf Beutejagd zu gehen, in denen andere Flüchtlinge kaum abstiegen, dafür aber Nazigrößen und die reiche Gesellschaft. Um auszuschließen, dass sie andere Flüchtlinge beraubte, würde sie die Hotels vorab anrufen, sich als *Nazifreund* ausgeben und sich erkundigen, ob bei ihnen jüdische Gäste logierten. Dann würde sie die Bars und Hotelhallen der Raubziele aufsuchen und die Gäste unauffällig beobachten, versuchen, sich ihre Zimmernummern zu merken, wenn sie den Hotelschlüssel beim Concierge abgaben. Nachmittags, wenn die Gäste ihren Freizeitaktivitäten nachgingen, würde sie die Gästelisten auf den Putzwagen studieren und später in den Zimmern die Ausweise kontrollieren. Die Pässe der Juden wurden seit Oktober mit einem roten J-Stempel gekennzeichnet. Sollte trotz allem nur der geringste Zweifel bestehen, dass es sich nicht um Emigranten handelte, würde sie die Finger davonlassen.

Ein weiterer wichtiger Punkt: Sie musste fortan allein unterwegs sein.

Sie blickte zu Reinhart, der ihr gegenüber im Zug saß und schlief, gelegentlich einen leisen Schnarchlaut von sich gab. Er hatte ihr in der Kutsche zum Bahnhof gesagt, dass er ihre Gesellschaft genossen habe und sie als gute Freundin behalten wolle, denn auch Basil hatte wohl in höchsten Tönen von ihr gesprochen. Sie nahm sich vor, mit ihnen befreundet zu bleiben, da sie womöglich durch sie etwas über die Reisepläne weiterer Nazis herausfinden würde.

Doch bevor sie ihre nächsten Diebstähle planen konnte, musste sie sich um den Verkauf des Schmuckes kümmern. Zuerst hatte sie sich überlegt, ihn so schnell wie möglich loszuwerden und einen Abstecher nach Chur zu machen, in die Hauptstadt des Kantons Graubünden. Dann erfuhr sie im Gespräch mit anderen Hotelgästen, dass die Gliedstaaten der Schweiz in polizeilichen Ermittlungen noch nicht eng miteinander arbeiteten, und sie beschloss, das Diebesgut am nächsten Tag in Zürich zu veräußern, und zwar bei verschiedenen Juwelieren.

Nachdem sie sich am Zürcher Hauptbahnhof von Reinhart verabschiedet hatte – er reiste weiter nach München –, buchte sie sich in einem einfachen Hotel in der Altstadt ein und ging anschließend an der Limmat entlang, über die Münsterbrücke, vorbei am Fraumünster, dem Stadthaus bis zur Bahnhofstraße, wo die meisten Geschäfte lagen. Sie kaufte mit dem erbeuteten Bargeld diverses Werkzeug, um Schmuckstücke zu verändern, damit diese nicht mehr so leicht zu identifizieren wären. Dann einen Dietrichsatz, einen weiteren Koffer und Verkleidung: einen dunkelgrauen Mantel, verschiedene Hüte, hochwertige Perücken, Schals, einen Turban, Lesebrillen in unterschiedlichen Formen und eine Hornbrille mit runden

Gläsern, dann einen Gehstock, Schminke und Kleidung. Damit würde sie die Juweliere aufsuchen. Sie nahm sich vor, jeweils mit einem bestimmten Merkmal, das ständig wechselte, aufzufallen: mal einem Buckel, einem aufgeklebten Muttermal, hinkend, mal extravagant mit Turban, Perücken, Brillen.

Auf ihren Diebestouren hingegen würde sie so unauffällig wie möglich bleiben: dunkle oder graue Kleidung und Hüte, eine Perücke. Ansonsten durfte sie in den Hotels und Restaurants, in denen sie nicht stehlen würde, ruhig auffallen, insbesondere wenn sie mit Reinhart und seinen Bekannten zusammen wäre. In einer französischen Boutique besorgte sie sich dazu extravagante Hüte und Kleider, Röcke, Blusen und Schuhe, zwei schöne Wollmäntel in Weiß und Rot.

Zurück im Hotel bearbeitete sie zuerst den Schmuck, machte unter anderem aus einer Diamantuhr ein Armband, indem sie den Zeitmesser heraustrennte. Sie musste an ihren Großvater denken, und ein schlechtes Gewissen breitete sich in ihr aus. Sie schaute hoch zur Decke, als würde er missbilligend auf sie hinabsehen. «Ich mache es nur, um Mutter und Adele zu helfen!», sagte sie und wusste insgeheim, dass er trotzdem kein Verständnis für sie hätte. Ihren Anflug von ethischer Gesinnung ignorierend, zog sie sich um, wählte ein grau kariertes Kleid und band die langen Locken zu einem straffen Nackenknoten. Dazu einen schwarzen Hut, der ihre Stirn komplett verdeckte. Mit dem grauen Mantel sah sie vollkommen unauffällig aus, aber dennoch nicht wie eine Bettlerin. Dann nahm sie den Gehstock und übte, hinkend zu gehen, beobachtete sich dabei im Wandspiegel. Als sie von ihrer Aufmachung überzeugt war, steckte sie eine blonde Perücke und eine Lesebrille in die Handtasche. Sie würde beides erst kurz vor dem Juweliergeschäft in einer Seitengasse aufsetzen.

Bei Blum Uhren & Schmuck veräußerte sie das Diamantarmband, die Ohrhänger und einen Diamantring, danach bei Zihlmann die Perlenkette, Brosche und einen Goldring. Es lief ausgezeichnet, niemand stellte sie als Besitzerin der Schmuckstücke infrage, denn sie spielte gut, betonte jeweils, dass sie den Familienschmuck vor den Nazis hatte retten können, ihn nun aber verkaufen müsse für ein Übersee-Visum. Mitleid stand allen Verkäufern ins Gesicht geschrieben. Nicht leicht für Elise, da sie es hasste, bedauert zu werden, aber sie redete sich ein, dass es nur eine Rolle war, die sie spielen musste.

Euphorisiert von den ersten beiden Erfolgen ging sie zum großen Juwelierhaus Strasser, das in der Nähe des Paradeplatzes lag. Auf einmal überfiel sie ein Anflug von Scheu. Namhafte Bankhäuser um sie herum, Leute in vornehmer Kleidung, die geschäftig vorbeiströmten. Juckende Kopfhaut unter der Perücke. Eine heranratternde Straßenbahn. Elise schluckte ihre Unsicherheit herunter und straffte die Schultern. Dann marschierte sie auf das Juwelierhaus zu.

Der Herr am Tresen, ein Schwarzhaariger mit schmalem Oberlippenbart, sah sie desinteressiert an.

«Guten Tag, die Dame. Suchen Sie etwas Bestimmtes?»

«Ich suche nichts, ich will, oder besser gesagt, ich muss mich von einigen Schmuckstücken trennen.» Sie lehnte den Stock an den Tresen und legte die Schatullen auf den Tisch, öffnete sie. Besonders das Collier und das Schneeflocken-Armband beeindruckten ihn auf Anhieb, und er nahm eine Lupe hervor, um die Diamanten zu inspizieren. «Das sind in der Tat sehr besondere Stücke. Wollen Sie sich wirklich davon trennen?»

«Leider habe ich keine andere Wahl. Ich brauche das Geld für ein Visum und die Reise nach Amerika. Hauptsache, weit weg von den Nazis.»

Nichts regte sich in seinem Gesicht, er nickte nur ganz knapp. Dann meinte er, er würde die Stücke auf ihre Echtheit überprüfen, und zog sich zurück.

Als er nach kurzer Zeit zurückkam, war er in Begleitung eines älteren Mannes, der Elise neugierig musterte.

«Das ist sehr spezieller Schmuck», meinte er. «Besonders das Armband. Woher haben Sie es?»

Sie blieb so ruhig wie möglich, auch wenn es in ihrem Inneren tobte. «Es ist ein Familienerbstück von meiner Großmutter.»

«Sind Sie sicher, dass Sie es verkaufen möchten?»

«Ich habe leider keine andere Wahl ... Und, kommen wir ins Geschäft?»

Zwanzigtausend Franken brachte ihr das Schneeflocken-Armband ein, und zusammen mit der anderen Beute hatte Elise nun fast fünfzigtausend Franken. Ein Vermögen. Somit würde sie ohne Probleme für ihre Mutter und Adele bürgen und sich ihren Lebensunterhalt finanzieren können. Vielleicht klappte es ja doch noch mit Amerika.

Als sie im Hotel eintraf und auf ihr Zimmer gehen wollte, bemerkte sie eine Familie am Tresen. Vater, Mutter, zwei kleine Kinder, umringt von viel Gepäck. Der Vater sprach verzweifelt auf die Empfangsdame ein. «Können Sie bitte noch etwas am Zimmerpreis machen? Wir haben ein sehr kleines Budget. Wir wissen nicht, wann wir die Visa bekommen und wie lange wir noch hier in der Schweiz bleiben müssen.»

«Das ist nicht mein Problem», erklärte die Empfangsdame. «Wenn Sie sich die Zimmer nicht leisten können, müssen Sie sich eben was Günstigeres suchen.»

«Aber die noch Günstigeren sind alle ausgebucht», erwiderte der Mann. «Wir haben schon ganz Zürich abgeklappert.»

Die Empfangsdame hob nur die Schultern.

«Papa, ich muss mal», jammerte das Mädchen.

Er drehte sich um, und sein soeben noch verzweifeltes Gesicht leuchtete auf. «Ja, mein Schatz, gleich.» Er wandte sich an seine Frau. «Lass uns eine Nacht bleiben und morgen weiterschauen.»

«Aber Joachim! Wir können es uns nicht leisten.»

«Eine Nacht», beharrte er.

Elise wartete noch kurz und hörte, wie die Familie das Zimmer Nummer 8 bekam. Später am Abend legte sie zehntausend Franken in einen Umschlag und schob ihn unter der Tür von Zimmer 8 durch. Dazu eine Notiz: «Für einen Neustart. Alles Gute.»

Am nächsten Morgen begegnete sie der Familie im Frühstücksraum, und der Mann und die Frau wirkten um einiges entspannter als am Tag zuvor. Doch sie bemerkte, wie sie während des Essens mehrmals im Frühstücksraum umherschauten, als suchten sie nach dem Engel, der ihnen den Geldsegen beschert hatte. Kurz blieb ihr Blick auf Elise hängen, aber sie sah rasch weg und trank ihren Kaffee. Wenig später verließ sie das Hotel.

Zurück in Luzern nahm sie sich ein Taxi zu Herthas Wohnung und überlegte die ganze Zeit, was sie Hertha erzählen würde. Scharfsinnig wie diese war, konnte sie ihr nichts vormachen. Den Behörden würde sie bei Nachfragen angeben, dass sie unerwartet Einnahmen aus einem Verkauf von Liegenschaften und einer Garage in Prag erhalten hatte, die ein Notar ihres verstorbenen Mannes veräußert und von denen sie nichts gewusst hatte. Aber Hertha würde ihr dieses Märchen nicht glauben. Sie hatten bereits wegen Elises Visumantrags für Amerika ausführlich über ihre Vermögenssituation gesprochen, und Hertha hatte damals wissen wollen, ob allenfalls noch Konten bei Schweizer Banken oder sonstige Anlagen außerhalb Österreichs existierten. Elise hatte ihr versichert, dass sie nichts dergleichen besäße.

Es war Mittagszeit, als Elise die Wohnung betrat, und Hertha saß am Tisch und rauchte. «Ah, die Madame ist auch wieder zurück.»

Sie setzte sich und wünschte Hertha alles Gute für das neue Jahr.

«Ja, ja. Ich dir auch. Und jetzt erzähl schon, wie war's?»

Während Elise Bruno kraulte, berichtete sie vom Hotel, der Landschaft und dem Ball, doch als sie das Feuerwerk erwähnte, machte Hertha eine hektische Handbewegung. «Das Feuerwerk interessiert mich nicht. Was ist mit diesem Reinhart? Hat er sich dir gegenüber anständig benommen?»

«Ja, das hat er.» Sie entschied, Reinharts Annäherungsversuche zu verschweigen.

«Ich habe übrigens neue Bekanntschaften geknüpft. Mit einer Primaballerina namens Wasilina Krylowa. Sie ...»

«Die Krylowa? Die wie ein Schmetterling tanzt? Mit der hast du dich angefreundet?» Hertha kannte sämtliche Bekanntheiten aus den Zeitungen.

«Ja. Sie ist sehr nett.»

«*Nett.* So, so ... Ihr Geliebter ist Basil Wild. Ein Schürzenjäger. Und Nazifreund. Pass auf, Mädchen, pass auf! Das sind Leute, mit denen sich unsereins nicht abgeben sollte.»

«Mhm.» Sie erhob sich rasch und holte ihre Tasche. «Mir fällt ein, dass ich dir noch den Schmuck zurückgeben muss.» Sie legte die Schatulle mit Herthas Perlen-Ensemble, das sie in Zürich aus dem Mantel befreit hatte, auf den Tisch, dann griff sie zu einer Tüte und nahm einen Knochen hervor, den sie Bruno versprochen hatte. «Hier, mein Lieber.»

Bruno machte sich sofort über den Leckerbissen her und verkroch sich unter den Tisch. Hertha war in der Zwischenzeit aufgestanden und schaute auf die Koffer im Flur. «Hast du einen neuen Koffer?»

«Ja ... Wasilina hat ihn mir geschenkt. Wir waren nach St. Moritz noch zusammen in Zürich. Sie gab mir ein paar Kleider und Mäntel, die sie nicht mehr braucht. Ach, und sie leiht mir übrigens Geld, damit ich für Mutter und Adele bürgen kann. Ist das nicht wunderbar?» So, jetzt war es raus. Sie schämte sich für ihre Lüge, doch sie konnte Hertha unmöglich die Wahrheit sagen.

Hertha starrte sie an, einen Moment lang schienen ihr die Worte zu fehlen. Sie furchte die Stirn. «Du hast dich prostituiert, oder? Dieser Reinhart hat dir Geld gegeben dafür, dass du ...»

«Was? Nein! Niemals würde ich das tun! Das Geld ist von Wasilina.»

Hertha fegte ihre Erklärung mit einer energischen Handbewegung beiseite. «Halt mich nicht für blöd!»

«Das tue ich nicht, Hertha. Ich ...» Sie verstummte. Was sollte sie auch sagen?

Hertha hielt mahnend den Zeigefinger in die Luft. «Ich habe dich hier aufgenommen, dich durchgefüttert, dir Geld gegeben. Nur ist dir das offenbar nicht genug. Aber ich sag dir eines, Mädchen, wenn du diese Schiene fahren willst, dann ohne mich! Ich will, dass du hier ausziehst.»

«Aber Hertha, ich ...« Kurz zog sie in Erwägung, ihr doch die Wahrheit zu sagen. Aber dafür hätte eine rechtschaffene Bürgerin wie Hertha niemals Verständnis, das wusste Elise. Und sie liefe Gefahr, dass Hertha sie anzeigen würde.

Dieses Risiko konnte sie nicht eingehen, es ging schließlich um ihre Mutter und Adele.

«Gut. Ich ziehe aus, wenn du das willst.»

«Ja, das will ich.»

Tränen stiegen ihr in die Augen, aber Hertha wandte sich ab. «Ich bin im Laden unten. Du kannst also in Ruhe packen ... Bruno, komm.»

Der Dackel, der eben noch friedlich unter dem Tisch an seinem Knochen gekaut hatte, kroch hervor und schaute Elise mit großen Augen an.

Sie streichelte ihn. «Na los, Kleiner, geh zu deinem Frauchen. Du wirst mir fehlen.»

Elise zog ins Hotel Metropol in der Nähe des Bahnhofs. Ihre Trauer darüber, dass sie Hertha und Bruno verloren hatte, versuchte sie in den kommenden Tagen zu ignorieren, indem sie die Bürgschaft für ihre Mutter und Adele regelte. Nachdem sie die Formulare eingereicht hatte, ergriff sie eine tiefe Leere, und so schrieb sie Reinhart einen Brief. Sie bedankte sich nochmals für den Aufenthalt in St. Moritz, schickte ihn an die Adresse in Zürich, die er ihr gegeben hatte, das Hotel Belmont. Bereits eine Woche später erhielt sie eine Antwort von ihm mit einer Einladung nach Zürich. Sie begann bereits ihren Aufenthalt zu planen, als sie einen weiteren Brief bekam, diesmal von Wasilina, die von Reinhart von ihrem bevorstehenden Besuch erfahren hatte. Sie schrieb, dass es ihr wieder besser gehe, sie habe sich mit Basil versöhnt und würde sich freuen, Elise wiederzusehen. Sie könne gerne bei ihr wohnen, sie lebe in einer schönen Suite im Hotel Belmont direkt an der Limmat. Auch Reinhart und weitere Geschäftspartner von Basil logieren momentan dort anlässlich einer Versammlung. Das Hotel gehöre Basil und sei nach einem langjährigen Umbau Ende Dezember wieder eröffnet worden.

Nazifreund Basil also, dachte Elise, und in ihr reifte ein Plan für einen weiteren Diebeszug heran. Nur, dieses Mal würde sie nicht im Opferhotel nächtigen. Der Concierge im Metropol empfahl ihr das Grandhotel Löwen in Zürich, zentral gelegen in der Nähe des Sees und des Schanzengrabens. Gemäß ihren weiteren Recherchen gehörte es einem Mann namens Otto Reutlinger, der sich für jüdische Flüchtlinge einsetzte und ihnen bei der Weiterreise in andere Länder half. Sie buchte sich dort ein.

«Der Löwen ist ja ganz in Ordnung», meinte Wasilina, als sie Elise am Hauptbahnhof in Zürich abholte. «Aber das Belmont wäre viel besser. Wir werden heute Abend alle dort dinieren, und dann musst du spätabends noch zurück.» Sie winkte einen Taxifahrer herbei, damit er Elise mit dem Gepäck half. Unzählige Menschen mit Koffern strömten an ihnen vorbei, auf dem Gleis gegenüber fuhr schnaufend eine Lokomotive ein, Dampfwolken stiegen empor.

«Das macht nichts», erwiderte Elise. «Ich kann ja ein Taxi nehmen. Der Besitzer des Löwen ist anscheinend sehr judenfreundlich.» Sie warf Wasilina einen vielsagenden Blick zu, und diese nickte mit wissender Miene.

Als sie am Abend im Hotel Belmont erschien in einem neuen Kleid aus dunkelgrüner Seide, spürte sie sämtliche Blicke auf sich. Auch Wasilina in ihrem silberfarbenen Paillettenkleid sah strahlend aus, neben ihr Basil in einem schwarzen Smoking. Reinhart wirkte in seinem braunen Anzug etwas unscheinbar, doch die Herzlichkeit, die er ausstrahlte, verzauberte sie, und sie fühlte sich in seiner Gegenwart wie mit einem älteren Bruder. Sie schätzte es, dass er sich ihr gegenüber wie ein guter Freund verhielt, trotz der Abfuhr, die sie ihm in St. Moritz erteilt hatte.

Die Bar war erfüllt von dickem Zigarrendunst, teurem Parfüm und lebendigen Diskussionen.

Schon ziemlich bald wusste Elise, dass sie Ewald Richter aus Bayern, Geschäftspartner von Basil und Reinhart und Mitglied der NSDAP, in dieser Nacht bestehlen würde. Trotz ihres Vorsatzes, nicht mehr nachts zuzuschlagen, blieb ihr keine andere Wahl, weil er schon morgen abreisen würde.

Ewald, ein gut aussehender Mann in den Fünfzigern, war nicht nur in Begleitung seiner Frau, sondern auch seiner weißen Perserkatze, die beim Aperitif neben ihm auf dem Sofa saß und deren Hals ein Diamantband mit einem Smaragd-Herzanhänger zierte.

«Das ist meine Sissi», erklärte Ewald Elise und himmelte das Kätzchen an, während seine Frau Thea nur die Augen verdrehte und mit einem Schneider die Kappe ihrer Zigarre abschnitt. Sie trug ein weißes, mit kleinen Diamanten besticktes Kleid, als wollte sie um jeden Preis mit Sissi mithalten.

«Eine hübsche Katze», sagte Elise aufrichtig. Sissi erinnerte sie an die Meissener Porzellanfigur im Perlman, deretwegen Herr Zechner sie damals wie eine Verbrecherin ins Büro der Mutter geschleppt hatte. Verrückt, was seither alles passiert war. Ihre Kindheit kam ihr vor wie ein anderes Leben.

«Benannt nach Kaiserin Elisabeth», erklärte Ewald stolz und streichelte die Katze. «Sissi ist meine kleine Kaiserin.»

Thea murmelte etwas Unverständliches vor sich hin. Basil, Wasilina und Reinhart grinsten hinter ihren Martinigläsern.

Als kurz darauf eine Zigarrenschwade von Thea direkt in Sissis Richtung zog, schnappte sich Ewald die Katze und setzte sie sich auf den Schoß. «Herrschaftszeiten! Du mit deinen Zigarren wieder, Thea. Du weißt doch, dass das nicht gut ist für die Sissi.» Er gab der Katze einen Kuss auf den Kopf. «Mein armes Kätzchen.»

Thea warf ihrem Mann einen so vernichtenden Blick zu, dass Elise sich fragte, wem sie in Gedanken gerade mit ihrem Zigarrenschneider die Kehle durchgeschnitten hatte: Sissi oder ihrem Mann.

Ewald erzählte nicht nur von seiner Katze, sondern auch von seiner Kur in Davos, wodurch Elise hellhörig wurde.

«Ein wunderbarer Ort», schwärmte er und kraulte Sissi den Nacken. «Nicht nur die Berge und die gute Luft, sondern auch das politische Klima. Fast wie ein kleines Deutschland.» Er lachte und zwinkerte Elise zu. «Praktisch judenfrei dort. Kann ich nur empfehlen. Aber steigen Sie bloß nicht im Hotel Adler ab, es ist deutschfeindlich. Wenn, dann müssen Sie ins Silvretta. Dort sind Juden nicht erwünscht.» Selbstzufrieden lehnte er sich zurück und platzierte Sissi neben sich.

Elise bemerkte, dass Thea die Katze erneut voller Verachtung anstarrte, doch es interessierte sie nicht. Dank Ewald wusste sie jetzt, wo sie in Davos bedenkenlos zuschlagen konnte. Aber vor Davos hatte sie noch eine Mission in Zürich zu erfüllen. Sie schaute zu Sissi, die in dem Moment ihre grünen Augen verengte, als würde sie ihre Absicht erkennen. Nach dem Abendessen zogen sich Ewald, Thea und Sissi auf ihr Zimmer zurück, und Elise und die anderen tranken einen Grappa an der Bar. Während Reinhart und Basil Geschäftliches besprachen, begann Wasilina ausgelassen über Thea zu tratschen, als hätte sie den ganzen Abend nur darauf gewartet. «Stell dir vor, sie war früher eine Prostituierte, ist in bitterer Armut aufgewachsen. Als Ewalds erste Frau Henny starb, tröstete er sich im Freudenhaus und verliebte sich in Thea, hat sie tatsächlich geheiratet. Klingt nach einem Märchen, wenn da nur nicht die Katze wäre.» Wasilinas Augen funkelten belustigt, und sie neigte sich mit einem verschwörerischen

Ausdruck im Gesicht zu Elise. «Thea hat mir einmal gesagt, dass sie Sissi hasse, weil Ewald wie besessen von ihr sei. Sie wollte sie sogar vergiften, brachte es aber dann doch nicht übers Herz.»

«Oder weil jeder gewusst hätte, dass sie es war?», schlussfolgerte Elise.

Wasilina lehnte sich zurück. «Ja, das ist wohl eher der Grund.»

«Warum verlässt sie Ewald nicht einfach?»

«Sie ist auch nicht mehr die Jüngste. Und mit ihrer Vergangenheit ist es nicht so einfach, einen Mann wie Ewald zu finden. Reich, mächtig, attraktiv. Da nimmt sie auch Sissi in Kauf.» In Wasilinas Stimme hatte sich Bitterkeit geschlichen, und Elise fragte sich, ob Theas Schicksal sie an ihr eigenes erinnerte. Nur dass es in ihrer Dreiecksbeziehung keine störende Katze gab, sondern eine Ehefrau.

Zurück im Hotel Löwen trank Elise einen Kaffee an der Bar und zog sich anschließend auf ihr Zimmer zurück, um sich umzuziehen: graues Kleid, schwarze Perücke, schwarzer Hut. Dann wartete sie. Sie hatte herausgefunden, dass das Belmont die Haupteingangstür um Mitternacht schloss, danach kam man nur noch mithilfe des Nachtpagen herein, indem man die Glocke betätigte. Sie durfte keinem Pagen auffallen, deshalb musste sie noch vor Pfortenschließung ins Hotel gelangen und in einer Putzkammer abwarten, bis die Gäste schliefen.

Mit zum Zerreißen angespannten Nerven schritt sie um halb zwölf Uhr durch die Stadt, die beinahe im Nebel versank. Eine feuchte Kälte lag über den Straßen, und die Nässe legte sich wie ein feiner Film auf Elises Gesicht und Kleidung. Sie sehnte sich nach ihrem Bett, einzig der Gedanke an Sissis Halsband durchströmte sie mit Hitze und Erregung. Vor dem

Belmont entdeckte sie drei Gäste, die ins Hotel zurückkehrten, und sie schloss sich ihnen an. Während die Gruppe lachend im Aufzug verschwand, marschierte sie die Treppe hoch in die zweite Etage. Sie hatte heute Abend gut hingeschaut, als Ewald auf der Rechnung die Zimmernummer notiert hatte: 204. Als sie oben ankam, suchte sie die Putzkammer und wurde schnell fündig. Nun hieß es warten. Sie hatte ein Buch dabei, Hermann Hesses «Siddhartha», konnte sich allerdings nicht recht konzentrieren, da ihre Hände vor Aufregung kribbelten.

Um kurz nach halb zwei wagte sie sich auf den Flur. Ihr Mund fühlte sich auf einmal ganz trocken an, ihr Herz krampfte sich zusammen. Was tat sie hier eigentlich? Was, wenn Ewald und Thea noch wach waren? Oder die Katze sie angriff? Dann sah sie sich auch schon den drei goldenen Ziffern gegenüber: 204, und die Wolke des Zweifels löste sich auf. Wie fremdgesteuert griff sie in ihren Beutel und zog ihren neuen Dietrichsatz hervor, mit dem sich der Einbruch fast schon als Kinderspiel erwies. Im Zimmer hielt sie kurz inne; bis auf leises Schnarchen nur Stille. Mit der Taschenlampe leuchtete sie um sich, falls die Katze unerwartet auf sie zuspringen würde. Dann nahm sie sich das Badezimmer vor: nichts. Dann den Salon: nichts. Beinahe wäre sie jedoch gegen ein Kristallglas auf dem Salontisch gestoßen. Nun gut, blieb noch das Schlafzimmer. Wo war eigentlich die Katze? Im Schlafzimmer? Es würde sie nicht wundern, wenn Sissi in Ewalds Bett schliefe. Und Thea auf dem Boden. Sie schmunzelte. Bevor sie die Tür des Schlafzimmers öffnete, verharrte sie kurz und lauschte. Schnarchlaute. Sie holte tief Luft und trat hinein. Ein intensiver Duft nach Eau de Cologne umgab sie, und ihr wurde fast übel, doch sie tappte weiter durch das Zimmer. Aber weder auf den Nachttischen, dem Frisiertisch noch im Schrank wurde sie fündig. Einen Tresor gab es nicht.

Wo bewahrten Ewald und Thea ihre Wertsachen auf? Sie suchte vergeblich zwischen den Kleidern und in den Koffern. Es ging ihr hauptsächlich um Sissis Halsband. Ob sie es noch trug? Wo war die Katze nur? Elise leuchtete vorsichtig ins Bett. Da lag Ewald auf der linken Seite, doch die rechte Seite war leer. Keine Spur von Thea oder Sissi. Ein ungutes Gefühl kroch in ihr hoch. Hier stimmte etwas nicht, sie musste weg. Auf dem Flur zog sie kurz in Erwägung, andere Zimmer aufzusuchen, aber sie unterließ es. Heute nicht mehr.

Als sie sich am nächsten Morgen mit Reinhart und Wasilina zum Frühstück im Belmont traf, wusste sie bereits beim Betreten der Hotelhalle, dass etwas vorgefallen war. Die Polizei tummelte herum, und ein Page fragte Elise, ob sie ein Hotelgast sei. Sie verneinte und gab an, nur hier frühstücken zu wollen, da eilte auch schon Wasilina auf sie zu. «Elise! Du errätst nie, was passiert ist!» Wasilina zog sie in den Barbereich, wo sich Basil und Reinhart mit einem Polizisten unterhielten. «Stell dir vor, Ewald und Thea wurden heute Nacht bestohlen! Alles ist weg, das Geld, der Schmuck und sogar Sissi!»

«Die Katze?» Elise stieß einen lauten Atemzug aus. Also musste ihr ein anderer Dieb zuvorgekommen sein und hatte sich sogar Sissi geschnappt. Allerdings, wo war Thea gewesen?

«Wo sind die beiden jetzt?», fragte sie.

«In ihrem Zimmer. Ewald hatte einen Nervenzusammenbruch, und Thea versucht, ihn zu beruhigen. Ein Polizist war vorhin bei ihnen, musste die Befragung aber abbrechen. Jetzt ist er hier unten und verhört uns ... Ach, es ist eine Tragödie! Ich meine, wer stiehlt nur eine Katze?»

In dem Moment traten Basil, Reinhart und ein Polizist zu ihnen. «Elise, das ist Korporal Gretler von der Zürcher Stadtpolizei», erklärte Basil. «Er untersucht den Diebstahl und hat uns zu gestern Abend befragt. Ob uns etwas aufgefallen sei, jemand, der uns beobachtet haben könnte ... Uns fiel leider nichts Außergewöhnliches auf, dir vielleicht?»

Der Korporal, ein unscheinbarer, kleiner Mann mit Brille und kurzem mausbraunem Haar trat auf sie zu und betrachtete sie forschend, als wollte er in sie hineinsehen und ihre tiefsten Geheimnisse entlocken. Panische Hitze stieg ihr in den Kopf. Ruhig bleiben! Sie hatte nichts verbrochen!

«Ich äh ... nein, ich glaube nicht.»

Seine Augen schienen sich an ihr festzusaugen. «Sie *glauben* es nicht? Sind Sie ganz sicher?»

«Äh ja, ich bin sicher. Da war nichts. Es waren aber auch sehr viele Leute in der Bar.» Hilfesuchend sah sie zu ihren Freunden, und Wasilina nickte schnell. «Ja, sehr viele Leute!»

Der Korporal blickte noch immer zu Elise. «Welches Zimmer haben Sie?»

«Sie wohnt nicht hier», erklärte Wasilina. «Sie wollte nur mit uns frühstücken.»

«Soso.» Er schwieg, als würde er über das Gehörte nachdenken, und gerade als er den Mund öffnete, kam Thea in die Bar. Sie wirkte niedergeschlagen.

«Wie geht es Ewald?», erkundigte sich Basil.

«Elend! Er ist untröstlich. Wir wollten heute abreisen, aber er ist nicht dazu in der Lage.» Sie schloss die Augen und legte sich eine Hand auf die Brust. «Wie konnte das nur passieren? Die arme Sissi.»

«Und du hast wirklich nichts gehört in der Nacht?», fragte Reinhart. «Sissi hat doch bestimmt laut miaut?»

Der Korporal wandte sich an Thea. «Das würde mich auch interessieren.»

Thea seufzte. «Ich habe nichts gehört. Ewald und ich nehmen immer Baldriantropfen, um besser schlafen zu können, wenn wir unterwegs sind. Das wurde uns jetzt zum Verhängnis.»

«Oder es hat euch gerettet», meinte Basil. «Wer weiß, was der Dieb gemacht hätte, wenn ihr ihn bemerkt hättet.»

Gretler verschränkte die Arme. «Wie nehmen Sie die Tropfen ein?»

Thea wirkte irritiert und lachte nervös. Sie schüttelte leicht den Kopf und verdrehte die Augen, als wäre der Korporal nicht ganz dicht. «In einem Glas natürlich. Verdünnt mit etwas Wasser.»

«Aha. Vorhin im Zimmer ist mir aber nur ein Glas aufgefallen.»

Sie starrte ihn an, kniff die Augen zusammen. «Wir haben es uns geteilt.»

Er nickte knapp. «Sie trugen gestern Abend bestimmt Lippenstift, oder?»

«Äh, ja.»

«Da war aber kein Lippenstiftabdruck auf dem Glas.»

Thea lachte auf. «Sagen Sie, verdächtigen Sie mich ernsthaft? Ich hatte mich abgeschminkt, bevor ich die Tropfen nahm.» Sie schüttelte erneut den Kopf und holte sich eine Zigarette aus ihrer Handtasche, zündete sie an, als der Korporal plötzlich nach ihrem linken Unterarm griff. «Was haben Sie da?»

Sie zuckte zusammen. «Wie?»

Er drehte ihr Handgelenk um. Kratzspuren.

«Sieht ganz so aus, als hätten sie sich mit einer Katze angelegt?»

Elise fiel auf, dass Thea erblasste. «Oh, äh ja. Das war Sissi. Gestern Abend, bevor wir zu Bett gingen. Das tut sie manchmal, wenn ich sie vom Bett hebe.»

Gretler sah sie an, als würde er ihr kein Wort glauben. Auch Elise wusste, dass Thea log, aber sie konnte dem Korporal nicht die Wahrheit sagen, ohne sich selbst verdächtig zu machen.

Doch die Ungewissheit, was aus der armen Sissi geworden war, bereitete ihr solche Kopfschmerzen, dass sie später Thea aufsuchte und sie zu einem Spaziergang einlud.

« Ich bin froh, dass ich endlich da rauskomme », erklärte Thea wenig später, als sie der Limmat entlanggingen. « Ewald dreht fast durch ! »

Elise blieb stehen. Ein eisiger Wind fegte ihr entgegen. « Ich weiß, dass Sie es waren, Thea. »

« Was ? »

« Wo ist Sissi ? Lebt sie noch ? »

« Also wirklich, was erlauben Sie sich ! Das muss ich mir nicht anhören. » Sie wollte weitergehen, doch Elise eilte ihr nach und stellte sich ihr in den Weg.

« Sissi ist eine unschuldige Katze ! Nur weil Sie eifersüchtig sind, können Sie sie nicht einfach ihrem Schicksal überlassen. »

« Sie haben keine Ahnung ! Lassen Sie mich in Ruhe ! » Sie rannte davon.

Am Abend erfuhr Elise von Basil und Wasilina, dass Thea bei einem weiteren Verhör mit Korporal Gretler gestanden hatte, den Diebstahl inszeniert zu haben. Sie habe Sissi sowie die Wertsachen einem Mann übergeben, der damit nach Frankreich fliehen wollte.

So froh Elise war, dass sich der Fall geklärt hatte, so spürte sie eine Unruhe in sich.

Die Scharfsinnigkeit des Korporals hatte ihr zwar imponiert, sie gleichzeitig aber auch eingeschüchtert. Sie würde sich zukünftig in Acht nehmen müssen bei weiteren Diebstählen in Zürich. Aber jetzt ging es zuerst in die Nazihochburg Davos.

17

Den ersten Abend im verschneiten Davos verbrachte Elise in der Bar des Hotel Adler, wo sie in Kontakt kam mit einer vierköpfigen Gruppe junger und reicher Leute aus Basel, die Skiurlaub machten. Sie genoss die Gesellschaft, der Champagner floss, die Stimmung war heiter. Freddy, ein attraktiver Junggeselle, versuchte, ihr den Hof zu machen, aber sie ging nicht darauf ein, unterhielt sich stattdessen mit Anneliese, der Verlobten seines Freundes Paul.

«Ich finde es schrecklich, dass hier alles so deutsch ist», sagte sie. «Hakenkreuz-Fahnen! Muss das denn sein? Warum wird das toleriert?»

«Viele Unternehmen und Hotels sind existenziell abhängig von den deutschen Gästen», erklärte Freddy.

«Ja, aber wir wollen hier in der Schweiz doch keine Nationalsozialisten!»

«Nicht alle Deutschen sind Nazis», sagte Paul und zündete sich eine Zigarette an. «Arno und Inge, die wir gestern auf der Skipiste kennengelernt haben, sind ebenfalls gegen Hitlers Regime.»

«Und die Leitung dieses Hotels übrigens hat auch etwas gegen die Nazis, das hat mir der Concierge gestern anvertraut.» Freddy griff nach der Champagnerflasche und schenkte Elise nach.

«Im Café Schneider werden Deutsche beschimpft», meinte Walter, der sich im Gegensatz zu den anderen eher selten äußerte.

«Aber im Hotel Silvretta sind sie höchst willkommen», gab Anneliese an. «Da lief ich heute vorbei und habe beobachtet, wie einer den Hitlergruß gemacht hat. Widerlich.»

Freddy neigte sich zu Elise. «Und, Elise, kommst du morgen mit uns auf die Piste?»

«Nein, tut mir leid, ich habe andere Pläne.»

«Was könnte besser sein als Skifahren?», wollte Anneliese grinsend wissen.

«Ich schreibe an einem Roman. Und Schauplatz ist die Schatzalp. Deshalb will ich morgen dorthin, um zu recherchieren. Fotos machen und so weiter.» Wie gut, dass sie sich bereits eine Ausrede überlegt hatte.

«Ein Roman wie der ‹Zauberberg› von Thomas Mann?», fragte Walter interessiert.

«Nicht ganz. Eher ein Krimi. Aber ich will nicht zu viel verraten.» Sie griff nach ihrem Glas und schluckte ihre Skrupel darüber, erneut gelogen zu haben, mit einem großen Schluck Champagner hinunter.

Am darauffolgenden Tag machte ihr das Wetter einen Strich durch die Rechnung. Es schneite ununterbrochen, und enttäuscht sagte ihr Freddy am Morgen, dass die Sicht heute zu schlecht sei für die Skipiste. Beim Frühstück erfuhren sie, dass viele Hotelgäste das Thermalbad besuchen wollten, aber einige würden auch einfach auf den Zimmern bleiben, um zu lesen. Da Elise davon ausging, dass es sich im Hotel Silvretta nicht anders verhielt, verschob sie ihr Vorhaben auf den nächsten Tag. Doch da zog sogar ein Schneesturm auf. Immerhin war die Gesellschaft angenehm, und als Walter vorschlug, *Mensch ärgere dich nicht* zu spielen, waren alle begeistert. So saßen sie vor dem knisternden Kaminfeuer in der Hotelhalle, tranken heiße Schokolade und versuchten, sich nicht zu ärgern, wenn das Glückskind Paul ihre Spielfiguren jeweils kurz vor dem Einzug ins Zielfeld wieder eine Runde zurückkatapultierte.

Am Abend war der Sturm vorübergezogen, und es hatte aufgehört zu schneien. Sie wagten sich ins Schneegestöber, fühlten sich bei einer Schneeballschlacht wieder wie Kinder. Als sie danach erschöpft durch den tiefen Schnee ins Hotel zurückmarschierten, zeigte Freddy hoch zu dem klaren Sternenhimmel. «Ich glaube, morgen wird das Wetter besser.» Er blieb stehen, die anderen liefen ein paar Meter vor ihnen.

«Sieht ganz so aus.»

«Dann kannst du uns ja auf die Piste begleiten. Oder hast du immer noch andere *Pläne?*»

«Ja, die habe ich. Die Schatzalp, du erinnerst dich?»

«Hm.» Er zog Elise an sich heran. «Und wie sieht es heute Nacht aus? Hast du da auch Pläne?» In seinen dunklen Augen spiegelte sich Verlangen wider, und sie spürte seinen warmen Atem auf ihrer Haut. Für einen kurzen Augenblick überflutete sie eine Woge des Begehrens, der sie beinahe nachgegeben hätte. Doch wie könnte sie Jonathan das antun? Sie schob Freddy weg. «Tut mir leid.»

Sie ließ ihn stehen und stampfte so schnell wie möglich durch den Schnee den anderen nach.

Am nächsten Tag luden stahlblauer Himmel, Sonne und frischer Schnee zum Wintersport ein. Während ihr Freddy beim Frühstück kühl begegnete, versuchten die anderen, sie nochmals zu überreden, sie zu begleiten, doch Elise blieb bei ihrer Ausrede mit der Schatzalp.

Stattdessen suchte sie um die Mittagszeit das Hotel Silvretta auf und speiste auf der sonnigen Terrasse mit atemberaubendem Bergpanorama. Gegen vierzehn Uhr brachen viele Gäste zu einem Spaziergang, Wintersport oder einer Kutschenfahrt auf, und die weniger Aktiven wechselten auf den Bereich mit den Liegestühlen. Auch Elise hätte sich gerne auf eines der Schafsfelle gelegt und dick verpackt in eine Wolldecke ein Nickerchen an der frischen Alpenluft gehalten, aber viel Arbeit lag vor ihr.

Sie begann ihren Diebeszug in der obersten Etage. Die Zimmermädchen waren in der Pause, und nachdem sie sich vergewissert hatte, dass sich auch sonst niemand auf dem Flur aufhielt, machte sie sich an der ersten Zimmertür zu schaffen.

Wie nachlässig die Gäste waren, dachte sie nach ein paar Einbrüchen. Geld, Schmuck, vieles lag einfach im Bad, auf den Schreib- oder Nachttischen herum.

In einem Zimmer – eine Uniform mit Hakenkreuzbinde hing über einer Stuhllehne – fand sie einen noch ungeöffneten Koffer, und da es ihr nicht gelang, das Schloss aufzubrechen, schlitzte sie das Leder mit einem Messer auf. Es lohnte sich: Der Koffer enthielt eine Rolex, silberne Manschettenknöpfe und einen Umschlag mit 1500 Franken. Auch in den weiteren Zimmern gab es einiges zu holen. Erst in einem der letzten erlebte sie eine Überraschung: Als sie das Zimmer betrat, umhüllten sie Dunkelheit und Rachmaninows «Klavierkonzert Nummer 4», von einem Grammophon wiedergegeben. Schnell schloss sie die Tür und machte sich aus dem Staub.

Am nächsten Tag fuhr sie angestachelt vom Erfolg weiter nach Klosters, dann Chur, Arosa, Bad Ragaz. Diese Orte waren jedoch keine Nazihochburgen wie Davos, und so gab es auch keine eindeutig judenfeindlichen Hotels wie das Silvretta. Elise musste viel Zeit in die Gästeüberprüfung investieren, um auszuschließen, dass sie am Ende noch andere Juden bestehlen würde.

Auch wenn es ihr zuwider war, gab sie sich bei der Suche nach einem Opferhotel selbst als Nazianhängerin aus. Dazu rief sie vor ihrem Aufenthalt an und gab jeweils vor, ein Zimmer reservieren zu wollen, erkundigte sich dabei, ob bei ihnen

Juden absteigen würden. So manch ein Concierge oder Rezeptionist reagierte daraufhin gereizt und erwiderte, sie würden sehr wohl auch Juden bewirten, schließlich seien sie hier in der Schweiz keine Nazis. Ein Mann in einem Hotel in Bad Ragaz war sogar mal so erbost, dass er Elise als «Scheiß-Nazi» beschimpfte und einfach auflegte. In diesen Hotels buchte sie sich dann ein. Es gab aber auch Angestellte, die ihr versicherten, dass bei ihnen garantiert keine Juden wohnen würden und sie sich «keine Sorgen machen müsse». Man habe viele *arische* Gäste aus Deutschland und Österreich, und sie wäre bei ihnen in bester Gesellschaft. In diesen Hotels wurde Elise zur Täterin.

Natürlich konnte sie nicht nur Nazis bestehlen. Sie achtete zwar bei der Recherche darauf, aber wie sollte sie wissen, welche politische Einstellung ein Gast hatte? Sie studierte die Gästelisten auf den Putzwagen, denn manchmal gab es Bemerkungen darauf wie «NSDAP-Mitglied» oder «SS-Führer». Aber oft landete sie in Zimmern von Gästen, die einfach nur reich waren. Bei russischen Gästen gab es besonders viel zu holen, diese Zimmer entpuppten sich als wahre Schatzkammern. Sobald sie jedoch bemerkte, dass nur sehr wenig Wertvolles vorhanden war, wie ein einfacher Goldring oder ein bisschen Bargeld, ließ sie es bleiben.

Nach einer erfolgreichen Diebestour im Kanton Graubünden fuhr sie nach Lugano ins Tessin und veräußerte alles. Hier roch es schon fast nach Frühling, wenn auch leichte Nebelschwanden den Luganersee in ein mystisches Licht hüllten und die Alpenlandschaft um ihn herum noch wie gezuckert aussah. Doch die Palmen und die blühenden Magnolienbäume vermittelten mediterranes Flair, und so flanierte sie in einem weißen Kleid und mit breitkrempigem Hut durch die Stadt auf der Suche nach Schmuckgeschäften. Sie trug die blonde Bubikopf-Perücke und die Brille mit dem dicken, schwarzen Rand. Auf die Wange hatte sie sich ein Muttermal geklebt. Sie musste zugeben, dass es ihr durch die Verkleidung leichter fiel, ihrer Arbeit nachzugehen, da sie zu einer anderen Person wurde. Doch am Ende befriedigte es nur sie, Elise Rosenberg, und sie spürte rasch, dass sie dieses Gefühl brauchte.

Wie schnell sich ihr Bedürfnis ändern konnte, bemerkte sie zwei Wochen später, als ihre Mutter und Adele in Luzern eintrafen und sie die beiden am Bahnhof in die Arme schloss. Ein tiefes Glücksgefühl durchströmte ihren Körper, nahm von jeder Faser ihres Körpers Besitz. In diesem Moment wusste sie, dass sie nur noch eines wollte: mit ihrer Mutter und Adele in Sicherheit leben, weit weg von den Nazis. Und so entschied sie in dem Augenblick, nicht mehr zu stehlen und für sie alle Visa für Amerika zu beantragen. Jetzt, wo sie genug Geld hatte, war die vom Konsulat verlangte finanzielle Unabhängigkeitsbestätigung kein Problem mehr. Um ihre Mutter und Adele aber erst mal in Ruhe ankommen zu lassen, beschloss sie, sie erst später auf ihre Pläne anzusprechen. Als sie sich aus der Umarmung löste und die beiden genauer betrachtete, stockte ihr der Atem. Sie hatten ziemlich an Gewicht verloren, was besonders bei Adele auffiel, die schon immer sehr zierlich gewesen war, jetzt aber richtig zerbrechlich aussah. Viel mehr Sorgen jedoch bereitete Elise ihr apathischer Gesichtsausdruck. Sie vermutete, dass Adele noch immer stark traumatisiert war wegen der Nazis, die sie geschlagen hatten, und nahm sich vor, später mit ihr darüber zu sprechen.

Sie hatte den beiden eine Suite im Metropol gebucht, mit einer Verbindungstür zu ihrem eigenen Zimmer, so war es fast wie eine kleine Wohnung. Doch Selma rümpfte sofort die Nase, als sie aus dem Fenster schaute. «Da ist ja gleich die Straße!»

In den kommenden Wochen unternahm Elise alles, um ihre Mutter und Adele glücklich zu machen. Sie ging mit ihnen einkaufen, in Restaurants und zeigte ihnen die Schweiz. Sie stahl nicht mehr, merkte aber, wie unruhig sie jedes Mal in Hotels wurde, besonders wenn sie Nazis oder einfach reiche Gäste erblickte. Aber sie hatte sich im Griff. Sie verzichtete gern darauf, um dafür Zeit mit ihrer Familie verbringen zu können.

Als sie die beiden eines Tages vorsichtig auf Amerika ansprach, stieß sie auf taube Ohren. Selma meinte, dass sie nicht auswandern werde, denn bald wäre alles vorbei, und sie könnten wieder zurückkehren. Auch Adele, die bereits die Fahrt in die Schweiz als Tortur empfunden hatte, wollte sich nicht eine weitere, noch längere Reise aufhalsen. Irgendwann sah Elise ein, dass sie die beiden nicht würde umstimmen können und sie Amerika endgültig abschreiben musste. So konzentrierte sie sich darauf, dass es den beiden an nichts fehlte, damit sie wenigstens in der Schweiz ein gutes Leben führen konnten. Doch trotz ihrer Bemühungen wirkten die beiden unzufrieden. Selma klagte andauernd über ihr Schicksal und konnte nur durch materielle Dinge bei Laune gehalten werden. Adele war in sich gekehrt, wollte nicht mal mehr stricken. Mehrmals versuchte Elise, mit ihr über den Vorfall mit den Nazis zu reden, aber Adele wies sie immer ab, sagte, dass sie sie in Ruhe lassen solle. Durch Bücher schien sie in eine andere Welt zu flüchten, sie las mindestens zwei pro Woche, die sie sich in einer Buchhandlung an der Reuss besorgte.

Ende Juni ging ihnen allmählich das Geld aus. Elise dachte an die Worte der Behörde, als Emigrantin nicht *armengenössig* zu werden, und dass man sie sonst aus dem Land werfen könnte. Als sie ihrer Mutter sagte, dass sie sich etwas einschränken müssten, wurde diese ungehalten. «Ich dachte, du hättest so viel Geld aus der Tschechoslowakei von den Grundstücksverkäufen und der Garage?»

Das hatte Elise ihr und Adele zu Beginn angegeben. Dass Jonathan Prag geliebt und sich dort mehrere Stadthäuser und Grundstücke gekauft habe. Sie hätte davon nichts mehr gewusst, bis der Notar sie kontaktierte.

«Ja, aber wir müssen trotzdem sparsam sein», erklärte sie.

«Wäre ich nur in Wien geblieben», klagte Selma. «Ich vermisse das Perlman. Und diese vielen Berge hier erdrücken mich!»

Elise platzte beinahe der Kragen. «Dann geh doch wieder zurück nach Wien! Die Nazis heißen dich bestimmt ganz herzlich willkommen!» Sie war selbst erschrocken über ihre Aussage und den verbitterten Ton in ihrer Stimme, aber sie hatte sich nicht mehr zurückhalten können.

Die ganze Situation frustrierte sie zunehmend, und umso dankbarer war sie, als Wasilina und Basil für ein paar Tage nach Luzern kamen – auch wenn sie deren Grund für den Besuch, eine Auktion im Hotel Kronenberg mit dem Titel «Moderne Gemälde aus deutschen Museen», nicht gutheißen konnte. Sie hatte vorab einiges über die Sammlung gelesen, die in der Kunstszene stark kritisiert worden war. Es handelte sich um «entartete Kunst»: Werke aus deutschen Museen, die der Kunstauffassung und dem Schönheitsideal der Nazis nicht entsprachen, also auch Werke von jüdischen Künstlern.

Dennoch traf sie sich mit Wasilina auf der direkt am Seequai gelegenen Terrasse des Kronenberg. An diesem Tag herrschte reger Betrieb, die Auktion hatte Sammler aus der ganzen Welt nach Luzern reisen lassen.

Wasilina wirkte unausgeglichen und tieftraurig. In ihrem weißen Seidenkleid sah sie blass und zerbrechlich aus wie eine Elfe, und ihre Hände zitterten, als sie sich eine Zigarette anzündete. Elise wusste inzwischen, dass sie unter Depressionen litt, meistens ausgelöst dadurch, dass sich Basil längere Zeit bei Alma aufhielt. Sie sprach sie darauf an, und sie schüttelte den Kopf.

«Es liegt nicht an Basil. Mit uns läuft es gut ... Aber ich will ein Bild haben.»

«Ein ... entartetes?» Der Begriff kam Elise nur schwer über die Lippen.

«Ja», meinte sie ungeduldig, und ihre veilchenblauen Augen leuchteten plötzlich auf. «Es ist ein Gemälde mit dem Titel ‹Tänzerin im Regen› und stammt von dem jüdischen Künstler Amos Löwenfeld. Ich habe es vor ein paar Monaten in einer Galerie in Paris gesehen und möchte es kaufen. Doch der Inhaber der Galerie und gleichzeitig Besitzer des Bildes, ein Nachkomme von Löwenfeld, will es nicht hergeben.»

«Vielleicht kannst du ein anderes Bild erwerben.»

Wasilinas Gesichtszüge verhärteten sich. «Ich will aber dieses. Und ich werde es kriegen. Der Sohn des Galeristen ist ebenfalls in Luzern, und Basil und ich werden mit ihm reden. Er ist ja Jude und braucht sicher Geld für ein Visum. Basil wird mir helfen.»

Ihre Aussage bestürzte Elise. «Wie kannst du nur so etwas sagen? Du weißt doch, dass ich auch Jüdin bin. Mir wurde auch alles genommen in Wien. Haus, Geld, Schmuck, Gemälde ... aber am schlimmsten: mein Mann.» Sie hatte Wasilina nie davon erzählt, und so wirkte diese aufrichtig schockiert.

«Oh Elise, das tut mir leid. Haben sie ihn ... ermordet?»

«Nicht direkt. Es war ein Unfall.» Sie erzählte mit stockender Stimme, was damals passiert war, und nach und nach kamen die Bilder wieder hoch. Tränen rollten ihr über die Wangen, und als Wasilina nach ihrer Hand greifen wollte, riss sie sie weg und warf ihrer Freundin einen verächtlichen Blick zu.

«Ich verstehe nicht, wie ihr so etwas unterstützen könnt.» Sie zeigte auf das Hotel. «Die Kunst an dieser Auktion wird als ‹entartet› bezeichnet, die Nazis wollen sie nicht, haben sie aus Museen und privaten Sammlungen entfernt, machen jetzt aber Profit damit. Es ist entsetzlich, wie die Situation der Juden ausgenutzt wird. Und du und Basil macht mit!» Sie erhob sich und rieb sich die Schläfen. «Tut mir leid, aber ich kann da nicht dahinterstehen.» Als sie davonrannte, hörte sie Wasilina rufen: «Elise, warte!»

Sie folgte ihr zum Ufer des Sees. Das Wasser erinnerte Elise an einen Saphir: reglos und schillernd.

«Ich kann dich verstehen», begann Wasilina. «Was dir passiert ist, ist furchtbar. Und ich verabscheue die Nazis genauso wie du. Doch wir alle sind auf der Welt, um irgendwie zu überleben. Und manchmal muss man dazu Dinge tun, hinter denen man nicht stehen kann, aber man hat keine andere Wahl, um nicht unterzugehen. Ich will damit sagen, dass wir uns den Nazis zurzeit eben anpassen müssen.»

«Gehört dazu auch, sich dank ihrer zu bereichern?»

Wasilina schwieg und starrte beschämt auf den See. Elise wusste, dass sie sie nicht verurteilen durfte. Sie hatte recht. Manchmal musste man Dinge tun, weil man keine andere Wahl hatte, das hatte sie selbst erfahren. Doch Basil und Wasilina waren keine Juden und nicht in ihrer Lage. Sie brauchten diese Gemälde nicht, um zu überleben.

«Leb wohl, Wasilina», sagte sie und ging weiter. Diesmal folgte Wasilina ihr nicht.

In der Nacht schlich sich Elise ins Hotel Kronenberg und raubte, bis ihr Beutel so voll war, dass sie ihn kaum mehr schließen konnte.

Als sie morgens ums halb vier über die Seebrücke ging, verspürte sie den heftigen Drang, vor Glück zu schreien.

Sie war zurück im Geschäft und würde nicht mehr aufhören. Warum auch? Sie hatte eine Möglichkeit gefunden, sich an denen zu rächen, die ihre Not verschuldet hatten.

18

In den folgenden Monaten geriet Elise in einen regelrechten Rausch. Sie reiste in der Schweiz umher und stahl, was ihr in die Finger kam. Bei ihrer Mutter und Adele in Luzern hielt sie es nach wie vor kaum aus, da ihr die Mutter mit ihren Nörgeleien auf die Nerven ging und Adele sich einfach nicht helfen lassen wollte. Elise hatte ihr sogar angeboten, eine Therapie zu bezahlen, doch Adele blieb lieber zu Hause und las. Immerhin hatte Elise sie alle in einem Hotel am See, dem Beau Rivage, unterbringen können, da ihre finanziellen Mittel es zuließen. Das stimmte zumindest Selma für den Moment zufrieden.

Ihr Diebesleben blieb ihrer Familie verborgen, und sie erklärte ihren Reiseeifer damit, dass sie an einem Krimi schreibe über eine Frau, die in der Schweiz umherreise und Mordfälle löse, deshalb müsse sie vor Ort recherchieren. Weder ihre Mutter noch Adele stellten diese Ausrede infrage. Sie hatte zur Tarnung sogar ein Tagebuch gekauft, in dem sie vorgab, Notizen zu machen – was sie tatsächlich auch tat. In einem zweiten Buch, Wolfis ehemaligem Tagebuch, begann sie, ihre Raubzüge in Wolfis Geheimschrift festzuhalten.

Sie schrieb zudem jeden Monat einen Brief an die Behörden, um ihre aktuelle finanzielle Situation darzustellen. Diese fragten nicht nach, woher das Geld komme, Hauptsache, sie hatte genug, um für ihren Lebensunterhalt und den ihrer Familie aufzukommen. Sie besaßen alle noch immer den Emigrantenstatus, mussten deshalb in Hotels wohnen und durften keiner Arbeit nachgehen. Die *Arbeit* ging Elise aber nicht aus. Selbst als im September mit dem deutschen Überfall auf Polen der Krieg ausbrach und die Touristen danach mehrheitlich ausblieben, konnte sie ihre Raubzüge weiter ausführen. Aufgrund der Neutralität der Schweiz reisten jetzt andere Leute in die Schweiz. Militärangehörige, Wirtschaftsprofiteure, Spione – und noch mehr Nazis!

Reinhart schloss sich kurz nach Kriegsausbruch der deutschen Wehrmacht an. Seine Tätigkeit als Ingenieur in einem Rüstungskonzern galt zwar als *kriegswichtig* und *unabkömmlich*, aber er meldete sich freiwillig. Er fühle sich verpflichtet, auch wenn er grundsätzlich nicht hinter dem Regime stehe, lautete seine Erklärung, als er sich von ihr verabschiedete. Schließlich stamme er aus einer Familie von Generälen, und sein Vater habe ihm jahrelang eingeschärft, dass es die größte Ehre für einen Mann sei, für sein Vaterland zu kämpfen – und zu sterben. Sie teilte diese Ansicht nicht, und sie wünschte sich, er würde einsehen, wie sinnlos es ist, für ein Land – dazu noch für eines, dessen Ideologie man nicht vertrat – in den Krieg zu ziehen.

Der Krieg hatte auch für die Schweiz Auswirkungen. So wurde unter anderem im Rahmen der sogenannten «Anbauschlacht» die Selbstversorgung der Schweiz mit Lebensmitteln angestrebt und der Ackerbau ausgeweitet. Fußballfelder und öffentliche Plätze wurden umfunktioniert zu Kartoffeläckern.

Selma litt unter den Rationierungen und ging oft ins Restaurant, weil man da nach wie vor mit Geld bezahlen konnte. Am schlimmsten war es für sie, keine neuen Kleider mehr kaufen zu können. Dafür besorgte sie andere, teilweise sehr unnötige Dinge.

Eines Tages im Sommer 1940 kam es deswegen zu einem fürchterlichen Streit. Elise kehrte von einer einwöchigen Diebesreise nach Biel und Bern zurück und war guter Laune. Besonders im Hotel Belvédère, das als offizielle Residenz für deutsche Diplomaten diente und von vielen Nazis besucht wurde, konnte sie ein kleines Vermögen erbeuten. Als sie zu Hause eintraf, trank Selma ein Glas Wein, blätterte in einer Zeitung und hörte Radio Beromünster.

«Du lässt dich also auch wieder einmal hier blicken», sagte sie, und Elise entging der giftige Unterton nicht.

Sie legte ihren Hut ab. «Ja, es war schön.»

Ein Piepsen erregte ihre Aufmerksamkeit, dann sah sie ihn, den gelbgrünen Kanarienvogel in dem Käfig, der munter vor sich hin zwitscherte.

«Wo kommt dieser Vogel her?»

«Den habe ich mir gekauft. Ich wollte eigentlich einen Papagei, aber das hatten sie nicht.» Selma blätterte weiter in der Zeitung.

«Einen Papagei?» Elise konnte es nicht fassen. «Warum hast du diesen Vogel gekauft?»

«Na, weil er mir gefallen hat. Er heißt übrigens Petzi. Hörst du, wie schön er singt?»

«Es ist falsch, Vögel einzusperren. Warum sollten sie sonst Flügel haben?»

Selma schlug genervt die Zeitung zu. «Mir war langweilig! Du bist ständig weg, und Adele vergräbt sich in ihrem Zimmer. Ich wollte nicht mehr allein sein.»

«Ach? Wie oft habe ich dir schon angeboten, mich zu begleiten, aber du willst ja lieber hierbleiben und jammern! Und das halte ich nicht aus! Der arme Vogel übrigens bestimmt auch nicht.» Sie ging auf den Käfig zu und wollte ihn öffnen.

«Was machst du da?» Selma sprang auf.

«Ich lasse ihn frei!«

«Nein! Petzi ist mein Vogel!» Sie wollte sich Elise in den Weg stellen, doch diese hatte das Törchen bereits geöffnet, und Petzi, als hätte er nur darauf gewartet, flog sofort raus.

«Petzi!», rief Selma. «Petzi! Komm her!» Sie sprang ihm nach und versuchte ihn wieder einzufangen, aber Petzi flatterte so schnell und hoch, dass sie keine Chance hatte.

«Bist du jetzt zufrieden?», fauchte sie Elise an.

«Nein, erst, wenn Petzi draußen ist.» Elise wollte zum Fenster gehen.

«Elise!» Adele erschien im Raum. «Petzi wird draußen nicht überleben, er ist das nicht gewohnt!»

«So ist es!», rief Selma.

Elise schluckte hart. Adele hatte recht. Der arme Vogel hatte in freier Wildbahn kaum Chancen. «Es tut mir leid. Ich habe nicht nachgedacht.»

«Das ist mal wieder typisch für dich!», schimpfte Selma. «Immer handelst du unüberlegt.»

Elise zählte stumm bis drei, aber die Wut hatte sie fest im Griff. «Diese Unterkunft bezahle ich! Deshalb kann ich entscheiden, ob hier ein Vogel einzieht oder nicht. Und ich will nicht, dass du mit meinem Geld Dinge kaufst, für die Tiere leiden mussten oder es müssen.» Sie zeigte auf Petzi, der auf einem Schrank gelandet war und sie beobachtete, als wären sie eine Horde Irrer. Das arme Tierchen. Es konnte nichts dafür, in dieses absurde System der Menschen geraten zu sein, die sich lächerlicherweise Vögel aus fernen Ländern holten, um sie dann einzusperren. Sie überlegte. Würde sie von ihrer Mutter verlangen, den Vogel zurückzubringen, müsste dieser ein tristes Dasein in einem Laden führen – bis er vom nächsten Kunden gekauft würde.

Sie seufzte. «Also gut, du kannst den Vogel behalten. Aber ich will, dass du ihm einen viermal so großen Käfig besorgst, verstanden? Und wenn es das nicht gibt, dann lässt du einen anfertigen.»

«Aber er ist dort auf dem Schrank!»

«Er wird wieder in den Käfig zurückfliegen, weil es dort Futter für ihn gibt.»

Sie griff nach ihrem Koffer und verschwand in ihrem Zimmer. Sie hielt es hier nicht aus. Die Mutter und sie ... das ging einfach nicht. Sie musste weg.

Nachdem sie neu gepackt und sich umgezogen hatte, betrat sie den Salon. Petzi war zurück im Käfig und zwitscherte wieder, diesmal aber lauter und aggressiver.

«Du gehst schon?», fragte Selma.

«Ja. Wollt ihr mit?», fragte sie anstandshalber.

«Nein», antworteten Selma und Adele gleichzeitig.

Elise hatte sich im Seehotel Bellevue ein Zimmer reserviert und befand sich auf dem Dampfschiff Richtung Vitznau. Der Fahrtwind tat gut bei dieser Hitze, die Wellen, die gegen das Schiff schwappten, klangen wie Meeresrauschen und erinnerten sie an den Atlantik. Sie musste ihren Hut fest zusammenbinden, damit er nicht wegflog.

Sie schloss die Augen und sah sich und Jonathan am Meer, Hand in Hand in die Wellen springend. Sie fühlte sich so einsam wie noch nie. Mit ihrer einzigen Freundin Wasilina hatte sie sich verkracht, Reinhart war im Krieg, und ihre Mutter und Adele ... Nun, sie hatten beide selbst mit sich zu kämpfen, und offenbar konnte sie ihnen nicht helfen.

Sie sog scharf die Luft ein, als der Schmerz über die Leere sie wieder in die Gegenwart katapultierte. Konzentriere dich auf dein nächstes Ziel, sagte sie sich und schaute in die Ferne. Das Seehotel Bellevue näherte sich, unverkennbar mit seinen Zinnen und Ecktürmchen, an der Westseite ragte ein markanter Hauptturm in die Höhe, darum herum der dichtbewaldete Rigi-Südhang.

«Ich glaube, wenn es ein Paradies gibt, dann sieht es genau so aus.»

Sie drehte sich um, der tiefen Stimme folgend. Wehendes, dunkles Haar im Wind, tiefbraune Augen, die nicht sie, sondern das sich nähernde Paradies betrachteten.

«Ja, vermutlich», antwortete sie mechanisch und wandte sich wieder ab.

Der Mann stand nun neben ihr und hatte seine Hände auf die Reling gelegt. «Ich gehe davon aus, das ist Ihre erste Schifffahrt auf dem Vierwaldstättersee?»

«Nein. Wie kommen Sie darauf?»

«Weil Sie ganz verzaubert wirken und das alles aufzusaugen scheinen, als würden Sie es zum ersten Mal sehen.» Er hielt inne und kratzte sich mit einem verlegenen und zugleich verschmitzten Lächeln an der Schläfe. «Ich habe Sie vorhin beobachtet ... Aber wie könnte ich auch nicht, wenn Sie einfach mitten in der Aussicht stehen.» Er sagte es mit einer solchen Ernsthaftigkeit, dass sie zuerst nicht recht wusste, ob sie sich beleidigt oder geschmeichelt fühlen sollte.

Sie lachte.

«Also nicht, dass Sie gestört hätten», fügte er hinzu. «Im Gegenteil.»

So lernte sie Harri kennen.

Sie erfuhr, dass ihn die Verlobungsfeier seines jüngeren Bruders Willi nach Vitznau führte und er im Seehotel Bellevue logieren würde. Genau wie sie.

Bereits am Nachmittag traf sie ihn wieder, als sie sich auf einer Liege im Hotelgarten sonnte. Sie trug ihren schwarzen Badeanzug mit den zwei weißen Streifen an der Taille, den sie sich letzten Sommer bei der Schneiderin hatte anfertigen lassen. Dazu einen großen schwarzen Hut mit weißer Schleife und eine Sonnenbrille, die sie in Lugano gekauft hatte.

Während sie an ihrem Champagner nippte, lauschte sie zwei älteren Damen in den Liegestühlen neben ihr, die genau wie sie Harri und einen weiteren Mann beobachteten, die über den Holzsteg schlenderten. Sie vermutete, dass es sich bei Harris Begleitung um seinen Bruder handelte, da dieser zwar etwas kleiner und schmächtiger war, aber das gleiche dunkelbraune Haar und ähnliche Gesichtszüge besaß.

«Sieh dir diese Männer an», gurrte die Dame mit weißem Hut, unter dem lange Smaragdohrhänger hervorblitzten. «Prachtkerle!» Ihre Stimme erinnerte Elise an Kanarienvogel Petzi.

«Oh ja», bestätigte die andere Dame und winkte den Objekten der Begierde zu. «Huhu!»

Die Männer blieben stehen und drehten sich um, winkten lachend zurück. Harris Blick wanderte zu Elise, blieb haften. Sie nickte ganz leicht und hob ihr Champagnerglas. Kurz darauf sprang er elegant ins Wasser, der andere etwas froschartig hinterher.

Die Frauen kicherten. «Ach Klara, wären wir doch nochmals jung.»

Klara betrachtete sich in einem kleinen Handspiegel, der mit Diamanten verziert war. «Du sagst es, Irma, du sagst es ... Das waren übrigens Harald und Willibald Falkenstein. Willibald führt den Familienbetrieb, eine Tuchfabrik im Tösstal. Sein Bruder ist Tierarzt und Pferdezüchter, lebt auf einem Gestüt.»

«Soso.»

«Morgen Abend findet Willibalds Verlobungsfeier statt, und zwar mit Rosa von Bramberg aus Berlin. Ein ganz reizendes Mädchen. Ich habe sie vorhin gesehen.»

Irma schnaubte. «Da reist du nur einen Tag früher an als ich, und schon weißt du wieder alles. Wie machst du das bloß immer, Schwesterlein?»

Klara gluckste. «Ich habe mich gestern mit Rosas Eltern unterhalten. Die Mutter ist natürlich traurig, weil Rosa nach der Hochzeit in die Schweiz ziehen wird. Der Vater hingegen ist sehr stolz auf diese Verbindung. Eine Tuchfabrik! Jetzt während des Krieges! Ach, und übrigens ...», ihre Augen glühten vor Erregung, als sie sich zu ihrer Schwester neigte, «Rosas Vater, Frank von Bramberg, gehört der SS an!»

«SS ...» Irma verstand zuerst nicht. «Oh, du meinst, er ist ein Nazi?»

Klara nickte eifrig. «Jawohl! Ein ziemlich hoher anscheinend.»

Die weiteren Worte der beiden nahm Elise gar nicht mehr wahr. Sie hatte genug gehört. Nazis im Hotel! Was für ein Glück! Und die ganze Verlobungsgesellschaft – Harri eingeschlossen – war offenbar ziemlich vermögend. Tuchfabrik. Pferdezucht. Deshalb hatte sie keine Skrupel. Doch sie musste dazu ihren Grundsatz, nicht in dem Hotel zu stehlen, in dem sie logierte, ausnahmsweise aufgeben. Sie stand auf, legte Hut und Brille auf die Liege und ging über den Steg. Harri und sein Bruder schwammen nebeneinanderher, direkt auf sie zu. Sie spürte Harris Blick auf sich schenkte ihm ein Lächeln. Dann sprang sie ins Wasser.

Sie dinierte mit den beiden Schwestern, Klara und Irma, mit denen sie sich angefreundet hatte. Die beiden Damen waren ziemlich beschwipst und erzählten Elise ihre ganze Lebensgeschichte. Klara war ledig und Irma verheiratet. Ihr Vater hatte 1870 ein Aufzugsunternehmen gegründet, das inzwischen von Irmas Mann geleitet wurde. Die Schwestern waren ihr zu Beginn recht sympathisch, bis sie auf das Thema Krieg zu sprechen kamen. Sie alle waren sich einig, dass es sich beim Krieg um ein unsinniges Übel handelte, das hoffentlich rasch enden würde.

«Es gibt so viele Einschränkungen», jammerte Klara. «Essens- und Kleiderrationierungen, kein Urlaub ins Ausland.»

«Du sagst es», stimmte Irma mit ihrer hohen Vogelstimme zu. «Und wenn man irgendwo hinreisen will innerhalb der Schweiz, sind ständig alle Bahnhöfe überfüllt von Flüchtlingen. Es hat allgemein viele Flüchtlinge hier. Und sie kommen nach wie vor, weil ihnen Visa ausgestellt werden.»

«Wir gelten halt als ein Transitland», erklärte Klara.

«Transitland!», rief Irma aus. «Als ob ein anderes Land die aufnehmen will. Nein, wir bleiben auf denen sitzen und müssen sie durchfüttern. Dabei haben wir selbst nicht genug.» Sie schnitt sich ein Stück von ihrem Rinds-Entrecôte ab und schob die Gabel in den Mund.

Elise schaute auf Irmas vollen Teller mit dem Fleisch, den Bratkartoffeln und den Karotten. «Ich denke, so schlecht geht es uns hier nicht.» Sie lehnte sich zurück. Der Appetit war ihr vergangen.

«Nun ja, im Vergleich zu vor dem Krieg schon», widersprach Irma.

«Aber die Flüchtlinge sind bestimmt froh, dass sie hier in Sicherheit sind», erklärte Elise. «Ich habe schreckliche Geschichten aus Deutschland und Österreich gehört. Den Menschen dort wird alles weggenommen. Und dann bringt man sie in Ghettos.»

Klara hob die Schultern. «Meine Nachbarin hat gesagt, das seien nur Gerüchte. Ich glaube jedenfalls nicht, dass es den Juden so schlecht geht. Hier im Hotel gibt es auch eine Familie, und die wirken ziemlich entspannt und sehen nicht aus, als hätte man ihnen alles weggenommen.»

«Woher weißt du denn das schon wieder?», fragte Irma.

«Ein Zimmermädchen hat es mir gesagt. Eine Familie Kohn. Sie haben eine Tochter.»

«Und weiß diese Familie, dass hier auch ein Nazi logiert?»

Klaras Augen glänzten und sie klatschte in die Hände. «Vermutlich schon. Was für ein Konfliktpotenzial, stell dir vor!»

Elise griff nach ihrem Champagner und trank ihn in einem Zug leer. Klara und Irma würden ebenfalls zu ihren Opfern gehören.

Obwohl das Gesprächsthema danach wechselte, musste sie den Rest des Essens über all ihre Schauspielkünste anwenden, um freundlich zu bleiben. Zum Glück wurden die beiden Damen nach dem Essen ziemlich schnell müde und zogen sich auf ihre Zimmer zurück.

Elise blieb noch am Tisch sitzen, dachte über das Gespräch nach, wobei sie sich an eine Aussage ihres Großvaters erinnerte: Man dürfe den Menschen ihre Engstirnigkeit nicht übelnehmen. Verstand sei so rar auf der Welt wie hochkarätige Diamanten.

Sie verließ das Restaurant und beschloss, sich in der Bar noch einen kleinen Absacker zu genehmigen. Als sie am Saal vorbeiging, in dem die Verlobungsgesellschaft dinierte, erkannte sie schnell, dass es hier einiges zu holen geben würde. Diamanten und Edelsteine funkelten, Gold und Platin glänzte. Sie hatte sich vorgenommen, in der Nacht zuzuschlagen, und zwar am darauffolgenden Tag nach der Verlobungsfeier. Wie gut, dass sie ihre Taschenlampe und das Nähzeug dabeihatte.

Während sie ihren Plan bei einem Grappa und sanfter Pianomusik reifen ließ, stießen ein paar Männer hinzu, unter ihnen Harri in einem dunkelgrauen Anzug mit schwarzer Krawatte. Als er sie bemerkte, blieb er stehen und musterte sie. Dann sagte er zu einem der Männer etwas und kam auf sie zu.

«Darf ich mich zu Ihnen setzen?»

«Bitte.»

«Sie trinken Grappa.» Er nickte anerkennend.

«Gelegentlich braucht man einen.»

Er blickte sie mit zusammengekniffenen Augen an, sagte aber nichts.

In dem Moment rannte ein Junge in die Bar. «Onkel Harri, Onkel Harri!»

«Klaus! Du bist noch nicht im Bett?»

«Nein, ich bin der Mutti entwischt.» Er kicherte verschmitzt vor sich hin.

«Onkel?», flüsterte Elise.

«Ach, ich bin eigentlich nicht sein Onkel. Klaus ist Rosas Neffe, der Zukünftigen meines Bruders. Aber ich habe ihm erlaubt, mich Onkel zu nennen. Stimmt's, Klaus?»

«Mhm ... Du, Onkel Harri, du hast doch einen Pferdehof?»

«Das ist richtig, ja.»

«Und eure Pferde wurden nicht für den Krieg eingezogen so wie unsere, gell?»

Harris Gesicht verdunkelte sich. «Zumindest nicht alle.» Er wandte sich an Elise. «Als Züchter musste ich nicht alle abgeben.»

Sie nickte und dachte an ihren geliebten Hengst Amadeus. Ob er eingezogen wurde?

«Ich würde so gerne die Pferde sehen», sagte Klaus. «Können wir morgen auf deinen Hof gehen?»

Harri lachte. «Morgen? Aber Klaus, da findet die Verlobungsfeier deiner Tante statt. Und es ist eine halbe Weltreise von hier bis zum Gestüt. Doch ich verspreche dir, wir holen das so bald wie möglich nach.»

Klaus seufzte. «Na gut.»

Zwei weitere Männer betraten die Bar und gesellten sich zu ihnen. Einer von ihnen trug Wehrmachtsuniform.

«Klaus! Was tust du hier?»

«Oh Vati, ich ...»

«Klaus hatte bloß eine ganz wichtige Frage an mich, die nicht warten konnte», antwortete Harri und zwinkerte Klaus zu. «Nicht wahr?»

Klaus nickte eifrig, sein Gesicht war rot angelaufen. Elise fiel auf, dass er die gleiche Frisur wie sein Vater hatte. Blond, mit einem scharfen Seitenscheitel.

Plötzlich tauchte eine aufgeregte Frau in einem hellgrünen Kleid auf. «Klaus, hier bist du ja! Himmel, du darfst doch nicht einfach wegrennen.» Sie griff nach seiner Hand und blickte kopfschüttelnd zu dem Mann in Uniform. «Konntest du nicht besser aufpassen, Günter?» Sie wartete seine Antwort gar nicht erst ab und eilte mit Klaus nach draußen.

«Dieser Junge! Macht mich noch ganz fertig.» Günter lachte nervös, doch der andere Mann, ein etwas älterer mit Schnurrbart, aufgrund der Ähnlichkeit vermutlich sein Vater, blieb ernst. «In der Hitlerjugend wird er schon lernen, was sich gehört.» Sein Blick verharrte auf Elise. «Klaus ist im Frühling zehn geworden und geht seither zur HJ.»

Sie nickte schweigend, woraufhin er über die Hitlerjugend zu sprechen begann, bis er schließlich zur Napola wechselte, der Nationalpolitischen Erziehungsanstalt, in die er Klaus unbedingt reinbringen wollte, sobald er alt genug wäre. «So wird er eines Tages zur nationalsozialistischen Elite gehören.»

«Vater!», zischte Günter. «Können wir das Thema bitte lassen?»

«Warum?»

«Du weißt, was ich davon halte.»

«Wenigstens aus Klaus soll etwas werden!»

Günter erblasste, dann verließ er wortlos die Bar. Sein Vater schaute ihm kopfschüttelnd nach und begann über seinen Sohn herzuziehen. «Ein Versager ist er! In jeder Hinsicht!

Einen Platz in der Reichszentrale unter Göring hätte ich ihm beschaffen können, aber er wollte lieber an die Front!» Mit diesen Worten verließ er die Bar ebenfalls.

Elise und Harri schauten sich schweigend an, ehe sich Harri leicht nach vorne beugte. Mehrere Längsfalten hatten sich auf seiner Stirn gebildet. «Verurteilen Sie mich bitte nicht.»

«Wofür? Weil Sie sich mit Nazis abgeben?»

«Willi, mein Bruder, liebt Rosa. Aber genau wie ich kann er mit dem Gedankengut der Nazis nichts anfangen.»

«Sie brauchen sich vor mir nicht zu rechtfertigen. Und wer weiß, vielleicht gefällt mir die Ideologie der Nazis ja.»

«Nein, tut sie nicht», sagte er voller Überzeugung. «Ich habe vorhin gesehen, mit welcher Verachtung sie Frank, das ist Klaus' Großvater, angeschaut haben.»

«Jeder muss tun, was er für richtig hält. Es geht mich nichts an.» Sie stand auf. «Gute Nacht.»

19

Am nächsten Morgen frühstückte Elise auf der Terrasse des Hotels, als sie ein Ehepaar in ihrem Alter mit einem etwa zehnjährigen Mädchen erblickte. Die Familie saß bei der Balustrade, und während das Mädchen ihr Brötchen mit Marmelade bestrich, schauten die Eltern ihr zu. Besorgnis stand in ihren Gesichtern; im Hintergrund glitzerte der Vierwaldstättersee unter der Morgensonne.

Sie wusste sofort, dass es die jüdische Familie sein musste, von der Klara erzählt hatte. Plötzlich huschte der kleine Klaus an ihnen vorbei, und er bemerkte nicht, dass ihm ein Spielzeugauto aus der Hosentasche fiel und direkt vor dem Tisch der Familie landete. Unbekümmert rannte er weiter bis zu einem freien Tisch und setzte sich. Elise beobachtete, wie das Mädchen aufstand, das blaue Spielzeugauto hochhob und – die Rufe der Eltern ignorierend – zu Klaus' Tisch lief. Lächelnd überreichte sie ihm das Spielzeug, und er starrte sie sprachlos an. Das Mädchen wollte sich soeben entfernen, als Klaus' Eltern und Großeltern auftauchten, und in dem Moment, in dem Klaus seine Familie erblickte, verwandelte sich sein Gesicht in eine Fratze. «Warum hast du es angefasst, du dreckige Jüdin?»

Sie bemerkte, wie das Mädchen erstarrte und sich langsam zu Klaus umdrehte. «Du hattest es verloren. Ich wollte es dir nur zurückgeben.»

«Was ist hier los?», fragte Günter, während die Eltern des Mädchens bereits zu ihrer Tochter eilten.

«Die dumme Jüdin hat mein Spielzeugauto angefasst!» Klaus' Gesicht glich einem roten Ballon, der jederzeit platzen konnte.

Anstatt ihre Tochter zu verteidigen, griffen die Eltern gleichzeitig nach jeweils einer Hand des Mädchens und liefen davon. Elise stand auf und ging auf Klaus zu. « Du hattest es verloren. Sie hat es dir nur zurückgebracht. Und dafür bedankt man sich für gewöhnlich. »

Fassungslos starrte Klaus sie an, ehe sein Großvater auf sie zukam. « Was erlauben Sie sich! Sie ... » Elise ignorierte seine weiteren Worte und ging, betrat das Hotel durch die Terrassentür. Die jüdische Familie stand vor dem Bartresen, als hätten sie nur auf sie gewartet. « Danke, dass Sie sich eingesetzt haben. »

Sie winkte ab. « Nicht der Rede wert. »

« Wir wollten so gerne mal abschalten », sagte die Frau seufzend, Tränen glitzerten in ihren Augen, und ihr Mann legte einen Arm um sie.

« Wir wohnen in einer einfachen Herberge in Luzern und warten darauf, unsere Ausreisevisa zu bekommen. Eigentlich müssen wir sparen, aber meine Frau wird heute dreißig, da wollte ich ihr etwas Besonderes gönnen. Und dann das! »

« Warum hat man nirgends Ruhe vor dieser Bande? », fragte die Frau mit schriller Stimme. « Warum lässt die Schweiz die einreisen? Und uns nicht? Wir erhielten nur mit Mühe und Not Transitvisa. »

Der Mann strich ihr über den Rücken, die Tochter stand traurig da. « Beruhige dich, Deborah. Wir lassen uns nicht den Tag verderben. Wir gehen jetzt auf die Rigi! »

Die Familie hatte Elise auf eine Idee gebracht, und so fuhr sie wenig später mit der Zahnradbahn hoch bis Rigi Kulm. Sie wanderte den Höhenweg entlang und genoss den Anblick der Bergwelt, liebevoll umgeben vom Vierwaldstättersee und dessen zahlreichen Buchten und Seebecken, als würde das Gewässer sein Land beschützen wollen. Sie erfreute sich an den Blumenwiesen, einer wahren Orgie von Farben und Düften.

Während sie eifrig Fotos schoss mit ihrer Kodak Retina, überzog sie eine Gänsehaut. Was für ein Paradies auf Erden, und dennoch breitete sich auch hier das Unheil aus.

Als sie am Abend erschöpft und mit leicht geröteten Wangen zurückkehrte, verdüsterten dunkle Wolken den Himmel. Die Verlobungsfeier schien bereits in vollem Gange zu sein; Gelächter und Musik drangen aus dem großen Saal. Nach dem Abendessen, inzwischen regnete und stürmte es kräftig, trank Elise einen Kaffee in der Bar – als Wachmacher für später – und las in einem Buch, als der kleine Klaus auftauchte und sich dicht ans Terrassenfenster stellte. Regen prasselte dagegen. Der Barmitarbeiter, ein junger, kräftiger Mann mit breitem Gesicht und dunkelblondem Bürstenschnitt, ging auf ihn zu. «Musst du nicht zurück zu den anderen?»

«Ich will das Gewitter anschauen. Ui, die Wellen sind ja gigantisch!»

Durch Klaus' Worte neugierig geworden, schloss sie das Buch und blickte nach draußen. Tatsächlich, der See wogte heftig. Dabei hatte er heute Nachmittag noch so freundlich auf sie gewirkt.

«Weißt du, warum?», fragte der Barmann und kniete nieder, sodass er Klaus direkt ins Gesicht sehen konnte.

«Weil es stürmt», antwortete Klaus kess.

«Ja, aber der Sturm hat das Seeungeheuer geweckt.» Er sah Klaus ernst an, in seiner Stimme lauerte etwas Unheimliches. «Jetzt ist es wütend und tobt im See herum, deshalb die hohen Wellen.»

Klaus' Augen wurden riesig. «Ein Seeungeheuer?»

«Jawohl. Ein ganz großes! Es ist grün und hat lange, sehr spitze Zähne, rote Augen und schuppenartige Haut wie ein Fisch. Und riesige Flossen, mit denen es Wellen schlagen kann. Und manchmal, bei Vollmond …» Er hielt inne und verengte die Augen, «da erscheint es auch an Land.»

«Oh! Heute etwa auch?»

«Heute ist Vollmond. Deshalb ist die Chance groß, dass es kommt.»

Klaus schluckte. «Ist das Seeungeheuer böse zu den Menschen?»

«Die guten Menschen haben nichts zu befürchten. Die bösen aber schon.» Er schaute zu Elise hoch, und in seinen Augen lag ein düsterer Ausdruck.

Klaus' Miene erhellte sich. «Ich bin immer ganz brav! Das Ungeheuer wird mir deshalb nichts tun. Ich bin sogar bei der Hitlerjugend. Dort sind nur die Besten.»

Elise konnte ihr ungläubiges Staunen kaum verbergen. Der Junge schien es tatsächlich zu glauben!

«Ich möchte das Ungeheuer sehen!», fuhr Klaus ungehindert fort. «Wo ist es denn?» Er drückte seine Nase gegen das Fenster.

Warum war dieser Junge so sehr von sich überzeugt und ließ sich nicht mal von einem Seeungeheuer abschrecken?

Gerade als der Barmann etwas sagen wollte, erschien Klaus' aufgebrachte Mutter.

«Klaus! Habe ich dir nicht schon tausendmal gesagt, dass du dich nicht von uns entfernen sollst! Komm jetzt.» Sie griff nach seiner Hand und zog ihn aus der Bar.

«Nicht ganz geglückt, Ihr Vorhaben», sagte Elise zu dem Barmann. «Einem Kind aus der Hitlerjugend kann man wohl keine Angst mehr einjagen.»

Seine blauen Augen drückten pure Verachtung aus. «Dabei hätte ich ihm eine schlaflose Nacht oder ein paar schlimme Albträume gewünscht. Ich habe von meiner Kollegin erfahren, wie gemein er sich heute Morgen dem jüdischen Mädchen gegenüber benommen hat.»

«Ja, ich war auch dabei.»

«Von mir aus können die Nazis Deutschland mit ihrer Ideologie verpesten, aber nicht unsere Schweiz!» Er zeigte auf Elises leere Tasse. «Noch einen Kaffee? Oder lieber einen Grappa?»

Elise las noch ungefähr eine Stunde weiter, dann beschloss sie, sich noch etwas hinzulegen, bevor sie zuschlagen würde. Gerade als sie sich erhob, bemerkte sie, dass Gäste in der Halle herumwuselten und verzweifelt nach Klaus riefen. Harri erschien in der Bar und schaute sich um. Wie gut er aussah in seinem Smoking, dachte sie. «Was ist los?», fragte sie.

«Klaus ist verschwunden. Ist er hier?»

«Nein, ich habe ihn vor etwa einer Stunde zuletzt gesehen, da hat ihn seine Mutter geholt.»

«Hm. Ach, vielleicht ist er beim Concierge in der Telefonkabine. Heute Nachmittag war er schon mal dort.» Er eilte aus der Bar.

Plötzlich überkam sie eine Gänsehaut. Was, wenn …? Sie öffnete die Terrassentür, sogleich zog ein Windstoß herein.

«He! Was machen Sie da?», rief der Barmann.

Sie ignorierte ihn, schritt über die Terrasse bis zur Brüstung. Der Sturm hatte nachgelassen, doch noch immer regnete und windete es. Dunkelheit hüllte sie ein, aber der Vollmond beleuchtete den See, sodass sie das Ruderboot, das in der Nähe des Steges trieb, sehen konnte. Etwas weiter hinten erkannte sie das Floß, auf dem sich eine kleine Gestalt bewegte. Klaus! Sie rannte die Treppe hinunter über den Rasen, hörte einen Hilferuf. Das Floß wurde von Wellen überschwappt, und offenbar konnte sich Klaus kaum mehr festhalten.

«Klaus!», rief sie. «Bleib, wo du bist!»

Sie betrat den Steg, zog die Schuhe aus, da kam der Barmann mit einer Taschenlampe angerannt.

«Was tun Sie? Sie wollen doch nicht reinspringen!»

«Doch!»

«Sie sind verrückt! Lassen Sie den Jungen doch! Sollte er sterben, haben wir einen angehenden Nazi weniger!»

«Nicht Ihr Ernst, oder?» Entsetzt starrte sie ihn an, doch jetzt blieb keine Zeit für eine Diskussion.

«Geben Sie mir Licht!», rief sie ihm zu, ehe sie ins Wasser sprang und zu dem Floß schwamm, das ungefähr zehn Meter vom Steg entfernt lag.

«Hilfe!», rief Klaus, doch seine Stimme wirkte kraftlos. Eine Welle erfasste Elise. Jetzt kam ihr zugute, dass sie im Atlantik trotz der wilden Wellen so oft geschwommen war. Jonathan hatte sie immer seine kleine Meerjungfrau genannt.

Sie hatte das Floß beinahe erreicht, als eine weitere Welle darüberschwappte und Klaus mit sich riss. Er fiel ins Wasser. Verflucht! Sie tauchte sofort unter und schwamm auf die Stelle zu. Dunkelheit und Kälte um sie herum. Sie tauchte wieder auf, holte Luft und überprüfte, ob Klaus auf der Oberfläche trieb. Leider nicht. Wieder tauchte sie hinab. Vor ihr das pure Nichts, sie wusste nicht, wohin sie überhaupt schwamm. Sie tauchte tiefer, und dann endlich stieß sie gegen etwas, Klaus' Körper. Sie packte ihn, zog ihn mit sich nach oben, schnappte nach Luft. Mit dem Jungen im Schlepptau schwamm sie zurück, Menschen kamen angerannt und halfen ihr und Klaus aus dem Wasser. Harri begann sofort, Klaus zu beatmen. Kraftlos und bibbernd vor Kälte stand Elise daneben, hörte Klaus' Mutter weinen und seinen Vater etwas Unverständliches sagen. Dann endlich ein Husten. Das Kind lebte.

«Warum nur warst du bei diesem Sturm draußen?», fragte seine Mutter aufgebracht, nachdem sie sich aus der Umarmung gelöst hatte.

«Das Seeungeheuer!», krächzte Klaus. «Ich wollte das Seeungeheuer suchen.»

Elise sah sich um, erblickte den Barmann etwas abseits der Menschenmenge, mit gesenktem Kopf.

Als sie kurz darauf ins Hotel zurückkehrten, bedankten sich Klaus' Eltern bei ihr, dann verschwanden sie mit ihm im Aufzug. Harris Augen ruhten auf ihr. «Sie waren sehr mutig.»

«Das hätte jeder getan.» Obwohl, nein, der Barmann nicht.

«Brauchen Sie etwas?», fragte Harri.

«Eine warme Dusche ... einen Tee. Und dann viel Schlaf.» Sie schenkte ihm ein Lächeln, dann ging sie die Treppe hoch.

Sie schaute nicht zurück, aber sie spürte, dass er ihr nachsah.

Das Erlebte hielt Elise nicht davon ab, ihre Diebestour in der Nacht durchzuführen. Sie ergatterte die silbernen Manschettenknöpfe von Klaus' Großvater, seine Rolex Oyster, Bargeld und seinen Siegelring. Seiner Frau stahl sie die goldene Brosche mit den Juwelen, einen Goldring und ein Diadem, und bei Klara den Diamant-Handspiegel, eine Diamantuhr und diversen Schmuck.

In Irmas Zimmer lag der ganze Schmuck unachtsam auf dem Schreibtisch im Salon, und als sie ihn in ihren Beutel packte, hörte sie plötzlich, wie die Schlafzimmertür aufging. Rasch schaltete sie die Taschenlampe aus und versteckte sich unter dem Tisch. Das Mondlicht, das durch das Fenster drang, erhellte die Gestalt, die geradewegs auf den Schreibtisch zuschritt. Doch etwas stimmte nicht, und dann bemerkte sie, dass Irma schlafwandelte. Ihr Gesicht war durch den Mond beleuchtet, es wirkte blass und aufgedunsen wie der Mond selbst, die Augen starr. Jonathan hatte ihr mal erzählt, dass sein und Hannelores Kindermädchen auch gelegentlich geschlafwandelt war. Mondsüchtig hatte man sie genannt.

Irma war inzwischen beim Schreibtisch angelangt und stehen geblieben; ihr bodenlanges weißes Nachthemd war direkt vor ihr. Eine ganze Weile stand sie da, und Elise hielt den Atem an. Das Herz tobte ihr in der Brust, und erst als sich Irma entfernte, traute sie sich, wieder Luft zu holen. Sie beobachtete, dass sie nicht Richtung Schlafzimmer, sondern zur Zimmertür schritt – die nicht mehr verschlossen war. Sie erinnerte sich, dass Jonathan damals erwähnt hatte, dass sich das Kindermädchen in der Nacht immer hatte einschließen müssen, um nicht nach draußen zu gelangen und sich in Gefahr zu begeben. Sie überkam ein schlechtes Gewissen. Irma hatte die Tür auch geschlossen, aber wegen ihr war sie wieder offen. Nur: Sie würde nicht mehr rechtzeitig vor Irma bei der Tür sein. In dem Moment öffnete diese auch schon die Tür und trat hinaus. Elise kroch unter dem Tisch hervor und sprang auf. Sie musste ihr folgen. Und dann? Schlafwandler sollte man nicht wecken, und schon gar nicht, wenn man nicht erkannt werden durfte. Doch die Sicherheit einer alten Dame stand jetzt im Vordergrund, und auch wenn sie Elise durch ihre Aussagen gestern aufgeregt hatte, durfte sie nicht zulassen, dass ihr etwas geschah. Sie folgte ihr. Erstaunt stellte sie fest, wie sicher sich Irma auf dem Flur bewegte, als hätte sie ein klares Ziel vor Augen. Elise war ihr dicht auf den Fersen. Was für eine absurde Situation! Die Schlafwandlerin verfolgt von der Diebin!

Irma hatte die Treppe erreicht, doch bevor sie einen Schritt hinuntersetzen konnte, griff Elise reflexartig nach ihrer Hand. Irma blieb stehen. Dann fasste Elise sie von hinten an den Schultern und drehte sie vorsichtig um, schob sie sanft nach vorne. Endlich lief Irma weiter, in Richtung ihres Zimmers. Nachdem sie darin verschwunden war, schloss Elise die Tür.

Wie damals in St. Moritz meldete Elise am nächsten Morgen den Verlust ihres Schmuckes beim Concierge an. Auch Irma und Klara standen bereits da, und der Concierge wirkte sichtlich überfordert, als Klara erbost auf ihn einsprach und den Diebstahl ihrer wertvollen Diamantuhr beklagte. « Die Polizei muss kommen ! Sofort ! »

Der schon etwas ältere Kommissar sah noch etwas müde aus, als er eintraf. Dennoch schien er über einen klaren Verstand zu verfügen und verlangte, dass sie Skizzen von den vermissten Schmuckstücken anfertigten. Daraufhin durchsuchte er mit seinem Kollegen, der etwas später eintraf, sämtliche Gästezimmer, auch das von Elise. Wie in St. Moritz hatte sie auch dieses Mal den ganzen Schmuck in Kleidungsstücke genäht, unter anderem in ein Mieder. Sie hatte die Stücke erneut einzeln eingenäht, sodass sie nicht aneinander rieben und Geräusche verursachten.

« Bitte entschuldigen Sie, Fräulein », sagte der Kommissar, als er ihren bereits gepackten Koffer durchsuchte. « Aber wir sind dazu verpflichtet. Auch wenn ich denke, dass es jemand vom Personal war. »

« Schon gut. Tun Sie nur Ihre Arbeit. Ich hoffe, mein Schmuck taucht wieder auf. Ich hänge sehr daran. »

Etwa zwei Stunden später stand Elise am Schiffssteg, als sie hinter sich jemanden sich räuspern hörte. Sie drehte sich um. Harri. Sofort spürte sie, wie sich ein warmes Gefühl in ihrer Brust ausbreitete.

« Sie reisen bereits ab ? »

«Ja.»

«Ich habe gehört, was letzte Nacht passiert ist. Tut mir leid wegen Ihres Schmuckes.»

«Es ist in der Tat sehr bedauerlich.»

Das Dampfschiff rauschte heran, und sie griff nach ihrem Koffer.

«Elise», entwich es Harri. «Ich würde Sie gerne wiedersehen.»

Sie sah ihn an. Die unverhüllte Kraft, die aus seinem Blick sprach, ließ sie fast erbeben. Ihr Verstand redete ihr ein, dass sie ihm eine Abfuhr erteilen müsste, doch ihr Herz wehrte sich heftig dagegen. «Das würde mich freuen.»

Er schrieb ihr seine Adresse und Telefonnummer auf einen Zettel und drückte ihn ihr lächelnd in die Hand.

20

Auf der Schiffsfahrt nach Luzern starrte Elise lange auf Harris Zettel und fragte sich, ob sie sich bei ihm melden sollte. Die Vernunft sagte ihr nach wie vor, dass sie Harri vergessen musste, und lieferte mehrere Argumente: einerseits Jonathan, dem sie einst ewige Treue geschworen hatte, die ihrer Ansicht nach über den Tod hinausging, und andererseits ihr Gewissen. Ein Mann wie Harri hatte eindeutig etwas Besseres verdient als eine Diebin, die vor ein paar Stunden gnadenlos seine Freunde und Verwandten bestohlen hatte.

Nur sprach ihr Herz eine vollkommen andere Sprache als ihre Vernunft. Und ihr Körper sowieso; er hatte ihr eindeutig klargemacht, dass er sich mit jeder Faser zu diesem Mann hingezogen fühlte. Dieses Mal fühlte es sich anders an als damals mit Freddy in Davos, bei dem sie beinahe nachgegeben hätte, nur um die Bedürfnisse ihres Körpers zu befriedigen. Harri jedoch weckte viel mehr in ihr als Lust. Eine Sehnsucht nach Geborgenheit, tiefgründigen Gesprächen, Glück zu zweit.

Sie steckte den Zettel in die Tasche und nahm sich vor, später eine Entscheidung zu treffen. Zuerst musste sie ohnehin ihre Beute veräußern, und zwar möglichst weit weg von Luzern. Noch am selben Tag reiste sie weiter nach Genf. Unterwegs im Zug traf sie auf zwei Nonnen, und während sie sich mit ihnen über Gott und die Welt unterhielt, reifte eine Idee heran. Sie ließ sich in Genf ein Nonnenkostüm anfertigen, gab dem verwunderten Schneider an, es für eine Kostümfeier zu benötigen. Einen Teil des Schmuckes verkaufte sie bei einem kleinen Juwelier, und den anderen bei einem größeren Geschäft an der Rue du Rhône – in ihrem neuen Nonnenkostüm.

«Ich will mein Leben fortan Gott widmen, deshalb verkaufe ich mein Hab und Gut, auch meinen geliebten Schmuck.» Der Juwelier machte große Augen, als sie die Stücke auf den Tresen legte. Besonders Irmas Diamantuhr, die sie in ein Armband umgewandelt hatte, faszinierte ihn.

Er kaufte ihr alles ab, versuchte nicht mal, den Preis zu drücken.

Noch am selben Tag spendete sie einem jüdischen Flüchtlingshilfswerk eine große Summe und verspürte ein so unermessliches Glück darüber, dass sie beschloss, am Abend gleich wieder zuzuschlagen.

Tags darauf fuhr sie nach Lausanne, gönnte sich eine Pause, indem sie sich ein Eis kaufte und am Seeufer entlangschlenderte. Die Sonne brannte in voller Stärke herab, der Himmel leuchtete in klarem Blau, nur ein paar Wölkchen trieben wie fliegende Kissen vorbei. Ein Pärchen kam ihr entgegen, Hand in Hand. Es blieb stehen. Küsste sich vor ihren Augen. Als sie weitergingen, sah Elise ihnen sehnsüchtig nach. Die Einsamkeit schloss sich um sie wie ein schwarzes Tuch, und so kaufte sie sich am nächsten Kiosk eine Postkarte und setzte sich in ein Café am See. Sie schrieb Harri, dass sie sich nächste Woche in Zürich aufhielte, fragte, ob er Zeit hätte, mit ihr zu essen. Er könne sie im Hotel Löwen erreichen. Die Karte steckte sie in einen Umschlag und verschickte sie.

Exakt eine Woche später rief Harri an, und schon tags darauf spazierten sie den Zürichsee entlang, obwohl sich dieser Sommertag kalt und nass präsentierte. Immerhin war der Regen in ein Nieseln übergegangen, und so konnten sie die Schirme schon bald wieder schließen. Harri erzählte ihr von seinen beiden Leidenschaften, der Veterinärmedizin und der Pferdezucht. Sein Vater wollte eigentlich, dass er die Tuchfabrik weiterführte, doch er bevorzugte, etwas mit Tieren zu machen, studierte Tiermedizin. Später, als sein Großvater mütterlicherseits verstarb, übernahm er dessen Gestüt und begann, Holsteiner-Pferde zu züchten.

Sie bewunderte diesen Mann, der mehr von Tieren als von Menschen hielt, und sie berichtete ihm von ihren Pferden.

«Stella starb 1937 im Alter von zweiundzwanzig. Sie war ein wundervolles Pferd. Dann war da noch Amadeus, mein Araberhengst. Mein ... verstorbener Mann hat ihn mir zur Hochzeit geschenkt.»

Harri schaute sie aufmerksam an. «Sie hängen bestimmt sehr an dem Pferd. Was ist mit ihm passiert? Sie sagten *war.*»

Sie schaute ihm direkt in die Augen und wusste, dass sie ihm die Wahrheit über sich sagen konnte. Zumindest die halbe. «Er wurde mir von den Nazis weggenommen. Ich bin Jüdin. Kam vor zwei Jahren in die Schweiz.»

Er nickte langsam, doch seine Mimik blieb noch immer warm, veränderte sich nicht. «Und Ihr Mann?»

«Er starb bei einem ... Sturz. Kurz vor unserer Abreise.»

«Das tut mir leid.»

Sie schauten eine Weile auf den See, dann drehte sich Harri zu ihr. «Ich bin auch Witwer. Meine Frau starb vor neun Jahren bei der Geburt unserer Tochter. Es war eine Totgeburt.»

Sie erkannte den Schmerz in seinen Augen, griff nach seiner Hand und schwieg. So standen sie da, und erst als wieder stärkerer Regen einsetzte, zogen sie weiter und führten ihr Gespräch im Café Odeon am Limmatquai fort.

Eine Woche später lud Harri sie auf sein Gestüt bei Bubikon im Zürcher Oberland ein. Eingebettet zwischen altem Baumbestand und einem Garten voller Hortensien und Rosen lag das stattliche Riegelhaus; die Fenster geschmückt mit Geranien und Spitzenvorhängen, die Läden grün wie die saftigen Weiden, die den Hof umgaben. Harri wohnte hier zusammen mit seiner Großmutter Dorli, einer zierlichen Frau in Reiterstiefeln und hochgekrempeltem Hemd, die trotz ihrer vierundachtzig Jahre noch kräftig auf dem Hof mit anpackte und sich sehr über Elises Besuch freute. Harri zeigte ihr seine Holsteiner-Zucht – wunderbare Pferde, zu denen unter anderem sein liebster Zuchthengst Esprit zählte, ein lebhafter Dunkelbrauner mit kleiner, weißer Blesse am Kopf und schwarzer Mähne, sowie Cynthia, die friedliche und wunderhübsche Fuchsstute. Nebst den Pferden lebte auch noch Fridolin auf dem Gestüt, ein etwas sturer und alter Esel mit langen weichen Pelzohren und weißen Augenringen auf dem dunkelgrauen struppigen Fell. Erst kürzlich war Fridolins Schwester Frida gestorben, und nun überlegte sich Harri, weitere Esel anzuschaffen. Seine Großmutter sei sich aber nicht sicher, ob Fridolin weitere Artgenossen in seinen alten Jahren noch akzeptieren würde.

Elise liebte es, nach so langer Zeit wieder den Duft der Tiere um sich zu haben, und vergrub ihren Kopf in Cynthias Mähne. Und dann die Hunde! Die beiden Berner Sennenhunde namens Hera und Apollon schloss sie gleich ins Herz, und sie dachte an Bruno, den sie sehr vermisste. Sie hatte Hertha vor ein paar Wochen im Kiosk besucht, doch sie hatte ihr schnell zu verstehen gegeben, dass sie nach wie vor nichts mehr mit ihr zu tun haben wollte. Immerhin hatte Bruno sie freudig begrüßt. Auch wenn ihr Hertha fehlte, so musste sie einsehen, dass das Leben nun mal so war. Menschen kamen, Menschen gingen. Jetzt war Harris Zeit gekommen.

Sie ritten täglich aus, galoppierten über die Felder, neben ihnen die Hunde. Sie war unbeschreiblich glücklich, und je besser sie Harri in den folgenden Tagen kennenlernte, umso mehr begann sie ihn zu mögen und umso stärker fühlte sie sich zu ihm hingezogen. Doch er blieb zurückhaltend, bis zum vierten Tag. Sie kehrten von einem Ausflug in die Stadt Rapperswil zurück und genossen den lauen Sommerabend im Garten bei einem kühlen Eistee. Grillen zirpten, die letzten goldenen Sonnenstrahlen streichelten ihre Haut. Sie erzählte Harri gerade von ihren Streifzügen als Kind im Perlman, als er einen Arm um sie legte. Seine warme Anziehung, sein Geruch und seine Gegenwart hüllten sie von allen Seiten ein, ihr Herz begann zu rasen, als er sie zu sich zog und küsste.

Die darauffolgenden Tage kamen ihr vor wie eine andere Welt, und von ihr aus hätte es ewig so weitergehen können. Doch sie wusste nur zu gut, dass sie nicht immer in dieser Glücksblase leben konnte, deshalb sagte sie Harri eines Morgens im Bett, dass sie heute abreisen würde.

«Bleib für immer», sagte er und strich ihr über das Haar.

Sie lachte. «Das wäre schön, aber meine Mutter und meine Schwester haben mich schon seit einer Ewigkeit nicht mehr gesehen. Ich muss zu ihnen.»

«Aber du kommst wieder?»

«Ja, sicher.»

Zurück in Luzern stellte sie fest, dass ihre Sorge unbegründet gewesen war, denn ihre Mutter und Adele hatten sie nicht vermisst. Die Mutter bat sie gleich um Geld für Friseur- und Restaurantbesuche, die man nicht mit Rationierungsmarken bezahlen konnte. Elise hatte Adele aus Zürich wunderschöne, hellblaue Wolle mitgebracht, damit sie sich für den kommenden Winter einen Pullover stricken konnte, aber sie schob sie weg. «Ich stricke nicht mehr, das weißt du doch.»

«Ach Adele, was ist nur los mit dir?»

Sie musterte Elise mit unverhüllter Wut. «Ich habe viel durchgemacht, das solltest du wissen.»

«Ja, aber irgendwann musst du wieder anfangen zu leben. Das musste ich auch! Und ich habe wahrhaftig auch viel durchgemacht. Jonathans Tod, der Verlust des Kindes ...»

«Nicht jeder hat deine Stärke, Elise. Das musst du akzeptieren!» Sie stand auf und ging in ihr Zimmer. Selma, die die ganze Zeit nur dagesessen hatte und in einer Zeitung geblättert, sah auf. «Lass sie endlich in Ruhe.»

«Ich will doch nur, dass es ihr gut geht.»

«Sie hat Schlimmes erlebt, die Nazis haben sie geschlagen. Wäre nicht rechtzeitig jemand vorbeigekommen, wer weiß, was sie noch mit ihr gemacht hätten. Mein armes Mädchen.» Sie hielt inne. «Sag, kannst du mir noch das Geld geben, bevor du wieder gehst?»

Elise versuchte erneut, Adele für das Leben zu begeistern, und machte Ausflüge mit ihr. Für einzelne Tage war sie zu haben, doch als Elise ihr vorschlug, ins Tessin zu reisen, wollte sie nicht mit. Die Reise sei zu lang und umständlich. Auch ihre Mutter erteilte ihr eine Abfuhr, sie müsse schließlich bei Adele bleiben. Das tat Elise auch, nur fiel ihr nach ein paar Tagen die Decke auf den Kopf, und als sie einen Brief von Harri erhielt mit dem Vorschlag, sich wieder zu treffen, rief sie ihn gleich an. Er kam nach Luzern, und sie stellte ihn der Mutter und Adele vor, die sich beide ausnahmsweise zusammenrissen. Selma vermied ihr Gejammer, und Adele lächelte sogar einige Male.

«Du hast offenbar einen guten Fang gemacht», sagte Selma nach dem Abendessen auf dem Weg zurück ins Hotel. Harri und Adele gingen vor ihnen her. «Bis auf die Tatsache, dass er Christ ist», fügte sie leise hinzu. Elise hob die Schultern. Ja, Harri war ein gläubiger Christ, ging jeden Sonntag zur Kirche, aber bisher hatten ihre unterschiedlichen Religionen nie für Spannungen gesorgt, sie spielten schlichtweg keine Rolle. Das sagte sie jetzt auch der Mutter.

«Dann ist ja gut. Schau jetzt einfach, dass er dich heiratet. Dann bist du versorgt.»

«Ich habe ihn gerade erst kennengelernt, Mutter.»

«Na und? Du darfst keine Zeit verlieren.»

Sie hörte nicht auf ihre Mutter, denn sie brauchte keinen Mann, der für sie sorgte. Doch die kommenden Tage mit Harri genoss sie in vollen Zügen. An einem Samstag fuhren sie mit dem Schiff nach Beckenried und mit der Seilbahn zur Klewenalp. Am Abend speisten sie in einem kleinen Restaurant bei gutem Rotwein und Kerzenlicht, und als sie danach am See entlangschlenderten, kamen sie am Hotel Kronenberg vorbei. Sie dachte an die Kunstauktion, die hier stattgefunden hatte. Harri bemerkte, dass etwas nicht stimmte, und fragte nach, da erzählte sie ihm davon.

Er dachte eine Weile nach. «Da gibt es diese Stelle in der Bibel. Die Offenbarung des Johannes, die Tausendjährige Herrschaft. Ich kenne sie nicht auswendig, aber es geht darum, dass ein Engel einen Drachen in den Abgrund sperrt, diesen mit einer Kette verschließt, und das für tausend Jahre. Damit er die Menschen nicht mehr zu Bösem verführen kann. Doch nach tausend Jahren wird der Drache, also der Teufel, losgelassen für kurze Zeit.» Er brach ab und sah sie an.

«Losgelassen», murmelte sie.

«Für eine kurze Zeit», fügte er hinzu. «Ich glaube, Gott führt ebenfalls einen Kampf. Gegen das Böse. Aber am Ende wird er siegen. Dann verschwindet auch der Teufel wieder im Abgrund.»

Sie ließ sich seine Worte durch den Kopf gehen, dachte an ihren Großvater und seine Erklärung zum Teufel damals – eine Erfindung der Menschheit –, aber auch an Hannelores Aussage, dass womöglich etwas schiefgegangen war bei der Schöpfung. Was hatte das alles nur für einen Sinn! Plötzlich wurde sie müde, vermutlich vom Rotwein oder der Wanderung. Oder von den ganzen Erinnerungen und ihren Gedanken. Sie wollte schlafen, einfach nur schlafen.

«Lass uns ins Hotel zurückkehren, es war ein langer Tag, ich bin sehr erschöpft.»

Sie ging voraus, Harri folgte ihr. «Elise, warte!»

Sie blieb stehen, er griff nach ihrer Hand. «Was ich vorhin gesagt habe, war in Anbetracht deiner Situation nicht angebracht. Es tut mir leid.»

«Du musst dich nicht entschuldigen. Ich war nur gerade etwas überfordert. Das Leben ist sehr kompliziert. Ich versuche, das Beste daraus zu machen, aber manchmal ...»

Harri zog sie an sich und nahm sie in die Arme. «Ich weiß, aber ich bin für dich da.»

Die darauffolgenden Wochen lebte Elise fast nur von Luft und Liebe. Harri und sie verbrachten viel Zeit auf dem Gestüt, ritten aus, liebten sich und unternahmen viele Ausflüge. Sie half ihm und seiner Großmutter Dorli auf dem Hof und fühlte sich schon bald wie zu Hause. Harri wollte sie seiner Familie vorstellen, die ganz in der Nähe lebte, in Bauma im Tösstal, benannt nach dem Fluss Töss im Zürcher Oberland. Vor dem Besuch bat sie ihn, ihren jüdischen Glauben zu verschweigen, da sie kein Mitleid aufgrund ihrer Situation wolle, doch Harri war anderer Ansicht und meinte, sie sollten das ruhig wissen.

Harris Bruder Willi erinnerte sich an Elise von Vitznau, meinte, sein Bruder habe danach nur noch von ihr gesprochen. Nachdem seine Eltern anfänglich etwas reserviert waren, öffneten sie sich mit der Zeit, vor allem, als sie erfuhren, dass Elises Familie ein Kaufhaus gehört hatte. Erst als ihnen bewusst wurde, dass sie es durch die Nazis verloren hatte, herrschte eine unangenehme Stille am Tisch, schließlich heiratete Willi demnächst die Tochter eines SS-Angehörigen. Auch Willi selbst fühlte sich sichtlich unwohl, und so waren alle erleichtert, als Harri geschickt das Thema wechselte.

«Für meine Eltern ist das auch nicht leicht», erklärte er ihr auf dem Heimweg. «Doch sie wollten Willis Glück nicht im Wege stehen. Und mein Vater erhofft sich natürlich Aufträge für die Fabrik dank der Beziehungen von Rosas Vater.»

Sie legte ihm einen Finger auf die Lippen. «Schon gut. Du musst dich nicht für deine Familie rechtfertigen. Ich bin mit dir zusammen, nicht mit ihnen.»

So schön diese ersten Wochen mit Harri auch waren, so spürte Elise öfters eine Unruhe in sich. Das Bewusstsein, nicht mehr stehlen zu können, zehrte an ihr. Das Gefühl verstärkte sich, als sie mit Harri im Herbst im Tessin war und sie in Ascona an der Seepromenade spazierten. In dieser Idylle zwischen herbstlich leuchtenden Kastanienbäumen kamen ihnen zwei SS-Männer entgegen, stolzierten mit einer Selbstgefälligkeit an ihnen vorbei, die Verdruss in ihr auslöste. Am liebsten wäre sie zu ihnen hingerannt und hätte sie ins Wasser gestoßen. Harri spürte ihre Anspannung und fuhr ihr über den Rücken. «Du bist hier sicher, Elise.»

Sie starrte ihn an. «Ich habe keine Angst. Ich bin bloß wütend.»

Einen Tag später konnte sie sich nicht mehr zurückhalten. Harri kaufte an einem Stand gerade ein Päckchen geröstete Marroni, und Elise beobachtete ein paar Kastanienblätter, die durch die Luft wirbelten, als ihr eine ältere Frau und eine Horde Kinder auffielen, die mit leuchtenden Augen auf den Stand zukamen. Plötzlich stellte sich ihnen ein Mann in SS-Uniform mit einem Hund in den Weg. «Ihr Saujuden!», rief er und spuckte auf den Boden. Entsetzt sah sie, wie zwei der älteren Kinder auf den Mann losgehen wollten, doch die

Frau hielt sie zurück und sprach mahnend auf sie ein. Der SS-Mann stand wie ein kampfwütiger Stier vor der Frau, sein Hund knurrte. «Verschwinden Sie mit Ihrem dreckigen Judenpack!»

Jetzt reichte es, dachte Elise und ging auf den Mann zu. «Hauen Sie doch ab, Sie Unmensch!»

Ruckartig drehte er sich zu ihr um. Er wirkte überrascht, aber in Sekundenschnelle überzog Ärger sein Gesicht. «Wissen Sie überhaupt, wer ich bin?» Seine stechenden hellen Augen wirkten wie zwei scharfe Messer, bereit zuzustoßen.

«Nein, und es interessiert mich auch nicht», schleuderte sie ihm entgegen.

«Sie verdammtes Weibsbild! Ich bin Gauleiter Waldemar Tremmel, Ortsgruppenleiter der NSDAP hier in Ascona. Ich kann Sie sofort verhaften lassen!» In seiner Stimme schwang eine Schärfe mit, die ihr unter die Haut fuhr, doch sie ließ sich nicht unterkriegen. Sie wollte gerade etwas erwidern, als jemand nach ihrem Arm griff. Harri.

«Elise!», zischte er und schaute sie fassungslos an. In der anderen Hand hielt er eine Marroni-Tüte. «Was machst du da?»

«Lass mich!» Sie wollte ihn abschütteln, doch er zog sie mit sich, weg von der Gruppe.

«Du kannst dich doch nicht mit einem Nazi anlegen!»

«Er hat die Kinder als Saujuden beschimpft und vor ihnen auf den Boden gespuckt!»

«Ja, das ist nicht in Ordnung, aber ...»

«Gehört die zu Ihnen?», erklang die Stimme des Gauleiters, und Harri drehte sich um. «Ja, tut sie», sagte er voller Überzeugung und blickte ihm direkt ins Gesicht.

«Sie hat mich als Unmensch beschimpft.»

«Sie ist sehr sensibel, wenn es um Kinder geht. Und wenn jemand diese zu Unrecht angreift, dann kann sie nicht anders und will helfen.»

«Zu Unrecht?», schrie der Gauleiter. «Es sind Juden!»

Harri trat noch einen Schritt auf ihn zu und ignorierte, dass der Hund an seiner Hose zu schnuppern begann. «Vergessen Sie nicht, dass wir hier in der Schweiz sind. Neutraler Ort. Ansonsten melden wir *Sie* bei der Polizei.» Er griff nach Elises Hand. «Komm, wir gehen.»

Sie hörten, wie der Gauleiter ihnen etwas nachrief, von wegen, dass er unter diplomatischem Schutz stehe, aber Harri ignorierte ihn und ging zu der Frau und den Kindern, öffnete seine Tüte mit den Marroni und hielt sie ihnen hin.

So lernten sie Lilly Volkart kennen, die in Ascona ein Flüchtlingsheim betrieb, in dem hauptsächlich jüdische Kinder untergebracht waren.

Der Vorfall mit dem Gauleiter hatte Elises innere Unruhe verstärkt. In ihr blieb dieses ohnmächtige Gefühl zurück, nichts tun zu können, und es breitete sich von Tag zu Tag mehr aus.

Die Monate vergingen, Elise unterdrückte weiterhin ihre Diebeslust. Wenigstens konnte sie davon profitieren, vor der Zeit mit Harri eine Reserve angelegt zu haben. Es handelte sich um Schmuckstücke, die sie bisher noch nicht hatte verkaufen können, unter anderem waren auch Stücke dabei wie Siegelringe oder gravierte Ausfertigungen, die sie zuerst abändern musste, was nicht immer so leicht war. Sie bewahrte sie in ihrem Hotelzimmer in Luzern in einer Hutschachtel im Kleiderschrank auf, und wann immer sie Geld für sich, ihre Mutter und Adele brauchte, konnte sie darauf zurückgreifen. Allmählich gingen die brauchbaren Stücke aus. Dabei hätte sie so gerne Lilly Volkart etwas gespendet für ihr Flüchtlingsheim.

Das Jahr 1941 startete für sie und Harri mit einem langen Ausritt am Neujahrsmorgen durch die verschneiten Felder, verliebt und glücklich.

Als Harri sie fragte, ob sie im Mai an Willis und Rosas Hochzeit teilnehmen wolle, bei der auch Rosas Familie kommen würde, sagte sie zögernd zu. Sie mochte Willi, nahm sich deshalb vor, Rosas Familie, insbesondere Rosas Vater Frank von Bramberg, einfach aus dem Weg zu gehen.

Als es dann so weit war, schien es zunächst, als wäre ihre Sorge unberechtigt gewesen. Sie freundete sich mit Harris und Willis Cousine Emma an, die einen wunderbaren Humor besaß und Pferde genauso liebte wie Harri und sie. Doch dann spielte der Pianist im Laufe des Abends ein Stück, das Elise an Jonathans Musik erinnerte, und sie war komplett überwältigt. Sie riss sich zusammen, holte sich an der Bar einen Whisky. Während sie wartete, wurde sie ungewollt Zeuge eines Gesprächs zwischen Frank von Bramberg und einem anderen Mann.

« Rosa und Willi bekommen von mir ein Haus in Grunewald geschenkt », sagte er stolz.

« Ich dachte, die beiden werden auch nach der Hochzeit in der Schweiz leben ? »

« Ja, ja, aber dann besitzen sie eine Ferienresidenz, wenn sie uns besuchen. Ich konnte nicht widerstehen. Die Villa war ein Schnäppchen ! Hat vorher einem Juden gehört. »

« Ich gehe davon aus, der hat nicht ganz freiwillig verkauft ? »

Frank von Bramberg lachte. « In der Tat ! »

Elise kochte vor Wut, konnte sich wieder einmal nicht zurückhalten. « Sie Scheusal ! », rief sie.

« Na hören Sie mal ! » Frank starrte sie entsetzt an.

«Wie können Sie es wagen, den Juden ihr Eigentum wegzunehmen?»

Sein Gesicht errötete. «Ich habe das Haus gekauft!»

«Aber unter Wert! Sie sind ein furchtbarer Mensch!»

«Jetzt reicht's aber! Was fällt Ihnen überhaupt ein! Wer sind Sie eigentlich?»

«Das ist doch die Begleitung von Harri», erklärte ihm der andere Mann.

«Ich bin Elise Rosenberg! Und ich bin Jüdin! Ihr Geier beraubt die Juden und ...»

Harri trat auf sie zu. «Elise! Beruhig dich!»

Sie ignorierte ihn und wandte sich an Willi, der in Begleitung von Rosa auf sie zukam. «Wie könnt ihr zulassen, dass dieses Nazipack hier mit euch feiert?»

Die Musik hatte inzwischen aufgehört zu spielen, und sämtliche Gäste schauten zu ihnen hin. Rosa starrte Elise hocherhobenen Hauptes an. «Ich will, dass Sie meine Hochzeit auf der Stelle verlassen! Sofort!»

Willi strich sich verlegen über das Kinn.

«Oh, ich gehe noch so gerne!» Sie holte ihre Handtasche, die auf dem Tisch lag, und stürmte nach draußen, rannte die Treppe hinunter. Harri folgte ihr und griff nach ihrem Arm. «Elise, was ist nur in dich gefahren?»

«Das fragst du mich ernsthaft?» Sie schüttelte ihn ab.

«Ich hatte dich gewarnt! Du wusstest, dass Frank von Bramberg anwesend sein würde.»

«Es geht jetzt nicht darum. Sondern ums Prinzip! Wir sollten diesen Menschen verbieten, sich in der Schweiz aufzuhalten. Weißt du eigentlich, wie viele an den Grenzen weggeschickt werden nur wegen ihrer Religion? Dabei können sie nichts dafür! Aber die verdammten Nazis lässt man rein! Sie können hier Urlaub machen, sich entspannen und ausruhen, bevor sie wieder zurückkehren und Juden demütigen, enteignen und vertreiben.»

«Ich gebe dir ja recht! Aber was können wir schon dagegen tun? Wir müssen froh sein, wenn man uns unsere Neutralität lässt, uns nicht angreift. Denn sobald das geschieht, dann seid ihr hier auch nicht mehr sicher.»

«Ihr *beschützt* uns also dadurch?» Ihre Stimme triefte nur so vor Sarkasmus.

Er schloss für einen kurzen Moment die Augen. «Wir müssen einfach mitspielen, so ist es am besten. Sieh doch nur, was mit den Juden in den Ländern geschieht, die von den Deutschen eingenommen wurden. Frankreich, Polen ...»

«Ja, gut. Aber es wäre doch nicht gleich eine Kriegserklärung an Deutschland, wenn zum Beispiel Menschen wie Willi härter durchgreifen würden. Das hier ist nur eine Hochzeit.»

«Er hätte also der Familie seiner zukünftigen Ehefrau verbieten sollen, daran teilzunehmen?»

«Ja, das hätte er. Aber oh, ich vergaß, dein lieber Bruder ist ja Geschäftspartner der Nazis.»

«Auch er muss überleben.»

«Überleben, ja sicher.»

Er blieb ruhig. «Du solltest dich künftig einfach besser im Griff haben. Schon in Ascona hattest du dich nicht unter Kontrolle, als du den Gauleiter beleidigt hast.»

Sie nahm seine Worte mit einem resignierten Nicken hin. «Du kannst das nicht verstehen, weil du nicht betroffen bist ... Weißt du was, kehr einfach zurück zu deinen Nazifreunden. Ich gehe.»

21

Am nächsten Tag reiste Elise nach Basel und stahl unermüdlich im Hotel Etoile am Rhein. Sie kam sich vor wie eine Ausgehungerte, aber so gelang es ihr, den Streit mit Harri zu verdrängen. Ihr Beutel war schon fast voll, als sie in einem Zimmer im dritten Stock auf eine Halskette mit einem gelben Diamanten, ein dreireihiges Armband mit Perlen, tropfenförmige Diamantohrringe und ein Collier aus Jadeperlen stieß. Die Schmuckstücke hatten gerade noch Platz, aber sie schaffte es nicht, den Beutel zu schließen. Höchste Zeit zu gehen. Sie verließ das Zimmer, da kam ihr ein humpelnder Mann mit Gehstock entgegen. Es war nicht das erste Mal, dass sie auf den Fluren jemandem begegnete, und so verhielt sie sich wie immer, ging mit gesenktem Kopf und raschen Schritten vorbei. Da die Gäste stets mit sich selbst beschäftigt waren und nicht davon ausgingen, auf eine Diebin zu treffen, hatte man ihr bisher nie Beachtung geschenkt. Doch sie spürte sofort, dass es dieses Mal anders war. Der schon etwas ältere Mann blieb stehen und sprach sie an. «Wer sind Sie?»

Ohne ihn anzusehen, ging sie weiter. Er folgte ihr. «He! Warten Sie! Was hatten Sie im Zimmer der Baronin zu suchen?»

Sie spürte, wie ihr Adrenalin durch den Körper strömte, eine Hitze schoss ihr in den Kopf, als hätte man darin ein Feuer entfacht. Sie eilte die Treppe hinunter, hörte den Mann nach ihr rufen. «Halt! Sofort stehen bleiben!»

Die Tatsache, dass er einen Gehstock hatte und ihr nicht so schnell hinterherkäme, beruhigte sie ein wenig. Er würde bestimmt den Fahrstuhl nehmen, doch bis der oben wäre, wäre sie längst unten. Als sie die Hotelhalle erreichte, prallte sie in einen Pagen, dabei fiel der Beutel zu Boden. Perlen kullerten über die Granitfliesen im Schachbrettmuster; Ringe, Broschen und Halsketten eroberten die schwarz-weißen Quadrate – als wären sie bereit für eine Partie. Dazwischen die dunkelrote Mütze des Hotelpagen.

Ihr Herz drohte auszusetzen, ihr blieb der Atem weg. Dem Portier offenbar auch, er starrte entsetzt auf das funkelnde Durcheinander, genau wie der Concierge, der hinter seinem Tresen telefonierte. Ein Hotelgast blickte von seiner Zeitung hoch.

Schachmatt!

«Was zum ... Wer sind Sie?», rief der Page.

Seine Stimme riss sie aus ihrer Erstarrung. Sie musste weg, und zwar schnell. Sie rannte zum Ausgang, hoffte, nicht auf den Perlen auszurutschen.

«Haltet sie!», hörte sie jemanden rufen. «Sie ist eine Diebin!»

Doch der Page vor dem Hotel half gerade ankommenden Gästen mit dem Gepäck und realisierte zu spät, dass er die Verfolgungsjagd aufnehmen sollte, Elise überquerte die Straße, rannte weiter und weiter an den Häusern vorbei, verschwand in einer schmalen Gasse, rannte weiter, bis ihr vor einem Lokal ein Pferdefuhrwerk mit Bierfässern den Weg versperrte. Ein Mann mit weißem Vollbart lud eines der Fässer vom Wagen.

Sie schaute sich verzweifelt um. Niemand in Sicht. «Hören Sie, ich muss da durch!»

«Da müssen Sie sich jetzt etwas gedulden.» Gemächlich betrat er mit seinem Fass das Restaurant. Sie zögerte nicht lange, kletterte auf den Wagen und versteckte sich zwischen den Fässern.

Kurz darauf kamen der Concierge und der Page angerannt. «Wo ist sie? Weit kann sie nicht gekommen sein.»

«Bestimmt im Restaurant! Komm!»

Sie beobachtete, wie die beiden im Restaurant verschwanden. Schnell kletterte sie über den Wagen und rannte weiter. Erstaunte Menschen schauten ihr nach, ab und zu rief jemand etwas. In einem Park unweit ihres Hotels fühlte sie sich sicher und atmete durch, ehe sie sich hinter einem Gebüsch der schwarzen Perücke und der Brille entledigte und beides in einen Mülleimer warf. Den Hut hatte sie schon unterwegs verloren. Und jetzt? Sie dachte nach. Würde sie sofort abreisen, müsste sie zum Bahnhof, und vielleicht würde man genau dort nach ihr suchen. Sie entschied, ihr Hotel aufzusuchen und erst morgen abzureisen.

Am nächsten Tag fuhr sie nach Biel und hatte das Bedürfnis, den Verlust aus Basel wieder wettzumachen.

In Lausanne veräußerte sie alles, was sie in Biel erbeutet hatte; einmal als bucklige Nonne verkleidet, ein anderes Mal als Avantgardistin in weißer, weiter Hose und Männerhemd, Turban auf dem Kopf und einer Hornbrille. In Montreux gönnte sie sich einen freien Tag, schlenderte an der Seepromenade entlang und bewunderte die bunten und gepflegten Rosenbeete. Plötzlich musste sie an Dorlis Rosengarten denken, und ihr Herz lag ihr auf einmal schwer wie Blei in der Brust. Harri fehlte ihr, und sie fragte sich, ob sie womöglich überreagiert hatte auf der Hochzeit.

«Elise?»

Sie drehte sich um. «Wasilina!»

«Du bist es wirklich!», rief Wasilina aufgeregt. «Ich dachte gleich, dass die Frau mit diesem herrlich französischen Stil und dem schönen Haar nur du sein kannst.» Sie fiel Elise in die Arme. «Ach, ich freue mich so, dich zu sehen!»

Ihr Verhalten überrumpelte Elise; als wäre nie etwas gewesen zwischen ihnen. Wasilina sah bezaubernd aus in dem bunten, langen Sommerkleid, das den Blumenbeeten Konkurrenz machte, ein breitrandiger weißer Hut verdeckte ihre

Stirn. Beschwingt stellte sie Elise ihrer Begleitung vor, einem großen, dunkelhaarigen Mann mit grauen Schläfen namens Umberto, der sie sogleich von oben bis unten taxierte. Er trug einen weißen Anzug mit rotem Einstecktuch und strahlte eine ungeheure Arroganz aus.

«Wo wohnst du?», fragte Wasilina.

«Im Belvédère.»

«Wir sind im Savoy in Glion.» Sie zeigte zu dem Dorf auf dem Hügel oberhalb von Montreux. «Komm uns doch heute Abend besuchen. Wir könnten zusammen essen. Umbertos Freunde sind auch dabei. Das wird sicher lustig.»

Sie wollte ablehnen, aber dann bemerkte sie das Abzeichen der PNF auf Umbertos Revers: Partito Nazionale Fascista, die Partei der italienischen Faschisten, geführt von Benito Mussolini. Es handelte sich um das rot-weiß-grüne Wappen von Italien, darauf abgebildet war eine Fasces, ein Rutenbündel, in dem ein Beil steckt.

Sie setzte ein Lächeln auf. «Ich komme gerne.»

Als sie am Abend mit der Zahnradbahn nach Glion hochfuhr, hatte sie noch keinen Plan, aber für alle Fälle hatte sie ihren Dietrichsatz und die Taschenlampe in einer etwas größeren Handtasche mitgenommen. Sie trug ein rotes Seidenkleid, dazu eine Halskette mit einem Rubinanhänger.

Wasilina erwartete sie allein auf der Restaurantterrasse. Die anderen kämen später, erklärte sie und führte sie zu einer Sitzgruppe aus Rattansesseln. In ihrem goldfarbenen Paillettenkleid, schimmernd in der Abendsonne, erinnerte sie Elise an eine goldene Statue. Das Haar hatte sie straff zurückgekämmt und zu einem schlichten Zopf gebunden – entgegen der aktuellen Mode mit den voluminösen Locken-Steckfrisuren, wie Elise sie heute Abend trug.

«Bitte entschuldige mein Verhalten damals in Luzern», sagte sie bei einem Glas Champagner. «Es war nicht richtig.»

Elise legte ihr eine Hand auf den Unterarm, der sich zerbrechlich anfühlte. «Schon gut, vergessen wir es. Das Leben ist zu kurz, um nachtragend zu sein.»

Sie tranken den perlenden Champagner, hörten dem Saxofonspieler zu, der seinem Instrument sanfte Jazzklänge entlockte.

«Was ist mit Basil?», fragte sie, und Wasilinas Blick verdüsterte sich. «Er ist in Davos mit Alma. Wir hatten Streit. Ich habe von ihm verlangt, dass er sie verlässt, aber das will er nicht. Dann bin ich gegangen.» Tränen glitzerten in ihren Augen.

«Und Umberto?»

«Ich kenne ihn seit einem Auftritt in Florenz. Er ist, wie soll ich sagen, ein Verehrer. Bisher bin ich nie auf seine Einladungen eingegangen wegen Basil. Doch dann ...» Sie stockte. «Ich bin nicht gern allein, verstehst du? Ich muss jemanden an meiner Seite haben. Einen ... Versorger und Beschützer.»

«Und welchen Preis verlangt Umberto von dir, dass er dich *versorgt?*» Elises Worte klangen schärfer als beabsichtigt, und Wasilina sog scharf die Luft ein.

«Nicht jeder ist so wie du, Elise», erwiderte sie. «Nicht jeder schafft es, mit seinem Leben allein zurechtzukommen.»

Hatte nicht Adele kürzlich etwas Ähnliches zu ihr gesagt? War sie wirklich so stark? Eigentlich nicht, sie ließ sich bloß nicht unterkriegen und kämpfte für ihr Glück trotz Schicksalsschlägen. Aber zu was hatte sie dieser Kampfgeist gemacht? Zu einer Diebin!

«Du hast recht», sagte sie. «Es steht mir nicht zu, über dich zu urteilen.» Sie wies den Kellner an, ihre Gläser aufzufüllen. «Lass uns den Abend genießen, wer weiß, was morgen ist.»

Umberto und seine Freunde stießen wenig später zum Abendessen dazu. Die Männer gehörten alle der PNF an und trugen das Abzeichen an den maßgeschneiderten Anzügen. Elise stachen Siegelringe, goldene Manschettenknöpfe und teure Uhren von Cartier, Rolex und Jaeger-LeCoultre ins Auge, und bei den Frauen eine Brillantarmbanduhr, eine Platinbrosche mit drei Brillanten und eine mit Perlen eingefasste Smaragdhalskette. Eine schwarzhaarige Schönheit Anfang vierzig übertrumpfte alle: Loretta Carbone, deren üppiges Dekolleté eine fantastische Diamanthalskette zierte. Es handelte sich um ein mehrreihiges Rivière-Collier in Weißgold mit unzähligen Brillanten. Loretta war Witwe und Umbertos Schwägerin, ihre Blicke schienen einen Mann namens Mattia fast aufzufressen, aber seine stahlblauen Augen ruhten nur auf Elise.

Während Elise ihre Pastete aß, plante sie ihr Vorgehen. Da die Gruppe bereits morgen abreisen würde, konnte sie nur heute Nacht aktiv werden. Allerdings müsste sie die letzte Zahnradbahn um Mitternacht erwischen, es sei denn, sie wollte mitten in der Nacht den halbstündigen Fußweg nach Montreux auf sich nehmen – höchst ungern in ihren Absatzschuhen. Als sie kurz zur Toilette ging, erkundigte sie sich am Empfang, ob noch ein Zimmer frei sei, doch das Hotel war komplett ausgebucht.

Während des Essens ergab sich eine Möglichkeit, um an das Collier zu kommen: Mattia, der sie schon den ganzen Abend umgarnte und sie mit seinen Blicken regelrecht auszuziehen schien. Sie musste ihn nur dazu bringen, sie auf sein Zimmer zu nehmen, allerdings in einem so betrunkenen Zustand, dass er die Hände von ihr lassen würde. So sorgte sie im Laufe des Abends dafür, dass sein Weinglas immer aufgefüllt wurde, gab sich charmant und erwiderte seine Komplimente, sehr zum Argwohn von Loretta. Wasilina warf ihr öfters verwirrte Blicke zu, und als sie Elise nach dem Dessert zur Seite nehmen wollte, legte Umberto besitzergreifend einen Arm um sie und flüsterte ihr etwas ins Ohr. Kurz darauf verließen die beiden das Restaurant. Auch die Restlichen der Gruppe verabschiedeten sich wenig später, und so blieben nur noch Mattia, Loretta und Elise zurück. Elise sah auf die Uhr, ehe sie sich mit vielversprechendem Augenaufschlag an Mattia wandte. «Ich muss leider los, die letzte Zahnradbahn erwischen.»

«Gute Nacht», meinte Loretta und legte Mattia eine Hand auf das Knie, doch er wandte sich an Elise. «Du kannst bei mir übernachten. Ich will nicht, dass eine schöne Frau so spät allein unterwegs ist.»

«Sie kann ein Taxi nehmen», erwiderte Loretta. Ihr Blick schien Elise töten zu wollen.

«Danke. Ich nehme dein Angebot gerne an», sagte Elise zu Mattia. «Aber vorher trinken wir noch etwas.» Auch wenn sie erreicht hatte, was sie wollte, so war Mattia noch lange nicht so betrunken, wie sie es für ihre Zwecke brauchte. Ihr blieb nicht mehr genug Zeit, denn er drängte bereits, auf seine Suite zu gehen. Sie änderte ihren Plan.

«Tut mir leid, aber ich nehme doch ein Taxi. Gute Nacht.»

Einen verblüfften Mattia und eine zufriedene Loretta zurücklassend eilte sie aus der Bar. Was jetzt? Sie wollte diesen Schmuck, aber nicht um jeden Preis. Eine Angestellte verließ mit einem Putzeimer in der Hand die Damentoilette, da kam Elise eine Idee. Sie wartete, bis die Putzfrau außer Sichtweite war, flitzte in die Toilette und schloss sich in einer der Kabinen ein. Sie schaute auf die Uhr. Kurz vor ein Uhr. Jetzt hieß es warten.

Nach einer Stunde, die ihr vorkam wie eine Ewigkeit, schlich sie sich auf den Flur und schaute sich um. Aus der Bar und dem Restaurant kam kein Licht mehr, und als sie in Richtung Treppe schritt und hinter einer Ecke zum Empfang spähte, bemerkte sie den Nachtpagen, der am Tresen stand und in einer Zeitung blätterte.

Sie würde direkt an ihm vorbeigehen müssen, um zur Treppe zu gelangen, das konnte sie nicht riskieren. Dann kam ihr ein Gedanke. Ablenkung! Genau wie damals im Mozarthof. Sie ging wieder zurück, betrat die Bar, nahm ein Weinglas aus der Vitrine, warf es auf den Boden, danach huschte sie in eine Telefonkabine und beobachtete, wie der Nachtpage verwundert die Bar betrat. Rasch verließ sie die Kabine und eilte die Treppe hoch. Als sie nach einer Weile endlich die Kammer fand, in der die Putzwagen untergebracht waren, überflog sie die Gästeliste und fand heraus, dass sich die Zimmer auf der zweiten und dritten Etage befanden.

Sie startete auf der zweiten Etage, wo alles ohne Probleme verlief, danach begab sie sich in die dritte zu den Zimmern von Loretta, Mattia und Umberto. Umberto würde sie verschonen wegen Wasilina, und so stand sie vor der 305, Loretta Carbones Zimmer. Sie vermutete, dass Loretta bei Mattia war, dessen Zimmer gleich gegenüberlag – aber es konnte auch umgekehrt sein. Sie hoffte nur, dass die beiden inzwischen tief und fest schliefen. Kurz nachdem sie die Tür aufgeschlossen hatte, erklang ein Kläffen, und der Schein ihrer Taschenlampe fiel direkt in das Gesicht eines Spitzes, der auf sie zurannte. Verflucht! Schnell zog sie die Tür wieder zu, doch der Hund bellte weiter und kratzte an der Tür. Wie erstarrt blieb sie stehen. Plötzlich ging die Tür des Nachbarzimmers auf, und Wasilina in einem Negligé aus hellrosa Seide stand vor ihr und schaute sie erschrocken an. Sie erblickte den Dietrichsatz und die Taschenlampe in ihren Händen.

«Elise! Was zum Teufel ...» Sie konnte nicht ausreden, da sie bereits hörten, wie jemand den Schlüssel des Zimmers gegenüber, das von Mattia, umdrehte. Wasilina zog sie am Arm in ihr Zimmer. «Versteck dich im Bad!», zischte sie und zeigte auf die Tür. «Ich regle das.»

Draußen hörte Elise dumpfe Stimmen und noch immer das Gekläffe des Spitzes. Irgendwann verstummte es, kurz darauf erschien Wasilina im Badezimmer und schloss die Tür hinter sich. «Umberto hat einen tiefen Schlaf, aber wir sollten leise sein.»

«War das vorhin Loretta?»

«Ja, sie war bei Mattia. Ich dachte eigentlich, *du* wärst bei ihm? Wie auch immer, Loretta konnte ihren Hund wieder beruhigen, hat sich natürlich Sorgen gemacht. Was hatte das zu bedeuten? Wolltest du sie bestehlen?» Sie seufzte und schlug sich mit einer Hand gegen die Stirn. «Ich Dummchen, natürlich wolltest du sie bestehlen.» Plötzlich schien ihr ein Licht aufzugehen, sie riss die Augen auf. «*Du* warst das in St. Moritz.»

Elise nickte, setzte sich auf den Rand der Badewanne. Dann erzählte sie ihr alles.

Wasilina schwieg, aber in ihren riesigen, veilchenblauen Augen erkannte Elise Verständnis. «Ich verurteile dich nicht und kann dein Handeln in gewisser Weise verstehen. Aber du begibst dich in Gefahr. Was, wenn man dich erwischt? Wäre ich vorhin nicht gewesen, hätte dich Loretta ertappt!»

«Ich konnte doch nicht ahnen, dass sie einen Hund hat.»

«Warum stiehlst du?»

«Ich brauche Geld, damit meine Familie und ich nicht ausgewiesen werden. Außerdem ist es ein befriedigendes Gefühl, Nazis zu bestehlen. Und mit dem Geld kann ich auch anderen Menschen helfen.»

Wasilina schien nachzudenken. «Keine Angst, dein Geheimnis ist bei mir sicher ... Wir sollten jetzt schlafen, aber du kannst nicht hierbleiben. Umberto schläft zwar tief und fest, aber er ist ein Frühaufsteher.»

«Schon gut, ich werde doch runterlaufen nach Montreux. Ich glaube, die frische Luft tut mir gut.»

Am Morgen erwachte Elise erst spät, brauchte eine Ewigkeit, um aus dem Bett zu kommen. Ihre Füße schmerzten noch immer von dem Marsch in der Nacht, und sie schleppte sich gähnend zur Balkontür. Ein vorwitziger Sonnenstrahl drang bereits durch einen Spalt des Verdunkelungsvorhangs. Als sie den schweren Stoff zur Seite zog, fiel das Licht wie eine Flut über sie her. Erst als sich ihre Augen daran gewöhnt hatten, nahm sie die Aussicht wahr: der türkisblaue Lac Léman, die Berge, der azurblaue Himmel durchzogen von ein paar weißen, gerupften Wölkchen. Sie bestellte sich das Frühstück aufs Zimmer, dachte nach. Sie würde heute ins Wallis reisen, nahm sie sich vor. Eigentlich hatte sie große Sehnsucht nach Harri, aber wenn sie an ihren Streit zurückdachte, überkam sie Unsicherheit. Hatte ihre Beziehung überhaupt eine Zukunft? Das Telefon riss sie aus ihren Gedanken. Der Concierge meldete den Besuch von Wasilina an, und kurz darauf stand sie im Zimmer, ihre sonst so blassen Wangen leicht gerötet. «Guten Morgen. Ich habe ein Geschenk für dich.» Sie öffnete ihre Handtasche und zog das Collier von Loretta heraus.

Ungläubig starrte Elise auf das funkelnde Schmuckstück. «Wie ist dir das gelungen?»

Wasilina setzte sich in den Sessel. «Der Page hat unser Gepäck abgeholt, doch Umberto musste nochmals ins Bad. Ich wartete vor dem Zimmer, da sah ich den Gepäckwagen mit den Koffern von Loretta und Mattia. Und weit und breit kein Page. Ich durchsuchte Lorettas Koffer und fand die Schatulle mit dem Collier. Dann brachte uns der Page zum Bahnhof. Umberto und die anderen nahmen den Zug Richtung Domodossola, und ich hätte eigentlich nach Zürich fahren wollen … Aber … et voilà! Hier bin ich.» Sie deutete mit beiden Händen lachend auf sich selbst.

«Loretta wird in Italien feststellen, dass ihr Collier nicht mehr da ist», bemerkte Elise.

«Ja, und sie wird das Hotel kontaktieren. Aber niemand wird mich verdächtigen. Weil ich nämlich später ein Telegramm an das Hotel schicken werde, dass mir mein Schmuck gestohlen wurde.»

Elise lächelte. Genauso hätte sie es auch gemacht. «Gratuliere. Und nun willst du nach Zürich?»

«Nein, ich dachte, ich begleite dich ins Wallis. Danach möchte ich zu Basil nach Davos, um noch einmal mit ihm zu reden. Aber vorher müssen wir noch das Collier verkaufen.»

«Es gehört dir.»

«Nein. Wir verkaufen es und werden die Einnahmen spenden. Sag, wie und wo können wir das tun?» Ihre Augen strahlten einen fast schon fiebrigen Glanz aus.

«Auf keinen Fall hier. Und auch nicht im Wallis. Wir werden es in einer Stadt tun, Basel oder Zürich. Die Schweizer Kantone arbeiten in polizeilichen Ermittlungen nicht zusammen. Das ist ein großer Vorteil.»

Gut gelaunt erreichten Wasilina und sie Zermatt, verbrachten drei Tage auf Wanderungen und beim Entspannen mit gutem Fendant, fühlten sich wie Königinnen. Elise entschied, auf die Diebstähle zu verzichten, um Zeit mit Wasilina zu verbringen, doch diese bestand nach den drei Tagen darauf, dass sie *ihre Mission* fortführe.

«Hier wimmelt es von Nazis, genau wie in Davos. Du darfst dir diese Beute nicht entgehen lassen.»

Und so wurde Elises Beute von Ort zu Ort größer: Geld, Zinscoupons, Schmuck, Kameras, Accessoires.

Nach Crans-Montana und Leukerbad ging es nach Davos, und Wasilina konnte es kaum erwarten, ihren Basil zu sehen, mit dem sie noch mal über alles reden wollte. Elise hatte kein gutes Gefühl dabei, wollte ihr aber die Hoffnung nicht nehmen. Leider sollte sich ihre Befürchtung schon bald bewahrheiten. An jenem ersten Tag in Davos, sie kam gerade von einer Beutetour zurück und zog sich um, klopfte es heftig gegen die Tür. «Ich bin's, Wasilina.»

Sie wusste, dass Wasilina Basil am Nachmittag hatte aufsuchen wollen. Dass sie schon so früh zurück war, deutete sie als kein gutes Zeichen, und als Wasilina ihr gegenüberstand wie ein Häufchen Elend mit verheultem Gesicht, bestätigte sich ihre Annahme.

«Er hat mich weggeschickt», krächzte sie mit vor Tränen erstickter Stimme. «Alma hat eine Entscheidung von ihm verlangt. Und er will sie nicht verlassen. Deshalb hat er die Beziehung beendet.»

In den nächsten Tagen stand Elise ihr bei, tat alles, um sie aufzumuntern, doch Wasilina verschanzte sich in ihrem Zimmer, wollte nichts unternehmen, nichts essen. Elise musste oft an Ingrid denken, die nach Friedrich über Wochen hinweg genauso gelitten hatte. Sie war zuversichtlich, dass sich Wasilina mit der Zeit wieder von ihrem Liebeskummer erholen würde, und tatsächlich: Bereits nach einer Woche stand sie eines Morgens plötzlich gut gelaunt vor Elises Zimmer und wollte frühstücken.

Sie aßen auf dem Balkon, Wasilina hatte zusätzlich zum Frühstück Champagner und Pralinen bestellt. «Ich will, dass du heute ein paar Nazis bestiehlst», sagte sie und prostete ihr zu.

Elise schüttelte den Kopf. Auch wenn es Wasilina offenbar wieder besser ging, wollte sie sie nicht allein lassen, deshalb schlug sie ihr eine Wanderung vor.

Nach einer vierstündigen Tour rafften sie sich am Abend, hungrig wie Bären, trotz müden Beinen und erhitzten Köpfen auf und gingen essen. Doch kaum hatten sie das Restaurant betreten, erblickten sie Basil und Alma an einem Tisch, und Elise spürte, wie Wasilina sich neben ihr versteifte.

«Komm, lass uns gehen.» Sie schob Wasilina aus dem Restaurant. Zu ihrer Überraschung blieb sie gefasst, versicherte, dass sie klarkomme.

Auch am nächsten Tag ließ sie sich ihre Trauer nicht anmerken, sie spielten Tennis und unternahmen einen langen Spaziergang. Wasilina betonte mehrmals «endlich über Basil hinweg zu sein». Tags darauf beschloss Elise, vor ihrer Abreise für ihre Mutter und Adele ein paar Geschenke zu besorgen, und fragte Wasilina, ob sie sie begleiten wolle. Lächelnd schüttelte diese den Kopf. Sie sei müde und würde noch etwas schlafen. Elise wollte bei ihr bleiben, aber Wasilina bestand darauf, dass sie allein ginge, und bat sie, ihr ihre Lieblingspralinen mitzubringen. So verließ Elise sie, was sie für immer bereuen sollte.

An jenem Nachmittag stürzte sich Wasilina vom Balkon des Hotelzimmers.

22

Schwere Vorwürfe plagten Elise nach Wasilinas Tod, und sie reiste nach Luzern, um bei ihrer Mutter und Adele Trost zu suchen. Als sie die Suite betrat, saßen die beiden im Salon, Selma las wie üblich in der Zeitung, Adele in einem Buch. Wüsste Elise es nicht besser, würde man meinen, die beiden säßen nur im Hotel herum, doch sie wusste, dass ihre Mutter in letzter Zeit öfters mit einer anderen Emigrantin zusammen Rad fahren und wandern ging. Wo sie anfangs noch über die Schweizer Berge gelästert hatte, schien sie nun Gefallen daran zu finden. Die frische Luft hatte einen positiven Nebeneffekt: Die dunklen Schatten unter ihren Augen waren verschwunden, und ihr Gesicht hatte eine gesunde Farbe bekommen, wirkte nicht mehr aufgedunsen wie damals in Wien. Doch als sie Elise erblickte, erblasste sie, genau wie Adele. Die beiden reagierten nur schweigend auf Elises Begrüßung. Bloß Petzi, inzwischen in einem viel größeren Käfig, der fast bis zur Decke reichte, zwitscherte munter vor sich hin.

«Wenigstens einer, der sich über mein Kommen freut.»

Adele erwachte aus ihrer Geistesabwesenheit, legte das Buch zur Seite und erhob sich, humpelte auf Elise zu. Ihre Brauen zogen sich scharf zusammen. «Wir müssen reden!» Ihre Stimme klang ungewohnt schrill, erinnerte an klirrendes Glas.

«Was ist los?»

«Komm mit!» Sie ging vor und betrat Elises Zimmer, Selma folgte ihnen. Eine dunkle Ahnung überkam Elise, die sich bestätigte, als sie die Hutschachtel auf dem Bett bemerkte.

«Woher hast du das?», fragte Adele.

Elise bemühte sich um Fassung. «Du hast meinen Kleiderschrank durchsucht?»

«Lenk nicht vom Thema ab! Ich habe dich etwas gefragt und erwarte eine Antwort. Aber wenn du es unbedingt wissen willst: Ich wurde eingeladen und brauchte einen schönen Sommerhut, deshalb wollte ich mir von dir einen leihen.»

Elise traute ihren Ohren nicht. Adele, die sich in den vergangenen Monaten nur selten rausgewagt hatte, wurde eingeladen und wollte tatsächlich hingehen?

«Du wurdest eingeladen? Von wem?»

Adele machte eine energische Handbewegung. «Jetzt beantworte meine Frage! Was ist das für Schmuck?»

«Das sind Geschenke.»

«Lüg uns nicht an!» Sie griff in die Hutschachtel und hielt einen goldenen Siegelring mit einem rot-blauen Familienwappen eines Wolfes hoch. «Wer bitte schön schenkt dir so was? Und da sind noch unzählige Schmuckstücke drin mit Gravuren! Und es ist nicht dein Name!»

Es durchrieselte Elise heiß und kalt, sie spürte, wie ihr die Kraft aus den Knien wich. Sie setzte sich aufs Bett. Ihr war bewusst, dass sie den beiden nichts mehr vormachen konnte, und so erzählte sie ihnen alles. Von ihrem ersten Raub in Wien bis hin zu den letzten Diebstählen in Davos. Auch von Wasilina berichtete sie.

Adele hatte sich ziemlich bald neben sie gesetzt, nur ihre Mutter stand noch immer vor der Tür. Lange sagte niemand etwas, bis Adele das Wort ergriff. In den nächsten Minuten musste Elise eine heftige Moralpredigt über sich ergehen lassen, die mit dem Satz endete: «Lieber wäre ich in Wien untergegangen, als mich hier von deinem Raubgut durchfüttern zu lassen!»

Elise hob den Kopf. Adeles Gesicht drückte ungeheure Verachtung aus. Eine Woge der Empörung wallte in Elise auf.

«Wie wäre es mit ein wenig Dankbarkeit für alles, was ich für euch getan habe? Ich *musste* stehlen, um euch hierherzuholen. Aber weißt du was, wenn du lieber wieder von Nazis verprügelt werden willst, dann geh zurück!»

Tränen schimmerten in Adeles Augen, und Elise taten die Worte auch schon leid. «Bitte entschuldige», sagte sie, aber Adele stand auf und humpelte an Selma vorbei aus dem Zimmer.

«Adele, warte!» Sie wollte ihr nach, doch Selma stellte sich ihr in den Weg.

«Lass sie.» Sie legte Elise die Hände auf die Schultern. «Selbst sie wird einsehen, dass du keine andere Wahl hattest.»

«Du ... bist also nicht auch wütend auf mich?»

«Nein. Höchstens enttäuscht, weil du es uns nicht gesagt hast. Aber ...» Sie starrte auf den Schmuck. «Ich hätte vermutlich genauso gehandelt.»

Obwohl das Verständnis der Mutter sie beruhigte, so bekümmerte sie der Streit mit Adele. Nicht, weil diese hinter ihr Geheimnis gekommen war, sondern weil sie der Adele von damals nachtrauerte, der Adele *vor* den Nazis. Und weil sie ihr nicht hatte helfen können. Dass Adele aber offenbar eine Einladung angenommen hatte, deutete sie als gutes Zeichen. Sie holte einen weißen Hut mit hellrosa Schleife hervor und betrat Adeles Zimmer. Mit tränennassem Gesicht lag diese auf dem Bett. «Der ist für dich.» Elise setzte sich neben sie, gab ihr den Hut. «Es tut mir leid, was ich vorhin gesagt habe.»

Adele richtete sich auf. «Du hattest ja recht. Mutter und ich waren undankbar seit unserer Ankunft. Dabei hast du so viel riskiert für uns.»

«Das war es mir wert. Eure Sicherheit geht vor.»

«Aber jetzt sind wir doch sicher. Du musst nicht mehr stehlen.»

«Adele, sollten wir armengenössig werden, dann können sie uns des Landes verweisen.»

«Heirate Harri! Dann bist du keine Emigrantin mehr und kannst wieder einer Arbeit nachgehen.»

Elise schaute sie ungläubig an. Diese Worte hätten auch von ihrer Mutter stammen können. «Harri und ich hatten Streit, es ist vorbei. Außerdem würde ich ihn niemals heiraten, nur um mir meine Aufenthaltsgenehmigung zu sichern.» Sie legte die Hände auf Adeles Schultern. «Ich stehle nicht nur für uns. Mit dem verkauften Schmuck kann ich so viel Gutes bewirken. Und mich gleichzeitig rächen! Die Nazis haben uns alles genommen, und unsere Freunde ließen uns im Stich, als wir dringend Hilfe benötigt hätten. Ich …»

«Aber die Menschen, die du bestiehlst, die haben uns das nicht angetan.»

«Sie sind doch alle gleich!», zischte Elise.

Adele blickte sie mitleidig an. «Du bist krank, Elise. Du musst aufhören!»

Elise nahm sich Adeles Worte zwar zu Herzen, aber sie hatte nicht vor aufzuhören. Längst war sie süchtig geworden, doch das wollte sie sich nicht eingestehen.

Eines Tages erhielt sie einen Brief von Harri. Er vermisse sie und wolle sie wiedersehen. Sie solle doch zu ihm auf das Gestüt kommen, dann könnten sie über alles reden. Erleichtert drückte sie sich den Brief an die Brust, dann packte sie den Koffer.

«Wo gehst du hin?», fragte Adele besorgt.

«Zu Harri. Er hat mir geschrieben.»

«Du gehst also nicht wieder stehlen?»

Elise faltete sorgsam einen Rock zusammen und legte ihn in den Koffer. «In den nächsten Tagen bestimmt nicht.»

«Ich werde dich nicht davon abhalten können, nicht wahr?»

«Nein.» Eine Weile herrschte Schweigen, bis Elise Adele aufmunternd ansah. «Sag, wer hat dich neulich eingeladen?»

Adeles Miene erhellte sich. «Er heißt Robert, und ich habe ihn in der kleinen Buchhandlung an der Reuss kennengelernt. Wir haben uns dort schon oft gesehen und uns bereits einige Male über Bücher ausgetauscht. Kürzlich hat er mich dann auf einen Spaziergang eingeladen.» Sie verstummte.

«Und?»

«Ich bin nicht hingegangen. Als ich deinen Schmuck fand ... das hat mich ziemlich erschüttert.»

Ein schlechtes Gewissen überkam Elise. «Tut mir leid ... Ich hoffe, du wirst das Treffen mit Robert nachholen?»

Sie lächelte. «Bestimmt.»

Mit einem guten Gefühl fuhr Elise nach Zürich. Dass es Adele allmählich besser ging, machte sie glücklich. Und dass sie Harri bald sehen würde, noch glücklicher. Ihr war bewusst geworden, wie sehr er ihr gefehlt hatte und sie ihn brauchte. Doch würden sie am Ende nicht wieder an denselben Problemen scheitern?

Als sie aus dem Taxi stieg, umhüllte sie sogleich der vertraute Geruch nach Pferd, altem Leder und Heu. Harri kam gerade mit Esprit aus dem Stall, und als er sie erblickte, kam er auf sie zu und küsste sie.

Nachdem sie sich wenig später geliebt hatten, lagen sie im Bett und er strich ihr über das Haar. «Du hast mir gefehlt.»

«Du mir auch.»

«Wegen dem Vorfall auf der Hochzeitsfeier ...»

Sie legte ihm einen Finger auf den Mund. «Pst. Lass es uns bitte vergessen. Ich habe auf der Fahrt hierher nachgedacht und kam zu dem Entschluss, dass ich dich nicht verlieren will. Aber unsere Lebenssituationen sind momentan so unterschiedlich, das würde unsere Beziehung belasten. Deshalb habe ich mir überlegt, wir könnten das zukünftig ausblenden. Lass uns auf das Schöne konzentrieren, wann immer wir uns sehen ... Familienfeiern, die Vergangenheit, das alles ist tabu für uns. Was meinst du?»

Er schaute sie eine Weile an, dann nickte er. «Gut. In Ordnung. Hauptsache, ich verliere dich nicht.»

Sie einigten sich auf vier Treffen pro Monat. Zweimal würde sie ihn auf dem Gut besuchen, und zweimal würden sie irgendwo zusammen hinfahren. Ein gutes Arrangement für sie beide, da Harri ohnehin viel beschäftigt war mit seinen Einsätzen als Tierarzt, der Pferdezucht und Leitung des Gestüts. Und Elise konnte sich um ihre Mutter und Adele kümmern. Und weiterhin ihren Diebstählen nachgehen. Ihre häufige Reisetätigkeit erklärte sie Harri ebenfalls damit, dass sie an einem Kriminalroman schriebe, der genaue Recherche erforderte. Die Lüge tat ihr leid, und sie wünschte, sie hätte ihm die Wahrheit sagen können.

Die folgenden Monate gehörten zu ihren ertragreichsten. Die Nazis befanden sich in den Jahren 1941 und 1942 in ihrer Blütezeit, besonders auf militärischer Ebene. Dadurch schienen sie sich für unbesiegbar und unangreifbar zu halten. Sie gingen sehr nachlässig mit ihrem Eigentum um. Sogar wenn ein Hotelzimmer einen kleinen Tresor besaß, erlebte Elise oft, dass sich Bargeld und Schmuck zwar darin befanden, der Tresor aber nicht verschlossen war.

Doch nach wie vor gehörten nicht nur Nazis zu ihren Opfern, sondern auch allgemein reiche Leute. Da sie längst nicht mehr nachkam mit dem Verkauf, häufte sich ihr Reserveschmuck. Sie wollte ihn aber nicht mehr in der Hutschachtel im Hotel aufbewahren, deshalb nahm sie ihn eines Tages mit nach Zürich. Sie kaufte eine kleine Holztruhe, und mitten in der Nacht suchte sie den Stadtwald am Uetliberg auf, nachdem sie am Tag zuvor ein geeignetes Versteck ausgesucht hatte im tiefen Unterholz in der Nähe einer Fichte. Die Wurzeln wie knochige Hände über der Erde und mit Moos überwuchert. Mit einer kleinen Schaufel grub sie eine Mulde und legte die Schatzkiste hinein. Fortan würde sie sie öfters aufsuchen, um weitere Schmuckstücke hinzuzufügen – oder welche zu holen, wenn sie Geld brauchte. Und sie brauchte viel! Für Spenden, doch auch ihre Reise- und Hotelkosten waren hoch, schließlich musste sie das Gesicht der reichen Witwe wahren, und nur in guter Gesellschaft kam sie an wichtige Informationen heran, die ihr den Aufenthalt von Nazis verrieten, wie im Hotel Belmont in Zürich. Aber sie durfte nicht klagen, die Einnahmen aus dem Verkauf von Lorettas Collier hatten ihr in Basel sagenhafte achtzigtausend Franken eingebracht, die sie den Hilfswerken spendete. Solche Einnahmen waren natürlich eine Seltenheit.

Trotz dieser ergiebigen Phase fühlte sie sich oft betrübt, weil sie noch um Wasilina trauerte. In dunklen Momenten fragte sie sich, ob sie den Menschen um sich herum Unglück brachte: Wolfi, Jonathan, Wasilina. Sie waren alle wegen ihr gestorben. Hätte Wolfi die Lokomotive, die sie entwendet hatte, nicht verstecken müssen, wäre er nicht von der Schlange gebissen worden; hätte Jonathan sie nicht vor Lothar Braun verteidigt, wäre er nicht von ihm geschlagen worden und gestürzt; hätte sie Wasilina nicht allein gelassen, wäre sie nicht in den Tod gesprungen. Hätte, hätte, hätte ... Doch ihre Urteilskraft siegte jedes Mal über ihre Selbstvorwürfe. Sie trug keine Schuld am Schicksal ihrer Mitmenschen. Das Leben war unberechenbar.

Im Dezember 1941 erhielten sie einen Brief von Vater mit der Mitteilung, dass er sich freiwillig den Bodentruppen angeschlossen habe. Er fühle sich verpflichtet, für Sumatra und an der Seite seiner holländischen Freunde zu kämpfen. Elise hatte ein ungutes Gefühl, das sich ein paar Wochen später bestätigen sollte. Ihr Vater war bei einem Luftangriff der Japaner im Februar 1942 ums Leben gekommen. Sie erfuhren es erst im April, und Elise hatte das Gefühl, als würde sie eine eisige Klinge durchbohren. Lediglich der Gedanke, dass ihr Vater nun mit Wolfi und seinen Eltern vereint sein würde – in welcher unvorstellbaren Form auch immer –, linderte ihren Schmerz.

Das Frühjahr 1942 hatte noch eine weitere schlimme Nachricht bereit. Sie hörten, dass immer mehr Juden in Lager im Osten deportiert wurden, und Elise befürchtete das Schlimmste. Mitte 1942 berichtete ihr Otto Reutlinger, der Hoteldirektor aus dem Löwen in Zürich, der sich mehr denn je für Flüchtlinge einsetzte, von Massenexekutionen. Im August wurden die Grenzen komplett geschlossen. Illegale Flüchtlinge sollten ohne Ausnahme zurückgeschickt werden.

Zur selben Zeit stieß Elise auf einen Zeitungsbericht, der sie erschütterte. Sie war gerade in Zürich anlässlich eines Treffens mit Lilly Volkart und Baron Schey von Koromla, dem Präsidenten des SHEK Tessin – dem Schweizer Hilfswerk für Emigrantenkinder –, um ihnen einen Scheck auszuhändigen, als sie beim Frühstück im Löwen auf den Artikel über eine «diebische Elster» stieß, die zurzeit in Zürich ihr Unwesen treibe und Schmuck, Geld, Zinscoupons und andere wertvolle Gegenstände aus Hotelzimmern raube. Man wisse noch nicht, ob es sich um einen Einzeltäter oder gar eine ganze Bande handle, aber die Polizei sei dran, und man werde alles Erdenkliche tun, um die «Elster» zu finden, so die Aussage von Korporal Hans Gretler von der Zürcher Stadtpolizei. Die Hotelgäste sollten bis dahin vorsichtig sein und ihre Wertgegenstände nicht unbeaufsichtigt in den Zimmern herumliegen lassen, sie wenn möglich in einen Tresor schließen oder dem Concierge zur Aufbewahrung abgeben. Auch der Direktor des Hotel Belmont wurde zitiert: «Wir verfügen über einen Tresorraum am Empfang, überlegen uns aber, sämtliche Zimmer mit einem eigenen Tresor auszustatten. Das ist zwar noch keine Norm, aber in der heutigen Zeit immer mehr gefragt. Kürzlich wurde einem Gast unter anderem ein antiker Siegelring gestohlen. Der emotionale Wert ist hier fast noch größer als der materielle, da es sich um ein altes Familienerbstück handelt. Wir als Hoteliers fühlen uns verpflichtet, die Gäste zu schützen.»

Sie faltete die Zeitung zusammen. Ihr Herz stampfte wie eine kleine Dampfmaschine, und nur mühsam gelang es ihr, ihren Atem unter Kontrolle zu bringen. Das Belmont. Sie hatte dort kürzlich zugeschlagen und unter anderem einen Siegelring gestohlen. Sie sah sich im Frühstückssaal um, hatte das Gefühl, alle Augen wären auf sie gerichtet. Du meine Güte. Sie war diese diebische Elster!

Korporal Gretler, der damals die Katzendiebin Thea entlarvt hatte, suchte nach ihr. Sie nahm sich vor, noch vorsichtiger zu sein und Zürich in nächster Zeit zu meiden.

23

Nach einem Besuch bei Harri zog es Elise nach Bern. Sie mochte die Stadt, die zwar an keinem See lag, dafür aber von der Aareschlaufe umgeben war und eine hübsche Altstadt besaß mit imposanten Sandsteingebäuden, kleinen Gassen und langen Arkaden. Außerdem war ihr von allen Schweizer Dialekten der Berner am liebsten. Als gemütlich, gelassen und unschuldig würde sie ihn bezeichnen.

Elise wohnte im Hotel Ochsen in der Nähe des Zeitglockenturms, oder auch Zytglogge, wie ihn die Berner nannten. Sie liebte es, das Figurenspiel mit dem Bärenzug, dem Narren, dem goldenen Hahn und Chronos – dem Gott der Zeit – im Turm zu betrachten, das zu jeder vollen Stunde abgehalten wurde.

Direkt nach ihrer Ankunft begab sie sich ins Hotel, um sich umzuziehen – sie wählte eine hellbraune Glatthaarperücke, einen Hut und eine Brille mit Fensterglas, was sie alles in einer Seitengasse aufsetzte, kurz bevor sie ihren Zielort erreichte, das Hotel Belvédère. Es lag direkt neben dem Bundeshaus und diente nicht nur als offizielle Residenz für deutsche Diplomaten, sondern war auch ein Treffpunkt für Politiker, Journalisten, Diplomaten und Spione aus aller Welt. In der Hotelhalle ging es wie immer geschäftig zu, und Elise bewunderte diesen Ort der Neutralität, an dem sich Gäste der Achsenstaaten mit Angehörigen der alliierten Mächte vermischten.

Nachdem sie sich im Restaurant mit einer feinen Forelle an Kartoffel-Fenchel-Gemüse gestärkt hatte, konnte es losgehen. Sie informierte sich wie immer durch die Gästelisten auf den Putzwagen und merkte sich einige Zimmernummern, unter anderem die eines Anton Dietrich, bei dem vermerkt stand «Hohes Tier im Dritten Reich», aus Leipzig, der zusammen mit seiner Frau hier war und offenbar jeden Tag frisches Bettzeug wünschte.

Wie immer klopfte sie zuerst kurz an und wartete, ehe sie das Zimmer mit dem Dietrichsatz öffnete. Im Schlafraum fand sie im geöffneten Tresor ein mehrreihiges Perlencollier, goldene Ohrstecker, Zinscoupons und Bargeld. Zudem ein Diamantarmband, auf dem eine kleine Fliege angebracht war, deren Flügel aus Rubinen und Körper aus einem Saphir bestand. Was für ein eigenartiges Schmuckstück. Wer kam auf die Idee, eine Fliege aus Edelsteinen herzustellen? Für sie waren Fliegen nur nervig, sonst nichts. Sie steckte das Armband trotzdem ein. Zurück im Salon entdeckte sie neben einem Stapel Akten eine Kamera und fügte sie ihrem Beutel hinzu, da hörte sie, wie sich jemand am Türschloss zu schaffen machte, als würde ein Schlüssel eingeschoben werden.

Sie erstarrte, hatte das Gefühl, ihr Herz fiele ihr gleich aus der Brust. Rasch zurück ins Schlafzimmer, schrie ihr inneres Ich. Ohne groß nachzudenken, kroch sie unter das Bett, als sie schon hörte, wie jemand den Salon betrat. Kurz darauf raschelte es, als würde jemand Akten durchwühlen. Dann näherten sich die Schritte. Sie hielt den Atem an. Schwarze Absatzschuhe und Strümpfe. Frau Dietrich? Die Frau sah sich offenbar um, ehe sie auf den Wandschrank zuging und wohl den leeren Tresor öffnete. «Damn!», fluchte sie. Eine Engländerin also. Das konnte nicht Frau Dietrich sein, aber wer dann? Die Schritte entfernten sich bereits wieder, da spürte Elise, wie ihr Staub in die Nase kroch. Sie versuchte, das Niesen zu unterdrücken, aber es kitzelte so sehr, dass sie gleich zweimal niesen musste. Verflucht!

Kurz darauf sah sie die Schuhe näher kommen und vor dem Bett stehen bleiben, die Frau kniete nieder, und im nächsten Moment schaute Elise direkt in den Lauf einer Pistole, dahinter ein Kopf. «Wer sind Sie?»

«Ich ...»

«Kommen Sie raus! Na los!» Sie sprach mit starkem englischem Akzent.

Elise kroch unter dem Bett hervor und erhob sich langsam, wischte sich den Staub von ihrem Kleid. Ihre Perücke saß schief auf dem Kopf, und den Hut hatte sie unter dem Bett vergessen. Die Frau, attraktiv, mit dunkelblondem Haar, ein braunes Kostüm tragend, das sie aussehen ließ wie eine Sekretärin, besah sie kritisch.

«Was haben Sie hier verloren?»

«Dasselbe könnte ich Sie fragen. Sie sind ja wohl kaum Frau Dietrich!»

Die Frau verzog den Mund ganz leicht zu einem fast schon amüsierten Lächeln, doch im nächsten Moment spitzte sie die Lippen und trug einen hochnäsigen Gesichtsausdruck zur Schau. «Beantworten Sie meine Frage!» Sie kam einen Schritt auf sie zu, richtete ihre Waffe direkt auf ihre Brust und riss ihr mit der anderen Hand die Perücke vom Kopf. Elise hob ihren Beutel hoch, und die Frau schnappte ihn sich, schüttelte den Inhalt auf das Bett. «Eine Diebin also.» Sie wirkte erleichtert. «Die Kamera da, ist die aus diesem Zimmer?»

«Ja.»

«Wo war sie?»

«Auf dem Schreibtisch.»

«Gut.»

Die Frau öffnete den Filmbehälter, was etwas umständlich aussah, da sie in einer Hand noch immer die Waffe hielt. Schließlich entnahm sie der Kamera anstelle eines Films einen zusammengerollten Zettel. Es ratterte in Elises Hirn.

Hatte der Nazi absichtlich eine Botschaft für diese Frau versteckt? Sie musste eine Spionin sein.

«Das ganze Zeug muss genau wieder dorthin, wo es war! Na los!» Sie zeigte mit der Waffe auf den Schmuck. Elise tat, wie ihr geheißen, und legte schweren Herzens alles an seinen Platz zurück. Die Frau folgte ihr auf Schritt und Tritt. Am Schluss legte Elise die inzwischen leere Kamera wieder an ihren Platz.

«Ich könnte Sie der Polizei ausliefern», sagte sie.

«Ich Sie auch. Ich glaube, die Polizei hat mehr Interesse an einer Spionin als an einer kleinen Diebin.»

«Wer weiß», flüsterte sie. «Vielleicht sind Sie ja gar keine Diebin, sondern auch eine Spionin.» Sie blickte Elise mit schmalen Augen an und setzte ihr die Waffe direkt auf die Brust. Elises Herz klopfte im Sekundentakt. Doch sie wusste, dass die Frau sie nicht erschießen würde, nicht hier in diesem Hotel in dem Zimmer eines Nazis. Oder Spions. Oder was auch immer.

«Tun Sie es!», sagte sie provozierend. «Ich hänge nicht an diesem Leben.»

«Jeder hängt an seinem Leben.»

«Man kann nur an einem Leben hängen, wenn man etwas zu verlieren hat. Das habe ich nicht. Nicht mehr.» Obwohl, das stimmte nicht, dachte sie plötzlich. Es gab Harri. Und ihre Mutter und Adele, denen sie sich wieder annäherte.

Die Frau senkte mit einem triumphierenden Ausdruck auf dem Gesicht die Waffe. «Es ist immer wieder dasselbe», meinte sie gelangweilt. «Aber ich habe keine Zeit für diese dummen Spielchen. Sagen Sie mir Ihren Namen und für wen Sie arbeiten.»

«Ich bin keine Spionin! Nur eine harmlose Diebin!» *Harmlose* Diebin! Sie musste grinsen, was ihr Gegenüber verunsicherte. Sie wirkte für einen kurzen Moment überfordert, rieb sich über das Gesicht. Elise nahm an, dass sie noch nicht viel Erfahrung hatte und gedanklich wohl gerade das korrekte Vorgehen in einer solchen Situation durchspielte.

«Okay, wir gehen einen Deal ein. Ich lasse Sie gehen. Sie erzählen niemandem, was hier passiert ist, dafür schweige ich ebenso.»

«In Ordnung.» Elise reichte ihr die Hand, die Frau ergriff sie zögernd.

Zurück im Hotel zog sich Elise in Windeseile um, danach informierte sie den Concierge über die Änderung ihrer Reisepläne. Sie würde die gebuchte Nacht bezahlen, müsse aber weiter. Ins Schlosshotel Giessbach. Zuletzt hatte sie es 1937 mit Jonathan besucht, und sie erinnerte sich an den schönen, abgelegenen Ort oberhalb des Brienzer Sees in der Nähe der Giessbachfälle. Umrundet von Wald glich es schon fast einem Versteck.

«Bedaure, Frau Rosenberg, aber das Giessbach ist seit Ausbruch des Krieges geschlossen.»

«Oh, das wusste ich gar nicht. Hm.»

Er schaute sie geduldig an.

«Dann das Hotel Lindenhof in Gstaad. Bitte buchen Sie mich dort ein für zwei Nächte.»

«Sehr wohl.» Er lächelte höflich und griff zum Telefonhörer.

Kurz darauf saß sie im Zug nach Gstaad. Sie dachte über den Vorfall im Belvédère nach. Sie durfte sich durch das Geschehene nicht verunsichern lassen, musste weitermachen. Im Lindenhof in Gstaad würde sie sich einfach nur erholen und dann in Montreux wieder zuschlagen.

Am Abend lernte sie ein älteres Ehepaar aus Salzburg kennen, das bereits kurz vor der Machtergreifung Hitlers in die

Schweiz geflohen war. Sie schätzte es, wieder einmal mit Landesgenossen zu sprechen, auch wenn sich das Gespräch nur um den Krieg und die Situation der Juden drehte. Die Salzburger hatten ihr Bauunternehmen noch vor der Annexion verkaufen und deshalb genug Vermögen in die Schweiz retten können. Nebst einer Wohnung in Zürich besäßen sie diverse Bankdepots bei Schweizer Konten, deshalb ginge es ihnen recht gut. Auswandern wollten sie nicht, sie hofften einfach, dass die Schweiz verschont bleiben würde von dem «Hitler-Tyrannen».

Gerade als sie am nächsten Morgen auf dem Weg zum Frühstück am Empfang vorbeiging, rief sie der Concierge zu sich. «Frau Rosenberg, ich habe eben versucht, Sie auf dem Zimmer anzurufen ... Sie haben Besuch.» Er wies zu einer Sitzecke in der Hotelhalle. Und dort saß sie. Hannelore. Mit ihrem gewohnt kühlen Blick besah sie Elise, formte mit den Fingern eine Art Zelt vor der Brust. Sie trug einen dunkelblauen Hosenanzug, ihr Haar war rot und lockig wie eh und je.

«Danke», murmelte Elise und schritt auf Hannelore zu, die sich erhob. Da standen sie, wussten nicht recht, wie sie sich begrüßen sollten. Vor vier Jahren hatte Elise sie zuletzt gesehen, an Jonathans Todestag.

«Hannelore.»

«Elise.»

Sie hielten eine Umarmung wohl beide für nicht angebracht. «Was ... was tust du hier? Woher wusstest du, dass ich hier bin?» Weder ihre Mutter noch Adele kannten ihre Reisepläne.

«Gehen wir ein paar Schritte.»

Sie schlenderten durch den Hotelpark. «Meine Mitarbeiterin hat mir gesagt, dass du hier bist.»

«Deine Mitarbeiterin? Wer …» Sie brach ab. Jetzt verstand sie. Die Spionin aus dem Belvédère. Sie blieb vor einer Tanne stehen und schlug sich die Hand vor den Mund. «Du meine Güte!»

«Sie ist dir ins Hotel Ochsen gefolgt und hat von deinen Reiseplänen erfahren. Danach hat sie mich, als ihre Vorgesetzte, über den Vorfall unterrichtet. Sie ist noch etwas … unerfahren, hat aber gut reagiert, indem sie dich ausspioniert hat. Als sie mir deinen Namen gesagt und mir dein Aussehen beschrieben hat, da wusste ich, dass du es sein musst. Obwohl mich die Brille etwas verwirrt hat.»

Hannelore sah sie mit ihren großen meerblauen Augen an, das rechte Oberlid zuckte leicht. «Ich beschloss, mir dich gleich selbst vorzunehmen und herauszufinden, ob du eine Spionin bist … oder nur eine Diebin, wie du behauptet hast.»

Elise steuerte eine grüne Sitzbank an, als handelte es sich um ein Rettungsboot, und setzte sich; Hannelore folgte ihr.

«Ich bin keine Spionin. Aber du offenbar schon. Was machst du in Bern? Arbeitest du für England? Die Schweiz?»

«Ich kann dir darüber nichts sagen. Aber jetzt sag du mir: Warum stiehlst du?»

Elise begann zu erzählen, und es fühlte sich wie schon bei Wasilina, ihrer Mutter und Adele befreiend an, jemandem alles anzuvertrauen.

Hannelore stand die Besorgnis ins Gesicht geschrieben. «Du hattest offenbar viel Glück in den letzten Jahren, aber …»

«Das ist nicht nur Glück. Ich plane alles vorsichtig und …»

«Klar. Genau wie gestern», erwiderte sie sarkastisch. «Elise, im Belvédère steigen hochrangige Nazis und Wehrmachtsoffiziere ab, Spione … mit denen ist nicht zu spaßen.

Du hattest Glück, dass dich *nur* meine Mitarbeiterin erwischt hat ... Was du tust, ist gefährlich!»

«Ach, und was *du* tust, etwa nicht?»

«Also wirklich, bei uns geht's um mehr als um ein paar Perlen. Wir tragen dazu bei, dass der Krieg hoffentlich bald ein Ende hat. Natürlich besteht ein Risiko, aber sollten wir auffliegen, dann wenigstens für eine gute Sache ... Aber du, du stiehlst!»

«Ich bestehle hauptsächlich Nazis! Und reiche Deutsche oder Italiener, die hier Ferien machen können, während man den Juden in ihren Ländern alles raubt. Und reiche Schweizer, die einfach nur wegsehen.»

«Du hättest auch andere Möglichkeiten gehabt. Dich uns anschließen können, zum Beispiel.»

«Wie denn? Du warst ja plötzlich weg nach Jonathans Tod, hast uns alle im Stich gelassen.»

Hannelore zuckte kaum merklich zusammen. «Ich konnte nicht anders. Als Jonathan starb, fühlte ich einen solchen Hass in mir, und ich wollte seinen Tod rächen. Ich war nah dran, diesen Lothar Braun und Ingrid umzubringen. Aber mir war bewusst, dass ich dadurch nichts ändern würde, im Gegenteil. Emotionale Entscheidungen führen meistens zu Katastrophen. Deshalb musste ich weg, abtauchen in den Untergrund, um nach einem Weg zu suchen, das ganze verfluchte System zu stürzen. Und meine Rache in Ruhe vorzubereiten.»

«Du willst Lothar und Ingrid noch immer töten?»

Hannelore schaute zu einer Gruppe Tannen, hinter denen das Türmchen des Hotels hervorragte. «Ja. Aber dies erfordert eine geschickte Vorgehensweise. Und bis es so weit ist, werde ich den Nazis und der deutschen Wehrmacht auf jede mögliche Art schaden.»

«Siehst du, wir sind uns ähnlicher, als du denkst. Auch ich schade den Nazis. Und an Lothar Braun und Ingrid würde ich mich auch gerne rächen.»

«Wenn sich eine Möglichkeit ergibt, lasse ich es dich wissen. Aber bis dahin musst du mit dem Stehlen aufhören, Elise.»

«Ich kann nicht. Das ist meine Art des Widerstandes.»

24

Der Krieg schritt voran wie auch Elises Raubzüge. 1943 kam es zu einer Wende, die Deutsche Armee wurde in der Schlacht von Stalingrad vernichtet, und Joseph Goebbels rief den «totalen Krieg» aus.

Sie erhielt einen Brief von Reinhart von der Ostfront, in dem er die Lage als hoffnungslos beschrieb: «Oh Elise, glaube mir, wenn ich lebend aus diesem Krieg heimkehre, werde ich etwas Sinnvolles tun – auf keinen Fall mehr für einen Rüstungskonzern arbeiten!»

Um ihre Niederlagen wieder wettzumachen, setzten die Nazis alles daran, die Juden auszurotten. Man hörte inzwischen immer mehr, dass die Juden in den Konzentrationslagern getötet wurden, auch von Giftgas hatte Elise bereits vernommen. Ihr Hass auf die Nazis stieg und stieg.

Es war Anfang Juli im Hotel Löwen, als ein Flüchtling namens Bartosz aus Polen ihr erzählte, was er erfahren hatte: von Flüchtlingen aus Auschwitz, denen im Juni 1942 die Flucht gelungen war und die sich daraufhin dem nationalpolnischen Widerstand anschlossen. Ihre Berichte hatten ihn, der sich bis dahin erfolgreich hatte verstecken können, abgeschreckt, und er hatte beschlossen, aus Polen zu flüchten.

Nach dem Gespräch mit Bartosz hatte sie plötzlich das Gefühl, nicht mehr genug zu tun, und sie fragte Otto Reutlinger, ob sie sich seiner Organisation anschließen könne. Sie wusste, dass er in den vergangenen Jahren ein starkes Fluchthelfernetz aufgebaut hatte.

«Nein», kam seine klare Antwort. «Das ist nicht für jedermann. Außerdem ist es seit dem Krieg schwieriger und riskanter geworden. Und du wärst ein Risiko für uns.»

Otto hatte ihr nie erzählt, wie sie genau vorgingen, sie wusste nur, dass sie die Flüchtlinge von Deutschland aus über die Grenze in die Schweiz brachten. Ihr war bewusst, dass diese Tätigkeit gefährlich war, doch sie wollte helfen, und das sagte sie Otto auch. Er lächelte. «Du hast uns schon so viel geholfen, Elise. Dank des Geldes, das du uns gespendet hast, konnten wir so viele Menschen retten, ihnen einen Neuanfang in einem anderen Land ermöglichen. Aber die Fluchthilfe ist ein ganz anderes Kaliber, und es wird auch für uns immer schwieriger. 1938 war das noch anders. Da schaute man noch nicht so genau hin und war froh, wenn die Juden weg waren. Aber jetzt: Es gibt inzwischen richtige Judenjäger, verstehst du? Menschen, die alles daransetzen, auch den letzten Juden zu finden und ihn deportieren zu lassen. Das ist für die nicht mehr nur ein Auftrag, sondern eine Lebensaufgabe. Und genau das macht das Ganze so schwierig für uns. Wir wissen nicht, wem wir noch trauen können. So sehr ich dein Angebot auch schätze, ich kann es nicht annehmen. Nicht nur um dich zu schützen, sondern auch uns.»

So konzentrierte sie sich weiter darauf, zu stehlen. Im November 1943 war sie wieder in Zürich und mied aufgrund des damaligen Artikels das Belmont, schlug stattdessen im Schlosshotel zu.

Als sie nach einem erfolgreichen Beutezug am nächsten Tag abreisen wollte, um Harri zu besuchen, herrschte Aufregung in der Hotelhalle des Löwen.

«Was ist los?», fragte sie einen Mann, der ziemlich ruhig wirkte im Vergleich zu den anderen Gästen, die wild durcheinanderredeten.

«Gestern Abend gab es Diebstähle. Meiner Frau wurde ein Armband gestohlen und mir hundert Schweizer Franken.»

«Oh.» Ihr Herz begann zu rasen. Ein Diebstahl *hier?*

«Aber der Hoteldirektor hat gleich die Polizei gerufen. Die sollte jeden Moment hier sein. Und niemand darf das Hotel verlassen.»

Ein kalter Schauer überfiel sie. Man würde ihr zwar die Diebstähle hier nicht anhängen können, aber der ganze Schmuck aus dem Schlosshotel wäre höchst verdächtig. Natürlich hatte sie ihn nicht in Kleidungsstücke genäht, weil sie ja nicht im Opferhotel logierte. Sie dachte an die beiden Herrenuhren – eine Rolex und eine Jaeger-LeCoultre –, dann die Zinscoupons, das silberne Zigarettenetui, die lange Perlenkette, die Perlohrstecker, das Edelsteinarmband, 700 Schweizer Franken, eine Kamera Kodak Retina, die goldene Halskette, ein Ring mit Amethyst und eine Silberfuchsstola.

Beunruhigt sah sie sich nach Otto Reutlinger um, der beim Concierge stand, und bahnte sich einen Weg zu ihm. «Oh Otto, es ist ja furchtbar, was hier passiert ist!»

«Das ist es ... Sag, Elise, bist du etwa auch betroffen?»

«Nein.» Sie fand den Gedanken absurd, dass der Dieb auch sie hätte bestehlen können, oder gar ihre Beute aus dem Schlosshotel nochmals stehlen.

«Otto, ich muss dringend einen Zug erwischen. Kann ich nicht gehen?»

«Tut mir leid, Elise, aber das geht nicht. Die Polizei hat uns ausdrücklich gesagt, dass wir niemanden gehen lassen dürfen, bevor sie nicht hier sind.»

Wenig später trafen drei Beamte ein, unter ihnen ausgerechnet Korporal Gretler.

Sie mussten sich alle in der Hotelhalle aufreihen und die Koffer vor sich öffnen. Der Korporal erklärte, er würde sich die abreisenden Gäste vornehmen, die beiden anderen die Gäste auf den Zimmern. Sie überlegte sich, einfach zu behaupten, die Sachen gehörten ihr beziehungsweise wären Weihnachtsgeschenke. Aber was, wenn die Polizei bereits von den Diebstählen im Schlosshotel gehört hatte und wusste, was dort abhandengekommen war? Aber sie musste es zumindest versuchen. Die Panik schnürte ihr fast die Luft ab.

Der Korporal nahm sich jeden Koffer einzeln vor. Eine ältere Dame reagierte empört, als er in ihrer Unterwäsche wühlte. «Also bitte! Das geht zu weit.»

Er warf ihr einen strengen Blick zu, der sie verstummen ließ, dann wühlte er eifrig weiter.

Kurz bevor Elise an der Reihe war, erschienen die beiden Beamten mit einem Mann, den sie an den Armen festhielten. Neugierige Gäste folgten ihnen.

«Wir haben ihn, Herr Korporal», sagte einer der Polizisten stolz.

Elise musterte den Dieb. Er war klein und schmächtig, und sie hatte Mitleid mit ihm, weil er nicht so viel Glück gehabt hatte wie sie. Aus genau diesem Grund stahl sie ja bis auf wenige Ausnahmen nur in Hotels, in denen sie nicht wohnte.

«Aber die Beute vom Schlosshotel ist nicht dabei», hörte sie einen der Beamten sagen.

«Sind Sie sicher?», fragte der Korporal nach. «Keine Rolex, Jaeger-LeCoultre, ein Ring mit Amethyst?»

«Nein. Und der Dieb bestreitet, dort auch gestohlen zu haben.»

Der Korporal kratzte sich am Kopf. «Verflucht!» Er verschränkte die Arme, und plötzlich traf sein Blick Elise. Seine Augen verengten sich, er musterte sie, als würde er sie kennen, wüsste aber nicht mehr woher.

«Können wir gehen?», fragte sie ihn.

Er wartete kurz, als ob er sich nicht sicher wäre. «Ja», meinte er schließlich. «Sie können gehen.»

25

1944 zeichnete sich ab, dass es nur noch eine Frage der Zeit wäre bis zur endgültigen Niederlage der deutschen Wehrmacht. Die Rote Armee rückte immer weiter nach Westen vor, und im Juni landeten die Alliierten in der Normandie.

Während sich die Welt um Elise herum bekriegte, stahl sie eifrig weiter.

Doch die ewige Lügerei, die vielen Reisen, die Nachforschungen zu Aufenthaltsorten von Nazis und besonders die Diebstähle und der Verkauf der Beute sowie die wechselnden Verkleidungen schlugen ihr allmählich auf die Psyche. Aber sie konnte und wollte nicht aufhören damit, die Sucht hatte sie fest im Griff, und nach einem heftigen Streit mit Adele, die ihr erneut vorgeworfen hatte, krank zu sein, reiste sie im Dezember nach Vulpera bei Scuols-Tarasp, um ihre Wintersaison zu starten. Dieser Weiler hatte sich von einem ehemaligen Bauerndorf zu einem Weltkurort gemausert und war bei Nazis sehr beliebt geworden, besonders das Jugendstilhotel Cresta, das direkt an den Wald grenzte und nahe des Alpenflusses Inn lag. Sie wusste durch Recherchen, dass sich dort zurzeit SS-Führer Gottlob Becker und Gauleiter August Schäfer mit ihren Frauen aufhielten.

Auf der Hinreise lernte sie Josel Mandelbaum kennen, einen Mann um die fünfzig, der seinen Koffer die ganze Fahrt über fest an die Brust gedrückt hatte. Er war etwas wortkarg, doch sie erfuhr, dass er aus Stuttgart stammte. Seine Kleidung wirkte abgetragen und zeugte von einer langen Flucht. Sie sprachen über das Wetter und die Schweizer Berge, bis er die Augen schloss.

Erst im Hotel Cresta sollte sie wieder auf ihn stoßen, und zwar bei der Sichtung der Gästelisten auf den Putzwagen. Josel Mandelbaum wohnte im ersten Stock, direkt gegenüber dem Zimmer des SS-Führers Gottlob Becker. Noch mehr schockierte sie ein Kommentar unter Josels Name: «Stinkjude». Sie spürte, wie ihr der Zorn heiß die Brust aufstieg, und ballte die Hände zu Fäusten. Zeit, zuzuschlagen.

Sie begann im Zimmer des Gauleiters August Schäfer, wo sie unter anderem einen großen Bergkristall fand, und im Anschluss machte sie bei Gottlob Becker weiter. Auch hier gab es einiges zu holen; sie betrachtete gerade eine goldene Halskette mit Anhänger in der Form eines Kastanienblattes voller unzähliger kleiner Brillanten, als sie einen Schrei vernahm. Vorsichtig schritt sie zur Zimmertür, öffnete sie einen Spaltbreit. Die gegenüberliegende Zimmertür von Josel Mandelbaum war geöffnet, sie hörte Stimmen. «Er ist aus dem Fenster gesprungen, der dumme Jude!»

«Ist er tot?»

«Nein, der ist im Schnee gelandet und flüchtet. Komm, den schnappen wir uns!»

Zwei Männer rannten aus dem Zimmer, einer trug eine Pagenuniform, der andere war offenbar ein Servicemitarbeiter in schwarzem Frack mit Fliege.

Was hatten sie in Josels Zimmer zu suchen gehabt? Offenbar hatten sie ihn überrascht, und er war aus dem Fenster gesprungen. Wollten sie ihm etwas antun? Sie betrat sein Zimmer, ein eisiger Wind fegte ihr vom Fenster her entgegen. Josels Hut befand sich verlassen auf dem Schreibtisch. Sie schaute hinaus. Es war nicht besonders hoch, da das Zimmer auf der Hangseite lag und sich ziemlich viel Schnee angehäuft hatte. Sie bemerkte eine Gestalt mit Koffer, die sich durch den Schnee in den Wald hineinkämpfte. Du meine Güte, er würde nicht weit kommen, und die beiden anderen verfolgten ihn. Sie eilte aus dem Hotel, rannte den Weg entlang, der durch den Park Richtung Wald führte. Immer wieder fiel sie in den Schnee. Nirgends sah sie das Hotelpersonal, und Josel schon gar nicht, aber sie war kurz vor einer Wegbiegung. Plötzlich stieß sie auf einen geöffneten Koffer. Kleidung, ein Buch, ein Bilderrahmen und ein Apfel lagen verteilt im Schnee. Ihr Herz hämmerte wie wild. Sie eilte weiter durch den Schnee, und als sie um die Kurve bog, sah sie die Männer. Sie standen alle drei auf einer Brücke. Josel dicht am Geländer, vor ihm die beiden Männer.

«Willst du nicht springen, du Drecksjude?», fragte der Mann im Frack mit hämischer Stimme.

«Ich glaube, er bevorzugt eine Pracht Prügel!» Der Page lachte dreckig.

«Bitte, lassen Sie mich! Ich habe Ihnen doch nichts getan!»

«Doch, du verpestest unsere gute Bergluft! Also, noch mal zum Mitschreiben: Wenn du nicht springst, dann kannst du gleich was erleben!»

Josel schaute über das Geländer. «Das ... das überlebe ich nicht! Es geht etwa zehn Meter hinunter!»

Der Page hob die Schultern. «Immerhin hast du die Wahl.»

Wie gebannt stand Elise da. Was sollte sie tun? Sie hatte keine Zeit, Hilfe zu holen, und gegen die Männer war sie machtlos, aber sie musste etwas unternehmen. Sie überlegte angestrengt, dann hatte sie eine Idee. «He!» Sie hatte die Brücke inzwischen erreicht und ging auf die Männer zu. «Was tun Sie hier?»

Die beiden fuhren herum und musterten sie abschätzig. «Geht dich nichts an, du dummes Weibsstück. Verschwinde gefälligst!»

«Nein! Offenbar wollen Sie dem Mann etwas antun. Lassen Sie ihn sofort gehen!»

Die beiden brachen in Gelächter aus, doch das hielt Elise nicht davon ab, weiterzureden. «Ich werde Sie bei der Polizei melden, dann vergeht Ihnen das Lachen.»

Der Page kam auf sie zu, zögerte nicht lange und packte sie an den Schultern. «Dazu wirst du keine Gelegenheit haben, da wir dich zusammen mit dem Juden die Brücke runterwerfen.»

Der Mann im Frack trat jetzt auch auf sie zu. «Mit kleinen Hühnchen wie dir machen wir kurzen Prozess.»

«Das werden Sie nicht wagen! Wissen Sie überhaupt, wer ich bin? Mein Mann ist SS-Sturmbannführer Lothar Braun!» Sie hatte zuerst überlegt, sich als Frau von Gottlob Becker oder August Schäfer auszugeben, aber als Hotelangestellte kannten sie deren Frauen bestimmt.

«Lothar Braun? Nie gehört.»

«Wir sind aus Wien. Ich bin Ingrid Braun. Wir sind heute angereist und wohnen im Hotel Albula. Ich wollte mir nach der langen Reise die Beine vertreten, aber mein Mann erwartet mich nachher in der Bar. Wenn ich nicht auftauche, wird er nach mir suchen.»

«Wenn Ihr Mann bei der SS ist, wird er sicher nichts dagegen haben, wenn wir einen Juden töten.»

«Doch! Dieser Mann ist noch arbeitsfähig. Wissen Sie denn nicht, dass die Juden in Arbeitslager kommen, um dort wichtige Kriegsarbeit zu erledigen?»

«Ich dachte, die werden umgebracht?»

«Ach was, das sind nur Gerüchte. Es werden bloß diejenigen getötet, die sich nicht an die Regeln halten. Die anderen hingegen stellen Kriegsmaterial her. Waffen, Munition, Panzer und so weiter. Die Wehrmacht ist auf jeden Einzelnen dieser Männer angewiesen. Das wird Ihnen mein Mann gerne bestätigen.»

Sie bemerkte, wie sich der Griff des Pagen lockerte, und sein Kollege ihr gegenüber rieb sich über das stoppelige Kinn. Plötzlich sprang Josel an ihnen vorbei wie ein aufgeschrecktes Reh, zurück Richtung Hotel.

«Verdammter Drecksjude!» Der Page ließ Elise los und wollte Josel hinterher, doch der andere rief ihm zu: «Warte, Urs, lass es.»

Urs kam zurück. «Und wenn sie uns einen Bären aufbindet, Sepp?» Er studierte ihr Gesicht mit einem gereizten und durchbohrenden Blick.

«Und wenn nicht?», zischte der im Frack. «Mensch, Urs, ich will keinen Ärger mit einem Nazi!»

«Ich mache euch einen Vorschlag. Wir gehen jetzt zurück und vergessen die ganze Sache. Ich sage meinem Mann, er soll sich Josel Mandelbaum holen und ...»

Sepp packte sie am Arm. «Warte, woher kennst du seinen Namen?»

Sie fühlte sich, als hätte sie ein Schlag getroffen. Was für ein dummer Fehler! «Ich ...» Die Worte stockten ihr in der Kehle. Auf Anhieb fiel ihr keine Ausrede ein, und es war auch bereits zu spät, denn Sepp hatte längst bemerkt, dass sie ihnen etwas vorgemacht hatte. Ein fieses Grinsen stahl sich in sein Gesicht. «Du kennst den Juden! Bist gar nicht die Frau von diesem Lothar Braun.» Er wandte sich an Urs. «Die dumme Gans hat uns tatsächlich hinters Licht geführt!»

«Habe ich dir ja gesagt! Vermutlich ist sie selbst eine Jüdin.»

«Geh dem Juden nach, und wenn du ihn erwischst, erledige ihn. Ich kümmere mich um die Schlampe.»

Urs rannte weg, und Sepp zog Elise zum Brückengeländer. Sie erinnerte sich, was Hannelore einst in der Bar getan hatte, damals, als dieser Typ sie belästigt hatte.

«Oh nein, dort drüben ist ein Wolf!», rief sie, und Sepp schaute in die Richtung, in die sie zeigte. Sie nutzte seine Unachtsamkeit, riss sich los und trat mit voller Wucht in seine Körpermitte.

«Au!», schrie er, und sie rannte davon. Doch Sepp hatte sich schnell wieder gefasst und stürmte ihr nach. In der Höhe eines Brunnens rutschte sie aus, fiel hin, und ehe sie sich aufrappeln konnte, warf sich Sepp auf sie. Er rollte sie auf die Seite. «Hab ich dich!»

Sie zappelte mit Händen und Beinen, aber Sepp lag wie ein schwerer Stein auf ihr und drücke sie in den Schnee. Seine kalten Hände legten sich um ihren Hals und begannen zu würgen. Sie röchelte, bekam keine Luft, versuchte den Kopf zu drehen. Dann sah sie sie. Die spitzen Eiszapfen am Brunnen. Mit letzter Kraft wollte sie ein Stück abbrechen, doch Sepp erkannte ihre Absicht und schlug ihr auf die Hand. Immerhin ließ er ihren Hals kurz los und war abgelenkt, sodass sie mit der anderen Hand um sich tasten konnte und plötzlich auf etwas Scharfkantiges stieß. Der Bergkristall aus dem Zimmer des Gauleiters! Er musste beim Sturz aus dem Beutel gefallen sein. Sie zögerte nicht und schlug ihn Sepp mit voller Wucht gegen den Kopf. Er sackte auf ihr zusammen. Sie kroch unter ihm hervor, sah seine Wunde am Kopf. Panik erfasste sie. Das Blut sickerte in den Schnee. Sie glaubte nicht, dass er tot war, bestimmt würde er bald wieder zu sich kommen. Langsam stand sie auf und schleppte sich durch den Schnee Richtung Hotel. Vor dem Cresta entdeckte sie Josel Mandelbaum, umringt von einer Gruppe Menschen, unter ihnen auch der Page Urs und ein Polizist. Rasch ließ sie den Bergkristall in ihrer Manteltasche verschwinden und trat auf die Gruppe zu.

«Sie ist Zeugin!», rief Josel erleichtert und zeigte auf Elise. «Sie hat sich für mich eingesetzt.»

Sie bestätigte den Vorfall, erzählte dem Kommissar, einem älteren Mann mit gutmütigen Augen, dass der andere Hotelangestellte, Sepp, sie töten wollte und sie ihm einen Stein gegen den Kopf geschlagen hatte. «Er liegt dahinten im Wald. Ich hoffe, ich habe ihn nicht getötet. Aber es war Notwehr.»

Der Kommissar nickte verständnisvoll. «Schon gut, Fräulein. Wir schauen gleich nach.» Er wandte sich an einen Mann im Anzug, der bereits wütend auf Urs einsprach. Elise vermutete, dass es sich um den Direktor des Cresta handelte.

«Das wird ein Nachspiel haben!», hörte sie ihn sagen, und Urs senkte den Kopf.

«Darum kümmere ich mich», erklärte ihm der Kommissar.

Kurz darauf musste Elise auf dem Polizeiposten eine Aussage machen, dabei erfuhr sie, dass es in letzter Zeit immer wieder Angriffe auf jüdische Gäste gegeben hatte, die vor zwei Monaten sogar ein Todesopfer forderten.

«Ich gehe davon aus, dass die beiden Männer dafür verantwortlich sind. Aber wir werden das überprüfen. Dank Ihnen wurde Schlimmeres verhindert. Zum Glück waren Sie gerade in der Nähe.»

Sie nickte. Sie wollte so schnell wie möglich weg von hier, trug sie doch noch immer das Raubgut bei sich.

«Nur hätte es böse für Sie ausgehen können», fügte der Kommissar hinzu, und seine Stimme schwankte zwischen beruflicher Verpflichtung und väterlicher Sorge. «Sie sind eine mutige Frau. Heutzutage schauen die Leute weg, wenn etwas passiert.»

«Ich weiß. Aber ich nicht.»

Sepp hatte überlebt und wurde zusammen mit Urs verhaftet. Elise hatte Josel Mandelbaum nahegelegt, Vulpera zu verlassen, das tat er noch am selben Tag, genau wie sie selbst. Sie reiste zu Harri aufs Gestüt und erzählte ihm bis auf den Diebstahl von dem Vorfall, während sie über den verschneiten Feldweg schritten. Die Hunde Hera und Apollon sprangen ein paar Meter voraus. Die Sonne wirkte kraftlos wie ein verschwommener heller Fleck am milchigen Himmel.

«Warum nur reist du auch ständig herum?», fragte Harri und blieb stehen.

«Mein Kriminalroman, du weißt schon. Recherche.»

«Noch immer nicht fertig?» Er kniff die Lider zusammen. «Wie lange arbeitest du jetzt schon daran? Vier Jahre? Und kein einziges Wort geschrieben?»

«Ein Kriminalroman, wie er mir vorschwebt, erfordert nun mal genaue Recherche. Und ich muss wissen, wie die Schauplätze aussehen, um sie authentisch beschreiben zu können. Dazu mache ich mir viele Notizen, auch zur Handlung. Aber ich werde bestimmt bald mit dem Schreiben beginnen.»

Harri griff sanft nach ihrer Hand. «Hör zu, ich weiß, wir haben diese Abmachung, aber ich will dich öfters sehen als nur viermal pro Monat. Das reicht mir nicht mehr. Ich liebe dich!»

Vollkommen überwältigt von seinen Worten schnürte es ihr die Kehle zu. Als sie sich wieder im Griff hatte, küsste sie ihn. «Ich liebe dich auch, Harri.»

Die darauffolgenden Monate stahl sie nicht. Einerseits weil sie Harri öfters sah, andererseits hatte ihr der Vorfall in Vulpera zu denken gegeben, auch wenn sie ihren Einsatz nach wie vor nicht bereute. Sie hatte einem Menschen das Leben gerettet.

An einem Abend Mitte März ritt sie mit Harri über die Felder. Der Schnee, der noch vor Kurzem den Februar beherrscht hatte, war gänzlich geschmolzen, und die Luft roch nach Frühling, auf den Wiesen mischte sich das Gelb der Narzissen mit dem Violett der Krokusse und dem Rot der Tulpen. Zurück auf dem Hof, nachdem sie die Pferde versorgt hatten und ihnen zuschauten, wie sie auf der Weide galoppierten, zog Harri sie an sich. «So kann es von mir aus immer sein.»

Sie nickte. Ein Moment, um die Zeit stillstehen zu lassen.

Ganz vertieft in den Ausblick, der sich ihr bot, hörte Elise Harris Worte fast nicht.

«Wie bitte?»

«Elise, willst du mich heiraten?»

Natürlich wollte sie, und Harris Antrag machte sie zur glücklichsten Frau der Welt.

Jonathan würde für immer einen Teil ihres Herzens innehaben, aber sie wusste, dass er mit ihrer Entscheidung einverstanden wäre.

Selma und Adele freuten sich für sie, doch Adele gab ihr gleichzeitig zu verstehen, dass jetzt endgültig Zeit sei, um mit den Diebstählen aufzuhören. Elise wusste, dass sie recht hatte.

Sie griff nach Adeles Händen. «Ich werde aufhören.»

Selma, die unruhig auf dem Sofa umhergerutscht war, räusperte sich. «Und wovon sollen wir dann leben?»

«Der Krieg kann nicht mehr lange dauern. Und bis dahin werde ich mich um euch kümmern. Vielleicht kann mir Harri etwas Geld leihen, bis ich wieder arbeiten darf nach dem Krieg.»

«Aber Elise, durch deine Heirat bist du keine Emigrantin mehr», erklärte Adele aufgeregt. «Du darfst dann also sofort wieder arbeiten.»

«Du hast recht, daran habe ich noch gar nicht gedacht.»

Da Harris Eltern ihre Mutter und Adele kennenlernen wollten, überredete Elise die beiden zu einem Ausflug nach

Zürich. Sie plante, mit ihnen im Hotel Löwen abzusteigen, ihnen die Stadt zu zeigen und im Anschluss weiter nach Bauma zu fahren, wo sie Harris Familie treffen würden. Adele war aufgeregt. Seit sie sich regelmäßig mit Robert traf, den sie in der Buchhandlung kennengelernt hatte, wirkte sie schon fast wieder wie früher. Nur gelegentlich ertappte Elise sie noch dabei, wie sie düster ins Leere starrte. In diesen Momenten waren ihre Augen von einer tiefen Traurigkeit erfüllt.

Vor ihrer Fahrt nach Zürich wollte Elise noch einmal Schmuck verkaufen, unter anderem den aus dem Cresta – zum letzten Mal, nahm sie sich fest vor. Als sie sich vergewissert hatte, dass ihre Mutter ihren täglichen Spaziergang machte und Adele sich mit Robert traf, sortierte sie ihre Beute. Sofort stach ihr eine Diamantuhr ins Auge, die sie im Sommer in Thun gestohlen hatte, und sie begann, sie zu verändern. Sie löste das Ührchen heraus und fasste das Band mit zwei Weißgoldstiften zusammen, sodass ein Diamantarmband entstand. Stolz bewunderte sie ihr Werk. Dann zog sie sich um, packte die blonde Perücke und eine Brille ein, griff nach dem Gehstock und suchte die Luzerner Juweliere auf. Bei Hofstetter verkaufte sie den Smaragdring und das Perlencollier aus dem Cresta sowie das Diamantarmband.

Der Juwelier betrachtete das Armband besonders genau mit seiner Lupe, anschließend musterte er Elise ebenfalls eindringlich, fehlte nur noch, dass er dazu auch seine Lupe benutzte. Sie kamen am Ende ins Geschäft, doch Elise verließ zum ersten Mal in all den Jahren einen Juwelier mit einem unguten Gefühl.

Nun hatte sie noch immer einige Stücke übrig, unter anderem den Bergkristall, mit dem sie auf Sepp eingeschlagen hatte und den sie sorgfältig gereinigt hatte. Sie beschloss, ihn und die anderen Stücke ihrer kleinen Schatzkiste im Zürcher Stadtwald hinzuzufügen, sobald sie in Zürich wäre. Sie hatte das Versteck schon längere Zeit nicht mehr aufgesucht. Einmal hatte Adele gefragt, ob sie den Schmuck noch immer in der Hutschachtel aufbewahre, da hatte sie ihr von dem Versteck erzählt. Verständnislos hatte Adele sie angestarrt und sie für verrückt erklärt.

Nach einem ausgefüllten Tag in Zürich mit ihrer Mutter und Adele dinierten sie zusammen mit Josel Mandelbaum im Restaurant. Elise hatte ihm damals auf der Rückfahrt von Vulpera das Hotel Löwen empfohlen.

Kurz nach Mitternacht verließ sie das Hotel und suchte ihr Versteck auf. Für einen Moment hatte sie das Gefühl, verfolgt zu werden, doch als sie stehen blieb und sich umschaute, war da niemand.

Als sie den Schmuck in die Truhe füllte, überlegte sie kurz, alles mitzunehmen und irgendwo zu deponieren. Bei einem Polizeiposten zum Beispiel. Erst dann wäre dieses Kapitel ihres Lebens komplett abgeschlossen, dachte sie. Doch sie konnte nicht.

So vergrub sie die Truhe wieder.

26

Elise und Harri planten, bereits Ende Mai zu heiraten. Es sollte ein kleines Fest werden auf dem Gestüt, und sie steckte im April mitten in den Vorbereitungen, als sie einen Brief von Hannelore erhielt. Sie sei in Luzern und Elise solle sich bei ihr melden. Sie wohne im Hotel Sternen.

Schon tags darauf trafen sie sich. Hannelore wollte an einen abgelegenen Ort, und so gingen sie in den Gütschwald.

Hannelore kam schnell auf den Punkt. «Lothar und Ingrid Braun sind zurzeit in Davos. Ich weiß es aus sicherer Quelle.»

Elise blieb stehen, hatte das Gefühl, der weiche Waldboden unter ihren Füßen würde wanken.

«Sie haben Wien angeblich schon vor drei Wochen verlassen. Kurz nach dem schweren Bombenangriff. Ich denke, der Kriegsverlauf hat ihnen bewusst gemacht, dass das Deutsche Reich dem Untergang geweiht ist. Mein Informant meinte gar, sie wollen weiter nach Argentinien.»

«Nach Argentinien?» Elise stützte sich an einem Baum ab und krallte die Finger in den harzigen Stamm.

«Ja. Aber noch sind die beiden im Hotel Silvretta.»

«Mit ihrem Kind?»

«Ein Kind?»

«Ingrid war doch damals schwanger. Das Kind müsste inzwischen etwa sechs Jahre alt sein.»

«Von einem Kind hat mein Informant nichts gesagt.»

«Hm.» Elise atmete tief durch. «Danke für die Information.»

Als sie ins Hotel zurückkehrte, traf sie auf die lesende Adele, die ihr mitteilte, dass die Mutter einkaufen sei. Elise nickte schweigend und legte ihre Tasche auf den Tisch.

«Du siehst ja kreideweiß aus. Ist etwas passiert?»

Sie hatte Adele nichts von dem Treffen mit Hannelore gesagt. «Nein, alles gut.» Sie ging in ihr Zimmer und holte ihren Koffer hervor. Adele folgte ihr.

«Oh nein!», rief sie. «Nein, nein, nein! Du wirst nicht mehr stehlen! Ich lasse es nicht zu! Du heiratest bald deinen wundervollen Harri und …»

«Du meine Güte, Adele, so hör mir zu: Ich werde es ein allerletztes Mal tun. Danach ist Schluss, für immer! Ich verspreche es dir hoch und heilig.» Sie nahm ein Kleid vom Bügel und faltete es.

«Aber warum nur? Du hattest doch bereits aufgehört. Ich kann es nicht verstehen! Warum gefährdest du deine Zukunft?»

«Ingrid und Lothar Braun sind in Davos!», stieß sie hervor und warf den Kleiderbügel aufs Bett. «Deshalb muss ich dahin. Und zwar schnell. Die beiden wollen offenbar nach Argentinien.»

Sie rechnete damit, dass Adele versuchen würde, sie von ihrem Plan abzubringen. Stattdessen schaute sie ihr direkt ins Gesicht. In ihrem Blick erkannte Elise Entschlossenheit und, zu ihrem Erstaunen: Wut.

Sie gaben ihrer Mutter an, einen Ausflug in die Berge zu machen. Selma wirkte misstrauisch, fragte aber nicht nach.

Davos gefiel Elise im Frühling nicht. Die weiße Schneedecke war verschwunden, stattdessen häufte sich schmutziger Restschnee an den Straßenrändern.

Ihren Plan für Davos hatten Adele und sie akribisch durchdacht. Höchste Vorsicht war geboten, weil Elise in der

Nacht zuschlagen musste. Ihr Plan war, Ingrid und Lothar Braun alles zu nehmen, aber vor allem Großvaters Uhr, die Ingrid vermutlich am Tag tragen würde.

Sie hatten zuvor überprüft, dass diese auch tatsächlich im Hotel Silvretta wohnten. Dazu rief Adele mit verstellter Stimme an, um sich mit den Brauns verbinden zu lassen, und als der Concierge sie durchstellen wollte, hängte sie auf. Sie buchten sich kurz darauf mit falschen Namen im Silvretta ein. Ihnen war das Risiko bewusst, auf die beiden zu treffen, die sie trotz der Perücken erkennen würden, aber es erleichterte die Durchführung eines nächtlichen Zimmereinbruchs.

Im Zimmer erklärte Elise Adele nochmals ihren Plan. Während diese zuhörte, wirkte sie etwas ungeduldig und zupfte an ihrer blonden Perücke herum, die sie abgesetzt hatte.

«Kann ich mitkommen?»

«Nein!»

«Was ist, wenn sie aufwachen?»

«Dann renne ich sofort weg. Und ich habe das hier.» Elise öffnete den Koffer und holte eine Pistole aus einem Beutel hervor. «Ich habe sie von Hannelore bekommen.»

Adele erblasste. «Willst du die beiden etwa umbringen?»

«Nein. Ich musste Hannelore versprechen, dass ich nichts Schlimmes damit tun würde. Sie ist nur für Notfälle. Außerdem haben die beiden höchstwahrscheinlich ein Kind dabei.»

«Und wenn du zurück bist, nähen wir den ganzen Schmuck und das Geld in die Kleidungsstücke ein und reisen frühmorgens ab.»

«Genau so machen wir's.»

Es war kurz vor ein Uhr morgens, als sich Elise von Adele verabschiedete. Dank Adele kannten sie bereits die Zimmernummer. Sie hatte am Nachmittag beim Concierge eine Zeitung für Ingrid und Lothar Braun abgegeben und beobachtet, dass er sie in das Schlüsselfach der 214 gesteckt hatte.

Ein beklemmender Druck legte sich auf Elise, als sie mit ihrem Dietrichsatz die 214 entriegelte. Gleich würde sie auf die Menschen treffen, die ihr Jonathan genommen hatten. Wie immer, wenn sie ein Zimmer betrat, verschaffte sie sich zuerst einen Überblick. Ein schmaler Flur führte direkt in den Schlafraum, sie sah von hier aus das Bettende. Links lag das Bad, in dem sie ihre Suche nach Kostbarkeiten und ihrer Uhr startete. Ergebnislos. Schleichend näherte sie sich dem Bett, leises Atmen füllte den Raum. Kurz schwenkte sie mit der Taschenlampe über die Nachttische. Nichts. Sie verspürte den Drang, das Licht auf das Bett zu richten, um die Schlafenden zu sehen – doch das Risiko, sie zu wecken, war zu hoch. Sie ließ den Lichtstrahl in die Ecken wandern, um nach dem Schrank zu suchen. Ihr fiel auf, dass nirgends ein Kinderbett stand, und auch keine Verbindungstür zu einem angrenzenden Kinderzimmer. Lag das Kind im Bett der Eltern?

Sie entdeckte den Schrank und öffnete ihn, fand auf einem Regalbrett die Wertsachen. Schweizer Franken, eine Brieftasche und eine Breitling Männeruhr. Mehr nicht? Wo war die Uhr von ihrem Großvater? Und wo Ingrids restlicher Schmuck? Ein Schauer erfasste sie. Was, wenn Ingrid die Uhr nicht mehr hatte? Oder befand sie sich zusammen mit dem anderen Schmuck im Koffer? Zitternd öffnete sie die andere Schranktür. Ein paar Hemden und Hosen hingen ordentlich aufgereiht, am Boden lag ein Koffer. Sie hob den Deckel und ließ die Taschenlampe erneut aufblitzen. Geld! Viel Geld! Aber keine Schweizer Franken, sondern Reichsmark. Die konnten sie getrost behalten. Sie durchwühlte den Koffer und hielt plötzlich inne, als unter den Geldscheinen Goldbarren auftauchten. Unfassbar! Doch noch immer keine Uhr, auch in den Seitentaschen nicht. Auch wenn Ingrid die Uhr nicht mehr haben sollte, so musste ihr Schmuck doch irgendwo sein. Etwa in der Nachttischschublade? Gerade als sie sich erhob, hörte sie ein Rascheln.

«Was zum …», ertönte eine Männerstimme aus der Dunkelheit.

Elises Herz setzte aus, Panik ergriff sie. Reflexartig zog sie die Waffe aus dem Beutel und richtete sie auf das Bett – in dem Moment ging das Licht an. Die Helligkeit blendete sie, sie blinzelte, sah nur einen Schatten vor sich.

«Wer zum Teufel sind Sie? Was tun Sie in meinem Zimmer?» Brauns Stimme. Seine Augen hatten sich offenbar auch noch nicht an das Licht gewöhnt, sonst hätte er die Waffe bestimmt gesehen.

«Nach was sieht es denn aus!» Endlich konnte sie ihn klar erkennen. «Keine Bewegung oder ich schieße!» Mit der freien Hand riss sie sich die Perücke vom Kopf.

Seine Augen weiteten sich, Entsetzen breitete sich auf seinen Zügen aus. «Elise! Sie sind das! Warum zum Teufel sind Sie hier? Um Himmels willen, was haben Sie vor?»

«Ich will meine Uhr!» Ihre Stimme klang ungewohnt schrill. Elise blickte auf die andere Seite des Bettes, sie war leer. Und da wurde es ihr bewusst. Kein Schmuck, nur Männerkleidung im Schrank. Ingrid war nicht hier! «Wo ist Ingrid?»

Seine Miene gefror zu Eis. «Sie ist tot.»

«Tot?» Ihr schien es, als ob durch den ganzen Raum hinweg eine eiskalte Welle auf sie zuschwappte. Ingrid war tot? Sie musste sich beherrschen, die Waffe nicht zu senken, ihre Arme fühlten sich zittrig an. Nein, nicht nur die Arme, ihr ganzer Körper. Hannelores Informant hatte sich geirrt. Nur Lothar Braun hatte das Land verlassen.

«Ja. Tot», bestätigte er.

«Wie?» Sie musste es wissen.

Er starrte sie aus Augen an, in denen eine Mischung aus völliger Trostlosigkeit und Argwohn stand. An seinem Kinn zuckte ein Muskel. «Sie ... sie hat sich umgebracht, nachdem unser Sohn Damian bei einem Bombenangriff ums Leben gekommen war. Sie kam mit seinem Tod nicht klar.»

Elise sog die Luft ein. Beklemmung legte sich wie ein enges Band um ihre Brust. «Euer Sohn ist auch tot?»

Er nickte. «Wir wollten weg aus Wien wegen der Bomben», erklärte er mit bebender Stimme, die Augen verschleiert vor Kummer. «An dem Tag gab es dicke Wolken am Himmel, deshalb erwarteten wir keine Luftangriffe aufgrund der schlechten Sichtverhältnisse. Wir fühlten uns sicher.» Er hielt inne und schaute sie eindringlich an, als müsste er diesen Worten Nachdruck verleihen und sich vergewissern, dass sie sie verstanden hatte. «Aber ... als wir unterwegs zum Bahnhof waren, kam es doch zu Bombenabwürfen.» Er schluckte. «Also praktisch blind geworfene Bomben, die verstreut im Stadtgebiet einschlugen. Wir suchten den nächsten Luftschutzkeller und überquerten die Straßenseite, aber dann ... Damian hatte sein Spielzeugauto fallen gelassen und wollte zurück. Wir sagten Nein, aber er riss sich einfach von Ingrid los und rannte über die Straße. Es ging alles so schnell.» Er stieß einen kehligen Laut aus, in seinen Augen erkannte sie nur tiefen Schmerz. «Er lief sozusagen direkt in die Bombe rein. Ingrid kam mit dem Verlust nicht klar und machte sich schwere Vorwürfe, weil sie Damian nicht festgehalten hatte. Sie nahm ein paar Tage später eine Zyankalikapsel, die für ... Notfälle gedacht gewesen wäre.»

Ohrenbetäubende Stille trat ein; Elise fehlten die Worte. Ingrid hatte sich also mit Zyankali vergiftet, genau wie ihre Großmutter damals.

«Zufrieden?» Sein Gesicht nahm einen verbitterten, harten Ausdruck an. «Oh, und Ingrids Schmuck habe ich verkauft, auch Ihre Uhr.»

Sie schluckte. Die Uhr war ihr plötzlich egal. Sie wusste noch immer nicht, was sie sagen sollte. Es tat ihr nicht leid, dass Ingrid tot war. Dass das Kind gestorben war, erfüllte sie mit Trauer; es trug keine Schuld. Aber sie empfand kein Mitgefühl für ihn. Dieser Mann hatte ihr Jonathan genommen, es war also nur gerecht, dass der Krieg, der von seinem Land angezettelt worden war, ihm nun seine Familie genommen hatte.

Plötzlich stahl sich das Bild in ihren Kopf, als wäre es eben erst geschehen. Jonathan, der tot vor ihr auf dem Boden lag.

Braun sagte etwas, aber sie hörte es nicht, denn vor Wut rauschte das Blut in ihren Ohren. Sie spürte, wie ein boshafter Stachel in ihr mit aller Kraft nach draußen drängte, mit nur einem Ziel: den Mörder ihres Mannes zu töten.

Sie trat auf ihn zu, fühlte sich wie von einer fremden Hand gesteuert. Er wich zurück und stieß gegen den Nachttisch.

«Und, wie fühlt es sich an?», fragte sie krächzend.

«Was?» Seine Stimme zitterte.

«Frau und Kind zu verlieren!»

«Schlimm! Furchtbar schlimm! Ingrid und Damian waren mein Leben.»

«Und Jonathan meines!» Tränen rannen ihr die Wangen runter. «Wären Sie nicht gewesen, würde er noch leben!»

«Ingrid wollte es so! Jonathan hatte sie zutiefst verletzt, sie wollte sich rächen.»

Sie machte einen weiteren Schritt auf ihn zu und richtete die Waffe direkt auf seine Brust. Er schwitzte. Kleine Schweißperlen hatten sich auf seiner Stirn gebildet. «Wollen Sie mich erschießen? Hier? Man wird den Schuss hören!»

«Ich kann ein Kopfkissen verwenden, um ihn zu dämpfen.»

«Ich ... habe Gold! Viel Gold! Sie können es haben!»

«Sie haben mein Leben zerstört! Denken Sie, ich lasse Sie einfach so gehen?»

«Aber ich war doch auch ein Opfer! Ein Opfer des Systems! Und der Zeit, in der wir leben.»

«So ein Unsinn!»

Er schüttelte heftig den Kopf. «Nein! Ist es nicht! Man muss eben sein, was man gerade ist, um am Leben zu bleiben. Dinge tun, die man unter normalen Umständen nie getan hätte, aber man hat keine andere Wahl. Moral zählt nicht mehr, nur noch das Überleben!»

Seine Worte trafen sie wie ein Faustschlag in den Magen. Er sprach ihr aus der Seele, dabei unterschieden sich ihre Schicksale. Sie wollte erwidern, dass *er* die Wahl gehabt hatte und sich für das Gute hätte entscheiden können, aber sie brachte keinen Laut hervor. Wasilinas Worte fielen ihr stattdessen ein: «Wir sind alle auf der Welt, um irgendwie zu überleben.»

Jeder auf seine eigene Art und Weise. Vielleicht hatte er doch recht. Er war ein Opfer des Systems und der Zeit, in der sie lebten.

«Na los!», sagte er und hob die Hände. «Töten Sie mich! Argentinien hat sowieso keinen Sinn mehr ohne Ingrid und Damian.»

Sie blickte ihn an. In diese braunen Augen, die noch immer an die eines Hundes erinnerten und in denen sie Demut, aber auch Todesangst erkannte.

Plötzlich brach etwas in ihr zusammen. Sie konnte ihn nicht umbringen, auch wenn sie ihn hasste. Ihr stieg ins Bewusstsein, dass sie all die Jahre gestohlen hatte, um sich etwas zurückzuholen, das man ihr geraubt hatte. Nur, das Einzige, das sie wirklich *zurückwollte*, das käme nie wieder: Jonathan. Und auch wenn sie Lothar Braun jetzt tötete, würde es ihr Jonathan nicht zurückbringen. Die Erkenntnis ließ sie aufschluchzen, und sie fühlte, wie ihre ganze Kraft aus ihr wich. Sie sank zusammen und heulte. Dann spürte sie, wie er ihr sanft die Waffe aus der Hand nahm. Er würde sie umbringen, dachte sie, oder sie verhaften lassen. Aber es war ihr gleichgültig.

«Elise, bitte, hören Sie mir zu.» Sie spürte seine Hände auf ihren Schultern und sah auf, erkannte in seinen Augen aufrichtiges Mitleid. «Es tut mir leid. Ich wünschte, ich könnte rückgängig machen, was damals passiert ist. Wirklich.»

Sie glaubte ihm.

«Versuchen Sie, nach vorne zu schauen und das alles hinter sich zu lassen. Auch ich muss das tun.»

Sie nickte. Langsam stand sie auf, er half ihr dabei.

«Brauchen Sie Geld? Ich habe genug und kann Ihnen etwas geben, als Wiedergutmachung für die Uhr.»

Wiedergutmachung! Sie schnappte nach Luft. «Nein, ich will nichts.» Sie schritt auf die Tür zu.

«Alles Gute», sagte er.

Sie brachte es nicht über sich, ihm dasselbe zu wünschen, hob stattdessen nur leicht den Kopf. Zeit, zu gehen.

«Warten Sie.»

Sie drehte sich um, er reichte ihr die Waffe. «Die gehört Ihnen.»

Wortlos steckte Elise sie in den Beutel und verschwand.

In ihrem Zimmer wurde sie bereits von einer ungeduldigen Adele erwartet.

«Endlich! Das hat ja lange gedauert! Hast du die Uhr?»

«Nein.» Sie warf den Beutel mit der Waffe auf das Bett. «Aber es ist auch nicht mehr wichtig.»

«Wie?»

Elise setzte sich aufs Bett und erzählte Adele alles. Sie reagierte erschüttert.

«Was ist, wenn er in dem Moment die Polizei ruft?»

«Wird er nicht, glaub mir. Außerdem kann er mir nichts nachweisen. Ich habe ihn nicht bestohlen.»

«Und das war es jetzt? Du hast ihm alles gelassen, und er kann jetzt ein schönes, neues Leben in Argentinien beginnen?»

«Oh Adele, ich war so voller Zorn, als er vor mir stand, dass ich nah dran war, ihn zu töten! Aber das hätte mir Jonathan auch nicht zurückgebracht. Ich muss abschließen. Mit den Diebstählen, mit meinen Rachegelüsten, mit allem. Er wurde ja bereits bestraft. Er hat Ingrid und seinen Sohn verloren.»

Adele blieb stumm.

«Lass uns schlafen. Morgen reisen wir ab.»

Mit dem Gedanken, mit sich selbst im Reinen zu sein, verfiel sie in einen traumlosen Schlaf und erwachte erst durch ein Geräusch wieder, ein Wimmern. Sie schaltete die Nachttischlampe an, blinzelte, bis sich ihre Augen an das Licht gewöhnt hatten. Adele starrte sie bestürzt an, Panik spiegelte sich in ihren Augen, die auf ihre Hände fixiert waren: Hände voller Blut, ein Messer umklammernd. Elise ging auf sie zu. «Adele, was hast du getan?»

«Ich ... habe ihn getötet.»

«Wen?», fragte sie, obwohl sie die Antwort kannte.

«Lothar Braun.»

«Oh Adele, warum nur?» Sie überlegte angestrengt, was sie jetzt tun sollten. Sie musste sich vergewissern, dass er wirklich tot war.

Sie verließ das Zimmer und eilte in seines. Und da lag er. Erstochen in seinem Bett. Er war eindeutig tot.

Übelkeit stieg in ihr hoch, und sie rannte zurück in ihr Zimmer und dort direkt ins Bad, wo sie sich in die Toilette übergab. Als sie den Kopf langsam aufrichtete, bemerkte sie Adele, die ihr ein Handtuch reichte. Sie wischte sich über den Mund, Adele setzte sich neben sie.

«Er hat zugelassen, dass sie mich vergewaltigt haben.»

«Was?»

«Mutter hatte die Grippe, und ich musste ihr Medizin holen ... Danach beschloss ich spontan, Wolle zu kaufen, weil ich zu Hause nichts mehr hatte. Das Geschäft lag in einer anderen Straße, und als ich danach den Heimweg antrat, wurde ich von einer Gruppe Nazis angepöbelt ... Sie haben mich ausgelacht, weil ich humpelte. Das war ich bereits gewohnt. Doch dann ... meinte einer, dass ich sonst ziemlich hübsch sei. Sie zogen mich in eine Seitengasse hinter einen Müllcontainer. Sie wollten überprüfen, ob ein Krüppel wie ich wenigstens zu etwas taugte.» Sie musste einige Male schwer schlucken, bevor sie weitersprechen konnte. «Sie rissen mir zuerst die Bluse auf. Ich schrie. Dann ... kam plötzlich ein Mann. Lothar Braun. Ich kannte ihn ja bereits von eurer ... Abschiedsfeier, deshalb ging ich nicht davon aus, dass er mir helfen würde. Doch er hat den Männern tatsächlich gesagt, sie sollten sofort von mir ablassen. Dann sagte einer, er solle sich nicht so haben und er könne gerne mitmachen. Ich war überzeugt, Braun würde gleich zu seiner Waffe greifen und einschreiten, ich blickte ihm direkt ins Gesicht ... aber dann sah er einfach weg! Und er ging! Oh Elise, er überließ mich diesen vier Monstern!» Sie heulte auf und ließ sich neben Elise fallen. Elise umarmte sie, drückte sie fest an sich. Als sie sich wieder etwas beruhigt hatte, löste sie sich. «In seiner Position hätte er den Männern befehlen können, mich in

Ruhe zu lassen. Er hätte es gekonnt! Aber er war offenbar zu feige dazu, ich weiß es nicht … Die vier Männer vergingen sich an mir, ließen mich daraufhin einfach liegen wie ein Stück Müll. Mir gelang es, nach Hause zu kommen. Mutter schlief zum Glück, und ich konnte mich waschen. Da ich ein blaues Auge und diverse Schrammen hatte, kam ich nicht darum herum, ihr zu sagen, dass man mich angegriffen hatte. Doch ich erzählte ihr nicht die ganze Wahrheit. Ich wollte sie einerseits nicht beunruhigen, andererseits schämte ich mich auch dafür.»

«Oh Adele, es tut mir so leid. Wenn ich das nur gewusst hätte.»

«Ich wollte es niemandem sagen. Ich hatte das Gefühl, dass es dadurch nicht wahr wäre, verstehst du? Je mehr du mich gefragt hast, was mit mir los sei, umso wütender wurde ich. Mir halfen nur meine Bücher. Durch die Geschichten konnte ich abschalten, vergessen, in eine andere Welt eintauchen … Stricken konnte ich seither nicht mehr. Immer wieder sagte ich mir, hätte ich nicht noch das Strickwarengeschäft aufgesucht, wäre ich der Gruppe nie begegnet.»

Elise nahm ihre Schwester nochmals in die Arme, aber diese löste sich ungeduldig. «Verstehst du jetzt, warum ich ihn getötet habe? Er ist ein schlimmer Mensch! Durch sein Nichthandeln hat er sich genauso schuldig gemacht wie die Männer, die mich vergewaltigt haben. Vielleicht sogar noch schuldiger. Als du mir gesagt hast, dass er in Davos sei, sah ich endlich meine Chance gekommen, mich an ihm zu rächen.»

«Du hättest ihn sowieso umgebracht, oder? Auch wenn ich ihm alles geraubt und meine Uhr zurückbekommen hätte.»

«Ja, das war mein Plan, deshalb nahm ich das Messer mit.»

«Und was sollen wir jetzt tun? Das Zimmermädchen wird ihn in ein paar Stunden finden. Wir können die Leiche nirgends hinbringen und verstecken, das wäre zu riskant.»

«Wir halten uns an den Plan. Wir reisen heute früh ab. Wir haben schließlich einen anderen Namen angegeben und uns verkleidet. Sie werden uns nicht finden.»

Das taten sie.

Auf der Rückfahrt versuchte Elise ihre Gedanken zu ordnen. Sie verstand Adele. Sie hatte Schlimmes durchgemacht und sich durch die Tat an dem Mann gerächt, der sie damals vor dem Unglück hätte bewahren können. Doch sie fragte sich, ob sich Adele dadurch nicht eine Schuld aufgelastet hatte, die sie für den Rest ihres Lebens quälen würde. Oder war die Genugtuung größer? Sie selbst hatte es nicht geschafft, den Mann zu töten, der für Jonathans Tod verantwortlich war. Sie hatte ihm insgeheim verziehen und fühlte sich seither gelöst. Nur: Jeder musste selbst tun, was er für richtig hielt.

Ein weiterer Gedanke reifte in ihr heran, während sie die Bergwelt hinter sich ließen. Wenn sie mit Harri eine Zukunft wollte, musste sie ihm die Wahrheit über sich sagen.

Zürich, 16.–17. Mai 1945

Elise schließt Wolfis Tagebuch und legt es auf den Nachttisch. Es ist spät geworden, aber trotz ihrer Müdigkeit fühlt sie sich beschwingt. Durch die Einträge konnte sie ihr Leben noch einmal vor ihrem inneren Auge vorbeiziehen lassen, und der rote Schleier, der ihre Klarsicht trübte, hat sich aufgelöst wie ein leichter Morgennebel.

Das Leben hat sie herausgefordert, und sie kämpfte mit den ihr zur Verfügung stehenden Mitteln. Auch wenn ihre Entscheidungen nicht immer richtig waren, bereut sie sie nicht. Doch sie sieht ein, dass jemand wie Harri kein Verständnis für ihre Handlungen aufbringen kann. Es gab viele Momente, in denen sie sah, wie unumstößlich sein Moralempfinden und sein christlicher Glaube sind, das ist ihr nun bewusst geworden. Nur hat sie sich so sehr gewünscht, dass er sie liebt, wie sie ist – selbst mit ihrer Vergangenheit als Diebin –, dass sie diese Zeichen ignoriert hat.

Sie werden keine Zukunft haben, das weiß sie jetzt. Sie wird ihn vermissen, aber über ihn hinwegkommen. Starke Menschen lassen sich nicht unterkriegen und schauen immer vorwärts, konzentrieren sich auf das Gute, wie ihr Großvater einst sagte.

Am nächsten Morgen öffnet sie die Augen und fühlt sich, als wäre sie aus einem tiefen langen Märchenschlaf erwacht. Nach einem Kaffee überlegt sie sich ihr weiteres Vorgehen. Sie würde Adele und ihre Mutter besuchen, um mit ihnen über die Zukunft zu sprechen. Vielleicht konnten sie wieder zurück nach Wien?

Sie schreibt Harri einen Brief, bedankt sich für die schöne Zeit. Sie liebe ihn, könne aber verstehen, falls er sich gegen sie entscheiden sollte. Sie wünscht ihm alles Gute. Gerade als sie Adresse und Absender auf den Briefumschlag gesetzt hat, klopft es. Etwa doch Harri?

Mit pochendem Herzen öffnet sie die Tür – und ist wie vom Donner gerührt. Ein Mann in Polizeiuniform. Korporal Gretler.

«Guten Tag, Frau Rosenberg. Darf ich?»

Ihr Magen zieht sich zusammen. «Bitte.»

Routiniert lässt er seinen Blick durchs Zimmer schweifen, um sich zu vergewissern, dass niemand sonst im Raum ist, dann wendet er sich ihr zu. «Frau Rosenberg, ich habe Grund zur Annahme, dass Sie die Diebin sind, die wir seit Jahren suchen.»

Sie überspielt ihre Erschütterung mit einem überraschten Lächeln. «Ich? Wie kommen Sie darauf?»

«Es ist kürzlich ein Diamantarmband aufgetaucht beim Juwelier Hofstetter in Luzern. Doch der Juwelier fand heraus, dass dieses zuvor eine Uhr gewesen war. Man hat den Zeitmesser herausgetrennt und das Stück zu einem Armband umgearbeitet. Erkannt hat er dies, weil es in der Mitte mit zwei Weißgoldstiften zusammengefasst wurde, obwohl das Schmuckstück sonst ausschließlich aus Platin gefertigt ist. Der Juwelier musste daher annehmen, dass die Uhr entfernt worden ist, um den Schmuck unkenntlich zu machen.» Er bricht ab und sieht sie eindringlich an.

Sie bleibt regungslos, obwohl sie sich über ihren Fehler ärgert. Sie wusste doch, dass das Armband aus Platin war. Wie konnte sie so dumm sein und Weißgoldstifte verwenden? Aber sie hatte die Uhr abgelötet, ein Scharnier angebracht und es so mit den Stiften fixiert, dass diese gar nicht mehr zu sehen waren. Offenbar hat der Juwelier ein Auge für Details.

«Interessant. Aber ich verstehe immer noch nicht, weshalb Sie mich verdächtigen?»

«Nun, dem Juwelier ist die Manipulation des Armbands deshalb aufgefallen, weil es sich um ein Stück aus seiner eigenen Herstellung handelt. Er hat es bereits vor drei Jahren wiedererkannt, als er unser Fahndungsbild der gestohlenen Uhr gesehen hat. Unterdessen haben wir den Beweis, weil es vom gleichen Modell noch weitere Exemplare gibt. Hofstetter ist über die Schweizerische Gemmologische Gesellschaft, zu deren Gründungsmitgliedern er übrigens zählt, bestens informiert.» Wieder legt er eine Pause ein, um ihr die Möglichkeit zu geben, sich zu äußern.

«Das ist ja schön und gut, aber Sie haben meine Frage noch nicht beantwortet: Wieso soll ausgerechnet ich diese Uhr gestohlen haben?»

«Weil Sie das Armband verkauft haben.»

«Ich?»

«Streiten Sie es nicht ab! Wir wissen, dass Sie es waren! Hofstetter hat bereits im Laden vermutet, dass etwas faul ist, nur war er sich nicht sicher. Er wollte für alle Fälle wissen, wo Sie wohnen, und ließ Sie von einem Mitarbeiter beschatten. Dieser verfolgte sie bis ins Hotel Beau Rivage. Er fand es sehr verdächtig, als Sie auf dem Weg dorthin in einer Seitengasse verschwanden und kurz darauf als andere Frau wieder herauskamen. Kein Hinken mehr, keine Brille, die Haare braun statt blond! Als Hofstetter später das mit der Uhr herausfand, informierte er die Polizei, und der Fall kam zu mir. Ich habe mich im Beau Rivage umgehört und mich nach einer dunkelhaarigen jungen Frau erkundigt. Als ich Ihren Namen im Gästebuch sah, kam er mir sofort bekannt vor. Bei einem Diebstahl im Seehotel Bellevue in Vitznau zum Beispiel waren Sie ebenfalls Gast, ich habe sämtliche Gästelisten der Schweiz der letzten Jahre studiert, da mir irgendwann klar wurde, dass eine Zusammenarbeit mit den anderen Kantonen helfen könnte ... Und im Hotel Löwen in Zürich waren Sie anwesend, als wir einen geständigen Dieb gefasst haben, dem wir jedoch die anderen Diebstähle nicht nachweisen konnten. Wie jenen im Hotel Belmont zum Beispiel. Im Löwen haben wir uns getroffen, Sie erinnern sich?»

Sie nickt. Natürlich erinnert sie sich an den Vorfall.

«Damals kamen Sie mir schon bekannt vor. Später wurde mir bewusst, dass wir uns schon mal begegnet sind, und zwar im Belmont, als diese Katze gestohlen wurde. Das waren zwar nicht Sie, aber ich fand Sie schon damals verdächtig. Ich habe ein Gespür dafür.»

Ihre Beine drohen nachzugeben, sie setzt sich aufs Bett. Was für ein übereifriger Korporal! Und so ausschweifend. Er macht sie müde.

«Jedenfalls fand ich heraus, dass Sie sich zurzeit wieder im Löwen aufhalten. Und hier bin ich.»

«Herr Korporal, zu meiner Verteidigung kann ich nur sagen, dass Sie sich gewaltig irren. Das Armband habe ich vor einem Jahr von einem Verehrer in Lugano bekommen. Leider weiß ich nicht mehr, wie er hieß. Und wegen der Verkleidung: Das tat ich nur aus Sicherheitsgründen. Was ist so falsch daran?»

Er geht erhobenen Hauptes im Zimmer auf und ab, bleibt plötzlich am Schreibtisch stehen und starrt eine Weile auf den bereitliegenden Brief an Harri.

Siegessicher dreht er sich um, zieht einen Sessel heran und setzt sich ihr gegenüber. «Frau Rosenberg, ich kenne die Akte der ‹Elster›, wie wir sie nennen, auswendig. Ihr Buchstabe E hat große Ähnlichkeit mit dem gleichen Buchstaben auf den gefälschten Zinscoupons.»

Sie schluckt hart. Der Absender auf dem Brief. «Elise», mit ihrem geschwungenen und leicht verschnörkelten E.

Er schaut sie fest an. «Der Krug geht zum Brunnen, bis er bricht, gute Frau. Für die Polizei steht fest, dass Sie, Frau Rosenberg, die gesuchte Dame sind. Es steht nur noch nicht fest, ob Sie jetzt auch den Mut aufbringen, dazu zu stehen.»

Stille folgt, bis der Korporal sie bricht. «Frau Rosenberg, Sie sind die Hoteldiebin. Geben Sie es zu!»

Es hat keinen Zweck mehr, das sieht sie ein. Es ist an der Zeit, abzuschließen, und zwar endgültig. Sie atmet tief durch.

«Ja. Ja, ich bin es gewesen!»

Epilog

Nach über fünf Jahren Haft ist Elise wieder eine freie Frau. Ihre Strafe hat sie abgesessen, und es fühlt sich gut an. Sie muss die Schweiz für mindestens zehn Jahre verlassen, zurück nach Österreich. Aber heute besucht sie zusammen mit Adele die Mutter, die in einem Altersheim lebt. Man wollte Selma schon 1945 des Landes verweisen, doch die Schweizerische Jüdische Flüchtlingshilfe sprang für sie ein. Adele ist seit vier Jahren verheiratet mit Robert, und sie haben ein Töchterchen. Der Mord an Lothar Braun wurde nie aufgeklärt, und sie ist froh, dass Adele das Geschehene gut verarbeitet hat. Adele erzählte Robert alles, und er entschied, sie trotz allem zu heiraten und ihr Geheimnis zu wahren. *Seine* Liebe ist stark genug.

Sie muss an Harri denken und an seinen Brief, den sie damals im Mai 1945 kurz nach ihrer Verhaftung erhalten hat. Die Worte haben sich tief in ihr verankert.

Liebste Elise

Bitte verzeih, dass ich dich so lange warten ließ. Ich brauchte Zeit, um über alles nachzudenken. Dein Geständnis hat mich erschüttert. Ich habe lange nachgedacht und versucht, dein Verhalten zu verstehen. Bitte glaube mir, dass ich mich bemüht habe, mich in deine schwierige Lage hineinzuversetzen.

Du weißt, wie viel mir mein Glaube bedeutet, und wie sehr ich überzeugt davon bin, dass Gott für jeden von uns einen Plan hat. Welches Los man auch gezogen hat, am Ende wird alles gut – doch nur, wenn wir uns an seine Regeln halten und ihm bedingungslos vertrauen.

Auch wenn ich dich liebe, fällt es mir schwer, deine Taten zu begreifen, ich bringe sie nicht mit meinem Glauben überein. Aus diesem Grund sehe ich leider trotz reiflicher Überlegung keine Zukunft für uns. Es tut mir aufrichtig leid.
Ich wünsche dir von Herzen alles Gute.
Harri

Für sie war Harris Entscheidung keine Überraschung gewesen, sie hatte bereits damit gerechnet.

Selma sitzt in ihrem Sessel, als Elise und Adele eintreffen. Ihr Gesicht in der Morgensonne wirkt blass. Vor einem Jahr erlitt sie einen Herzinfarkt, hat sich seither nicht mehr richtig erholt. Als sie Elise sieht, leuchten ihre Augen. «Oh Elise, du bist endlich frei!» Sie erhebt sich und schließt sie in die Arme.

Sie verbringen einen schönen Nachmittag, gehen im Park spazieren, essen Torte. Kurz bevor sie gehen, will Selma mit Elise allein sprechen. Sie öffnet eine Kommode und wühlt zwischen ihren Kleidern, dann zieht sie einen Beutel hervor.

«Das ist für deinen Neuanfang in Wien.»

Elise öffnet ihn, der Bergkristall blitzt ihr entgegen, und da sind noch weitere Schmuckstücke. «*Du* hast ihn genommen? Den Schatz im Wald?»

«Bitte verzeih mir. Aber als ich gehört habe, dass du mit dem Stehlen aufhörst, bekam ich Existenzängste. Wie sollte es mit mir weitergehen? Deshalb bin ich dir damals gefolgt, als wir in Zürich waren, und habe beobachtet, wie du den Schmuck im Wald vergraben hast. Als du und Adele in Davos wart, habe ich ihn geholt.»

«Oh.»

«Ich habe aber nichts davon gebraucht. Jetzt soll er dir einen Neustart ermöglichen.» Sie streichelt Elise über die

Wange. «Wir hatten es nicht immer leicht zusammen, ich weiß. Aber glaub mir, ich habe dich immer geliebt. Nicht mehr oder weniger als Adele ... oder Wolfi.» Eine Träne rollt ihr über die Wangen. «Ich konnte einfach nicht anders in meiner Trauer. Es war ein Fehler, wie ich dich behandelt habe, das wurde mir in den vergangenen Monaten klar. Aber wenn der Tod vor Augen ist und man noch eine Chance erhält, dann sieht man plötzlich alles anders ... Oh Elise, kannst du mir verzeihen?»

Tränen laufen über Elises Wangen, und sie nickt, unfähig zu sprechen mit ihrem Kloß im Hals. Sie fällt ihrer Mutter in die Arme.

Bevor sie Zürich verlässt, um den Zug nach Wien zu nehmen und ein neues Leben zu beginnen, macht sie einen Abstecher zum Polizeirevier, übergibt den Beutel mit dem Schmuck einer Beamtin am Schalter, zusammen mit einer Notiz an Korporal Gretler:

Liebe Grüße, die Elster

Nachwort zum historischen Hintergrund des Romans

Lena Berger

«Sie haben einen guten Fang gemacht.» Mit diesen Worten beginnt Erika Böhm am 8. März 1946 ihre Lebensbeichte im Hotel Splügenschloss in Zürich. Sie erzählt ihre Geschichte Korporal Heusser. Dem Mann, der ihr seit Jahren auf der Spur ist.

Der Polizist, der neben ihrem Bett auf einem Stuhl sitzt, kennt die Akten zu diesem Fall auswendig. Akribisch hat er alle in Hotels begangenen Diebstähle der letzten zehn Jahre aufgelistet. Händisch, nachdem er alle Polizeikorps der Schweiz um ihre Mithilfe gebeten hatte. Automatischer Informationsaustausch war damals noch Zukunftsmusik. Er verglich die Fälle in mühevoller Kleinarbeit. Und stellte fest, dass immer wieder von einer verdächtigen Frau die Rede ist. Klein, braune Haare – eine Beschreibung, die auf jede und keine passen könnte. Dennoch ist er sich sicher, die gesuchte Hoteldiebin vor sich zu haben, kaum hat er an diesem Nachmittag im März ihr Hotelzimmer betreten. Auf einem Couvert, dass Frau Böhm zum Verschicken bereitgelegt hat, springt ihm das speziell geschwungene «E» ins Auge, mit dem der Vorname der Adressatin beginnt. Diese Schrift kennt er. Dieses «E» hat er schon auf Zinscoupons gesehen, die angeblich von einer gewissen Erna, manchmal auch einer Elsa eingelöst wurden – nachdem sie 1941 in einem Hotel in Davos gestohlen worden waren.

Fieberhaft durchsucht Heusser das Zimmer von Erika Böhm. Stößt auf weitere Schmuckstücke, von denen er weiß, dass sie gestohlen sind. Will von der eleganten Dame wissen, woher sie diese hat. Ihr Mann habe sie einem Juden in Lugano abgekauft. Er habe Rutzelmann oder so ähnlich geheißen. Ob er nicht rasch anrufen wolle bei der dortigen Fremdenpolizei. Sie übernehme die Kosten.

Es ist die letzte falsche Spur, die Erika Böhm legt. Sie weiß, dass es keinen Rutzelmann in Lugano gibt. Das Spiel ist aus. Diese letzte Lüge hat nur einen Zweck: den Polizisten dazu zu bewegen, das Zimmer kurz zu verlassen – um sich ihrer Festnahme durch den Freitod zu entziehen. Hätte er sie nur einen Augenblick allein gelassen. Später sagt sie ihm: «Ich kann Ihnen garantieren, dass Sie mich nicht mehr lebendig erwischt hätten.» Doch so weit kommt es nicht. Erika Böhm liegt auf dem Bett. Heusser sitzt davor. Und sie erzählt.

Im Grunde musste sie immer damit rechnen, erwischt zu werden. Dass sie ein Doppelleben führte, wusste niemand. Nur ihre Mutter hat es gewusst oder zumindest geahnt. Als die Polizei vor deren Tür auftaucht, weiß sie sogleich, wie ihrer Tochter zumute sein muss, jetzt wo sie ertappt ist. Eindringlich fragt sie die Beamten immer und immer wieder: «Mais écoutes! Est-ce-que'elle vive encore ma fille?!» Lebt meine Tochter noch?

Die Reaktion lässt erahnen, in welch einer psychischen Ausnahmesituation sich die beiden Frauen in dem Moment befinden müssen, in dem alles auffliegt.

Zum Zeitpunkt ihrer Verhaftung hat Erika Böhm nach eigenen Angaben bereits seit einem halben Jahr keinen Diebstahl mehr begangen. In 90 Hotelzimmer war sie bis dahin schon eingedrungen. Jetzt wollte sie ein neues Leben beginnen. An der Seite eines Zürcher Arztes. Von Hochzeit war die Rede. Nach den schlimmen Jahren des Zweiten Weltkriegs, nach all der Angst, aufzufliegen und nach Nazideutschland ausgewiesen zu werden, schien die Geschichte gerade ein glückliches Ende zu nehmen. Als alles in sich zusammenbrach.

1904 geboren, wuchs Erika Böhm zunächst in einer gut situierten Kaufmannsfamilie in Wien auf. Um 1910 herum zog die Familie – sie hatte damals einen Bruder und eine Schwester – nach Java. Die beiden Mädchen vertrugen die klimatischen Bedingungen aber schlecht, weshalb die Mutter mit ihnen zurück nach Europa reiste. Einige Jahren lebten die drei im Südtirol. 1916 trafen sie den Vater in der Schweiz wieder, die Familie verbrachte einige Zeit in Lausanne und Montana. Immer in erstklassigen Hotels. Eine Erfahrung, die Erika Böhm nie vergessen würde.

Um 1920 herum zog die Mutter mit den Mädchen nach Zürich. Erika Böhm war schon als Kind nierenkrank, sie besuchte deshalb nie die Schule, sondern bekam Privatunterricht. Sie nahm Unterricht in der Kompositionslehre, spielte Klavier, und schließlich zog ihre Mutter mit ihr zur weiteren musikalischen Ausbildung zurück nach Wien, wo sie am dortigen Konservatorium unterrichtet wurde.

Aus gesundheitlichen Gründen musste sie schließlich zur Kur nach Karlsbad fahren, wo sie ihren ersten Mann kennenlernte. Kurt Böhm, ein Medizinstudent. Die beiden heirateten in Prag vermutlich im Jahr 1926. Da war Erika rund 22 Jahre alt.

Es folgten mehrere Schicksalsschläge. Ein Jahr nach der Hochzeit starb der Vater. Zwei Jahre darauf, 1929, wurde ihre Ehe geschieden. Eigenen Angaben zufolge, weil der Mann nicht treu war. Zeitgleich traf die Weltwirtschaftskrise die Kaufmannsfamilie hart. Erika Böhm zog 1930 wieder nach Wien zu ihrer Mutter. Der Bruder, der nach wie vor in Java lebte, konnte den beiden kein Geld mehr überweisen. Erika

Böhm geriet das erste Mal in ihrem Leben in finanzielle Schwierigkeiten.

Nie hatte sie einen Beruf erlernt. Ihre Versuche, sich als Musikerin den Lebensunterhalt zu verdienen, scheiterten. Zu der gesellschaftlichen Katastrophe gesellte sich die persönliche. Schwer litt sie darunter, dass ihr reiche Familien, mit denen sie befreundet war, nicht beistanden. «Niederschmetternd» habe es auf sie gewirkt, von ihren Freunden im Stich gelassen worden zu sein, sagte sie Jahre später in der polizeilichen Befragung.

In dieser dunkelsten Zeit trat ein neuer Mann in ihr Leben. Ein Deutscher namens Siegbert Grätzer. Die beiden verliebten sich unsterblich. Auch er stammte aus einer reichen Familie, war aber ebenfalls «bettelarm», als die beiden sich begegneten. Von seiner Mutter erhielt er monatlich über Anwälte etwas Geld, doch für eine Heirat reichte es finanziell nicht. Als sie sich dennoch zur Hochzeit entschlossen, war es zu spät.

Die Papiere zu bekommen, erwies sich aufgrund der Rassengesetzgebung als unmöglich. «Weil er Arier war – und ich keine Arierin bin», wie Erika Böhm später angeben wird. Nur eine heimliche kirchliche Trauung war möglich. Erika Böhm trat fortan mehrfach mit dem Nachnamen Grätzer auf.

Ihr inoffizieller Ehemann hatte sich früh gegen das nationalsozialistische System aufgelehnt, möglicherweise war er Kommunist. Noch vor dem Anschluss Österreichs emigrierte das Paar daher nach Südtirol. Als sich die Ariergesetzgebung auch dort durchsetzte, zogen die beiden weiter in die Schweiz.

Das Paar lebte 1935 bis 1938 von 20 000 Franken Versicherungsgeldern, die Siegbert Grätzer monatlich ausbezahlt wurden. 1938 war dieses Geld jedoch langsam aufgebraucht, und die finanziellen Mittel wurden immer knapper. Freunde empfahlen ihm, nach Deutschland zurückzukehren. Erika Böhm bat ihn inständig, es nicht zu tun. Im Wissen, dass sie ihn nie wiedersehen würde, sollte er sich für eine Rückkehr entschließen. Sie aber wollte sich «unter keinen Umständen von diesem Mann trennen», wie sie später angab.

Erika Böhm hatte zu jener Zeit eine sogenannte Toleranzbewilligung für den Aufenthalt in Vevey. Diese war mit der Auflage verbunden, dass sie im Hotel zu wohnen hatte und keiner Arbeit nachgehen durfte. Was also tun?

Sie litt schwer unter der Verarmung und der fehlenden Unterstützung ihrer reichen ehemaligen Freunde. «So drängte sich bei mir die Überlegung auf, gewaltmäßig mit diesen reichen Kreisen einen Ausgleich schaffen zu wollen», gesteht sie später Korporal Heusser. Sie entschloss sich, durch Hoteleinbrüche diese «mir verhasste Personen-Kaste zu schädigen» und sich damit Geld für den Unterhalt zu verschaffen.

So kam es zu einem ersten Diebstahl im Hotel Windsor in Lausanne. Siegbert Grätzer gegenüber behauptet sie, das Geld stamme vom Verkauf von Familienschmuck aus der Tschechoslowakei, den Diplomaten über die Grenze gebracht hätten. Erika Böhm schwört gegenüber der Polizei, ihr Mann habe nichts von ihrem Diebstahl gewusst. Er blieb in der Schweiz.

Der Kriegsausbruch 1939 verschlimmerte die Situation. Erika Böhm musste befürchten, nach Österreich ausgewiesen zu werden, sollte sie «armengenössig» werden. Das wäre ihr sicherer Tod gewesen. Und so setzte sie ihre Diebestour fort. Je nach Saison bezog sie Zimmer in den besten Häusern in Graubünden, im Tessin oder am Vierwaldstättersee und freundete sich mit der vermögenden Gästeschar an. Dass sie diese Klientel von klein auf kannte, kam ihr dabei zugute: Sie spielte ihre Rolle perfekt.

Dank der Hinterlegung einer größeren Geldsumme gelang es Erika Böhm noch während des Krieges, 1941 ihre Mutter aus Österreich in die Schweiz zu holen – womit sie ihr Leben rettete. Auch ihr sagte sie nicht die Wahrheit darüber, woher ihre Mittel stammten. Sie behauptete vielmehr, Siegbert würde noch über Vermögen verfügen, während sie wiederum ihm weismachte, ihre Familie habe noch Geld aus dem Verkauf einer Garage in der Tschechoslowakei. Den Behörden gab Erika Böhm an, über ein Vermögen von über 80 000 Franken zu verfügen.

Grätzer erfuhr angeblich nie, dass sie als Hoteldiebin tätig war. Er starb 1942 in Vevey. Danach schlug Böhm 1943 innerhalb kürzester Zeit in Hotels in Stansstad, Weggis und Vitznau zu. Der Schaden für die Hotelgäste – teils jüdische Emigranten, die kaum noch finanzielle Polster hatten – war enorm. Am Ende ihrer kriminellen Karriere wird Erika Böhm Schmuck, Wertsachen und Bargeld im Wert von 700 000 Franken erbeutet haben. Das entspricht heute einem angerichteten finanziellen Schaden von rund 3,5 Millionen Franken.

Anders als im Roman bestiehlt Erika Böhm nicht hauptsächlich Nationalsozialisten, legt aber Wert darauf, nur sehr vermögende Leute zu berauben. « Ich will schon sagen, dass ich oft Geldbeträge zurücklegte », sagt sie später gegenüber der Polizei. Dann nämlich, wenn sie den Eindruck hatte, dass es sich bei den Leuten nicht um wohlhabende Personen handelte. Kleinere Geldbeträge habe sie nur mitgehen lassen, wenn sie selbst in finanzieller Not gewesen sei.

Keiner ihrer Freunde und Bekannten ahnte, dass sie auf Reisen stets eine Schlüsselsammlung und einen Glasschneider im Koffer mitführte. Keiner wusste, wie geschickt sie mit Goldschmiedewerkzeug umgehen konnte. Keiner realisierte, dass sie in ihrem Tagebuch nicht ihre Gedanken und Träume, sondern in Geheimschrift akribisch ihre Diebeszüge auflistete.

Handwerklich muss Erika Böhm sehr geschickt gewesen sein. Sie änderte die gestohlenen Schmuckstücke ab, um sie zu verkaufen. Sie war eine Meisterin darin, ihre Spuren zu verwischen. Mehrfach spannte sie Bekannte ein, die für sie nichts ahnend den gestohlenen Schmuck bei Juwelieren verkauften.

Und doch war es diese List, die ihr letztlich zum Verhängnis wurde. Einer ihrer Bekannten bot ein Armband ausgerechnet dem Luzerner Juwelier Eduard Josef Gübelin an. Bei dem Stück handelte es sich ursprünglich um eine Uhr, die Jahre zuvor vom Hause Gübelin entworfen wurde. Als ihm diese nun als Armband vorgelegt wurde, erkannte er sie wieder. Er stellte fest, dass die Uhr entfernt worden war. Und dass das Armband in der Mitte mit zwei Weißgoldstiften zusammengefasst war – während das Schmuckstück sonst ausschließlich aus Platin bestand. Nur weil er dies der Zürcher Kantonspolizei meldete, kam Korporal Heusser der Meisterdiebin schließlich auf die Spur. Womit wir wieder beim Anfang wären: dem Moment der Verhaftung im Hotel Splügenschloss im März 1946.

Nach ihrem Geständnis wird Erika Böhm der Bündner Kantonspolizei übergeben. Die Verhandlung vor dem Bündner Kantonsgericht findet im Oktober 1947 statt. Sie zieht großes Aufsehen auf sich. Man würde es der Angeklagten nicht ansehen, dass sie eine so gerissene Diebin wäre, schreibt die *Neue Bündner Zeitung*. Das Plädoyer des Verteidigers nennen die Medien «eindrucksvoll». Der dauernde Aufenthalt in der Schweiz sei nur gut situierten Leuten gestattet worden, führt dieser aus. Es sei ihr daher nichts anderes übrig geblieben, als ihre Verbrechen fortzusetzen, zumal ihre große Liebe sonst nach Deutschland spediert worden wäre – wo er noch Schlimmeres zu befürchten gehabt hätte als Erika Böhm selbst. Der äußere Zwang habe sich zudem noch intensiviert, als sie 1941 ihre Mutter aus Österreich in die Schweiz holte – und fortan auch für sie und ihre Schwester habe sorgen müssen. Das Plädoyer endet mit den Worten: «Ich kann sie nicht mit hochmütiger Selbstgefälligkeit betrachten. Die Angeklagte hat schwer gefehlt, aber sie stand unter dem Druck eines harten Schicksals.»

Die Staatsanwaltschaft sieht es anders und verweist auf den enorm hohen Deliktbetrag, der das Argument «völlig unplausibel» mache. War eine Deliktsumme von heute rund 3,5 Millionen Franken wirklich nötig, um den Lebensunterhalt zu bestreiten? Es gibt keine Anhaltspunkte, dass Erika Böhm mit diesem Geld tatsächlich die jüdische Flüchtlingshilfe unterstützt hätte, wie es im Roman beschrieben wird. Wäre es anders gewesen und hätte ihr Verteidiger davon gewusst, so hätte er dies vor Gericht sicherlich als Argument vorgebracht.

Erika Böhm hätte zwar keinem Verdienst nachgehen dürfen, bestätigt auch der Staatsanwalt, sie wäre aber nicht ausgewiesen worden, hätte sie ihre Mittellosigkeit eingestanden, behauptet er.

Stimmt das? War es ihr zuzumuten, ihre Mutter in Österreich zurückzulassen, wo diese – wie viele andere – ermordet worden wäre? Oder gibt es Situationen, in denen es gerecht ist, das Gesetz zu brechen?

Der Zürcher Historiker Gregor Spuhler gibt dem damaligen Staatsanwalt recht: Erika Böhm wäre trotz Verarmung nicht nach Deutschland ausgeliefert worden. Ihre Angst vor einer Ausweisung sei aber nachvollziehbar. Denn gemäß Spuhler hieß es in den Aufenthaltsbewilligungen ausdrücklich, dass man nicht armengenössig werden dürfe. «Die schweizerischen Behörden haben das als Druckmittel genutzt.» Ihm seien aber keine Fälle bekannt, in denen tatsächlich verarmte jüdische Flüchtlinge an die Grenze gestellt worden seien. Es ist aber möglich, dass Erika Böhm dies nicht wusste. War sie da nicht doch in einer Notlage?

Die Geschichte der Meisterdiebin, die über Jahre ein Doppelleben führte, ist zweifellos faszinierend. War sie doch eine Art Robin Hood, eine Klassenkämpferin, welche die Reichen bestahl und die Armen unterstützte? Auszuschließen ist es nicht. Es fällt auf, wie vehement Erika Böhm immer bestritt, dass Siegbert Grätzer und ihre Mutter von ihren kriminellen Aktivitäten wussten. Ist es da so unwahrscheinlich, dass sie auch verheimlicht hätte, wenn sie weitere Menschen oder Organisationen mit den Diebstählen finanziell unterstützt hätte? Aus Angst, dass die Behörden von ihnen das verschwundene Geld zurückgefordert hätten? Wir werden es nie erfahren.

Erika Böhm wird im Oktober 1947 wegen Diebstahls zu einer Freiheitsstrafe von fünf Jahren verurteilt. Sie verlässt die Schweiz 1951. Dann verliert sich ihre Spur.

Lena Berger, Stv. Chefredaktorin und Blattmacherin beim *Beobachter*, arbeitet seit 2007 als Journalistin und ist auf Justizthemen spezialisiert. Lange Jahre war sie Lokaljournalistin in Luzern, wo sie die Geschichte der Meisterdiebin Erika Böhm für eine historische Reportage recherchiert hat.

Schlusswort und Dank

Christine Jaeggi

Im Jahr 2017 stieß mein Mann auf Lena Bergers Artikel über die Meisterdiebin Erika B. Er fand, das wäre eine großartige Grundlage für einen Roman. Begeistert von dieser Idee traf ich mich mit Lena Berger, die mir mehr über Erika erzählte und mir ihre Archivakten zur Verfügung stellte. Je mehr ich mich mit Erikas Geschichte beschäftigte, desto sicherer wurde ich, dass daraus ein Roman entstehen könnte. Bald wurde mir jedoch bewusst, wie anspruchsvoll es ist, über eine historische Persönlichkeit zu schreiben. Die Komplexität dieser Aufgabe führte schließlich dazu, dass ich mich zunächst anderen Romanprojekten zuwandte – doch die Diebin ließ mich nie ganz los.

2019 erlebte ich einen fast magischen Moment: Inspiriert durch die Musik von Luke Faulkner erschien die Figur der Diebin vor meinem inneren Auge. Ich sah eine Frau, der alles genommen wurde und die sich für ihre Familie aufopfern würde. Sie war stark und verletzlich zugleich, leidenschaftlich und mutig. Von Rache und einem unerschütterlichen Sinn für Gerechtigkeit getrieben, bestahl sie die Nazis in den Schweizer Grandhotels. In diesem Moment wurde die Figur für mich lebendig, und so entstand Elise – eine Mischung aus Fiktion und Realität.

Mein tiefster Dank gilt Erika, der echten Meisterdiebin, ohne deren Leben diese Geschichte nicht entstanden wäre. Ich hoffe, sie hätte Elise gemocht.

Weiterhin bedanke ich mich ganz herzlich bei:

Lena Berger, die nicht nur das Nachwort über den historischen Hintergrund verfasste, sondern mir auch großzügig ihre Archivmaterialien zur Verfügung stellte.

Lisa Brühlmann für die inspirierenden Gespräche – der Papagei wurde schließlich zum Kanarienvogel.

Gregor Spuhler für seine hilfreichen Antworten auf meine Fragen zum historischen Hintergrund.

Trotz sorgfältiger Recherche können Fehler nicht ausgeschlossen werden. Für etwaige Unstimmigkeiten übernehme ich die volle Verantwortung und bitte um Nachsicht.

Dem gesamten Team von Zytglogge, insbesondere meinem Lektor Thomas Gierl, dessen wertvolle Anmerkungen und Ideen die Geschichte entscheidend bereichert haben.

Meinem Mann Fabian, der mich auf Lena Bergers Artikel aufmerksam machte – ohne ihn wäre ich dieser Geschichte vielleicht nie begegnet. Ich schätze es sehr, dass er immer Verständnis zeigt, wenn ich mich in meiner Romanwelt verliere und ihn mit Fragen wie «Wie würdest du in dieser Situation reagieren?» löchere. Seine klare Sichtweise hat mir schon oft geholfen, knifflige Probleme zu lösen.

Familie, Freunden und Bekannten, die meine Bücher so eifrig weiterempfehlen und an mich glauben.

Meinen wunderbaren Testleserinnen und Testlesern für ihre ehrliche und konstruktive Kritik: Lisa Jäggi, Ruedi Jäggi, Nadine Gerber, Alexandra Schädlich und Danielle Jeckelmann. Eure wertvollen Rückmeldungen bereichern die Geschichte ungemein.

All den wunderbaren Buchhändlerinnen und Buchhändlern, die mich mit ihrer leidenschaftlichen Unterstützung begleiten und meine Romane mit so viel Herzblut und Engagement an die Leserinnen und Leser bringen. Besonders möchte ich Joe Fuchs, Verlagsvertreter und Inhaber der Buchhandlung Benziger in Einsiedeln, sowie Martina Küng und ihre Mutter Irène Küng vom Buechlade Hochdorf hervorheben, deren unermüdlicher Einsatz mich zutiefst berührt.

Und schließlich gilt mein größter Dank euch, liebe Leserinnen und Leser. Ohne euch gäbe es diese Bücher nicht. Wenn ich eine Geschichte beendet habe, fällt es mir immer schwer, mich von den Figuren zu verabschieden. Doch der Gedanke, dass ihr sie begleitet und mit ihnen mitfiebert (sogar wenn sie auf Diamantenjagd gehen), sie mit all ihren Ecken und Kanten liebt, macht mich sehr glücklich.

Ebenfalls bei Zytglogge erschienen

Nadine Gerber
Zug um Zug zu dir
Roman
ISBN 978-3-7296-5156-2

Nora ist Moderedaktorin, Kunstfan und ewiger Single. Gemeinsam mit ihrer Schwester Ennia macht sie sich auf, Europa zu entdecken – und dabei die große Liebe zu finden. Der Plan: drei Monate, zehn Städte, jede Menge Dates – das alles mit dem Zug.

Schon während der Fahrt von Zürich nach Wien treffen die beiden Frauen auf Andy. Mit seinem Charme zaubert er sich auf Anhieb in Noras Herz. Doch als sie am Bahnhof ankommen und er die Flucht ergreift, wird ihr klar: Andy ist nicht der, der er vorgibt zu sein. Was hat der geheimnisvolle Engländer zu verbergen?